Nora Roberts est la plus grande autrice de littérature féminine contemporaine. Ses romans ont reçu de nombreuses récompenses et sont régulièrement classés parmi les meilleures ventes du *New York Times*. Des personnages forts, des intrigues originales, une plume vive et légère... Nora Roberts explore à merveille le champ des passions humaines et ravit le cœur de plus de quatre cents millions de lectrices à travers le monde. Du thriller psychologique à la romance en passant par le roman fantastique, ses livres renouvellent chaque fois des histoires où, toujours, se mêlent suspense et émotions.

DÉSESPOIR DU CRIME

LIEUTENANT EVE DALLAS • 55

NORA ROBERTS

LIEUTENANT EVE DALLAS • 55

DÉSESPOIR DU CRIME

Traduit de l'anglais (États-Unis)
par Guillaume Le Pennec

J'AI LU

Titre original
DESPERATION IN DEATH

Éditeur original
St. Martin's Press,
an imprint of St. Martin's Publishing Group, New York

Un simple enfant,
À la respiration légère,
Qui sent la vie dans tous ses membres,
Que devrait-il savoir de la mort ?

William WORDSWORTH

Vous qui entrez ici, abandonnez toute espérance.

Dante ALIGHIERI

1

Elles savaient qu'elles risquaient la mort au moment de conclure leur pacte. Mais leur vie, si on pouvait qualifier ainsi l'existence qu'elles menaient au sein de l'Académie du plaisir, ne valait déjà plus grand-chose.

D'accord, elle avait ses trois repas par jour, toujours aux mêmes heures. Et un lit pour la nuit. Extinction des feux à 22 heures ! Ses vêtements étaient propres et même l'affreux uniforme valait mieux que ce qu'elle avait pu récupérer ou voler à l'époque où la liberté n'était pas encore pour elle qu'un concept lointain.

Elle allait aussi à l'école. Du bourrage de crâne, en gros, mais elle appréciait secrètement les cours de français. Tantine, la garce au sommet de la pyramide, prétendait que parler une deuxième langue participait à faire de vous une femme élégante et sophistiquée.

Il n'empêche qu'elle n'avait pas respiré l'air du dehors depuis... elle n'aurait pas vraiment su le dire. En tout cas, ils l'avaient chopée juste avant Noël, quand les rues regorgeaient de cibles faciles.

Raison pour laquelle elle s'était fait prendre parce que, ouais, bon, elle n'avait pas fait assez gaffe.

La fille qu'ils avaient amenée la semaine précédente prétendait qu'on était en mai. Peut-être. Son cerveau était encore secoué par l'Intégration. Et puis, la nouvelle était vraiment jeune – sept ou huit ans – et pleurait beaucoup.

Il semblait impossible qu'elle ait passé tout l'hiver et tout le printemps à l'intérieur. D'un autre côté, parfois, la nuit, tout devenait flou et elle avait l'impression d'avoir passé sa vie entière au sein de l'Académie.

Debout à 7 heures pétantes ! Faire son lit, et bien, sinon c'était un démérite. Au bout de dix démérites, vous écopiez d'une heure dans le box de méditation.

Douche, habillage, y compris coiffure et maquillage adaptés aux tâches de la journée. Petit-déjeuner à 8 heures précises. Arriver en retard : un démérite. Les mauvaises manières à table vous valaient un coup de matraque électrique, voire pire.

Elle avait connu tout ça, y compris le pire, avant d'apprendre à faire semblant.

Durant les journées en uniforme, vous suiviez des cours de français, de conversation, de maintien, de style, d'hygiène personnelle, de soins corporels ou de gestion du poids.

Chaque semaine, ils vous mesuraient, vous pesaient, vous évaluaient. Et ensuite venait le jour du salon de beauté, que vous le vouliez ou non.

Les premières fois, ils avaient dû l'attacher et la mettre sous tranquillisants avant d'éliminer certaines imperfections – des grains de beauté, une tache de naissance sur sa cuisse. Elle avait eu mal pendant des jours après avoir subi un récurage et une espèce de redressement des dents.

Mais le moment qu'elle redoutait le plus ? La formation à l'intimité.

Parfois, c'était une autre femme, diplômée de l'Académie, qui « enseignait » la bonne façon de se dévêtir ou de déshabiller quelqu'un d'autre.

Elle avait eu droit à la matraque électrique et à une journée entière dans le box de méditation pour avoir frappé la formatrice quand celle-ci avait posé la main sur elle.

Parfois, c'était un homme, et c'était encore pire parce qu'il fallait le toucher en retour.

Ils vous faisaient faire des choses – toutes sortes de choses –, à l'exception du sexe proprement dit. Et s'ils devaient vous attacher pour cela, ils affirmaient que ça faisait partie de la formation. Certains propriétaires aimaient attacher leurs concubines.

Parfois, ils vous associaient à une autre élève parce que certains propriétaires sont des femmes, ou pour le plaisir de voir deux filles ensemble.

C'était comme ça qu'elle s'était liée d'amitié avec Mina.

Nue dans le lit, filmée par les caméras en vue de leur évaluation, Dorian résistait, détournant son visage des lèvres de Mina.

Celle-ci roula au-dessus d'elle pour presser lesdites lèvres contre son oreille.

— Moi non plus, j'aime pas ça. Je déteste, souffla-t-elle avant de gémir et de se frotter contre Dorian. Fais comme si t'aimais, ça ira plus vite. Va ailleurs dans ta tête. Fais comme si c'était pas toi. Parce qu'en vrai c'est pas toi.

— Lâche-moi.

— Si je te lâche, on finira toutes les deux dans le box. Roule sur le côté, grimpe-moi dessus... Glisse tes doigts entre nous, là, en bas... Vas-y. Je vais me faire jouir. C'est ça qu'ils veulent.

Elle roula sur elle-même et tira la main de Dorian vers son entrejambe. Elle était plus forte qu'elle en avait l'air. Puis elle se mit à ruer, à faire des bruits insensés, à balancer la tête en tous sens.

Choquée, Dorian sentit Mina l'entourer de ses jambes et frotter son intimité contre la sienne.

— Fais semblant, siffla Mina. Simule maintenant et on a fini.

Humiliant, oui, mais mieux que d'être attachée. Mieux que les décharges électriques ou le box.

Elle poussa donc les mêmes cris que Mina. Et si quelques larmes d'humiliation s'échappèrent, cela n'avait pas d'importance.

— Bon travail, leur dit Tantine en se levant de son fauteuil d'observation. Très bon travail, toutes les deux.

» Recrue 232, conforme aux attentes. Recrue 238, en nette amélioration. Suffisamment pour effacer un démérite et, avec un peu de chance, t'aider à dépasser le statut de simple jouet de bondage.

Elle se tut et attendit, l'œil vif.

— Merci, Tantine, répondit consciencieusement Mina avant de pincer Dorian du bout de ses doigts encore coincés entre leurs deux corps.

— Merci, Tantine, répéta Dorian.

— C'est mérité. Maintenant, allez soigneusement vous laver. Vous pourrez prendre dix minutes dans l'espace de détente avant de vous habiller pour le dîner.

Maigre réconfort, les douches de l'espace d'intimité étaient cossues. Cossues mais équipées de caméras, bien sûr, car le respect de la vie privée, lui, n'avait jamais cours nulle part.

Mais l'eau était chaude et la vapeur épaisse.

Mina s'adressa à elle en chuchotant tout en se shampooinant.

— Moi, c'est Mina. Je suis ici depuis six mois et dix jours, si j'ai bien compté.

— Dorian. Je suis pas trop sûre, peut-être cinq mois.

— Je t'ai vue dans certains cours. Faut que t'apprennes à mieux faire semblant. Si tu continues à te faire envoyer dans le box, droguer ou baffer, t'arriveras jamais à t'échapper.

— Y a pas d'issue. J'ai essayé. J'ai cherché.

— Si y a moyen d'entrer, y a moyen de sortir.

Mina coula un regard vers Dorian tout en appliquant soigneusement un démêlant dans ses longs cheveux roux.

— J'ai un début de plan. Mais je pense qu'il faut être deux.

Puis elle sourit et se versa une généreuse dose de gel rose au creux des mains.

— Tu te démerdes bien en cours de français, ajouta-t-elle à voix haute.

Dorian, qui comprenait vite, haussa les épaules.

— J'adore ce cours. Les leçons de conversation, par contre… Trop chiant.

— Oh, c'est pas si mal. Et puis, c'est bien de savoir converser. Je me dis que tu pourrais peut-être m'aider pour le français. Et moi pour l'autre cours. Si on s'améliore, on passera plus de temps dans l'espace de détente, et ça c'est le top !

Le top de l'ennui. Mais Dorian haussa de nouveau les épaules.

— Ouais. On a le droit ?

— Tantine m'a laissée aider une recrue qu'avait du mal à lire, donc je dirais que oui. Je demanderai.

— Ouais, je te laisse demander. Elle t'aime bien.

Le visage en forme de cœur de Mina s'illumina d'un grand sourire qui n'atteignit cependant pas ses yeux.

— C'est parce que je sais me faire aimer, répondit-elle. Et ça me plaît. Un jour, j'aurai un maître à qui je plairai, qui m'offrira de belles tenues et beaucoup d'orgasmes. J'ai trop hâte !

Le mensonge n'échappa pas à Dorian. Mina voulait se tirer de là autant qu'elle.

Alors elles formèrent une alliance.

Aux yeux de Dorian, elles n'avaient pas grand-chose en commun.

Elle était noire – ou métisse – tandis que Mina était plus blanche que blanche.

Au fil de leurs brefs échanges, elle apprit que Mina avait vécu dans une belle maison de la banlieue de Philadelphie.

Elle s'était fait choper en rentrant de l'école après un entraînement de foot. Une école privée. Elle avait un petit frère, deux parents, quatre grands-parents et trois meilleures amies. Et aussi un petit ami, plus ou moins.

Dorian, elle, avait vécu dans la rue pendant des mois avant de se faire prendre. Elle avait fui sa mère à la main trop leste et les compagnons sans cervelle qui défilaient dans leur appartement pourri de Freehold.

Arrivée à New York quelques semaines plus tôt, elle commençait tout juste à trouver ses marques quand ils l'avaient capturée. Elle avait à peine eu le temps de goûter à la liberté que – bam ! – elle s'était réveillée sanglée sur un lit entre les murs de l'Académie.

Elle s'était d'abord crue à l'hôpital, parce que ça y ressemblait.

Tantine lui avait fait comprendre que non.

Pour Dorian, Mina et elle provenaient pratiquement de planètes différentes. Mais elles se retrouvaient sur certains points. Leur haine de l'Académie et leur volonté désespérée de s'en échapper. Et leur intelligence.

Au cours des semaines suivantes, l'alliance se transforma en amitié.

Dorian apprit à faire semblant et à en tirer avantage.

Elle eut droit à des éloges, de petites récompenses. Et surtout, surtout, les regards inquisiteurs des formatrices, des gardiennes, des surveillantes et de Tantine ne se tournaient plus aussi souvent dans sa direction.

Elle avait gagné un peu de leur confiance. Pas autant que Mina, mais suffisamment. Si quelqu'un laissait échapper une info en sa présence, elle la mémorisait et racontait tout à Mina, qui faisait de même.

Ce fut ainsi que, morceau par morceau, elles assemblèrent un plan détaillé des locaux de l'Académie. Uniquement dans leurs têtes, mais elles étaient malignes.

Puis Mina découvrit l'existence des tunnels.

— Numéro 264 s'est suicidée. Ou elle est morte, en tout cas. Pendue avec les draps de son lit.

Dorian sentit comme une brûlure dans sa poitrine.

— C'est laquelle ?

— L'une des dernières arrivées. On a plus de chance parce qu'on fait partie des Charmantes. Ils nous font pas autant de mal qu'aux Servantes et aux Poupées. Hier, j'étais avec Tantine, dans son bureau, pour une évaluation spéciale, quand quelqu'un a toqué à la porte. Tantine est sortie, mais j'ai écouté.

— Si elle t'avait chopée…

— Elle l'a pas fait et il n'y a pas de caméras dans son bureau. Personne surveille Tantine. Ses ordres étaient de passer par l'ascenseur numéro trois pour descendre le corps dans les tunnels ce soir après l'extinction des feux. Et de l'emmener au crématorium. D'après elle, la morte n'était qu'une gamine des rues, de toute façon. Une perte de temps et de ressources.

La brûlure dans la poitrine de Dorian se mua en brasier.

— Un de ces jours, je lui ferai la peau.

— T'as pas saisi, Dorian. Des tunnels. Ça veut forcément dire une sortie.

— Il faut un badge pour accéder aux ascenseurs.

— Et c'est là que t'interviens. C'est ta spécialité, non ?

Oui, elle avait appris à jouer les pickpockets dans la rue, avec les touristes. Mais elle avait sans doute un peu exagéré ses talents. Et là, c'était différent.

— Tu veux que je pique un badge ?

— Le plan ne fonctionnera pas sans. Récupère-le si possible juste avant l'extinction des feux, dit Mina.

Sa confiance absolue déteignait sur Dorian.

— Même si j'y arrive, le badge ne marchera pas dans nos chambres. Tu sais bien qu'ils nous enferment la nuit.

— Pas ce soir. Ça, c'est moi qui m'en charge. Tu chopes le badge et à 22 h 30 tu descends par l'ascenseur jusqu'à l'infirmerie. Là, tu me récupères, on va tout en bas et on se casse.

Leur échange était déjà trop long, elles le savaient toutes les deux. Mina prit pourtant le risque de le faire durer encore un peu.

— Il faut qu'on se tire d'ici, Dorian ! Je baratinais Tantine en lui disant que j'avais trop envie d'un maître séduisant qui m'achèterait des tas de belles choses quand elle m'a avoué que les enchères étaient pour bientôt et que je n'aurais plus longtemps à attendre. Ils vont nous vendre. On doit se barrer au plus vite.

« Nous vendre », songea Dorian.

Elle ne pourrait plus se contenter de simuler. Et Mina ne serait plus là pour rendre la chose supportable.

— Je te trouverai un badge.

— 22 h 30 à l'infirmerie. J'ai comme qui dirait mangé un truc qui passe mal...

Ça semblait irréel. Pendant des mois, elle avait rêvé et tenté d'identifier un moyen de s'échapper. Mais à présent son esprit ne cessait de revenir aux punitions qu'elles encourraient si elles se faisaient prendre.

Ou plus probablement *quand* elles se feraient prendre.

Et pourtant il fallait essayer. Elles devaient tenter le tout pour le tout, sans quoi Tantine les vendrait comme de simples barres chocolatées dans une supérette.

Elle savait – bien sûr qu'elle savait – que ses ancêtres avaient été vendus comme esclaves. Et à l'époque où elle allait encore en classe, elle avait étudié cette foutue guerre qui avait divisé le pays à cause de ça.

Mais on était en 2061, bordel ! On ne pouvait pas vendre des êtres humains.

Et pourtant si. Ces gens-là le faisaient.

Dorian avait la nausée et très chaud, comme si elle avait de la fièvre et réellement besoin d'aller à l'infirmerie.

Mais elle se rappela qu'elle était douée pour une chose. Faire les poches. Elle savait comment piquer un truc sur sa cible et s'éloigner sans se faire repérer.

Quinze minutes avant l'extinction des feux, Dorian sortit précipitamment dans le couloir de sa chambre, un petit sac à la main. Comme courir était une infraction au règlement, elle savait que la surveillante l'arrêterait pour lui infliger un démérite et un avertissement.

— 238 !

Le cœur battant, Dorian s'arrêta maladroitement.

— Courir dans les couloirs, ça fait un démérite. On en est à combien, cette fois-ci ?

— Trois, madame. Je suis vraiment désolée.

— Il y a de quoi. Qu'est-ce que tu as là ?

— Des produits hygiéniques, madame.

Avec son air le plus innocent, Dorian tendit le sac contenant un petit rouleau de papier toilette, un minuscule tube de savon et un autre de lait pour le visage.

Au moment où la surveillante, une femme solidement charpentée avec une matraque électrique à la ceinture, s'empara du sac, Dorian se décala de quelques centimètres et, les oreilles bourdonnantes, mit la main sur le badge accroché à la poche gauche de la veste de la gardienne.

— Je me préparais à aller me coucher et j'ai vu qu'il me manquait des produits. Il fallait que...

— Ça fait deux démérites, 238. Le deuxième, c'est pour négligence. Ce sera trois si tu n'as pas fait ta toilette et que tu n'es pas au lit avant l'extinction des feux.

— Oui, madame. Je vous remercie.

Elle repartit à l'aveuglette jusqu'à sa chambre.

« Cellule », se corrigea-t-elle mentalement.

Et elle ne s'autorisa à trembler de tout son corps qu'après avoir fermé la porte.

Elle suivit les préparatifs habituels pour la nuit, consciente que la surveillante pourrait venir vérifier. Mais elle garda ses vêtements sous l'affreuse chemise de nuit.

Quand le clignotement des lumières annonça qu'il restait une minute avant le couvre-feu, elle se mit au lit, le drap et la fine couverture tirés jusqu'au menton.

Comme elle l'avait craint, la porte ne tarda pas à s'ouvrir. La peur l'envahit quand elle entendit la surveillante s'approcher du lit.

« Elle sait ! Elle sait ! »

La femme la dévisagea de ses yeux luisants de méchanceté ; des yeux de monstre dans l'esprit de Dorian, qui se prépara à sentir la brûlure de la matraque électrique.

Mais la surveillante se contenta de scruter les traits de Dorian avant de lui passer un doigt sur la joue.

Elle hocha la tête, lèvres pincées, puis ressortit sans un mot.

Dorian entendit le cliquetis des verrous. Et les lumières s'éteignirent.

Elle demeura allongée dans le noir, tremblante, en contemplant les chiffres qui illuminaient faiblement le plafond.

22 : 00

La surveillante ne savait pas. Elle n'avait pas compris. Pas encore.

Dorian regarda les chiffres changer, minute par minute, en imaginant la monstrueuse surveillante en train de vérifier chaque porte. Il y en avait vingt-huit à cet étage. Après quoi elle prendrait l'escalier – mon Dieu, faites qu'elle ne décide pas d'utiliser l'ascenseur cette fois-ci ! – pour poursuivre son inspection dans d'autres dortoirs. *A priori*.

Il devait bien y avoir d'autres étages avec d'autres chambres car Dorian avait dénombré au moins soixante recrues. Et elle doutait de les avoir toutes croisées. Cet étage accueillait les Charmantes. Mais il y avait aussi les Servantes, les Pondeuses et les Poupées.

Profitant de ce que les cellules n'étaient pas insonorisées – ils voulaient pouvoir vous entendre –, elle tendit l'oreille à l'écoute de bruits de voix, de pas, d'alarmes, de n'importe quel son.

En entendant claquer la lourde porte donnant sur l'escalier, elle ferma les paupières et laissa couler quelques larmes.

La surveillante ne s'était toujours rendu compte de rien.

À l'infirmerie, Mina pivota sur l'étroite table d'examen, s'enfonça les doigts dans la gorge et vomit sur les chaussures de l'infirmière.

— Bon sang, 232 !

— Je suis désolée, souffla-t-elle en ajoutant quelques gémissements pathétiques. Pardon, pardon.

L'infirmière lui fourra une gamelle entre les mains.

— Sers-toi de ça si tu as encore envie de vomir. Tu ne bouges pas de là ! ordonna-t-elle avant de sortir.

Sachant que la porte de l'infirmerie était verrouillée – les médicaments, le matériel médical, tout était mis sous clé –, où Mina aurait-elle pu aller ?

Elle gémit, retint son souffle, gémit, puis se leva d'un bond et se précipita vers l'ordinateur qui se trouvait sur le bureau. L'infirmière avait dû enregistrer l'arrivée de Mina, donc il n'y aurait pas besoin de mot de passe.

Elle avait bien suivi en cours d'informatique, et puis elle avait un copain geek. Elle savait comment s'y prendre.

Elle afficha la liste des chambres verrouillées, désactiva la porte de Dorian, croisa les doigts puis ouvrit rapidement les tiroirs.

Bingo. L'infirmière passait son temps à mâcher du chewing-gum. Et il y en avait un paquet.

Mina saisit deux tablettes et, mastiquant avec frénésie, retourna précipitamment jusqu'à la table d'examen.

Elle eut le temps de cacher la boulette au creux de sa joue quand l'infirmière revint, de nouvelles chaussures aux pieds.

— Excusez-moi encore, madame. Je suis désolée. Mais je me sens beaucoup mieux. Crevée et un peu faible mais j'ai plus mal au ventre.

L'infirmière grommela, prit sa température et son pouls.

Mina avait conscience d'avoir la peau moite, mais c'était dû à un mélange de peur et d'excitation.

— Je ne vais pas te remonter à l'étage pour que quelqu'un te redescende si ça recommence. Tu vas rester dans la chambre des malades cette nuit.

— J'ai juste envie de dormir.

L'infirmière l'aida à se relever et Mina s'appuya sur elle pour traverser le couloir jusqu'à la chambre. Moitié moins grande que la sienne à l'étage, la pièce comprenait un lit de camp et une chaise à roulettes destinée aux soignants.

Arrivée à la porte, Mina tituba en avant, pesa plus lourdement sur l'infirmière et, se couvrant la bouche de la main, y recracha son chewing-gum.

— J'ai cru que j'allais…

Elle souffla tout en écrasant le morceau de gomme contre le loquet.

— Fausse alerte, reprit-elle. J'ai un peu la nausée, mais pas comme tout à l'heure.

L'infirmière la déposa sans ménagement sur le lit de camp et se servit de la minitablette qu'elle avait dans sa poche pour enregistrer l'utilisation de la chambre. Elle plaça ensuite un seau à côté du lit.

— Sers-toi de ça si la nausée revient. S'il te faut une assistance médicale, appuie sur le bouton sur la tête de lit. Mais ne me dérange qu'en cas d'urgence ! Compris ?

— Oui, oui. Je suis super crevée. Je veux juste dormir.

— T'as la belle vie. Moi, je dois encore nettoyer tes saletés. Lumière à dix pour cent, ordonna l'infirmière. Histoire que tu ne rates pas le seau, précisa-t-elle à Mina.

Elle ressortit.

En l'absence d'horloge, Mina compta les minutes.

L'infirmière devrait aller chercher les produits d'entretien puis éponger le vomi, après quoi elle repartirait sans doute nettoyer ses chaussures. Elle disposait d'un petit espace privatif avec une chaise longue et un écran.

Peut-être s'assiérait-elle d'abord à son bureau pour rédiger son rapport sur l'incident, mais dans ce cas elle ferait face à l'écran de l'ordinateur et non à la porte vitrée.

Mina se leva sans bruit du lit de camp et s'approcha de la porte. Elle y colla son oreille mais n'entendit rien.

« C'est le moment ou jamais », estima-t-elle.

Elle entrouvrit la porte. Constatant qu'aucune alarme ne retentissait, elle retira le chewing-gum collant de la serrure et se faufila au-dehors. Un frisson d'effroi la saisit en voyant l'infirmière assise à son bureau. Elle referma la porte derrière elle et entendit le déclic de la serrure. Le son lui fit l'effet d'une explosion mais l'infirmière ne releva même pas les yeux de son écran.

Mina se précipita vers l'ascenseur.

— Allez, Dorian. S'te plaît, s'te plaît, s'te plaît.

Si Dorian ne venait pas…

Non, non, elle serait là. Il le fallait. Il fallait qu'elles se sortent de là, qu'elles aillent voir la police. Que Mina parvienne à appeler ses parents. Ils viendraient la chercher. Et Dorian avec.

Elles seraient en sécurité et tous ces gens ignobles iraient en prison.

Mais les minutes s'égrenèrent.

Et si l'infirmière décidait d'aller voir comment elle se sentait ? Et si une autre fille tombait malade et qu'une surveillante la faisait descendre ? Et si Tantine…

En entendant le ronronnement de l'ascenseur, elle eut un mouvement de recul et chercha désespérément un endroit où se cacher.

Puis elle redressa les épaules. Si les portes s'ouvraient sur quelqu'un d'autre que Dorian, ce serait de toute façon fini pour elle. Définitivement. Elle serait punie, battue, enfermée dans le box. Et elle serait vendue aux enchères comme… comme un tableau ou une jolie babiole. Comme un objet.

Elle refusait d'être traitée comme un objet.

Lorsque les portes s'ouvrirent, elle faillit pousser un cri de joie. Une main plaquée sur la bouche, elle bondit à l'intérieur avec Dorian et lui saisit la main en oubliant qu'elle tenait encore le chewing-gum.

— C'est quoi ce truc ?

— Désolée. Chewing-gum. M'en suis servie pour bloquer la porte. SS ? Ça veut dire « sous-sol », c'est ça ? C'est forcément ça.

Mina appuya sur le bouton.

— *Autorisation requise pour cet étage.*

Toutes deux sursautèrent violemment.

— Le badge. Essaie le badge. Faut que ça marche. Pas le choix.

Agrippant son propre poignet pour stabiliser sa main tremblante, Dorian glissa le badge dans la fente.

Mina appuya de nouveau sur le bouton.

— *Autorisation confirmée.*

L'ascenseur entama sa descente.

— Il pourrait y avoir quelqu'un en bas, souffla Dorian. On fait quoi si on tombe sur quelqu'un ?

— Je sais pas. On... on court ou on lui saute dessus. Je sais pas. On a réussi à arriver jusqu'ici. Mon Dieu... Franchement, je pense que j'ai jamais vraiment cru qu'on irait aussi loin, alors je sais pas.

Le trajet dura une éternité. Ce fut du moins l'impression qu'elles eurent, serrées l'une contre l'autre.

Quand les portes s'ouvrirent enfin, elles émergèrent, toujours enlacées, dans une lumière tamisée.

— C'est vraiment un tunnel.

— Ça va dans les deux sens, dit Dorian en montrant la droite, puis la gauche. C'est par où la sortie ?

— Faut qu'on choisisse. Vas-y, choisis. J'ai l'impression que je vais encore vomir...

Dorian opta pour la droite.

— Magnons-nous ! On n'a peut-être pas beaucoup de temps. La surveillante risque d'avoir besoin de son passe.

Elle rangea le badge dans sa poche arrière au cas où elles devraient de nouveau s'en servir.

— Elle pensera peut-être l'avoir paumé mais elle risque de piger ce qui s'est passé.

Elles se mirent à courir, main dans la main. Comme le tunnel résonnait, elles parlèrent à voix basse, s'informant l'une l'autre de ce qu'elles avaient vécu.

Puis le tunnel bifurqua.

— À toi de choisir, cette fois, dit Dorian lorsqu'elles s'arrêtèrent.

— On est parties à droite, alors cette fois-ci à gauche, répondit Mina. Ça mène forcément quelque part vu que c'est comme ça qu'ils ont évacué cette pauvre fille. On continue jusqu'à trouver la sortie. Après, il faudra piger où on se trouve. Toi, t'es de New York, moi, de Devon. On pourrait être n'importe où maintenant. On s'échappe, on découvre où on est et on trouve un endroit d'où je peux appeler mes parents. Et la police.

— La police ? Mais…

Dans la faible lumière jaunâtre, les yeux verts de Mina brillaient d'un éclat féroce.

— Les autres, Dorian. On doit penser à toutes les autres filles qui sont dans la même galère que nous.

Malgré la compassion que Dorian avait pour elles, son instinct lui soufflait de s'enfuir sans se retourner.

— Mes parents sauront quoi faire, lui assura Mina. Ils viendront nous chercher, où que nous soyons. Ils me manquent tellement, même mon crétin de petit frère. Il a beau être super pénible quand il veut, je pense à lui. Et bien sûr que des fois mes parents m'énervent. Ils captent tellement rien à rien, tu vois le genre ? Mais je n'avais jamais eu peur jusqu'à l'Académie. Ils ne m'ont jamais fait de mal. Et ta mère…

— Elle est pas comme eux.

— Après tout ce temps sans nouvelles de toi, elle doit être inquiète. Elle…

— Elle n'est pas comme tes parents, d'accord ?

Dorian sentit se déployer sa carapace intérieure, jusqu'à recouvrir même son angoisse.

— J'ai souvent eu peur avec elle. Et elle me faisait du mal quand ça lui chantait. Si on va voir les flics, ils me renverront chez elle ou me foutront en maison de correction. Ou peut-être dans une famille d'accueil. Autant rester ici.

— Dis pas ça ! Mes parents s'occuperont aussi de toi. Promis juré. Il t'arrivera rien. Ils ne laisseront personne t'emmerder. Et ils ne laisseront pas ces… ces enfoirés s'en tirer après tout ce qu'ils nous ont fait.

Dorian se contenta de hausser les épaules sans prendre la peine d'argumenter. Mina était intelligente mais elle ne savait pas comment marchait le monde.

Dorian serra brusquement la main de Mina dans la sienne.

— T'as entendu ?

Des éclats de voix. Des bruits de pas précipités.

— Ils arrivent. On fonce !

— Non, non, siffla Mina. Si on court, ils nous entendront comme on les entend. On continue à marcher en se plaquant contre le mur. On avance, mais discrètement. Regarde, là-haut ! Y a une échelle au mur. On grimpe ? Ça doit être une sortie.

Arrivée au sommet, Mina s'agrippa à l'ouverture dans le plafond.

— Y a un couvercle au sommet. Va falloir le pousser. Fais gaffe, c'est un peu glissant.

Elles se calèrent l'une contre l'autre sur l'étroite échelle.

— C'est pas si lourd. Je suis plus grande, laisse-moi faire.

Dorian poussa en serrant les dents.

— Ça s'ouvre. C'est bon !

Tandis que Dorian poussait des deux mains le couvercle métallique, son pied glissa. Malgré la tentative de Mina pour la rattraper, elle chuta. Son genou cogna contre un barreau puis elle sentit sa cheville se tordre et se dérober sous elle en heurtant le béton.

Elle ravala un cri de douleur tandis que Mina l'aidait à se relever.

— Ça va aller. Ça va aller. Je vois de la lumière. Faut monter. Ils se rapprochent.

Mina poussa Dorian et grimpa derrière elle.

— Dépêche ! Faut se magner.

Malgré la douleur qui lui donnait la nausée et le vertige, Dorian gravit les échelons. Elle grimpa jusqu'à émerger sous une pluie battante et des grondements de tonnerre. Mina jaillit derrière elle comme un bouchon de champagne et se hâta de remettre le couvercle en place.

Dans la faible luminosité offerte par l'orage, elles virent ce qui ressemblait à un amas de bâtiments en ruine et abandonnés, deux carcasses de voitures affaissées sur du gravier envahi par les mauvaises herbes, un empilement de planches endommagées et beaucoup de détritus.

Il planait une odeur qui évoquait un recycleur hors d'usage rempli de fruits pourris.

Mais des éclats lumineux brillaient au loin, à travers le mur de pluie.

— Par là !

— Je peux pas courir, Mina. Je peux à peine marcher. J'ai dû me casser quelque chose.

— Appuie-toi sur moi. Si on arrive jusqu'à ces lumières...

Elle s'interrompit en entendant le raclement du couvercle. Passant un bras autour de Dorian, elle traîna son amie jusqu'au tas de bois.

— On se cache, chuchota-t-elle. On bouge pas jusqu'à ce qu'ils s'en aillent.

Un homme s'extirpa de l'ouverture puis s'adressa à quelqu'un en dessous.

— Il y a du sang sur le sol et sur l'échelle. L'une d'elles est blessée.

L'énorme surveillante apparut à son tour.

— J'espère vraiment que c'est la petite merde qui m'a piqué mon badge. Elle va me le payer !

Déjà trempée jusqu'aux os, elle parla dans son communicateur.

— On sait quelle sortie elles ont empruntée. Et l'une d'elles est amochée.

L'homme donna des coordonnées et l'ordre d'envoyer des renforts pour les recherches ainsi que des véhicules pour sillonner les alentours.

Un troisième individu émergea du conduit.

— Elles ne sont pas allées bien loin, déclara-t-il. Elles avaient à peine une minute d'avance sur nous. Dispersez-vous et retrouvez-moi ces petites connes.

— Ils vont nous trouver, chuchota Mina à l'oreille de Dorian. Je vais les attirer à l'écart.

— Non !

— Je peux courir plus vite qu'eux, et avec toute cette pluie, j'ai une chance de les semer. Reste ici, fais pas de bruit. Je vais leur faire croire que t'es avec moi pour qu'ils arrêtent de chercher. Et je t'enverrai de l'aide.

— Tu peux pas…

Mina s'empara d'un bout de bois au bord effilé et repoussa les mèches de cheveux que la pluie avait plaquées sur son visage.

— Reste cachée, te fais pas voir. On a réussi à sortir, Dorian. Pas question d'y retourner.

Elle agrippa une dernière fois la main de Dorian.

— On forme une équipe, souffla-t-elle avant de s'élancer en courant.

— Là ! J'en vois une !

— Fonce, Dorian ! cria Mina. Fonce ! Ne t'arrête pas !

Tandis que Mina s'enfuyait, Dorian ferma les paupières de toutes ses forces. Elle avait essayé de prier plusieurs fois dans sa vie. Ça n'avait jamais fonctionné. Mais elle refit une tentative, de tout son cœur.

Elle entendit une exclamation, suivie d'un hurlement. Mina ? Obéissant à son instinct, elle se releva d'un bond et parvint à faire un pas avant que sa jambe se dérobe sous elle. Sa tête heurta violemment une planche. Elle vit trente-six chandelles. Puis plus rien du tout.

Protégée par un parapluie noir, Tantine se tenait au-dessus du corps. La recrue à laquelle elle avait consacré tant de temps et d'efforts, en laquelle elle avait fondé tant d'espoirs, gisait là comme une poupée de chiffon détrempée, empalée sur une pointe de bois déchiquetée.

« Quel gâchis. »

— Aucun signe de l'autre, indiqua le chef de la sécurité, posté à côté d'elle. Vous parlez d'un fiasco. Je vous ferai un rapport complet après le débriefing. Voulez-vous qu'on l'emmène au crématorium ?

— Non. 238 pourrait contacter la police. Ce n'est pas dans sa nature, mais au cas où elle le ferait, nous retournerons la situation contre elle. Demandez à cette idiote d'infirmière de récupérer la dernière prise de sang de 238. Quand les flics trouveront le corps là où vous le déposerez, il y aura le sang de 238 dessus. Et ressortez les vêtements que portait 232 quand on l'a recrutée. Quant à cette traîtresse, chargez-la dans l'une des camionnettes. Veillez à ce que tout ça soit fait ce soir.

— Bien, madame.

— Je vous transmettrai des instructions précises. Et je ne tolérerai plus de négligence. Compris ?

— Cinq sur cinq.

— La sale petite ingrate…

Tantine décocha un violent coup de pied au cadavre avant de s'éloigner.

2

Dorian se réveilla avec l'impression d'avoir un marteau-piqueur sous le crâne. Son genou était enflé et l'élançait, elle avait l'estomac en vrac. Elle ne se rappelait ni où elle était ni ce qui s'était passé. L'espace de quelques terrifiantes minutes, elle fut même incapable de se rappeler qui elle était.

Comme tout se mettait à tourner quand elle tentait de se redresser, elle finit par rester allongée.

Une puanteur imprégnait l'air et le sol sous elle était rugueux et bosselé. Sa cheville lui faisait mal.

Après avoir vainement tenté de retrouver la dernière chose dont elle se souvenait, elle se concentra sur ce qu'elle savait.

Quelqu'un lui avait fait du mal et elle ne voulait pas rester là ; le quelqu'un en question pourrait très bien revenir.

Elle fit une nouvelle tentative pour s'asseoir, s'arc-boutant contre le vertige, soufflant et sifflant pour tenir bon.

Elle aperçut des bâtiments – des ruines désaffectées – et des détritus.

Elle portait un pantalon gris. De bonne qualité, semblait-il, en dehors de la déchirure ensanglantée au genou gauche. Le tissu était mouillé et lui collait à la peau, tout comme son chemisier blanc.

Tâtant son genou du bout des doigts, elle ne put retenir un cri de douleur.

Elle était chaussée de baskets blanches toutes simples. Sa cheville gauche était gonflée comme un ballon.

Elle avait déjà eu toutes sortes de bosses et de bleus. Quand sa mère s'énervait, elle ne retenait pas ses coups. Sa mère lui avait-elle fait tout ça ?

Non, non, sans doute que non. Elle se rappelait s'être barrée de chez elle. Encore.

Passer Noël à New York. C'était ça qu'elle avait prévu, non ? Mais l'ambiance n'était pas celle des fêtes de fin d'année. Il faisait chaud. Même si elle ne pouvait s'empêcher de frissonner, il faisait chaud.

Elle avait peut-être de la fièvre.

Dans tous les cas, il fallait qu'elle se bouge. Peut-être pourrait-elle dégoter un endroit où piquer des médicaments et une poche de glace.

Elle fouilla dans le tas de bois – ce qui lui valut une belle écharde au doigt – jusqu'à trouver un bout de planche assez long pour constituer une béquille de fortune.

Des larmes de douleur jaillirent tandis qu'elle s'appuyait sur le morceau de bois pour se relever. Elle se dirigea en boitillant vers les lueurs visibles au loin.

S'il y avait de la lumière, il y avait des gens, et donc des portefeuilles à piquer ou des magasins vendant des glaçons et des antalgiques. Une fois qu'elle aurait mis la main sur ce qu'il lui fallait, elle se trouverait une planque où dormir. Dormir jusqu'à ce que la douleur s'évanouisse.

Hébétée, l'esprit comme engourdi dans une tentative de se protéger, elle se mit en marche.

Et marcha. Et marcha.

À peu près au moment où Dorian s'introduisait par une fenêtre brisée dans un bâtiment condamné et sombrait dans le sommeil induit par un mélange d'antalgiques et de tranquillisants, des packs de glace attachés à son genou et à sa cheville, le lieutenant Eve Dallas se penchait sur un corps à l'extrémité nord de Battery Park.

L'orage de la nuit précédente avait dissipé une bonne partie de la vague de chaleur qui s'était abattue sur la ville durant trois jours et plongé le sud de Manhattan dans une fraîcheur inattendue en cette fin juin.

Ça ne durerait pas, mais la matinée était belle.

Si l'on exceptait la gamine…

« Guère plus qu'une gamine », estima Eve.

Avec un nuage de cheveux roux frisés autour d'un visage doux en forme de cœur et des yeux verts rendus vitreux par la mort.

Du sang avait maculé le chemisier blanc en s'écoulant autour du pieu en bois planté dans la poitrine de la jeune fille.

Pas de sang dans l'herbe ou au sol, constata Eve. Il aurait pu être emporté par la pluie, mais le corps était plutôt bien abrité par les branches d'un arbre longeant la piste cyclable.

Elle jeta un coup d'œil vers le chemin – peu fréquenté à cette heure – puis vers l'agent en uniforme qui faisait le piquet à côté d'elle.

— Que pouvez-vous me dire ?

— Pas grand-chose, lieutenant. Ce type est arrivé pour faire son yoga dans le parc au lever du soleil.

L'agent pointa du menton un homme d'environ soixante-dix ans en short de compression et débardeur, un tapis roulé sous le bras. Il se tenait à côté d'un deuxième policier.

— Wilfred Meadows. Il habite à deux rues d'ici et dit apprécier cet endroit pour faire ses, euh, ses salutations au soleil. C'est lui qui a repéré le corps et appelé police secours.

L'agent se racla la gorge.

— À notre arrivée, le témoin était assis en tailleur à deux mètres de la victime, les mains pressées l'une contre l'autre, expliqua-t-il en mimant le geste. Il dit qu'il essayait d'envoyer de l'énergie positive à l'âme de la victime pour son voyage. Et il a versé quelques larmes parce que ce n'était qu'une enfant. Il dit avoir une petite-fille d'à peu près le même âge, rousse elle aussi.

» D'après son témoignage, il vient ici presque tous les matins, fait du vélo sur la piste trois après-midi par semaine et donne un cours de taï-chi dans le parc deux après-midi par semaine. Il n'a jamais vu la victime dans les parages. Il estime qu'il l'aurait remarquée à cause de la ressemblance avec sa petite-fille.

— D'accord. Prenez ses coordonnées et laissez-le rentrer chez lui. On le recontactera… Attendez.

Eve avait aperçu son équipière, l'inspecteur Peabody, qui s'approchait rapidement du cordon délimitant la scène de crime.

— On va pouvoir l'interroger tout de suite, reprit-elle. Peabody !

Eve s'avança jusqu'au ruban jaune.

— Désolée ! Galère de métro, alors j'ai laissé tomber. Notre rotation commence à peine que j'ai déjà deux kilomètres dans les pattes.

— C'est ce type venu faire du yoga qui a trouvé le corps. Les agents ont pris sa déposition. Occupez-vous du suivi avant de le laisser partir.

— Compris.

Peabody retira ses lunettes de soleil arc-en-ciel et les glissa dans une poche de sa veste. Le soleil tapait déjà mais elle savait ce qu'Eve pensait de ces lunettes-là pendant les horaires de travail.

— Elle a l'air d'une enfant.

— C'est le cas. Douze ou treize ans, quatorze max. Je me charge du corps, vous prenez le témoin.

Eve fit demi-tour pour retourner s'accroupir près de la dépouille.

Elle ouvrit son kit de terrain et commença par sortir sa tablette d'identification, sur laquelle elle appliqua le pouce droit de la victime.

— La victime est identifiée comme étant Mina Rose Cabot, domiciliée à Devon en Pennsylvanie. Blanche, rousse aux yeux verts. Un mètre soixante-cinq environ. Parents : Rae et Oliver Cabot, domiciliés à la même adresse. Un frère, Ethan, onze ans.

Elle sortit ses jauges.

— Heure du décès, 23 h 06. La cause semble être la pièce de bois d'environ quarante-cinq centimètres de long et trois centimètres d'épaisseur enfoncée au milieu de sa poitrine. À confirmer par le médecin légiste. Prévoir de faire examiner l'arme au labo.

Une fois ses mains isolées au Seal-It, Eve inspecta celles de la victime.

— Quelques contusions sur les articulations, du sang séché.

Elle préleva un échantillon de sang qu'elle glissa dans une pochette scellée puis enfila ses microlunettes pour inspecter les deux paumes.

— Elle a ce qui ressemble à des échardes dans les paumes des deux mains. Le sang sur le chemisier autour de la plaie correspond à la blessure. On en trouve aussi quelques gouttes sur la manche du chemisier et sur le pantalon. Pas en accord avec la blessure.

Elle secoua la tête.

— D'où est sortie cette espèce de pieu ?

Elle s'assit sur ses talons.

— Tu t'es défendue, hein, Mina ? Tu as cherché à saisir cette lance improvisée. Ou peut-être que tu la tenais dès le départ et que le tueur l'a retournée contre toi.

» La victime a les oreilles percées, deux trous à gauche et un à droite. Pas de boucles d'oreilles. Ni chaussures, ni communicateur, ni portefeuille, ni sac à main. Elle a un petit pendentif en forme de cœur, apparemment en argent. La chaîne est cassée.

» Le tueur aurait donc pris ses boucles d'oreilles, ses chaussures, tout ce qu'elle avait sur elle, mais pas le collier. Il a pu entendre quelqu'un arriver et s'enfuir avant de pouvoir le récupérer. Possible.

Elle rangea ses instruments.

— Aucune autre blessure visible, au visage ou ailleurs. Les vêtements sont intacts. Le médecin légiste devra vérifier s'il s'agit d'une agression sexuelle ou d'un viol, mais cela ressemble à une agression qui a mal tourné. Que venais-tu faire à New York, Mina de Pennsylvanie ?

« Un voyage en famille ? se demanda Eve. Une fugue ? »

La jeune victime ne ressemblait pas à une gamine habituée à vivre dans la rue.

Eve se releva à l'approche de Peabody.

— Les déclarations de M. Meadows sont cohérentes. J'ai toutes les informations. Il vit ici depuis dix-huit ans, travaille comme coach de vie pour À Votre Santé depuis trente-trois ans. Il est marié depuis quarante et un ans. Sa femme est coach de fitness dans la même entreprise. Rousse, tout comme leur fille et l'aînée de leurs petits-enfants. Il a vécu un moment horrible où il a cru que la victime était sa petite-fille, Abigail. Rationnellement, il savait que non, mais l'idée l'a traversé.

— Il s'agit de Mina Cabot, de Devon, en Pennsylvanie. Ça ressemble à une agression, mais…

Eve reporta son regard sur la dépouille.

— Vous voyez comment elle est allongée ? Ce n'est pas spécialement mis en scène mais la posture reste trop propre. Elle ne donne pas l'impression de s'être effondrée là après avoir pris ce pieu dans la poitrine. Et pas de taches d'herbe sur ses vêtements. Ni de sang au sol. On demandera à la police scientifique de vérifier, mais… Retournons-la.

Elles se penchèrent sur le corps. Peabody se protégea les mains à l'aide du spray qu'Eve lui tendit, puis elles firent précautionneusement rouler Mina sur le flanc.

— Réévaluation de la taille de la lance improvisée : soixante centimètres environ, déclara Eve.

Regardez le sang à l'arrière de son chemisier. La pointe est ressortie dans le dos. Pas de sang sous la dépouille, par contre.

— Elle aurait été déposée ici ? demanda Peabody.

— Son chemisier est humide – il n'a pas eu le temps de sécher – et les jauges confirment qu'elle est décédée pendant l'orage de la nuit dernière. Mais le pantalon, lui, est sec. Et le sang qu'il y a dessus n'a pas été dilué par la pluie.

— Il est à sa taille, cela dit. Ou peut-être juste un peu court, comme si elle avait eu une petite poussée de croissance.

— Sa fiche d'identité indique qu'elle fait un mètre soixante-quatre. Morris vérifiera ça.

— Le pantalon est de bonne qualité. Un bleu marine d'écolière.

— Uniforme d'écolière ? demanda Eve, les yeux plissés.

— C'est l'impression que ça me donne. L'uniforme d'une école privée. Ils sont généralement de couleur marine ou grise, parfois beige pour l'été. Mais celui-là est trop épais pour l'été.

— Trop épais pour l'été, répéta Eve d'un air pensif. Morris nous dira s'il y a eu viol. Pourquoi lui changer son pantalon ? Et lui prendre ses chaussures ? On voit à l'état de ses plantes de pieds qu'elle ne se promenait pas pieds nus dans la ville. Pourquoi lui retirer ses chaussures, lui enlever ses boucles d'oreilles, saisir sa carte d'identité et son communicateur – si elle les avait –, mais prendre le temps de lui mettre un autre pantalon ? Parce qu'il semble clair qu'elle ne le portait pas au moment de son décès. Et qu'elle n'est pas morte ici.

— Jolie gamine, commenta Peabody. Très jolie, même.

— Effectivement. Regardez ses ongles. Parfaitement entretenus, propres et soignés, aux doigts comme aux orteils. Des mains douces. Elle n'a pas vécu dans la rue. Vérifiez du côté des signalements de disparition à Devon, voyez s'ils ont quelque chose sur elle. J'appelle la morgue et la police scientifique.

On l'avait déplacée jusqu'ici, estima Eve en passant les appels. Et on avait créé une mise en scène pour que cela ressemble à une agression. Mais l'enjeu n'était ni une paire de chaussures ni un communicateur dernier cri.

— Dallas, l'interpella Peabody. Elle fait l'objet d'une alerte pour disparition d'enfant depuis novembre dernier. Le 9 novembre précisément. Elle n'est pas rentrée de son établissement. Bester, un collège privé. J'ai les noms des inspecteurs sur l'affaire. Et il y a une note indiquant que les parents offraient deux cent mille dollars à toute personne ayant des informations permettant de retrouver leur fille.

— Cette gamine n'a pas vécu dans la rue ces sept derniers mois. Elle a pu fuguer. Nous verrons ce que disent les enquêteurs. Mais elle disposait d'un logement décent. Vous qui vous y connaissez, c'est du vrai bois ou un matériau composite ?

Peabody s'accroupit.

— C'est du pin, dit-elle. Authentique. Apparemment assez ancien. Le laboratoire devra dire à quand il remonte. Je pense qu'il s'agit d'un ancien poteau.

— L'un de vos vieux copains ?

— Haha, pas mal ! Un poteau de cloison, je veux dire. Peut-être arraché par quelqu'un qui se foutrait de préserver un montant en bois massif. Quelqu'un qui rénoverait un bâtiment, comme on le fait actuellement chez nous. Sauf que nous, on ne traiterait jamais un tel matériau de cette façon. Vu comme le bois est déformé, il a dû être exposé aux intempéries. Probablement depuis un moment.

— Une preuve de plus qu'on l'a déposée là. Le tueur n'a pas ramassé ce truc ici par hasard. On enverra des agents interroger les voisins mais quelqu'un l'a amenée ici, après le début de l'orage, et l'a abandonnée sous cet arbre.

» Il aurait pu la lester et la jeter dans le fleuve. On n'est pas très loin.

— Il voulait qu'elle soit retrouvée.

Eve acquiesça.

— Reste à savoir pourquoi. Elle était dehors, sous la pluie, et elle s'est battue. Rien sous ses ongles, donc elle n'a pas griffé son agresseur. Ou alors il lui a nettoyé les ongles avant de la déposer ici. Pas d'ecchymoses au visage, juste quelques marques sur les mains.

— Le combat n'a pas duré longtemps, conclut Peabody.

— Non, confirma Eve en baissant les yeux sur le corps. Vraiment pas longtemps.

Eve attendit d'être de retour au Central et installée à son bureau avec un café revigorant programmé sur son autochef avant de passer les premiers appels.

Plutôt que de commencer par informer la famille, elle contacta l'enquêteur principal chargé de la disparition de Mina.

— Et merde… Bon sang…

L'inspecteur Sharlene Driver se passa les mains sur un visage à la peau très mate puis massa les paupières de ses yeux noirs. Lorsqu'elle baissa les bras, elle avait retrouvé un regard impassible de flic.

— Je vous serais reconnaissante de me donner les détails, lieutenant.

— Vous les aurez. Mon équipière est en train de rédiger son rapport. Elle vous le transmettra. Et je répondrai à toutes vos questions. J'en ai moi-même à vous poser.

— Et si j'anticipais certaines d'entre elles et vous rendais la pareille en vous envoyant nos dossiers ?

— Parfait.

— Cette famille, c'est des gens bien, lieutenant. La mère est avocate, spécialisée dans les droits civiques. Elle fait beaucoup de travail bénévole. Le père est médecin généraliste, il a son propre cabinet. Ils sont à l'aise financièrement sans être bourrés de fric non plus. Pas du genre à pouvoir payer une grosse rançon si on kidnappe leur enfant. Mina avait des résultats exceptionnels à l'école et un bon cercle d'amis. Pas de petit copain sérieux, mais elle était amoureuse d'un garçon de sa classe. Nous l'avons interrogé, ainsi que sa famille et ses amis. Rien n'indiquait que Mina puisse vouloir fuguer. Rien.

Driver marqua une pause avant de reprendre.

— On explore toujours cette piste. La gamine se braque et décide de mettre les voiles. Mais on n'est pas dans ce cas de figure. Elle avait négocié un rendez-vous en vidéo, une sortie de groupe virtuelle avec ce garçon et deux autres couples. Et elle avait hâte d'y participer. Elle rentrait chez elle après son entraînement de football.

— Horaire et itinéraire habituels ?

— Oui, et c'est l'un des trucs notables. Le trajet ne fait que huit cents mètres, dans un quartier sympa, avec un petit bosquet d'arbres le long du chemin. L'autre truc, c'est que bien que ses parents l'aient mise en garde contre les inconnus et tout ça, et que Mina soit futée, elle était aussi du genre à essayer d'aider les gens ayant besoin d'un coup de main. Elle devait tenir ça de ses parents.

— Quelqu'un connaissait son itinéraire et a profité de sa nature altruiste pour l'enlever.

— C'est ce qu'on s'est dit. Pas de demande de rançon. On a reçu des appels à son sujet mais c'était globalement du bidon et rien n'a abouti. Le seul truc vaguement utile, c'est que quelqu'un avait cru voir une camionnette dans le secteur. Une camionnette noire, marron… ou peut-être bleue. Avec ou sans fenêtres.

— Je vois le genre.

— Le père était parti un peu avant 17 heures chercher son fils chez ses amis, là où le gamin avait l'habitude d'aller après l'école. Mina était censée revenir à ce moment-là, mais il ne s'est inquiété que vers 17 h 30, quand sa femme est rentrée à la maison. Ils ont appelé le communicateur de Mina, sans réponse. Ils ont commencé à contacter ses amis, son entraîneur de foot. Et pendant qu'Oliver, le père, sortait pour faire le tour du quartier, Rae a appelé la police.

» Ils n'avaient pas perdu espoir, lieutenant. Ils vont être anéantis. Si vous voulez bien nous laisser les prévenir, mon équipier et moi. On les connaît bien maintenant.

— Je vais veiller à ce que vous receviez rapidement le rapport. Il faudra que je leur parle, mais ça peut attendre plus tard dans la journée.

— Je peux vous dire qu'ils prendront la route pour New York aujourd'hui. Ils n'attendront pas.

— Donnez-leur mes coordonnées. Je trouverai le temps de leur répondre.

— Ils vont me demander si elle a été violée.

— Je ne peux pas vous fournir cette information. Elle est actuellement entre les mains de notre médecin légiste. C'est lui qui le déterminera. Que portait-elle le soir de sa disparition ?

— Son uniforme scolaire, sa tenue de foot devait être dans son sac. Chemisier blanc à manches longues, pantalon bleu marine. Elle avait l'habitude de fourrer le blazer de son école, qu'elle trouvait nul, dans son sac à dos et de mettre un sweat à capuche blanc. Idem pour ses chaussures d'uniforme, des mocassins marron foncé. Elle aurait plutôt porté ses chaussures de sport blanches.

— Des bijoux ?

— Trois boucles d'oreilles. Deux cœurs en argent, une étoile bleue, plus un pendentif en forme de cœur en argent. En principe, elle avait sur elle son communicateur, sa carte d'identité, environ vingt dollars en liquide, sa tablette, ses devoirs scolaires et le classeur pour les ranger, des écouteurs, le maquillage officiellement autorisé… et celui qu'elle emportait en douce. Sa mère était au courant. Une brosse à cheveux, des élastiques et une petite trousse de premiers secours. Son père insistait pour que ses deux enfants en aient une sur eux. Nous n'avons retrouvé aucun de ces effets.

La personne qui l'avait kidnappée avait voulu que ça ait l'air d'une fugue, estima Eve en raccrochant. Tout comme le tueur avait cherché à faire croire à une agression. Afin, dans les deux cas, de gagner du temps. Ce qui l'amenait à penser que le vol et le meurtre étaient le fait du même individu. Ou des mêmes individus.

Elle se leva pour commencer à mettre en place son tableau de meurtre.

Elle ne s'interrompit pas en entendant le pas sonore de Peabody dans le couloir menant à son bureau.

— Envoyez le rapport à l'inspecteur Driver, dit-elle simplement.

Peabody sortit son mini-ordinateur et s'exécuta.

— Les policiers de Devon se chargeront d'informer la famille. Et ils nous enverront leurs dossiers. Ils ont conclu à un enlèvement plutôt qu'à une fugue. Je suis d'accord avec eux. La victime n'a pas décidé de filer vers New York en sortant de son entraînement de foot et avec moins de vingt dollars en poche.

» Je peux sentir les regards suppliants que vous jetez à l'autochef, lança-t-elle sans se retourner. Prenez-vous un café. Et programmez-m'en un autre.

— Mes regards étaient plus alléchés que suppliants, précisa Peabody.

— On examinera les antécédents des parents, par sécurité. Cherchez d'éventuelles dettes ou des paiements qui ne collent pas. Les flics locaux l'ont déjà fait, mais on vérifie. Elle fréquentait plus ou moins un garçon. Penchons-nous aussi sur lui pour voir s'il n'avait pas un père, un frère, un oncle du genre pervers. Même chose du côté de ses profs et entraîneurs.

— Compris.

— On cherchera aussi tout lien potentiel avec New York, parce que c'est ici qu'elle a été amenée et séquestrée. Aucun signe d'entraves ou de contrainte par la force à ce stade.

— Peut-être qu'on la droguait.

— L'examen toxicologique nous le dira, tout comme Morris déterminera si on s'est servi d'elle à des fins sexuelles. Pourquoi s'emparer d'une jolie adolescente si ce n'est pour obtenir une rançon – or aucune demande de rançon n'a été formulée – ou pour du sexe ?

— Pour en faire l'équivalent d'un droïde domestique ? La faire bosser comme une esclave ?

— Pas vu l'état de ses mains et de ses ongles. Au contraire, on a pris soin d'elle, elle était manucurée.

— Vous avez raison. On lui avait fait une *french manucure* classique, aux doigts et aux orteils. Un truc classe, pas tape-à-l'œil.

— Classe, répéta Eve en saisissant sa tasse. Si c'était sexuel, il voulait que ce soit classe. Ou… il pourrait s'agir de pédopornographie. Treize ans, c'est à la limite. On parlerait plus de porno pubère. Sous forme de photos, de vidéos.

Eve contempla la photo d'identité affichée sur son tableau, ce visage jeune, frais, avenant.

— Une jolie rousse à la peau claire, avec quelques courbes. Toute jeune mais déjà… bourgeonnante ?

— C'est tellement malsain, souffla Peabody.

— Oui, tout comme planter un morceau de bois dans la poitrine d'une enfant. McNab a bossé un temps aux Mœurs. Demandez-lui ce qu'il en pense.

Ce serait d'autant plus simple que le geek de la DDE était le compagnon de Peabody.

Eve recula de quelques pas pour avoir une vision globale du tableau.

— Une jolie jeune fille rentre à pied de l'école située à huit cents mètres de chez elle, en faisant chaque jour le même trajet. Une cible facile. Mais le voisinage huppé complique un peu les choses. Quelqu'un a pris le temps de l'observer et de préparer son coup. Ce quelqu'un disposait d'un moyen de transport. Je parie qu'il avait déjà fait ça avant. Peut-être pour revendre les enfants qu'il enlève. À des fins de prostitution ou au service de sites pornos clandestins.

» En tout cas, ça doit valoir le coup car ça justifie de s'occuper d'elle pendant des mois, de la garder propre et en bonne santé, le tout en l'enfermant ou en la droguant, ou en la persuadant qu'elle mène la grande vie. Il faut que ça rapporte. Assez pour prendre le risque de la transporter hors de l'État où elle a été enlevée.

— C'est peut-être ce qui s'est passé, suggéra Peabody. Mais quelque chose a mal tourné et elle s'est enfuie.

— Peut-être. C'est tout à fait possible. Il la tient depuis tout ce temps, il relâche un peu sa vigilance et elle essaie de s'échapper.

Eve regarda la photo de la scène de crime.

— D'où provient cette arme ? De l'endroit d'où elle s'est enfuie, si c'est bien ça ?

Elle retourna à son bureau pour ouvrir le dossier sur le meurtre de Mina.

— Allez parler à McNab et dressez une liste des pédophiles identifiés du côté de Devon et à New York.

— Ça va faire une sacrée liste.

— Uniquement ce qui concerne les filles entre onze et quatorze ans. Les plus jeunes ne correspondront pas. Les plus âgées sortent du cadre de ce genre d'obsession. Sans violences, à moins que Morris ne nous en signale. Il a conservé son uniforme d'écolière, murmura Eve. En tout cas le pantalon. Le chemisier, par contre... Driver a parlé de manches longues pour le jour de son enlèvement. À confirmer absolument parce qu'elle portait des manches courtes et retroussées lorsqu'elle a été tuée. On pourra peut-être remonter la piste de ce chemisier.

— Il a pu lui changer son pantalon mais pas son haut, conclut Peabody. Mais pourquoi avoir gardé le pantalon ?

— Il se constitue peut-être une collection... Ah, voilà le dossier de Devon. Allez-y.

Eve lut l'ensemble du dossier, depuis le rapport d'incident initial jusqu'aux différentes étapes de l'investigation en passant par les entretiens, les déclarations et la chronologie établie par les enquêteurs. Elle étudia le plan du quartier, l'emplacement de la maison par rapport à l'école et la distance entre les deux et le bosquet d'arbres.

Un travail minutieux, estima-t-elle. Ses collègues de Devon n'étaient ni des crétins ni des fainéants. Ils avaient bossé dur, examiné chaque piste plutôt deux fois qu'une.

Elle trouva en pièce jointe une liste de pédophiles identifiés dans un périmètre incluant la ville de Philadelphie, relativement proche.

Eve consulterait aussi les interrogatoires des individus concernés. Mais elle commença par afficher la liste avant de lancer une nouvelle recherche en la restreignant à ses paramètres.

Des jeunes filles entre onze et quatorze ans.

Elle fit de même pour New York, en se limitant dans l'immédiat à Manhattan.

Puis, mettant à l'épreuve ses compétences techniques, elle programma une autre requête pour établir les liens éventuels entre la liste réduite de Pennsylvanie et celle de New York.

Pendant que l'ordinateur œuvrait, elle posa ses bottes sur son bureau, reprit son café et contempla le tableau.

Mains et pieds propres et choyés, aucune trace de liens ou d'entraves, pas de signes extérieurs de malnutrition ou de violences.

Il reviendrait à Morris de le confirmer ou de l'infirmer, mais pour l'instant…

Qu'est-ce qui faisait qu'une jeune fille de treize ans restait des mois avec son ravisseur ?

Il pouvait s'agir de quelqu'un qu'elle connaissait, en qui elle avait confiance. Mais rien dans le rapport de Driver n'allait dans ce sens. Et d'après ce qu'Eve pouvait voir, son équipier et elle n'avaient écarté aucune possibilité.

L'absence de contrainte physique ne voulait pas dire qu'on ne l'avait pas enfermée ou droguée pour la rendre docile. On avait pu lui laver le cerveau, la menacer.

Un pantalon d'uniforme scolaire et un simple chemisier blanc. Plus ce collier. Étrange qu'on lui ait permis de garder le pendentif mais pas les boucles d'oreilles.

Parce qu'il ne s'agissait clairement pas d'une agression ayant dérapé.

— Tu as réussi à prendre la fuite, hein, Mina ? Et quand il t'a rattrapée, tu t'es défendue. Et tu en es morte. Tu avais peut-être encore ton pantalon. Ou alors il te l'a remis pour laisser penser que tu avais fugué. Il t'a laissé ta chaîne cassée pour faire croire à une agression ou à une bagarre.

« Juste une gamine de plus qui finit mal après une fugue. »

— Mais tu n'as pas le profil. Regardez-moi ce visage. Une jolie fille à la peau douce comme des pétales de roses blanches. Et un corps qui bourgeonne tout juste. Celui qui t'a enlevée a tenu à préserver ta beauté pour une raison bien précise.

Quand l'ordinateur annonça la fin de sa première recherche, Eve reposa les pieds par terre et pivota vers l'écran.

Elle allait identifier cette raison.

3

Peabody revint alors qu'Eve effectuait une autre série d'analyses croisées.

— McNab m'a donné un contact, l'inspecteur Willowby. Elle vient d'être transférée du commissariat 406 au Central. Elle travaille à la brigade des Crimes sexuels, principalement sur des affaires concernant des mineurs. Je lui ai parlé.

Connaissant l'inconfort du siège réservé aux visiteurs dans le bureau d'Eve, Peabody y posa à peine une demi-fesse.

— Elle comparera le portrait de Mina à toutes les vidéos et photos dont ils disposent. Il existe sur le darknet des groupes de discussion et des sites de partage. On y…

— … échange ou troque des esclaves, sexuels comme domestiques.

— Vous étiez au courant. Bon sang, d'après Willowby, certains des mineurs qu'ils sortent de là prétendent que c'est consensuel, qu'ils obéissent à un rituel religieux… ou un autre bobard dont on leur a bourré le crâne. Parfois, ils les font commencer très jeunes. Il y a même des bébés qu'ils…

Prenant conscience de ce qu'elle était en train de dire, Peabody s'interrompit, embarrassée. Elle se recala sans réfléchir au fond de son siège... et se releva vite, le derrière meurtri.

— Pardon. Désolée, Dallas.

— Ne soyez pas désolée. Ça me permet d'avoir une meilleure compréhension des choses. J'avais probablement encore quelques années devant moi avant qu'il me revende. Il a merdé en me violant, ce qui l'a empêché de me mettre sur le marché en tant que vierge. Les vierges valent généralement plus cher. D'un autre côté, certains préfèrent une fille déjà déflorée.

« Ou simplement brisée », pensa-t-elle.

Ce qu'elle avait indéniablement été.

— Mais on n'est pas dans ce genre de cas, reprit Eve. Il y a de fortes chances qu'elle ait été kidnappée du fait de son apparence et de son âge, douze ans au moment de l'enlèvement. Mais pourquoi la garder si longtemps avant de la revendre ? L'usage personnel du ravisseur et le profit via le porno sont les deux motivations les plus probables. Et une fois qu'elle est trop âgée pour la pédopornographie et pour plaire au kidnappeur, il la refile à quelqu'un d'autre.

— C'est plus ou moins ce que m'a dit Willowby. Elle m'a aussi indiqué, quand je lui ai parlé de sa manucure et de son état général, que la victime correspondait à ce qu'ils appellent la catégorie Princesse.

Eve se figea, intriguée, puis pivota vers son équipière.

— Princesse... c'est-à-dire traitée comme telle ?

— Oui. Sans doute avec l'aide de drogues pour affaiblir le libre arbitre, au moins au début. Mais de beaux vêtements, du maquillage, de jolis trucs, une salle de jeu… Probablement sans fenêtres et avec la porte fermée à clé. Des peluches et des jouets pour les plus jeunes.

— La carotte plutôt que le bâton. Je n'ai jamais compris pourquoi on ne parlait pas de bonbon ou de glace, d'ailleurs. Qui salive vraiment à l'idée de manger une carotte ?

Elle y réfléchit quelques instants avant de chasser les légumes de son esprit.

— Le bâton, c'est pour le manque de coopération. Une gamine des rues serait susceptible de se vautrer dans ces conditions perçues comme luxueuses. Mais quelqu'un comme Mina ne se laisserait pas convaincre aussi facilement.

Elle jeta un coup d'œil à sa montre.

— Voyons si Morris peut nous en dire plus.

Elle s'apprêtait à se lever quand son communicateur bipa. Elle baissa les yeux sur l'écran.

— Une seconde. Les parents de la victime.

» Ici le lieutenant Dallas.

L'homme à l'écran était blanc comme un linge et le bleu de ses yeux rougis presque vitreux.

— Lieutenant Dallas. Je suis…

Sa voix se brisa.

— Monsieur Cabot. Je vous présente mes plus sincères condoléances.

— Sharlene… L'inspecteur Driver a dit que vous étiez absolument sûre que c'était elle.

— Effectivement, monsieur. Je comprends à quel point c'est difficile pour vous et votre famille.

Je peux vous assurer que découvrir qui vous a enlevé Mina est une priorité pour ma coéquipière et moi.

— Elle… Notre Mina, est-ce qu'on l'a… ?

« Violée », termina silencieusement Eve, consciente que le père n'avait pas la force de prononcer le mot.

— Mina est prise en charge par le médecin légiste en chef de New York. Laissez-moi vous assurer qu'elle ne pourrait être entre des mains plus compétentes et respectueuses que celles du Dr Morris. Nous sommes sur le point de nous rendre à la morgue.

— Il faut qu'on la voie. Qu'on la ramène à la maison.

— Vous ne serez pas en mesure de la ramener chez vous dans l'immédiat, mais je ferai en sorte que vous puissiez la voir. Je peux organiser votre transport, monsieur Cabot, ainsi que l'hébergement si vous prévoyez de passer la nuit ici.

— On ne repartira pas sans Mina. On doit ramener notre fille à la maison. On doit…

Il s'interrompit, en larmes. Tandis qu'il s'efforçait de se reprendre, Eve expliqua :

— Nous allons devoir garder Mina ici un certain temps. Lorsque nous nous entretiendrons avec le Dr Morris, nous l'informerons que vous viendrez la voir. Nous aimerions vous parler, ainsi qu'à votre femme et à votre fils, s'il vous accompagne. Je sais que vous avez déjà tout dit sur sa disparition à l'inspecteur Driver et à son équipier, mais ça nous serait utile.

— Il faut qu'on sache ce qui lui est arrivé !

Chaque mot résonnait d'un chagrin immense, inimaginable.

— Nous ferons tout ce qui est en notre pouvoir pour le déterminer. Souhaitez-vous que j'organise transport et hébergement pour vous, monsieur Cabot ?

— Non, je... On va prendre la voiture. On vient en voiture. Si... si... si vous pouviez me donner le nom d'un hôtel proche de Mina. Je me dis qu'il faut qu'on s'installe près d'elle, mais je ne sais pas où elle est, souffla-t-il en se couvrant le visage de ses mains. Je ne sais toujours pas où est mon bébé...

— Monsieur Cabot, nous allons vous réserver des chambres à l'hôtel Hanover. C'est juste à côté de Mina. Votre fils vient-il avec vous ?

— Oui, oui.

— Nous prendrons deux chambres avec une grande pièce partagée. Ça vous conviendra ?

— Oui, merci, oui.

Eve fit un signe à Peabody tout en dictant l'adresse à Oliver Cabot.

— L'hôtel dispose d'un parking souterrain. Je peux faire en sorte que quelqu'un vous y retrouve et vous conduise à Mina. Ce n'est qu'à quelques rues de là.

— Merci beaucoup.

— Contactez-moi à votre arrivée. Encore une fois, nous vous présentons toutes nos condoléances.

— Je sens que c'est sincère. Lieutenant, pouvez-vous me dire honnêtement si vous êtes douée pour ce métier ?

— Je le suis.

— J'espère que ça aussi, c'est sincère. Merci. Nous partirons dans l'heure.

Une fois qu'Eve eut raccroché, Peabody soupira.

— C'était presque aussi difficile que de leur annoncer nous-mêmes la nouvelle. Il a bataillé dur pour ne pas s'effondrer.

— Vous leur avez trouvé un hébergement ?

— Une suite avec deux chambres. J'ai opté pour le service d'étage personnalisé. Ils auront besoin de tranquillité.

— Très bien. Allons prouver qu'on est douées pour ce métier.

Eve savait que Morris était l'un des meilleurs dans le sien. Et, en s'engageant avec Peabody dans le long tunnel blanc de la morgue, elle avait bon espoir qu'il leur en apprendrait plus sur Mina Cabot.

Malgré le parfum de synthèse au citron et les effluves de mauvais café, l'odeur de la mort flottait toujours dans l'air. Le bruit de leurs pas résonnait sur le carrelage blanc brillant.

De la musique provenait de la salle d'autopsie de Morris. Un morceau aux sonorités excessivement joyeuses aux oreilles d'Eve, avec beaucoup de guitares et de jeunes voix féminines.

Vêtu d'une cape de protection transparente pardessus son costume bleu ciel, Morris refermait méticuleusement l'incision en Y qui barrait la poitrine de Mina. Aujourd'hui, il avait divisé ses longs cheveux noirs en trois tresses réunies sous un épais bandeau assorti à sa cravate violette – que lui aurait sans doute qualifiée de « mauve ».

Il leva les yeux vers elles, marqua un temps d'arrêt.

— C'est toujours atroce d'avoir affaire à une enfant. Alors je lui offre de la musique que les filles de son âge apprécient généralement. Volume réduit à cinquante pour cent, ordonna-t-il à l'ordinateur.

Les voix se transformèrent en murmures.

— Ses parents arrivent, peut-être avec son jeune frère, dit Eve. Ils seront là dans environ trois heures.

— Elle sera prête pour eux. Elle a un visage si doux.

Il toucha la joue de Mina du revers de sa main isolée.

— Peabody, vous voulez bien aller nous prendre des boissons fraîches ? Le coup mortel était assez puissant pour que l'extrémité pointue du pieu la transperce et ressorte entre ses omoplates. Une trajectoire légèrement ascendante.

— Par le bas.

— De face, mais légèrement en dessous du point d'entrée.

— Elle avait des échardes dans les deux paumes.

Morris prit le soda au gingembre tendu par une Peabody qui connaissait bien ses goûts et décapsula le tube.

— J'attends l'analyse de l'arme par le labo mais on voit bien que les bords sont mal taillés. Elle aura attrapé des échardes en l'agrippant.

Eve acquiesça et se mit à faire les cent pas en visualisant la scène.

— L'hypothèse la plus probable ? C'était elle, la marchandise. Elle avait de la valeur. Elle brandit l'arme en premier pour repousser quelqu'un ou se défendre. Mais le tueur la lui arrache. Elle se débat – ce qui explique ses phalanges meurtries – et essaie de la récupérer, d'où les échardes. Et, au terme de la lutte, elle se prend le pieu dans la poitrine.

— Avec une force certaine, ajouta Morris.

— Son adversaire était suffisamment en colère, ou trop occupé à essayer de la maîtriser, et elle s'est pris la pointe en pleine poitrine.

— En plein cœur. Une bonne chose, si l'on peut dire, car elle n'aura pas souffert.

— Mais elle n'est pas tombée après le coup mortel, ajouta Eve. Je n'ai trouvé aucune blessure indiquant une chute. Et à présent que j'ai ses genoux sous les yeux, il est évident qu'elle n'est pas tombée dessus non plus. Donc le tueur ne l'a pas laissée s'écrouler. Elle a un bleu sur la hanche, par contre. Un coup de pied, peut-être ?

— Oui, sans doute donné avec le bout légèrement arrondi d'une chaussure. *Post-mortem*, mais très proche du moment du décès. Pas d'autres lésions, confirma Morris, à part la blessure mortelle et les contusions au niveau de ses phalanges. Elle constituait une marchandise, comme vous le disiez. Un objet de valeur.

— Un enlèvement et non une fugue. Tout indique qu'il s'agit d'un kidnapping. Pas de demande de rançon alors que la famille aurait sûrement pu réunir une belle somme. Elle valait plus que ça aux yeux de quelqu'un d'autre, quelqu'un qui ne lésinait pas sur les manucures et pédicures.

— Oui, j'avais noté ça. Il l'a également maintenue en bonne santé. Corps, cheveux, peau. Aucun signe d'usage de drogues. Et elle est vierge. Pas de pénétration, pas de viol, pas de signes d'agression sexuelle.

« On ne l'a pas gardée pour un usage personnel », conclut Eve.

— Les vierges valent généralement plus cher. En quoi consistait son dernier repas ?

— C'est plutôt intéressant. Elle avait mangé une salade verte avec des carottes, des tomates, des concombres, des pois chiches, une portion de poisson blanc grillé et du riz brun, plus des épinards sautés – très bons pour la santé – et une tarte aux fruits rouges.

— Un dessert, donc ?

— Un repas sain et équilibré. Pas d'alcool dans son organisme. Tisane sans sucre. J'ai cependant retrouvé des traces de vomi dans son œsophage et le fond de sa gorge. Accompagnées de quelques écorchures.

Morris mima le geste de s'enfoncer deux doigts dans la gorge.

— Elle s'est fait vomir, dit Eve en se rapprochant du corps. Elle a régurgité son dîner, fait semblant d'être malade. Elle avait un plan.

— Dans la mesure où je ne vois aucun signe qu'elle se soit gavée et purgée de façon régulière ou compulsive, je suis d'accord.

— Elle voulait détourner l'attention pour pouvoir s'enfuir. Elle a réussi à sortir mais il l'a rattrapée.

— Je voudrais faire mention de ses dessous.

— Ses dessous ?

— Sa tenue, quoique très classique, est adaptée à son âge. Le soutien-gorge et la culotte, par contre, sont plus matures, plus sexy. Je les ai envoyés à Harvo.

La reine des cheveux et des fibres raconterait à Eve tout ce qu'il y avait à savoir à leur sujet.

— Harvo dispose aussi des vêtements et d'un échantillon des cheveux de Mina. Vous aurez bientôt le rapport toxicologique, mais comme je l'ai dit, il n'y a aucun signe de consommation de drogues ou d'alcool. Rien de régulier, en tout cas.

» Elle était en bonne santé, avec une musculature tonique et une excellente hygiène dentaire, y compris de petits redressements il y a environ deux ans. Elle n'a pas connu de fracture au cours de sa courte vie. Je me demande ce qu'elle aurait pu devenir si on l'avait laissée vivre le restant de ses jours.

— On ne le saura jamais mais je compte bien mettre le grappin sur celui ou ceux qui l'en ont empêchée. Vous avez vérifié sa taille ? D'après Peabody, le pantalon qu'elle portait – et je parie que c'est celui qu'elle portait au moment de sa disparition – était un peu court. Sa carte d'identité indique un mètre soixante-quatre.

— Elle a pris un bon centimètre depuis. Quand a-t-elle été enlevée ?

— En novembre dernier.

— Pas étonnant qu'elle ait un peu grandi.

— D'accord. Bien vu, Peabody. Est-ce qu'elle se serait développée par ailleurs ?

— En termes de puberté ? Très probablement, oui. Elle commençait tout juste à devenir femme.

— Merci. Le père me préviendra à leur arrivée. Ils séjourneront à l'hôtel Hanover. Je vous tiendrai informé.

— Nous nous occuperons d'eux. Et d'elle. Bonne chasse à toutes les deux.

Il reporta son regard sur Mina.

— Un si joli minois…

Tandis qu'elles ressortaient, Eve l'entendit relancer la musique.

— Allons au labo. Nous pourrons peut-être pousser Dickhead à accélérer les analyses toxicologiques et sanguines, dit-elle.

— Vous avez un pot-de-vin sur vous ? demanda Peabody.

Familière du fonctionnement du responsable du labo, Eve roula les épaules plutôt que les yeux.

— C'est la saison du base-ball. J'ai quelques places dans les loges à lui offrir. Consultons-le en premier, poursuivit-elle comme elles repartaient vers le tunnel. Il a fait un caca nerveux la dernière fois qu'on est directement allées voir Harvo. Et je veux ces analyses.

— Sans oublier les sous-vêtements, dit Peabody. Ce qu'a dit Morris colle avec l'idée de tournage de vidéos pornos, d'autant plus qu'elle n'a pas été violée et n'a pas eu de rapports sexuels.

— Il y a bien des façons de violer sans pénétrer.

Consciente que son lieutenant parlait en connaissance de cause, Peabody se fit silencieuse.

Au sein du défilé de blouses blanches du laboratoire bourdonnant d'activité, Eve repéra le crâne dégarni de Dick Berenski, le technicien en chef. Elle vit sa tête d'œuf filer vers la droite, s'arrêter un instant, puis repartir vers la gauche comme il faisait rouler sa chaise d'un bout à l'autre de son plan de travail. Eve aurait préféré s'adresser directement à Harvo, mais contrarier Dickhead – qui n'avait pas usurpé son surnom[1] – ne l'aiderait pas à obtenir les rapports attendus.

---

1. *Dickhead* est un terme argotique qui peut être traduit par « tête de nœud ». *(N.d.T.)*

Avait-il senti leur présence ? En tout cas, il releva la tête et braqua son regard sur Eve alors qu'elles se frayaient un chemin vers son poste de travail.

Il avait rasé l'espèce de chenille dégoûtante qui lui tenait lieu de moustache. Au moins n'aurait-elle pas à s'efforcer de ne pas y poser le regard. Il les observa avec une moue dédaigneuse, sans cesser de faire virevolter ses longs doigts crochus sur son clavier.

— Vous savez quand nous avons reçu vos échantillons ? Et combien d'affaires nous avons à traiter avant la vôtre ?

— Les parents de la victime sont en route pour New York. Je viens vous voir avant de m'adresser à Harvo pour savoir si elle a trouvé quelque chose côté cheveux et fibres. Les vêtements de la victime constituent une piste importante.

— Harvo a aussi du pain sur la planche. Vous n'êtes pas les seuls flics à vouloir des résultats pour hier.

— Mais à ma connaissance, nous sommes les seuls avec une victime de treize ans enlevée en rentrant de l'école, transportée jusqu'à New York et séquestrée pendant plus de sept mois avant de se prendre un pieu en pleine poitrine.

Elle s'apprêtait à mentionner les places de choix pour le base-ball mais décida de se défouler un peu d'abord.

— À ce moment précis, la thèse privilégiée est celle de la pédopornographie. Je vais demander à Harvo de donner la priorité aux sous-vêtements sexy qu'elle portait. Ils pourraient nous permettre de remonter jusqu'au salopard qui l'a kidnappée pour que d'autres paient pour s'astiquer en la matant dans sa petite tenue affriolante.

» Et puisque vous m'avez clairement fait savoir que c'est vous qui régnez sur ce laboratoire, nous vous en informons également, ajouta-t-elle avec véhémence.

— Ça va, ça va, calmez-vous, répondit-il en courbant ses épaules étroites, l'air renfrogné. J'ai les résultats de vos analyses toxicologiques ici même.

Il pointa du doigt l'un de ses écrans.

— *Clean*. Pas d'alcool, pas de drogues, légales ou non. Je vous avais déjà donné la priorité. Quand la victime est mineure, elle se retrouve au sommet de la pile.

Dickhead ne se comportait donc pas toujours comme une tête de nœud.

— Rien du tout ? demanda Eve.

— *Niet*. Impossible de dire si on ne lui avait pas filé un truc qui se serait dissipé avant, disons, les quarante-huit heures précédant le décès. Mais rien à signaler au niveau toxicologique. Même chose pour les échantillons sanguins que vous nous avez envoyés et qui ne provenaient pas d'elle.

Eve sentit son instinct se réveiller.

— Lesquels ne provenaient pas d'elle ?

— J'ai fait les analyses sanguines moi-même. Mes collaborateurs sont débordés.

Il roula vers l'autre extrémité du bureau, indiqua un écran d'un geste du menton.

— Les prélèvements sur la manche du chemisier et la jambe du pantalon – les deux du côté droit – ne correspondent pas au sang de la victime. Pas le même groupe sanguin.

— Il va me falloir l'ADN.

Il lui lança un regard acerbe.

— Non mais vous voyez pas ce qu'il y a à l'écran, Dallas ?

— Si je savais déchiffrer tous ces trucs, je serais assise à votre place.

— J'ai déjà lancé l'analyse ADN. Vous auriez dû être plus attentive en cours de sciences.

— J'ai des gens comme vous pour ça. Combien de temps avant d'identifier ce sang ?

— Je viens juste de démarrer le programme. Ça va forcément prendre un moment, d'accord ? Même si l'ADN en question est associé à des délits antérieurs ou je ne sais quoi. Je suis fort dans ma partie, mais je ne suis pas magicien.

Son appareil choisit ce moment pour émettre un long bip.

— *Échantillon d'ADN identifié.*

— Ben ça ! C'est allé super vite, s'étonna Berenski.

— Dorian Gregg, lut Eve. Âge : treize ans. Quelques semaines de moins que la victime. Domiciliée à Freehold dans le New Jersey. Sa mère est Jewell Gregg, statut de mère professionnelle. Père inconnu.

— Elle a un casier, Dallas.

Eve hocha la tête en scrutant le portrait en vignette à l'écran.

— C'est pour ça que l'ordinateur l'a trouvée si rapidement.

Peabody avait déjà dégainé son mini-ordinateur.

— Vol à l'étalage à dix ans. Épinglée deux fois pour absentéisme scolaire. Fugue – deux fois là aussi, à neuf et onze ans. Elle avait une assistante sociale attitrée.

— Des gamines qui s'entretuent, marmonna Berenski.

— Je ne crois pas, dit Eve. Elle était sur les lieux. Elle avait le même âge que la victime, et regardez-la. C'est une très jolie fille. Notre suspect aime les jolies filles. D'après Morris, le pieu a transpercé la victime avec une certaine force. Un ado plus costaud aurait peut-être pu faire ça. Mais celle-ci fait un mètre soixante-sept et cinquante kilos à peine. Filiforme.

— Elles se sont enfuies ensemble, conclut Peabody.

— C'est ce qui me semble le plus probable. Je veux bien croire que, dans le feu de l'action, une gamine ait pu en frapper une autre avec cette arme, mais impossible que cette gamine-ci ait ensuite réussi à transporter le corps ailleurs. Pas seule en tout cas.

» Merci d'avoir travaillé si vite, dit Eve à Berenski. Envoyez-moi les rapports et mettez Mira en copie. Peabody, transmettez tout ce que nous avons à Mira et faites-lui savoir que j'ai besoin d'une consultation. Demain matin si elle ne peut pas dans l'après-midi.

— Vous pensez qu'un enfoiré enlève des petites filles et leur fait tourner du porno ? demanda Berenski avec une moue de dégoût. Si vous avez besoin d'autre chose, ce sera traité en urgence.

— Merci. Allons voir si Harvo a quelque chose à nous dire.

— Précisez bien que j'ai dit que c'était prioritaire ! leur lança Berenski comme elles s'éloignaient.

Peabody hâta le pas pour suivre les longues enjambées d'Eve.

— Vous n'avez même pas eu à sortir vos places pour le base-ball.

— Elles me serviront la prochaine fois. Il va y en avoir d'autres.

— D'autres enfants ?

— À mon avis, c'est déjà le cas.

Eve repartit à travers les couloirs labyrinthiques du laboratoire.

— Et plus d'un suspect impliqué pour s'emparer des filles. Pennsylvanie et New Jersey. Ces deux États sont relativement proches de New York, mais ce sont des territoires bien distincts. Enlever une fille nécessite d'avoir l'occasion de la croiser avant, et de l'étudier de près avant de la kidnapper. Et Mina n'était ni ligotée ni enchaînée.

— Pas comme Mary Kate Covino et les autres. Pas comme avec Dawber.

— Exactement. Ils ont une stratégie pour maintenir les filles sous contrôle. Mina est peut-être parvenue à éviter les drogues, s'ils en utilisent. Garder les cachets dans un coin de sa bouche, jeter les aliments suspects. On a deux filles différentes, au niveau de la silhouette et de la couleur de peau. Ça mérite réflexion.

Elle consulta sa montre.

— Rencontrons déjà la mère de Dorian Gregg et son assistante sociale. Puis on parlera à la famille de Mina.

Harvo était assise dans son bureau vitré, occupée à pianoter sur son clavier à côté de l'un de ses étranges appareils, qui ronronnait joyeusement.

Elle avait conservé le violet dans ses cheveux, du moins sur le dessus et sur l'épaisse frange qui lui frôlait les cils. Le reste était désormais teint en rose pâle. Plutôt qu'une blouse blanche, elle portait un tee-shirt rose associé à un baggy violet et des baskets violettes à lacets roses.

Elle avisa Eve et Peabody.

— Hé, le duo de choc ! Je pensais bien que je vous verrais. J'étais prête à vous faire passer devant tout le monde, d'ailleurs, mais le boss m'a devancée.

— C'est ce qu'il nous a dit. Et nous vous en sommes reconnaissantes.

Harvo haussa les épaules.

— J'essaie de ne pas trop cogiter quand il s'agit d'enfants. Sinon ça vous ronge. Pour les cheveux, rien à dire. Couleur naturelle, sains. Ils étaient imbibés d'eau de pluie, mais j'ai trouvé des traces d'huile d'argan et d'extrait de graines de lin.

— Dans ses cheveux ?

— Un baume lissant, non ? supposa Peabody.

Harvo cocha une case imaginaire dans l'air du bout d'un ongle au vernis violet.

— Bonne réponse dès la première tentative ! Un spray hydratant sans rinçage pour éliminer les frisottis. Je suis en train d'analyser la composition pour connaître la marque, précisa-t-elle avec un geste vers la machine ronronnante.

» J'ai identifié le pantalon mais j'ai pas vraiment de mérite : il y avait une étiquette. Laine mélangée, bleu marine, taille 5, coupe classique. Ça vient des Uniformes Morsett. Leur siège se trouve à Philadelphie.

— Ça colle.

— Les jambes étaient professionnellement ourlées sur deux bons centimètres, donc je dirais qu'elles étaient trop longues à la base. Mais du coup c'était un peu court sur elle. Pour le chemisier, on est sur de la popeline cent pour cent coton qui coûte bonbon.

— Combien ?

— Eh bien, compte tenu des coutures, des boutons et de la coupe, je dirais dans les deux cent cinquante facile. Pas d'étiquette, ce qui est un peu bizarre, non ? Et rien qui indique qu'une étiquette ait été enlevée. C'est une taille M, ça j'en suis sûre, et je peux vous dire qu'il a été retouché : un peu élargi au niveau du torse et raccourci d'environ un centimètre. Du super bon boulot, d'ailleurs.

— Comme s'il avait été ajusté pour elle ? demanda Eve.

— Du sur-mesure, c'est tout à fait possible. L'absence d'étiquette du fabricant ou de la marque est soit un bug, soit délibérée. Je peux lancer une recherche mais on se retrouvera avec une multitude de références de chemisiers blancs à manches courtes en popeline de coton. C'est un classique. Vous en auriez des milliards de plus si on comptait les fibres mélangées, mais même dans le haut de gamme, il y en a des tonnes.

— Faites-le quand même, décida Eve. En vous cantonnant aux magasins en ville pour commencer. On aura peut-être un coup de chance.

— Compris. Maintenant, les sous-vêtements. Qui refile des dessous sexy à une enfant de cet âge ? C'est un truc de pervers !

Harvo joignit les mains devant elle, ferma les yeux et inspira profondément.

— Ne pas trop cogiter… Pas d'étiquettes non plus.

— Pas d'étiquettes sur les sous-vêtements ?

— Aucune. Vous avez un soutien-gorge push-up blanc en georgette de soie avec des finitions en dentelle blanche, taille 32A, et un string assorti, taille 5. Je vous donne les tailles américaines.

— D'accord.

— On est sur du haut de gamme, que ce soit la matière, le design ou la qualité de l'exécution. Une recherche sera plus facilement circonscrite que pour le chemisier. À mon avis, le soutien-gorge se chiffre aux alentours de sept ou huit cents, peut-être même jusqu'à mille.

— Dollars ? *Dollars ?* répéta Eve. Pour un simple truc qui relève les seins ?

— Un truc qui relève les seins dans la soie, avec une architecture et une construction exceptionnelles. Le string doit coûter dans les trois cents, facile.

Eve enfonça les mains au fond de ses poches.

— Trois cents dollars pour un bout de tissu conçu pour ne *pas* vous couvrir les fesses. Les gens sont dérangés.

— J'ai un string noir et un autre rose bonbon. Ça me laisse le choix pour les soirs où je décide qu'il va se passer un truc, raconta Harvo. Mais trente dollars pour un string, c'est le max pour moi.

Eve se contenta d'un hochement de tête.

— Je vais ranger ces précieuses infos dans un recoin éloigné de mon esprit pour ne plus jamais avoir à y penser.

— Une seconde…

Harvo fit rouler son tabouret jusqu'à la machine.

— On a le produit capillaire. Spray hydratant anti-frisottis de chez Gretta Giselle. Il se négocie autour de deux cent cinquante – dollars, oui – pour un flacon de cinq cents millilitres. On le trouve dans les grands magasins, les salons de beauté chics, ce genre d'endroits.

Elle recula sur son siège.

— J'aurai besoin d'un peu de temps pour vous établir une liste de potentiels fabricants et détaillants pour le chemisier et les sous-vêtements. Bon, comme je vous le disais, ce sera un peu plus facile concernant les dessous.

— Faites au mieux. Ces premières infos nous seront déjà utiles, Harvo. Merci d'avoir travaillé si vite.

— C'est ma spécialité. Hé, Peabody, la prochaine fois, je veux des photos de l'avancement du projet de la Super Baraque made in Mavis et Peabody !

— Oh, j'en ai. Je vous les enverrai de mon communicateur.

— Super.

Sur le chemin de la sortie, Eve récapitula ce qu'elles venaient d'apprendre.

— Ça reviendrait à combien, d'après vous, de faire ajuster un chemisier blanc classieux mais basique ?

— Pour le reprendre et le raccourcir ? Au moins cinquante dollars. Mais c'est relativement facile à faire soi-même, si on a les connaissances de base.

— Peut-être que la personne qui tenait Mina s'y connaît en couture, ou qu'elle a sous la main quelqu'un qui s'y connaît. On arrive à environ trois cent cinquante dollars pour le chemisier. Pas d'étiquette, donc oui, peut-être que quelqu'un sait coudre et ajuster des vêtements. Mais ça ne peut pas être le cas pour le soutien-gorge, si ? Pour le string, admettons. Mais pour le soutien-gorge, il y a le rembourrage, les attaches…

— C'est plus spécialisé, convint Peabody. Je n'en ai jamais fabriqué. Honnêtement, à quoi bon ? Quoique, dit-elle après avoir réfléchi. On peut imaginer une personne qui, parce qu'elle n'arrive pas à en trouver qui lui aillent bien, apprendrait à s'en fabriquer. Ou qui paie une autre personne pour le faire. Avoir un soutien-gorge qui vous va vraiment, ça change tout.

— Ça empêche juste les seins de tressauter…

Peabody tourna un regard solennel vers la poitrine d'Eve.

— Facile à dire pour vous qui avez les seins hauts, fermes et menus. Celles d'entre nous qui sont dotées d'airbags plus massifs et rebondissants ont besoin d'un soutif bien ajusté pour ne pas passer leurs journées à le remonter, à tirer dessus ou tout simplement à souffrir.

De solennel, le regard de Peabody se fit douloureux.

— Et je vous garantis que ça fait mal.

— La victime n'avait que treize ans. Elle avait un début de poitrine mais je dirais que ses seins étaient hauts, fermes et relativement petits. Impossible qu'elle ait eu besoin d'un soutien-gorge sur mesure.

— Mes airbags et moi ne vous dirons pas le contraire.

— Une possibilité serait que celui qui l'a enlevée et/ou détenue travaille dans un endroit qui confectionne des sous-vêtements. Peut-être dirige-t-il une entreprise qui en fabrique. Il pourrait confectionner des dessous – ou les faire confectionner – sans les étiquettes, histoire de garder secrète cette facette de sa vie.

De retour à la voiture, Peabody s'assit et boucla sa ceinture.

— Je sais pas trop, dit-elle. Pourquoi ne pas simplement acheter des soutiens-gorge et des strings sexy en magasin ? S'il optait pour une marque standard, on aurait beaucoup de mal à remonter sa piste. Et cette histoire de chemisier me turlupine. Un peu large et un peu long, et alors ? Pourquoi se donner la peine de l'ajuster ?

— Bonnes questions. Commençons par nous assurer que ces vêtements n'étaient pas les siens au départ. Ça semble peu probable mais il faudra le confirmer auprès de ses parents.

Eve consulta sa montre.

— Entrez l'adresse de Dorian Gregg dans le New Jersey. Voyez la durée estimée du trajet.

— C'est à une petite heure d'ici, en fonction du trafic.

Pas si elles y mettaient du leur, estima Eve. Au moins jusqu'à être sorties de la ville.

— Je peux faire mieux que ça, assura-t-elle avant d'enclencher le gyrophare et les sirènes.

— Oh non..., souffla Peabody en se cramponnant à son siège.

— Les parents et le frère de Mina sont en route, mais il faut déjà qu'ils fassent le trajet...

Elle marqua une courte pause, fit une embardée pour contourner un maxibus, puis passa en mode vertical pour survoler un début d'embouteillage.

— Après quoi ils devront s'enregistrer à l'hôtel et se rendre à la morgue. Ils voudront y passer un moment, et Morris prendra le temps de s'occuper d'eux. Alors on saisit cette piste tant qu'elle est chaude.

Peabody resserra un peu plus sa ceinture de sécurité. Elle retint son souffle jusqu'à leur arrivée sur l'autoroute.

Eve filait toujours, mais sans la course d'obstacles constituée de voitures, camions, taxis, bus, piétons et autres coursiers à vélo.

— D'accord ! On se fait un *road trip*. Je peux avoir un truc à grignoter ?

— Un truc à grignoter ?

— Pourquoi pas des chips ?

Dans une tentative d'oublier qu'elle n'était pas elle-même au volant et que l'aiguille du compteur dépassait allégrement les cent quarante, Peabody se pencha sur l'autochef du tableau de bord.

— C'est l'en-cas idéal pendant un *road trip*. On reste sur une valeur sûre. Vous n'avez pas ouvert votre tube de Pepsi. Je m'en occupe.

— Quel est le délai annoncé ?

— À cette allure, on devrait y être dans trente-sept minutes.

— Ça ira.

— Pensez-vous que Dorian Gregg serait du genre à rentrer chez elle ?

— À nous d'établir pourquoi elle est partie, si c'est bien le cas. Elle n'a pas été portée disparue, mais il peut s'agir d'un autre enlèvement. Si Mina et elle se sont enfuies ensemble, si c'est bien ce qui s'est passé, sa première initiative pourrait être de rentrer chez elle. Si elle n'a pas été rattrapée, ce qui est tout aussi probable.

Les yeux rivés sur la route, Eve poursuivit à voix haute sa réflexion :

— Même tranche d'âge, deux jeunes filles très séduisantes. Et imaginez-les ensemble. Le contraste des couleurs et des silhouettes. Pour qui fait du porno, elles formeraient un bon duo lesbien.

— Pas de drogues dans l'organisme de la victime, mais…

— Mais ça ne veut pas dire qu'on ne les a pas forcées à ça. Ni qu'elles n'étaient pas consentantes, d'ailleurs. Le discours aurait pu être : « Vous tournez quelques vidéos, on vous paie, vous pourrez porter des trucs sexy et après on vous laissera partir. »

— Mais ?

— La disparition de Mina remonte à plusieurs mois, donc je n'imagine pas qu'il y ait consentement, à moins qu'elle n'ait été endoctrinée. Sans oublier qu'elles se sont échappées et qu'elle est morte. L'opposé du consentement. Je vois plus l'absence de viol et de pénétration comme un outil marketing. De même que les photos et les vidéos qu'elles ont pu faire, si elles en ont fait. Parce qu'on parle ici d'un investissement conséquent. D'importantes dépenses dans l'attente d'un gros retour sur investissement.

— Il pourrait y en avoir d'autres. D'autres filles. Et garçons.

— Déjà pas facile d'en séquestrer deux pendant tout ce temps sans utiliser ni drogues ni entraves. Mais oui, c'est possible. Le ou les ravisseurs disposent peut-être de multiples endroits où les héberger, d'un réseau. L'idée qu'a eue Richard Troy de m'enfanter et de me vendre n'est pas sortie de nulle part. C'est du business. Un business qui remonte à loin et qui a fait ses preuves.

— Ça doit revenir cher, très cher, d'acheter un être humain. En particulier une jeune fille ou un jeune garçon. Et puis il faut payer pour les garder quelque part, les nourrir et les vêtir. Alors qu'on peut facilement embaucher une compagne ou un compagnon licencié avec qui faire des jeux de rôle. Ou se payer un droïde sexuel.

— La satisfaction n'est pas la même, répondit simplement Eve.

— Ce que je veux dire, c'est que ça coûte un max, reprit Peabody. Il faut avoir les moyens. Peut-être que Connors…

Le regard qu'Eve lui lança la fit se recroqueviller mentalement sur elle-même.

— Non ! Je ne veux pas dire que Connors… Pas du tout. Mais il a peut-être entendu des histoires sur des gens ayant ce genre de moyens. Ou il pourrait, à sa manière bien particulière, se renseigner un peu dans le milieu…

» Mais vous n'avez sûrement pas envie de ça. C'est une très mauvaise idée. Oubliez ce que je viens de dire…

Il fallut quelques instants à Eve pour maîtriser les émotions et les vestiges de son passé qui l'avaient brusquement assaillie.

— Non, je ne peux pas dire que j'en aie envie, mais c'est une bonne idée. Il a des relations, non seulement avec les ultra-riches, mais avec le foyer, l'école. Et il a effectivement une façon de faire bien à lui. Voyons où nous en serons une fois que nous aurons recoupé un peu plus d'infos.

— D'accord…

Peabody attendit qu'Eve ait dépassé deux énormes semi-remorques qui semblaient à l'arrêt tellement elle roulait vite.

— Et peut-être que nous pourrions avoir un mot de sécurité prédéfini si jamais je dis ou suggère quelque chose qui déclenche un truc désagréable chez vous. Genre « ornithorynque ».

— Ornithorynque ?

— C'est le premier truc qui m'est venu à l'esprit.

— Qu'y a-t-il de mal à dire « fermez-la, Peabody » ?

— « Ornithorynque » pourrait être un code pour dire ça. Sans que les collègues, les suspects et les témoins le sachent. Et si je la ferme dès que vous dites « ornithorynque », vous n'aurez pas à me botter les fesses, ce qui m'évitera des moments douloureux.

— Je pourrais bien me sentir obligée de vous botter les fesses avant de dire « ornithorynque ».

— Ouais, c'est un risque.

Eve laissa planer le silence pendant plus d'un kilomètre.

— Nous n'avons pas besoin d'un code de ce genre, Peabody. Et nous ferons mal notre travail, nous ne donnerons pas la priorité à la victime, si vous avez peur de dire ou de suggérer quelque chose. Ou si je suis trop à fleur de peau sur le sujet.

» Ce que j'ai vécu est derrière moi. Je m'en suis sortie. Quoi qu'il soit arrivé à Mina, elle n'y a pas survécu. À nous de faire notre travail et de découvrir qui est impliqué et pourquoi.

Elle marqua une nouvelle pause.

— Ce qui ne veut pas dire que je ne vous botterai pas les fesses pour d'autres raisons.

— Je sais, assura Peabody, rassérénée. Remarquez, elles font quand même une moins grosse cible ces derniers temps.

— Je vise très bien, répliqua Eve avec un sourire.

4

Elles trouvèrent l'immeuble où était domiciliée Dorian dans un quartier mal famé de la périphérie.

Adossée à un centre commercial, la tour en béton de huit étages se dressait au bord d'une route à la circulation bruyante. Le bâtiment semblait avoir connu des jours meilleurs… qui remontaient à un demi-siècle au moins.

Au vu de la crasse qui maculait les peintures écaillées d'un vert dégueulasse et des mauvaises herbes qui poussaient à l'intérieur des gouttières affaissées, le propriétaire de l'immeuble ne s'embarrassait pas de choses aussi futiles que l'entretien des lieux.

Elles se garèrent dans le centre commercial puis revinrent à pied en enjambant un muret de béton crevassé.

Armée de son passe-partout, Eve pénétra dans le hall d'entrée étroit et s'intéressa aux ascenseurs. La tête de mort peinte sur l'une des deux portes l'incita à monter à pied. La cage d'escalier était aussi crasseuse et jonchée de déchets que le reste. Les locataires, ou en tout cas certains d'entre eux, ne semblaient pas non plus se soucier de l'entretien.

Elles grimpèrent jusqu'au quatrième étage.

En s'avançant dans le couloir, Eve estima que les murs d'un beige industriel n'avaient sans doute pas été repeints depuis plus de dix ans. La plupart des portes, d'un vert kaki tout militaire, étaient munies de plusieurs verrous.

Ni caméras ni capteurs d'empreinte palmaire en vue.

Eve toqua à l'appartement 412.

Il fallut encore plusieurs coups à la porte pour que celle de l'autre côté du couloir s'ouvre en grinçant de quelques centimètres, bloquée par la chaîne de sécurité. Eve aperçut un œil, l'arête d'un nez et le coin d'une bouche aux lèvres pincées.

— Elle est chez elle, pour sûr.

Et la porte se referma en grinçant.

Prenant au mot la voisine, Eve se mit à tambouriner sur le panneau.

— Police, madame Gregg ! Nous sommes ici au sujet de votre fille, Dorian. Ouvrez, ou nous reviendrons avec un mandat.

Une menace vide de sens mais qui eut le résultat escompté. On entendit un claquement de verrous, un cliquetis de chaîne et une lourde barre qui coulissait.

La porte s'ouvrit et Jewell Gregg se campa sur le seuil, les bras croisés. C'était une grande métisse au crâne surmonté de torsades de cheveux noirs aux pointes dorées. Elle portait un débardeur blanc et un short rouge moulant, dévoilant le tatouage de serpent qui lui grimpait sur l'extérieur de la jambe gauche.

Malgré les poches sous ses yeux barbouillées du mascara de la veille, elle pouvait se targuer d'une sorte de beauté fanée. Derrière elle, l'appartement sentait le tabac froid et la cuisine chinoise bon marché.

— Si cette gamine a encore des ennuis, ça me concerne plus. J'en ai fini avec elle. Vous pouvez lui dire qu'elle n'a qu'à se débrouiller toute seule, puisqu'elle se croit si maligne.

— Madame Gregg, dit Eve en présentant son insigne, je suis le lieutenant Dallas. Voici l'inspecteur Peabody. Nous sommes du NYPSD.

— C'est pas New York, ici.

— Nous pensons que votre fille s'y trouve. Pouvons-nous entrer ?

— Y a rien qui m'oblige à vous laisser entrer, si ?

« Elle ne bougera pas », estima Eve.

— Non. Nous pouvons discuter ici, dans le couloir.

— Ça me va. C'est bon, la commère, vous entendez bien ? lança Gregg avec un regard méprisant vers l'appartement d'en face.

Au grand amusement d'Eve, la femme derrière la porte lui répondit :

— Ouais, ouais, très bien, merci.

— Quand avez-vous vu ou parlé à Dorian pour la dernière fois ?

— Je sais plus. L'été dernier, peut-être. Je sais pas et je m'en fous. Cette morveuse m'a valu que des emmerdes depuis le jour de sa naissance. Une voleuse, voilà ce qu'elle est, une sale petite voleuse.

— Votre fille aurait selon vous disparu l'été dernier, alors qu'elle n'avait que douze ans. Et vous n'avez pas signalé sa disparition ? Vous n'êtes pas allée voir les autorités ?

— J'ai dit que j'en avais fini avec elle, non ? Chaque fois qu'on me la ramène, cette petite pleurnicharde, elle me refout dans la merde et puis elle se barre. J'ai une vie, moi. Elle n'a qu'à vivre la sienne.

Peabody tenta de désamorcer un peu la tension en posant sa question sur un ton apaisant.

— Est-ce qu'elle a des amis ou quelqu'un de la famille chez qui elle aurait pu s'installer ?

— Ses amies sont aussi voleuses et menteuses qu'elle.

— Leurs noms ? demanda sèchement Eve.

— Qu'est-ce que j'en sais ? ricana Jewell. Elles viennent pas ici. Ma chère fille trouvait qu'on vivait dans une piaule pourrie et n'aimait pas mes fréquentations. Eh bien, d'accord, pas de souci, elle a qu'à aller vivre dans un palais comme une princesse.

— De la famille ?

Gregg haussa les épaules.

— Ma grand-mère doit encore habiter par là-bas. Dans le Queens, ou peut-être à Yonkers. Elle n'approuve pas ma façon de vivre, alors elle peut aller se faire voir. Ça doit faire dix ans qu'on se parle plus. J'ai pas besoin qu'on me soûle comme ça.

— Dorian saurait comment la contacter ?

— Je vois pas comment ni pourquoi elle le ferait. C'est qu'une vieille peau avec des genoux en vrac à force d'astiquer le sol chez les autres. Elle avait aussi fait fuir ma propre mère, avec tous ses « Fais ci, fais ça », et Dieu sait où elle a fini. Je me suis tirée loin de cette vieille garce. J'aurais sûrement dû lui refiler la gamine. Ça m'aurait simplifié la vie.

— Si nous pouvions entrer, voir la chambre de Dorian, ses affaires. Ça pourrait nous aider à la localiser.

— Elle n'a plus de chambre ici, plus maintenant, répondit Jewell, mains sur les hanches. Fini pour moi, je vous dis. Je me suis débarrassée de ses affaires. Et espérez pas entrer sans un mandat !

Eve plaqua une main sur le panneau avant que Jewell puisse leur claquer la porte au nez.

— Vous continuez à revendiquer le statut de mère professionnelle et à percevoir tous les mois l'allocation correspondante.

— Et pourquoi je le ferais pas ?

— Parce que, selon vos propres déclarations, vous n'êtes plus la mère de Dorian. Elle a disparu depuis près d'un an, mais vous n'avez pas déposé de plainte auprès de la police. Vous venez de déclarer qu'elle ne vivait plus ici, et vous avez jeté ses affaires.

— Et alors ? Je suis toujours sa mère. Je l'ai mise au monde, non ?

— Vous avez délibérément escroqué le gouvernement fédéral et l'État du New Jersey. Soyez certaine que je vais faire un rapport et que vous recevrez la visite des autorités. Vous devrez également répondre à des questions concernant votre négligence. Vous n'avez pas signalé la disparition d'une enfant mineure sous votre garde. Tout en continuant à bénéficier des allocs.

L'éclat de rage terrible dans le regard d'Eve fit reculer Jewell d'un pas.

— Vous allez faire de la taule, Jewell, assura Eve.

— Mais non ! Et toi, ferme ta grande gueule ! s'écria-t-elle alors qu'un éclat de rire retentissait derrière la porte de la voisine.

Loin de se taire, celle-ci ouvrit la porte. Elle avait bien dix ans de plus que Jewell Gregg, sans la beauté fatiguée mais avec un air de dignité glaciale.

— Elle levait souvent la main sur sa fille. Je l'ai vue faire.

Avec un hurlement, Gregg tenta d'écarter Eve pour se jeter sur la voisine, une lueur meurtrière dans le regard. Eve la saisit, la retourna contre le mur et lui passa les menottes.

— Agression contre une représentante des forces de l'ordre, dit-elle. Peabody, informez nos collègues locaux pour qu'ils prennent Mme Gregg en charge.

— Avec plaisir.

— Restez là, voulez-vous ? demanda Eve à la voisine, qui sourit.

— Avec plaisir.

— Jewell Gregg, reprit Eve, vous êtes en état d'arrestation pour avoir agressé une représentante des forces de l'ordre. Les autres chefs d'accusation qui suivront comprennent le dépôt de fausses déclarations concernant le statut de votre enfant mineur afin de recevoir la rente mensuelle de parent professionnel, l'absence de signalement de la disparition d'un enfant mineur sous votre garde, la destruction ou la suppression de preuves.

— Lâchez-moi ! On n'est pas à New York ici ! vitupéra Gregg en tentant de lui décocher un coup de coude.

— Ce à quoi on peut ajouter résistance à l'interpellation.

— Conneries ! C'est des conneries, tout ça ! Je connais mes droits. Je connais mes droits !

— Oui, eh bien, je vais quand même vous les lire. Vous avez le droit de garder le silence.

Deux autres portes s'ouvrirent. Une jeune femme tenant un bébé contre sa hanche apparut dans l'embrasure de la première ; un homme qui devait avoir cent ans passés se tenait sur le seuil de l'autre.

— C'est du harcèlement. Vous êtes témoins que c'est du harcèlement ! Je vais prendre un avocat. Avocat, avocat, avocat !

— Je vous ai entendue la première fois. On vous en fournira un commis d'office car, comme vous devez au gouvernement chaque dollar encaissé depuis que Dorian a disparu, vous n'aurez pas forcément les moyens de vous en payer un.

— Je dois rien à personne !

— Ajoutez-y les amendes – plutôt salées – plus les intérêts sur les sommes touchées en fraudant. Ça va piquer, termina Eve avec une petite grimace de douleur.

Le vieil homme se mit à applaudir.

— Vous l'inculpez aussi pour méchanceté aggravée ? lança-t-il.

— Ta gueule, vieux con ! Ou je te ferme moi-même ton clapet ! siffla Gregg.

— Vous ne devriez pas menacer vos voisins de violences physiques devant la police, lui signala Peabody d'un ton enjoué. Les collègues de Freehold sont en route, lieutenant. Et j'ai informé l'Office des parents professionnels de la fraude.

— Bien. Contactez l'assistante sociale de Dorian. Je veux lui parler. À New York, ajouta-t-elle en calculant le peu de marge qu'elles avaient devant elles. Elle n'aura qu'à faire le déplacement.

Il lui fallut du temps, plus que prévu, pour informer la police locale, enregistrer les chefs d'accusation d'agression et de rébellion et livrer Jewell à qui de droit.

Elle en prit néanmoins un peu plus pour parler aux voisins, en commençant par la femme de l'appartement d'en face.

— Madame Rhimes...

— Appelez-moi Tiffy. J'ai l'impression qu'on a traversé une bataille ensemble. J'ai dit à l'assistante sociale que cette femme maltraitait sa fille. Elle lui donnait des gifles, je l'ai vu moi-même à plusieurs reprises. La dernière fois, je l'ai vue flanquer la petite dehors, lui mettre deux baffes et lui gueuler de foutre le camp. Que ce type – je me souviens plus de son nom – pouvait rester aussi longtemps qu'il voudrait. Il était plus de 22 heures quand elle l'a mise à la porte.

Tiffy soupira.

— J'ai attendu qu'elle ait refermé. On l'entendait se marrer à travers la porte alors que sa fille était toujours étalée par terre, là où elle était tombée. J'ai demandé à Dorian si elle voulait entrer. Je lui ai dit qu'elle pouvait dormir dans la chambre d'Edwin. Notre fils, expliqua-t-elle. Il est à l'université, il va devenir professeur. Mais elle a dit que ça irait.

— L'avez-vous vue ou lui avez-vous parlé après cet incident ?

— Une ou deux fois. Je travaille à la maison quatre jours par semaine, donc je suis le plus souvent ici. Demandez à n'importe qui à cet étage, ou à mon amie Karlie deux étages plus bas, ou à M. Brewster au rez-de-chaussée, cette petite n'a jamais causé d'ennuis par ici. Mais on la voyait souvent avec des bleus ou une lèvre fendue. Et même carrément un œil au beurre noir, une fois. Je l'ai dit à l'assistante sociale. Mais sa mère racontait que Dorian était maladroite, qu'elle se battait dans la rue. Et j'imagine que Dorian ne démentait pas.

» La dernière fois que je l'ai vue, ça devait être en août dernier. Je me souviens qu'il faisait chaud parce qu'avec Hank, mon mari, on était sortis prendre l'air sur l'escalier de secours. L'immeuble se déglingue de partout, comme vous avez pu le constater. C'était pas comme ça avant, mais là, tout fout le camp. Bref, on l'a vue marcher vers le centre-ville. Elle avait son sac à dos. Je l'ai jamais vue rentrer chez elle. Jamais revue tout court, en fait. J'espère qu'elle va bien.

— Nous aussi.

— Je sais bien que je suis pas de la famille, mais si vous pouviez m'avertir quand vous l'aurez retrouvée… Dites-lui que Tiffy, Hank et Ed pensent aussi à elle.

Eve chargea Peabody d'interroger la jeune femme au bébé pendant qu'elle s'occupait du vieil homme.

Leurs déclarations et leurs souvenirs étaient suffisamment proches de ceux de Tiffy pour valider la suite.

La police de Freehold obtint un mandat de perquisition et leur ouvrit la porte de l'appartement.

Eve ne s'étonna pas de n'y trouver aucune trace de la présence passée d'une enfant. Ni de découvrir que Jewell avait une garde-robe pleine de vêtements et de chaussures, une belle réserve de vin et de bière et une bonne quantité de substances illégales.

— Pas étonnant que la gamine ait fugué, commenta Peabody alors qu'elles remontaient dans leur voiture. Enfin, si elle a vraiment fugué.

— Elle est partie d'elle-même. Elle a pu se faire enlever peu après ou passer un certain temps dans la rue. Mais elle est partie d'elle-même. Et effectivement, ça se comprend.

— Cette femme… On a l'impression qu'elle déteste sa fille. Pas simplement qu'elle ne l'aime pas ou ne veut pas s'occuper d'elle, mais qu'il y a une vraie animosité derrière.

— L'enfant n'était qu'une source de revenus pour elle.

Eve n'enclencha pas le gyrophare sur le chemin du retour. Elle avait besoin de temps pour se calmer.

— Rien d'autre qu'un moyen d'encaisser un chèque tous les mois sans rien avoir à faire, reprit-elle. Elle a exploité un programme mis en place pour que les parents puissent choisir de rester à la maison à temps plein, pour qu'ils aient cette option. Ou parce que l'emploi auquel ils ont accès ne couvre pas les frais de garde d'enfants. C'était un très bon jour pour elle quand Dorian est partie. Elle allait pouvoir toucher son chèque sans devoir se coltiner une enfant.

— J'ai bien cru que vous alliez lui mettre une droite, souffla Peabody.

Eve lui décocha un regard surpris.

— J'ai donné l'impression d'avoir envie de la frapper ?

— Non, et c'est pour ça que j'ai pensé que vous alliez peut-être le faire. Vous étiez tellement en colère, et vous ne laissiez rien paraître.

Eve regarda le message qui venait de s'afficher sur son tableau de bord.

— La famille Cabot est en route pour voir Morris. J'ai bien songé à la cogner, admit-elle. En l'arrêtant, je savais qu'elle prendrait probablement entre deux et cinq ans pour fraude. Et ça, c'était avant qu'on trouve des stupéfiants. Et sans compter les accusations de mauvais traitements, négligence envers son enfant, et ainsi de suite. S'ils vont jusque-là, elle devrait passer au moins cinq ans derrière les barreaux.

» C'est mieux qu'une bonne droite, estima Eve avant de déclencher les sirènes.

Peabody s'accrocha de nouveau à son siège.

— Et c'est reparti.

À l'arrivée d'Eve à la Criminelle, la cravate de Jenkinson lui agressa les rétines. Il s'était surpassé dans le mauvais goût – en admettant que ce soit possible – avec un énorme chat rose atomique aux yeux globuleux sur fond violet fluo.

Eve le désigna du doigt.

— Jenkinson, dans mon bureau. Peabody, réservez-nous une salle de réunion.

Elle fonça droit vers son autochef et attendit que Jenkinson entre en traînant les pieds.

— Je crois me souvenir que vous aimez les chats, dit-il en guise de préambule.

— J'aime mon chat. La plupart des chats, même. Le vôtre, par contre, semble s'être pris une matraque électrique dans le derrière.

Évitant désespérément la cravate du regard, elle indiqua l'autochef d'un geste du pouce.

— Vous voulez un café ?

Une lueur suspicieuse passa dans le regard du policier mais il s'approcha pour s'en programmer une tasse. Toute occasion de boire le café du bureau de Dallas était bonne à prendre.

— Faites-moi un état des lieux.

Le doute se lut de nouveau dans les yeux de Jenkinson.

— Carmichael et Santiago viennent de décrocher une nouvelle affaire. Ils sont partis il y a dix minutes. Un client d'une boutique chic de l'ancien quartier des abattoirs tué à l'arme blanche. Baxter et Trueheart sont en salle d'interrogatoire A, en train de cuisiner le principal suspect du meurtre dont ils ont hérité il y a deux jours.

— L'individu étranglé dans un loft de l'East Village.

— C'est ça. L'ex leur semblait faire un bon suspect depuis le début. Mais c'est une vraie anguille. Sauf que l'anguille s'est coincée toute seule. Ils pensent qu'ils le tiennent. De notre côté, Reineke et moi nous sommes repenchés sur une affaire ancienne en attendant qu'un boulot urgent nous tombe dessus.

Il appuya sa hanche contre le coin du bureau d'Eve.

— Vous vous souvenez de ce double homicide, il y a sept ans ? Un couple marié, aisé, d'une cinquantaine d'années tous les deux, ligotés et bâillonnés dans leur salon, la gorge tranchée.

Eve se replongea mentalement dans ses dossiers.

— Une résidence privée dans l'Upper East Side. C'était censé ressembler à un cambriolage raté, mais quelque chose ne collait pas. Vous étiez sur cette affaire ?

— Ouais, grommela Jenkinson. J'étais sûr que le fils avait fait le coup mais j'ai jamais réussi à faire tomber son alibi. Son mobile tient à l'argent de l'assurance. Une police de cinq millions de dollars pour chacun d'eux, avec une double indemnité. Le mec repart avec vingt millions en poche. Et il n'a eu qu'à égorger papa et maman pour ça.

— Vous avez un nouvel angle d'attaque ?

— Il se croit à l'abri, maintenant, non ? Trop sûr de lui. Il s'est payé un appart de luxe dans le même immeuble que Nadine.

— Nadine ?

— Oui. Super piaule, super quartier. Il s'est même offert un voilier. Il mène la grande vie, mais pas avec la fille qui lui avait servi d'alibi à l'époque. Il l'a larguée il y a un moment. Et il a une nouvelle copine.

— Donc l'ancienne pourrait s'apercevoir que ses souvenirs ne sont plus les mêmes.

— C'est ce que j'espère.

Eve acquiesça en se programmant à son tour un café.

— Ça vaut le coup d'essayer. Mais revenons au présent.

Jenkinson plaqua une main sur son chat atomique comme pour le protéger.

— Allons, lieutenant, il ne vous a rien fait…

— Il ne s'agit pas de vos cravates. Ne m'obligez pas à penser à vos satanées cravates.

— Elles égaient la salle commune !

— Elles nous explosent surtout les rétines. Quoi qu'il en soit, je vous ai cité comme candidat au grade de sergent et je vous demande sérieusement d'envisager de passer l'examen.

Jenkinson prit un air peiné, comme si le chat lui avait donné un méchant coup de griffe.

— Ah, pourquoi vous avez fait ça, lieutenant ?

— Je vais vous dire pourquoi. En commençant par ce qui vous concerne. Vous êtes l'inspecteur le mieux noté de ma brigade et c'est vous qui avez la plus longue période de service.

— Ce n'est pas parce que vous pensez que je suis vieux...

— Taisez-vous. C'est une question d'expérience, d'instinct, de compétences et de connaissances. Vous avez tout ce qu'il faut pour passer sergent. Si vous vous dites que ce serait déséquilibré par rapport à votre équipier, rappelez-vous que je suis beaucoup plus gradée que la mienne. Et que ça n'a pas d'importance.

Elle le dévisagea en buvant un peu de café.

— Ce qui compte, c'est l'échange, poursuivit-elle. La relation de confiance. Vous le savez. Et ne commencez pas à me raconter des bobards comme quoi vous n'avez pas besoin d'une augmentation de salaire.

Il se dandina d'un pied sur l'autre, mal à l'aise.

— C'est toujours un plus d'être mieux payé. Vous aussi, vous auriez bénéficié d'une belle augmentation si vous aviez accepté le poste de capitaine quand ils vous ont tendu la perche. Enfin, c'est ce que je me suis laissé dire, ajouta-t-il. Je sais que Whitney vous l'a proposé – et c'était pas trop tôt – et que vous avez dit non. Sûrement parce qu'ils vous auraient fait monter dans les étages, loin de la rue.

— Bonne déduction. Et c'est l'une des raisons pour lesquelles je veux que vous passiez l'examen. Je suis une flic de rue. Et vous aussi. Je n'ai aucune intention que ça change. Je dirige cette division, et je serais stupide d'éloigner l'un de mes meilleurs éléments de ce qu'il fait le mieux juste parce qu'il devient sergent. Vous feriez ce que vous faites maintenant, mais avec un meilleur salaire et un grade plus élevé. Ce serait bête de dire non.

Il se massa la nuque.

— Plus toutes les merdes administratives.

— Oui, et c'est la raison pour laquelle nous avons cette conversation. À moins d'être sur le terrain, vous vous en occupez déjà quand je suis submergée. Il y a des parents qui arrivent sous peu. J'ai passé la majeure partie de la journée hors de mon bureau pour enquêter sur le meurtre de leur fille.

— La gamine de Battery Park. Le salopard qui fait ça à une enfant mérite de pourrir dans une cellule jusqu'à la fin de ses jours.

Eve acquiesça de nouveau. Elle était on ne peut plus d'accord.

— Je compte faire en sorte que ce soit le cas. Et j'ai plus de latitude pour y parvenir parce que je sais très bien que je peux débarquer ici en comptant sur vous pour me mettre au jus. Ce que vous faites parfaitement. Je peux vous demander de prendre les choses en main si j'en ai besoin. Et le reste des membres de la brigade l'acceptent. Parce qu'ils vous respectent, en dépit de vos fichues cravates. Et, oui, j'aimerais bien pouvoir me délester de quelques tâches administratives sur vous de temps à autre.

Ça le fit sourire.

— C'est vous la patronne. Vous êtes en droit de le faire de toute façon.

— Si vous passez sergent, je n'aurai plus à me sentir coupable de le faire à l'occasion. Ça, c'est la partie qui me concerne. Mais l'affaire peut se résumer ainsi : vous l'avez mérité. Vous l'avez mérité, Jenkinson.

Il baissa les yeux sur son café.

— Je vais y réfléchir. Je parlerai à mon autre patronne - celle de la maison - et on réfléchira.

— Ça me va. Maintenant, sortez de mon bureau et embarquez votre chat électrifié avec vous. J'ai pas beaucoup de temps.

— Merci d'avoir donné mon nom, dit Jenkinson en prenant soin de vider sa tasse. J'apprécie le geste.

Une fois Jenkinson sorti, Eve se reconcentra sur la mise à jour du tableau et du dossier. Elle rédigea un nouveau rapport, dont elle envoya une copie à Mira. Alors qu'elle envisageait de se prendre un autre café - le temps de réfléchir, les pieds sur le bureau -, elle entendit Peabody arriver.

— L'assistante sociale m'a répondu, annonça sa coéquipière. Une certaine Pru Truman. Elle arrive. Ça lui fait une trotte, mais elle est en route. J'ai eu l'impression que son supérieur lui avait ordonné de venir.

— Sage décision de sa part. La jeune fille dont elle s'occupait a disparu depuis un bon moment et elle n'a pas fait de signalement. Sans compter que le parent ayant la responsabilité légale a été arrêté. Ce qui aurait dû se produire bien plus tôt si l'assistante sociale avait fait attention. Oui, elle risque gros dans cette affaire, et son service avec elle.

« On a encore quelques heures », pensa-t-elle.

Elle devait recevoir la famille de la victime, puis l'assistante sociale de Dorian Gregg, et le temps filait à toute vitesse. Elle avait besoin d'une consultation avec Mira et devait trouver un moyen de la caser dans son planning.

— On garde la salle de réunion, décida-t-elle. Truman mériterait d'être flanquée en salle d'interrogatoire mais on va rester calmes et professionnelles. En attendant...

Elle s'interrompit en voyant Connors apparaître sur le seuil.

On ne l'entendait jamais arriver. Un reste de son passé de cambrioleur. Le voir surgir lui faisait toujours l'effet d'une décharge en plein cœur.

Ces yeux d'un bleu sauvage, cette crinière de cheveux noirs, ce visage incroyable aux lèvres sculptées par les anges qui s'incurvaient pour elle en un sourire prompt à lui liquéfier le cerveau.

— Lieutenant..., dit-il. Désolé de vous interrompre.

Le murmure de l'Irlande dans sa voix donna envie à Eve de mordiller ces fameuses lèvres. Connors sourit à Peabody et décocha une pichenette dans l'une des mèches rouges dont elle s'obstinait à parsemer ses cheveux.

— J'espère m'arrêter dans votre futur chez-vous pour voir l'avancement des travaux.

— Les placards de la cuisine, souffla Peabody comme si elle évoquait on ne sait quelles divinités. Ils sont magnifiques. Les nôtres autant que ceux de Mavis et de Leonardo. Ça devient concret. J'ai encore du mal à y croire... Désolée, dit-elle à Eve. Mais attendez de voir ça.

» Bon, je m'occupe de rallonger la réservation de la salle de réunion.

— Vous êtes prises par le temps, observa Connors alors que Peabody se hâtait de sortir. Une nouvelle enquête, j'imagine.

Il s'approcha du tableau.

— Des enfants ? Mon Dieu, celle-ci ne doit pas avoir plus de douze ans.

— Treize. Toutes les deux. Je ne sais pas à ce stade si la seconde est toujours vivante. Je ne m'attendais pas à te voir avant de rentrer à la maison.

— Je passais dans le coin.

— Ça arrive souvent ces temps-ci.

— Un projet, répondit-il d'un air vague. Est-ce que je déchiffre bien ce qui est écrit ? Le sang de la deuxième fille a été retrouvé sur le corps de la première ? Mais tu ne crois pas qu'une ado ait tué l'autre.

— Non. Pas parce que ça ne peut pas arriver ; ça arrive parfois. Mais ce n'est pas le cas ici.

Puisque Connors était là, pourquoi ne pas faire appel à lui ?

— Dis-moi ce que tu vois quand tu les regardes. Leurs photos d'identité.

— D'adorables jeunes filles. Exceptionnellement belles. Très différentes l'une de l'autre, c'est certain. La seconde affiche un air rebelle, un peu en colère, tandis que la première semble heureuse de poser pour l'appareil.

— Je pense que leur beauté exceptionnelle est un facteur majeur. Mina Cabot a été enlevée début novembre alors qu'elle rentrait chez elle après son entraînement de foot. Elle vivait à Devon en Pennsylvanie, dans un quartier agréable et aisé. Je pense que Dorian Gregg, qui vient de Freehold dans le New Jersey, où elle habitait un quartier difficile avec une mère maltraitante, a fugué. Elle avait des antécédents. Et quelqu'un l'a kidnappée. Je ne sais pas où ni quand, mais je pense qu'elles se sont échappées ensemble de l'endroit où elles étaient retenues.

Parce que l'heure tournait, elle lui résuma brièvement la situation.

Avant même qu'elle ait terminé, Connors la prit par les épaules. Épaules qui se crispèrent lorsqu'elle lut l'inquiétude dans son regard.

— Tu vas te remettre sur une telle enquête, Eve ? Des jeunes filles victimes d'enlèvement alors que vous sortez à peine d'une autre affaire de kidnapping. Sans oublier la forte probabilité de viols, de violences, de traite d'êtres humains. Je vois déjà que ça te mine.

— Je sais le gérer. Je gère.

— Ne me demande pas de faire comme si je ne voyais pas l'effet que ça te fait. Ne minimise pas, dit-il.

Eve, qui avait capté le durcissement dans sa voix, recula d'un pas.

— Je ne minimise rien.

« Arrête… » songea-t-elle pour elle-même.

— Bon, si, admit-elle. Mais c'est parce que je suis chargée de cette affaire. Je n'ai pas le temps de me faire de nœuds au cerveau. J'ignore dans quelle situation se trouve Dorian Gregg. S'est-elle enfuie, s'est-elle fait rattraper ? Est-elle vivante ou morte ? Je n'en sais rien, et jusqu'à ce que j'aie la réponse, j'ai deux victimes sur les bras.

Connors répondit d'une voix empreinte d'un calme olympien, presque exaspérant.

— Et il ne t'est pas venu à l'esprit d'affecter une autre équipe à cette affaire ? Ou d'en confier les rênes à Peabody ?

Eve sentit ses poils se hérisser.

— Non. Merci de ne pas insister, je n'ai pas le temps pour ce genre de discussion avec toi. La famille de ma victime est en route. Après quoi je rencontrerai l'assistante sociale incompétente de la deuxième gamine. J'ai plusieurs pistes à creuser. Sans oublier qu'il faudrait que je voie Mira mais qu'elle sera probablement déjà partie le temps que j'aie fait le reste.

— Invite-les à dîner, Dennis et elle.

Eve s'agrippa les cheveux, de plus en plus agacée.

— C'est d'une consultation que j'ai besoin, pas d'un dîner entre amis.

— Un dîner de travail, rétorqua-t-il sur le même ton tranquille. Je nous ferai griller des steaks ; j'ai pris le coup de main. Summerset se chargera du reste. Vous aurez le temps de faire ce que vous avez à faire.

— Et toi, répliqua Eve, qui le connaissait bien, tu sauras ce que la psy pense de ma façon de gérer la situation.

— Oui. Et tu te trompes si tu penses que j'exagère. C'est parfaitement justifié. C'est probablement même écrit quelque part dans tes fichues règles du mariage. Je vais passer à son bureau et je m'en occupe.

— Bonne chance pour tromper la vigilance du dragon. Son assistante, expliqua Eve quand il la dévisagea sans comprendre.

Le voyant sourire, elle laissa échapper un soupir d'irritation.

— Laisse tomber. Tu sais trop bien y faire. Mais je n'ai pas dit que ça me convenait.

— Tu ne veux pas que j'insiste ? Alors fais ça pour moi. On se retrouve à la maison.

Il repartit. Un peu remonté contre elle, d'après Eve. Voire plus qu'un peu.

Mais bon sang, si quelqu'un méritait d'être en colère, c'était bien elle. Nulle part dans les règles du mariage il n'était dit qu'il pouvait débouler dans son bureau et remettre en cause ses compétences professionnelles.

Nulle part.

Oh, à la première occasion, ils s'expliqueraient les yeux dans les yeux.

Elle s'apprêtait à s'asseoir deux minutes pour remettre de l'ordre dans ses pensées quand Peabody l'appela de la salle commune.

— Les Cabot sont là, lieutenant.

— Escortez-les jusqu'à la salle de réunion. J'arrive tout de suite.

5

Les Cabot étaient attablés dans la salle, le jeune fils assis entre ses parents.

« Unis, songea Eve en entrant. Soudés par le chagrin. »

Ils étaient tous trois pâles d'épuisement, avec le regard affligé de ceux dont la vie vient de se briser.

En la voyant s'approcher, Oliver Cabot agrippa la main de sa femme.

— Docteur Cabot, madame Cabot, Ethan, je suis le lieutenant Dallas. De nouveau, je vous présente mes condoléances et vous remercie d'être venus nous parler.

Elle s'installa à côté de Peabody. D'instinct, elle s'adressa d'abord à la mère.

— Vous traversez une dure épreuve, et les questions que nous allons poser risquent de rendre les choses plus difficiles encore. Je vous promets qu'elles sont nécessaires pour que nous trouvions qui s'en est pris à Mina.

Cheveux blonds tirés en arrière en une queue-de-cheval stricte, Rae Cabot soutint le regard d'Eve de ses yeux emplis de chagrin.

— Rien de ce que vous pourriez dire ou faire ne rendra la situation pire qu'elle ne l'est. Pendant tous ces mois, nous avons cru – il le fallait – que nous allions la retrouver et la ramener à la maison. Maintenant, cet espoir a disparu, et Mina aussi. Nous ne tomberons pas plus bas.

— Savez-vous si Mina avait des contacts ou des relations à New York ? Ou une raison quelconque de venir ici ?

— Quelqu'un nous l'a enlevée. Quelqu'un l'a amenée ici. Si vous croyez qu'elle s'est enfuie…

— Ce n'est pas ce que je pense.

Cette réponse tempéra un peu le feu qui s'était allumé dans le regard de Rae.

— J'ai lu les rapports de l'inspecteur Driver, précisa Eve, et je suis d'accord avec ses conclusions. Mais c'est une question que je me dois de poser.

— Elle ne connaissait personne ici, indiqua Oliver. Nous emmenions les enfants à New York une ou deux fois par an, pour voir un spectacle, visiter des musées.

— Elle, elle voulait toujours aller faire du shopping, marmonna Ethan, tête baissée, avant de se frotter les yeux.

— C'est vrai, souffla Rae avec l'ombre d'un sourire en caressant l'épaisse tignasse rousse du jeune garçon. Et toi, tu réclamais chaque fois une pizza. Nous venions en famille, poursuivit-elle. Pendant les fêtes de fin d'année pour voir les décorations et un spectacle de Noël, et au début de l'été, après la fin des cours. Mina est intelligente, elle aurait pu trouver le moyen de faire le trajet jusqu'à New York. Mais ce n'est pas ce qui s'est passé.

— Nous savons, grâce aux dossiers de l'inspecteur Driver, que la police a effectué une recherche approfondie sur tous les appareils de Mina sans y trouver aucune correspondance ni aucune activité douteuse. Mais il y a d'autres moyens d'entrer en contact avec une jeune fille.

— Les enquêteurs ont aussi fouillé de ce côté. Ils ont parlé – et nous aussi – à tous les amis de Mina, à ses camarades de classe, à son équipe de football, à ses professeurs, à ses entraîneurs, aux voisins…

— Et elle nous l'aurait dit, interjeta Rae. Je ne prétends pas que Mina n'avait pas de secrets. Il y a des choses qu'elle ne nous racontait pas. Mais ce n'était pas une dissimulatrice.

— Cela aurait pu être très innocent de sa part, fit remarquer Peabody. Un événement qu'elle n'aurait pas mentionné parce que cela ne semblait ni important ni inhabituel. Quelqu'un qu'elle aurait croisé en rentrant de l'école.

— Elle ne serait jamais partie avec quelqu'un de son plein gré ni montée dans la voiture d'un inconnu. Jamais. La courte distance qu'elle parcourait se trouve dans un quartier résidentiel et calme. Un endroit sûr, insista Rae. Et qui l'a toujours été.

Tandis que des larmes silencieuses roulaient sur les joues de Rae, Eve posa sur la table la photo d'identité de Dorian Gregg.

— Reconnaissez-vous cette jeune fille ?

— Non. Oliver ?

— Non, ça ne me dit rien.

— Mina a plein de copines, dit Ethan. Mais je connais pas cette fille.

— Qui est-ce ? s'enquit Rae. Elle a quelque chose à voir avec Mina ?

— Nous avons des raisons de croire que cette jeune fille a également été enlevée. Certains éléments indiquent qu'elle était peut-être avec Mina la nuit dernière.

— Qu'est-ce que cela signifie ? demanda Oliver. Vous pensez… Cette fille fait partie des suspects ?

— À ce stade, nous la considérons comme un témoin.

— Vous croyez que Mina la connaissait ? Il n'y a pas eu d'autres enlèvements d'enfants près de chez nous, ajouta Rae. Nous en aurions entendu parler. Elle a l'air d'avoir le même âge que Mina. Si elles allaient à l'école ensemble…

— Elle n'était pas de la même région

Rae plissa les yeux.

— D'où, alors ?

— Du New Jersey.

— Oliver, tu veux bien emmener Ethan prendre de quoi grignoter ?

Le visage d'Ethan rougit de colère sous ses taches de rousseur.

— Vous voulez pas que j'entende, mais je partirai pas. Pas question ! C'est ma sœur. Et j'ai pas été sympa avec elle ce matin-là. Avant qu'on parte à l'école, je lui ai dit que Nick allait essayer de lui toucher les nénés.

— Oh, Ethan…, souffla Rae dans un rire mêlé de sanglots avant d'appuyer sa joue contre le crâne de son fils.

— Moi aussi, j'ai une sœur, dit Peabody au garçon. Et deux frères. Ça m'est arrivé de leur dire des trucs idiots ou méchants. C'est ce qu'on fait entre frères et sœurs. C'est tout. Mais je les aime et eux aussi m'aiment. Tout comme tu aimes Mina et elle t'aime.

— Je sortirai pas. Quelqu'un a tué ma sœur, je vais pas aller manger un truc !

Oliver se pencha pour passer un bras dans le dos de sa femme et de son fils.

— Compris. On reste ensemble.

— Très bien. D'accord, dit Rae en se redressant sur sa chaise. Vous envisagez la possibilité d'un trafic d'enfants.

— Effectivement. Tout comme nos collègues chargés de l'enlèvement de Mina. L'enquête n'en est qu'à ses débuts, mais nous considérons qu'il s'agit d'une forte probabilité.

— Elle n'a pas été violée, souffla Oliver, ses mains serrées posées sur la table. Le Dr Morris nous l'a confirmé. Vous vous dites peut-être que ça ne devrait pas avoir grande importance pour nous après…

— Non, monsieur. Je comprends que ce soit important pour vous en tant que famille. Et ça l'est également pour l'inspecteur Peabody et moi-même en tant qu'enquêtrices.

Eve sortit un autre cliché, celui des sous-vêtements.

— Mina était vêtue d'un pantalon d'uniforme scolaire et d'une chemise blanche à manches courtes plutôt que du chemisier qu'elle portait quand elle a été enlevée. Elle portait aussi ces dessous. Est-ce qu'ils lui appartiennent ?

Rae prit la photo et secoua immédiatement la tête.

— Mon Dieu, non. Mina n'aurait jamais… Elle est bien trop jeune. Elle porte le plus souvent un soutien-gorge de sport et une culotte en coton mélangé, le genre de culotte large qui couvre bien les fesses. Et d'après ce que je vois, elle n'aurait pas pu s'offrir ça avec son argent de poche. Elle aimait les sous-vêtements sportifs pour ados, rien à voir avec ça.

Rae releva les yeux vers Eve.

— Elle avait une *french manucure*. Je n'ai pas réagi, je… J'étais incapable de réfléchir lorsque nous l'avons vue. Mais elle avait les ongles manucurés. Et récemment, non ?

Elle porta la main à son front pour se masser la tempe.

— Mina trouvait ça banal et vieillot. Chaque fois qu'elle allait au salon de beauté, avec moi ou avec ses amies, elle choisissait du vernis coloré. Et quand je demandais une *french* pour moi, elle roulait les yeux. « C'est ringard, maman. »

Elle reporta son attention sur son fils avant de prendre une longue inspiration.

— Ils la préparaient. Ceux qui l'ont enlevée la préparaient à la traite d'êtres humains, à de l'esclavage sexuel.

— La traite ? Quoi, comme une vache ?

Oliver caressa gentiment le bras de son fils.

— Pas ce genre de traite-là, mon chéri. Sois sage, tu veux bien ?

— C'est une possibilité que nous envisageons, leur dit Eve.

— Je peux revoir la photo de l'autre fille ? demanda Rae.

Elle hocha la tête devant le portrait que lui présenta Eve.

— Oui, c'est ce qui me semblait. Elle est superbe, non ? Très jolie fille, comme Mina. Vous ne l'avez pas retrouvée ?

— Pas encore.

— Pourquoi pensez-vous qu'elle était avec Mina quand elle a été tuée ?

— Nous ne pouvons pas partager certains détails avec vous dans l'immédiat, mais nous savons qu'elle était présente.

— Elles étaient peut-être amies, maman. Mina adorait ses copines. Elle était tout le temps en train de bavasser avec elles.

— Oui, elles auraient pu être amies. Mina n'était peut-être pas toute seule...

Eve demeura dans la salle tandis que Peabody escortait les Cabot vers la sortie. Ils avaient mieux tenu le coup qu'elle ne l'avait imaginé. Ce dont elle leur était reconnaissante, tout comme d'avoir eu l'occasion de jauger la dynamique familiale.

Proche, soudée, sans être étouffante.

Peabody revint avec des tubes de Pepsi et de Pepsi Light.

— Je n'ai pas eu le temps de programmer votre café sur cet autochef.

— Ça ira très bien, merci.

— Ils vont rester au moins un jour ou deux. Ils voudront voir l'endroit où nous avons trouvé son corps.

— Ils vous l'ont dit ?

— Pas besoin.

Eve ouvrit son tube avec un hochement de tête.

— La probabilité que Mina ait fugué et soit montée dans un véhicule avec quelqu'un a toujours été faible. Pour moi, elle est maintenant en dessous de zéro. Mina n'a pas cherché à fuir sa famille, et tout indique qu'elle était trop sensée pour monter dans une voiture inconnue. La mère ? Elle est intelligente, avec un esprit vif et observateur.

— Elle connaît ses enfants.

— Très juste. Les sous-vêtements, la manucure, ce n'était pas par choix. Ça renforce notre hypothèse.

Elle se leva et se mit à faire les cent pas tout en buvant à petites gorgées.

— Connors invite les Mira à dîner ce soir.

— Oh. Chouette.

Eve secoua la tête.

— C'est un dîner de travail. L'occasion d'avoir la consultation que je voulais. Drôle de mélange mais ce n'était pas mon idée. Encore un coup de Connors. Il passe souvent au Central sans prévenir ces derniers temps. Vous avez remarqué ?

— Eh bien, pas vraiment, mais c'est possible...

— Des projets, des réunions... Peu importe, trancha Eve, ça tombe mal. Et Connors s'imagine qu'il doit s'inquiéter pour moi vu les circonstances.

— Difficile de lui en vouloir, répondit Peabody.

— Oh, j'y arrive très bien. Il...

Elle s'interrompit lorsque sa radio bipa.

— On dirait que l'assistante sociale est arrivée un peu plus tôt que prévu.

— Je vais la chercher.

Peabody se leva.

— Vous savez, ma mère aussi est plutôt intelligente.

— C'en est même effrayant, acquiesça Eve.

— Elle est fière de moi. Ni mon père ni elle ne voulaient que je sois flic, encore moins à New York. Mais ils m'ont laissée faire et ils sont fiers de moi.

Par contre, je sais qu'elle s'inquiète. D'après elle, l'inquiétude va de pair avec l'amour.

» Bref. Je vous ramène Truman.

— Connors n'est pas ma mère, souligna Eve avant que Peabody quitte la pièce.

— Mais il vous aime.

« Oui, oui, je sais… » songea Eve.

Puis elle mit cette pensée de côté, s'assit et se replongea dans le dossier qu'elle avait constitué sur Dorian en attendant que Peabody fasse entrer l'assistante sociale.

Pru Truman ressemblait à une serpillière humaine qui aurait été abandonnée dans un coin après avoir été trop souvent essorée. Pâle et émaciée dans son tailleur dont la laideur sautait même aux yeux d'Eve, pourtant peu versée en la matière, elle gardait les lèvres pincées et les doigts serrés autour d'une vieille mallette.

Si Eve n'avait pas parcouru sa fiche, elle lui aurait donné une soixantaine d'années. Mais son certificat de naissance indiquait qu'elle en avait dix de moins.

— Je suis le lieutenant Dallas. Merci d'être venue, madame Truman. Asseyez-vous.

— Je peux vous offrir un café ? proposa Peabody. Ou un soda ?

— Je ne consomme ni caféine ni succédanés. Une eau plate, s'il vous plaît.

Eve, saisie d'une aversion immédiate pour la nouvelle venue, reprit une longue gorgée de son Pepsi.

— Tout cela ne m'arrange guère, dit Truman en guise de préambule.

— C'est-à-dire ?

— D'être obligée de faire le trajet jusqu'à New York. J'ai dû reporter plusieurs rendez-vous.

— J'ai une fille de treize ans qui n'aura plus jamais à s'inquiéter d'éventuels rendez-vous... puisqu'elle est morte.

— Cette malheureuse ne faisait pas partie de mes bénéficiaires.

— Mais Dorian Gregg, si.

— Effectivement.

Truman ouvrit sa mallette pour en sortir un disque.

— J'ai ici tout le dossier concernant l'enfant mineure Gregg, qui remonte à près de cinq ans en arrière. Comme vous le verrez, j'ai effectué de nombreuses visites à domicile au cours de cette période. J'ai aussi organisé des réunions et des entretiens avec les enseignants de ses différents établissements. J'avais recommandé – je crois que c'était il y a trois ans mais vous pourrez vérifier – que le parent tuteur, sa mère, suive un programme de désintoxication, ce qu'elle a fait.

— Tout ça, hein ? commenta Eve sur un ton chaleureux. Curieusement, nous avons trouvé un certain nombre de substances illégales dans l'appartement de Jewell Gregg, ainsi que du vin et de la bière bon marché.

— Elle a peut-être fait une rechute récente, comme cela arrive souvent.

— Pas de dépistage obligatoire ?

— Elle était allée au bout du programme.

— Elle a pu rechuter récemment, répéta Eve.

— Et nous nous pencherons sur la question.

— Un peu tard pour ça, non, sachant que Dorian n'habite plus dans cet appartement depuis approximativement août dernier ?

Truman redressa son petit menton pointu.

— Je n'étais pas au courant de cette situation.

— C'est pourtant votre métier.

Une lueur d'irritation passa dans les yeux de Truman, qui pinça de nouveau les lèvres.

— Je ne vous explique pas comment faire votre métier, merci de ne pas me dire comment faire le mien. L'enfant mineure Gregg…

— Un nom. Elle a un nom, merde !

— Soyez sûre que j'informerai qui de droit de votre grossièreté, répliqua Truman avec un air sourcilleux. J'évite de me référer aux bénéficiaires par leur prénom afin de conserver une juste distance professionnelle.

» C'est une enfant difficile et récalcitrante, ajouta Truman. Et comme vous pouvez le voir dans mes dossiers et dans son casier judiciaire, elle a des antécédents d'absentéisme scolaire, de fugues et de divers larcins.

Ses mots, son ton, sa voix, tout agressait Eve. Hormis les larcins, Truman aurait pu être en train de parler de « l'enfant mineure Dallas ».

— Il existe également des documents attestant de violences physiques et verbales sporadiques de la part de la jeune fille mineure à l'encontre du parent tuteur.

— Vous vous foutez de ma gueule ?

— Je ne tolérerai pas ce genre de langage. Vous avez une copie de mes dossiers. Nous en avons terminé.

— Rasseyez-vous tout de suite, Truman. Ou bien je vous fais non seulement citer pour manquements à vos obligations, mais j'ajoute assez de chefs d'accusation personnels pour vous envoyer en cellule.

— Vous me menacez ?!

— Ce n'est pas une menace, c'est une promesse. Quoi qu'en disent vos dossiers, vous n'avez pas effectué de visite à domicile depuis des mois.

— Bien sûr que si.

— Pas en présence de Dorian. Et s'il s'avère que dans ces dossiers, vous prétendez le contraire, ou si vous affirmez lui avoir parlé depuis août dernier, je vous inculperai pour complot visant à frauder l'État.

— Je ne suis pas une criminelle ! piailla Truman dans un cri digne des poules de la ferme des Brody. Je suis fonctionnaire. J'ignorais que cette mineure… que la jeune fille, se reprit-elle, n'était plus sous la garde de sa mère. D'après Mme Gregg, elles testaient l'éducation à la maison et l'emploi de professeurs particuliers, et les choses allaient mieux.

— Et n'est-ce pas votre devoir de parler à l'enfant ?

— L'enfant est, comme je l'ai dit, difficile. Et très, très grossière avec moi. Je n'avais aucune raison de ne pas faire confiance au parent tuteur.

— C'est-à-dire à une femme avec des antécédents d'alcoolisme et d'usage de stupéfiants. Et qui, des témoins vous l'ont rapporté, battait Dorian.

Truman redressa le menton.

— Les voisins adorent les commérages, en particulier s'ils servent leurs rancunes.

— Avez-vous déjà vu des bleus sur Dorian ?

— C'est une enfant maladroite qui, de plus, a souvent des altercations physiques avec d'autres jeunes.

— D'après qui ?

— Sa mère, répondit Truman en détournant les yeux.

— Celle qui la gifle puis la met dehors quand elle veut passer du temps seule avec son dernier flirt ? Celle qui encaisse son chèque mensuel même quand l'enfant n'est pas rentrée depuis des mois ? Celle qui n'a jamais pris la peine de signaler la disparition de sa propre fille, de déclencher des recherches ? Cette mère-là ?

— Mme Gregg n'a manifestement pas été honnête et ne m'en a pas informée, ni les autorités. Son statut de parent professionnel sera bien évidemment révoqué, et je recommanderai sans doute le placement de l'enfant dans une famille d'accueil.

— L'enfant disparue. L'enfant qui est peut-être morte parce que vous n'avez pas pris la peine de faire votre travail.

L'accusation fit s'empourprer Truman.

— J'ai fait mon travail ! Vous n'avez aucune idée de ce que ça représente ! Le stress, les horaires à rallonge, les enfants turbulents et difficiles, les parents et tuteurs négligents. Je ne suis pas responsable si cette fille a encore fugué et qu'il lui est arrivé quelque chose ensuite. Elle a fait ses propres choix.

Eve se leva lentement, bouillant de tout son être.

— Vous feriez mieux de partir sur-le-champ, gronda-t-elle.

— Je ne vais pas me laisser intimider et accuser de…

— Sortez d'ici. Tout de suite.

— Je signalerai votre comportement et la grossièreté avec laquelle vous m'avez traitée.

— Ah oui ? Je ne manquerai pas de faire de même. Maintenant, dégagez. Hors de ma vue !

Truman sortit sans demander son reste.

— Peabody, trouvez-moi le supérieur de cette incapable sans empathie. Je veux parler à son boss. Tout de suite.

— Compris. Mais faites-moi une faveur, prenez d'abord cinq minutes. Juste cinq minutes, répéta Peabody.

Elle se leva et tint bon quand Eve se retourna vivement vers elle.

— Je ressens la même chose que vous. C'est bien plus intense pour vous, bien sûr, mais moi aussi, ça m'a touchée. J'ai eu envie de la bourrer de coups de poing, de l'étrangler à lui en faire exploser les yeux, puis de la piétiner jusqu'à la réduire en bouillie. Il faut la dénoncer, qu'elle se fasse virer. Et je suis convaincue qu'elle mérite d'être inculpée. Mais ça, l'inculpation, ce n'est pas de notre ressort.

Eve avait du mal à respirer tant la fureur lui coupait le souffle.

— Pas question qu'elle s'en tire !

— Je suis bien d'accord. Et si vous m'aviez ordonné de l'escorter jusqu'à une cellule, je l'aurais fait. Avec un peu de chance, vous m'auriez couverte quand elle nous aurait flanqué un procès au cul, mais je l'aurais fait de toute façon. Ce n'est pas qu'elle n'ait pas aidé Dorian, et qui sait combien d'autres, c'est surtout que ce ne sont pas des enfants pour elle. Seulement des « bénéficiaires ». Des bénéficiaires sans réelle identité.

Voyant Eve faire les cent pas sans rien dire, Peabody poursuivit, décidée à obtenir ses cinq minutes de délai, le temps que la colère retombe.

— Nous avons déjà travaillé avec les services de protection de l'enfance et nous savons que la plupart des gens chez eux sont dévoués, attentifs, compatissants et surchargés de travail. Certains s'épuisent, pas de doute là-dessus. Et peut-être, peut-être qu'il y en a d'autres comme cette Truman. Me concernant, cela dit, c'est la première que je rencontre.

— Pas moi, murmura Eve. Loin de là. Mais elle figure en bonne place sur la liste des pires. Vous avez raison, la plupart des travailleurs sociaux s'engagent parce qu'ils se sentent concernés et veulent aider. Ce n'est pas comme si ça rapportait des mille et des cents. Raison de plus pour laquelle elle me dégoûte.

Eve s'arrêta de faire les cent pas et se retourna.

— Je n'ai pas besoin de cinq minutes.

— Dallas…

— Non, vous avez fait votre boulot et je vous en remercie. Je vais pouvoir m'indigner sans m'emporter et ce sera plus efficace. Je pourrais vous demander de les contacter, mais c'est moi la plus gradée et ça aura plus de poids.

— D'accord, je vous appelle son patron.

Pour la première fois depuis le début de l'échange, Peabody s'autorisa à reprendre son souffle.

— Vous lui avez flanqué une sacrée frousse, dit-elle.

— Vraiment ?

Eve pressa son poing contre le début de mal de tête qui pointait entre ses deux yeux.

— Elle a eu de la chance que je lui dise de sortir. J'étais à deux doigts de la frapper. Et là, c'est moi que vous auriez flanquée derrière les barreaux.

— Elle n'en vaut pas la peine.

— Non. Ça m'aurait fait du bien, mais elle n'en vaut pas la peine. Je trouverai un autre moyen de me défouler.

— Pas sur moi, de préférence.

— Je défoncerai un droïde d'entraînement en rentrant à la maison. Merci. Et je le pense vraiment.

— Je vous appelle son boss. Vous voulez prendre l'appel dans votre bureau ?

— Oui, ce sera mieux.

— Et je m'occupe d'écrire le rapport. Je commence par Truman pour en envoyer une copie à son patron, aux flics de Freehold et à l'Office des parents professionnels.

— Bien vu.

Maintenant que le voile rouge de la fureur s'était dissipé, Eve pouvait elle aussi réfléchir.

— Mettez Mira et Whitney en copie. Je me charge de mettre par écrit notre entretien avec les Cabot. Ça vous permettra d'aller voir vos placards de cuisine ou je ne sais quoi.

— Ça peut attendre.

— Non, nous sommes déjà en fin de service, et je vais travailler à la maison. Après mon petit tête-à-tête avec le droïde d'entraînement.

Eve, consumée par la rage depuis sa rencontre avec Truman, s'assura d'appliquer un vernis de froideur toute professionnelle pour s'adresser au supérieur de l'assistante sociale.

Elle sut que sa colère avait malgré tout percé en dépit, ou peut-être à cause, de l'expression choquée et des excuses boiteuses – aux oreilles d'Eve – du superviseur.

Elle trouva indéniablement une certaine satisfaction dans la suspension immédiate de Truman et l'enquête interne qui allait suivre. Mais pas suffisamment.

Elle rentra chez elle dans un état d'énervement en phase avec celui des autres conducteurs coincés dans les embouteillages.

La plupart du temps, franchir le portail et remonter l'allée vers la maison aux allures de château qui était la sienne lui procurait un sentiment de soulagement, voire de gratitude. Elle avait un foyer, et ce foyer était empreint de beauté, de grâce et de sérénité.

Mais ce soir, la maison l'agaçait. À ses yeux, Connors s'était mêlé de ce qui ne le regardait pas et elle allait devoir perdre du temps avec ce dîner en compagnie des Mira au lieu de se remettre simplement au travail.

D'accord, d'accord, admit-elle en contemplant les vastes pelouses verdoyantes aux fleurs magnifiques, ce repas avec Mira l'aiderait dans son enquête.

Mais…

Elle n'aurait su dire exactement ce qui venait après ce « mais », trop fulminante pour y réfléchir.

Sa solution dans ce genre de situation ? Taper dans un truc. Un truc inanimé.

Elle se gara et s'avança dans le hall d'entrée, la tête pleine des visions de la raclée qu'elle allait infliger au droïde d'entraînement.

L'air était frais et légèrement parfumé. Summerset était là, bien sûr, tel un épouvantail vêtu de noir et à la crinière argentée, avec leur chat gris et rondouillard à ses pieds.

Eve songea un instant que Summerset aurait presque pu être qualifié d'inanimé.

Le chat s'approcha pour se faufiler entre les jambes d'Eve avant qu'elle s'engage dans l'escalier.

— Les Mira arriveront à 19 h 30, annonça Summerset. Cela devrait vous laisser assez de temps pour vous rendre présentable.

Eve poursuivit sa route. Frapper Summerset aurait pu être amusant, mais… Cette fois, elle savait comment ça finirait : elle se sentirait coupable, puis serait contrainte de s'arrêter elle-même pour agression. Et Connors serait furieux, à juste titre.

Plutôt qu'un coup de poing, elle lui balança une question rhétorique tandis que le chat remontait les marches au-devant d'elle.

— Vos costumes sont tous livrés avec un balai dans le cul, ou vous devez le ressortir chaque fois ?

— 19 h 30, répéta-t-il en la regardant monter. Les cocktails seront servis dans le patio.

— Oui, oui, compris.

À son entrée dans la chambre, Galahad, perché sur le lit, l'observa longuement de ses yeux vairons. Elle s'approcha pour lui offrir quelques caresses et grattouilles.

— Je suis de mauvais poil, dit-elle. Besoin de me défouler.

Alors qu'elle se retournait pour prendre un short et un débardeur, elle s'aperçut dans le miroir et fronça les sourcils. Summerset ne savait pas qu'elle avait rendez-vous avec le droïde d'entraînement. En quoi n'était-elle pas déjà présentable ?

Ni taches de sang ni vêtements déchirés.

Elle se débarrassa de sa veste, la jeta sur le lit, retira son harnais réglementaire et se tint là, vêtue de son haut blanc sans manches et de son pantalon en toile.

« Parfaitement présentable », estima-t-elle.

— Lui et son balai dans le cul…, grommela-t-elle en se changeant avant de prendre l'ascenseur vers la salle de sport.

Quelques instants plus tard, Connors franchit à son tour la porte d'entrée.

— Le lieutenant semble légèrement à côté de la plaque, l'avertit Summerset.

— Ça ne m'étonne pas.

— Tu y remédieras avant l'arrivée de vos invités.

Comme Eve, Connors emprunta directement l'escalier.

— Et pourquoi, je me le demande, est-ce toujours à moi de réaligner le lieutenant et sa plaque ?

Summerset haussa les sourcils. Eve n'était visiblement pas la seule à être mal lunée.

— De vrais gamins, souffla-t-il.

Secouant la tête, il retourna en cuisine pour veiller à ce qu'au moins sa part des préparatifs du dîner soit à la hauteur.

À l'étage, Connors avisa les vêtements de travail d'Eve posés sur le lit sous le regard vigilant de Galahad. Comme Eve, il prit le temps de câliner brièvement le chat.

— Elle est descendue à la salle de sport, c'est ça ?

Tout en dénouant sa cravate, il envisagea de la rejoindre. Ce serait l'occasion de transpirer pendant vingt ou trente minutes pour évacuer les contrariétés de la journée.

Il retira sa veste de costume et demanda à l'ordinateur d'afficher les images des caméras de la salle de sport.

Il regarda Eve exécuter un coup de pied latéral dans le sternum du droïde d'entraînement, pivoter sur elle-même, puis enchaîner avec un crochet du gauche à la mâchoire.

Elle avait opté pour un modèle évoquant une femme musclée qu'il n'avait pas encore testé lui-même. Le droïde était manifestement programmé pour ne pas retenir ses coups car sa riposte par la droite franchit la garde d'Eve et l'atteignit à la pommette.

— Merde...

Eve réagit par un balayage de la jambe qui déséquilibra suffisamment le droïde pour qu'elle puisse lui assener une frappe à la poitrine et un solide uppercut avant qu'un coup de coude du droïde lui repousse violemment la tête en arrière.

Connors fit quelques pas vers l'ascenseur avant de s'arrêter.

Il pourrait y aller, désactiver le droïde et la laisser retourner contre lui son évidente fureur. L'occasion de s'affronter le temps d'un round, en sachant que lui au moins ne mettrait pas son poing dans la figure de sa femme.

— Non. Qu'elle fasse ça à sa façon.

Il éteignit l'écran et se dirigea vers la douche.

Il terminait de boutonner son jean quand Eve remonta.

— T'as la bouche qui saigne, dit-il en attrapant un tee-shirt.

Elle s'essuya les lèvres du dos de la main.

— Le droïde a indiqué qu'il avait besoin de réparations mineures et qu'il lui faudrait une dizaine d'heures.

— Toi, tu auras peut-être besoin d'un peu plus que ça, commenta-t-il sur un ton équivalent à un haussement d'épaules. Tu vas avoir un œil au beurre noir et ta mâchoire est en train d'enfler.

— Il a une méchante gauche.

— Tu voudras peut-être opter pour le contact léger plutôt que le combat à pleine puissance la prochaine fois.

— Quel intérêt ? Écoute…

— Je t'écoute. Je te regarde faire. Et à ce que je vois, tu trouves ton compte à recevoir des coups de poing en plein visage.

— Je me suis dit que c'était un meilleur choix que de te frapper ou de tabasser un passant innocent, répondit-elle, pieds campés au sol et prête à en découdre. Comment tu réagirais si je débarquais dans ton bureau pour te dire ce qu'il faut faire ou non ?

Il leva un doigt pour demander une pause, pivota sur lui-même et repartit vers la salle de bains. Il en ressortit avec plusieurs compresses froides qu'il lui lança.

— Pour commencer, je ne t'ai pas dit ce que tu devais faire ou non. Je t'ai demandé si tu avais envisagé certaines possibilités.

— La différence est mince.

— Mais elle existe malgré tout. Ensuite, les décisions que je prends dans mon bureau n'affectent pas ma santé émotionnelle. Tu étais déjà épuisée et maintenant te voilà en plus meurtrie et ensanglantée.

— Je suis à la tête de ce dossier. Je n'aurais rien à faire là si je n'étais pas capable de gérer n'importe quelle affaire criminelle.

Il se contenta de la dévisager.

— Tu ne dirais pas la même chose des membres de ton équipe.

— Les membres de *mon* équipe, justement, répliqua-t-elle en s'enflammant de nouveau. Je suis leur patronne. C'est moi qui commande, et ça change la donne. Tu le sais. Tu le sais bien.

— Il y a autre chose que je sais. Tous les jours, tu enfiles ceci avant de sortir, dit-il en désignant le harnais et le pistolet paralysant d'Eve. Je sais ce que tu risques au quotidien et je l'accepte, je le respecte, je l'admire même. Je sais ce que je risque de voir arriver, chaque jour, parce que tu es tout pour moi. Pourtant, je te soutiens. Et tu le sais. Mais remettre en question quelque chose qui te blesse, ça, je n'ai pas le droit ? Je dois me taire, ne pas m'impliquer, ne pas avoir mon mot à dire, ni d'opinion ? Pas question. Je suis ton mari, pas ton animal de compagnie.

Prise de court, elle fit un pas vers lui.

— Je n'ai jamais...

Mais Connors recula, très posément.

— Tu as environ une demi-heure avant l'arrivée des Mira.

Il s'éloigna, laissant Eve furieuse et désemparée. D'accord, il était bien plus énervé qu'elle ne l'avait imaginé, mais ce qu'il venait de lui sortir ? C'était n'importe quoi.

— Mon animal de compagnie ? Il délire.

Se tournant vers le chat, elle leva les bras dans un geste d'incompréhension et de frustration.

— Qu'est-ce qui lui prend ?

Galahad, qui avait apparemment choisi de rester neutre, s'étira de tout son long et ferma les yeux.

— Il a remis en question mon jugement. Il peut dire ce qu'il veut, c'est exactement ce qu'il a fait. Qu'il aille se faire voir !

Elle se rendit jusqu'à la salle de bains pour prendre une douche et aperçut de nouveau son reflet. Bon sang, elle allait vraiment avoir un œil au beurre noir.

Elle se déshabilla, puis appliqua une compresse froide sur son œil avant d'entrer dans la douche et d'actionner les jets à la puissance maximale.

6

Eve fit de son mieux pour se rendre présentable, allant même jusqu'à sortir son kit de maquillage, rarement utilisé, pour masquer ses ecchymoses les plus méchantes.

Se lancer dans un corps-à-corps musclé juste avant un dîner de travail n'était sans doute pas l'idée du siècle, elle devait l'admettre.

Mais « travail » était ici le mot clé, se rappela-t-elle.

Elle enfila un jean. C'était approprié, puisque Connors en portait un. Et comme ses côtes lui faisaient mal, elle leur appliqua une fine compresse avant de sélectionner un chemisier un peu ample.

Pas le temps de faire quelques passes de baguette de soins. C'était d'ailleurs Connors qui le faisait pour elle, d'habitude.

« Pas cette fois », pensa-t-elle en descendant les marches.

Le mieux qu'ils puissent faire ce soir, c'était de – comment Connors l'aurait-il exprimé ? – « maintenir une apparence de civilité ».

Oui, du Connors tout craché.

Elle s'avança dans le patio.

La table, dressée pour quatre personnes avec de la vaisselle d'un bleu estival, était décorée d'un pichet trapu et transparent garni de fleurs jaunes. Des serviettes à rayures jaunes et bleues dépassaient des verres à eau jaune pâle. Les verres à vin se dressaient sur de hauts pieds bleus et des bougies chauffe-plat se blottissaient dans leurs supports translucides.

D'autres fleurs débordaient des pots disposés sur l'un des flancs du patio.

De l'autre côté se trouvaient un bar portatif et l'immense gril chromé de Connors. Entre eux, une table étroite accueillait une variété d'élégants petits fours.

Tout cela avait l'air joyeux et festif... soit l'exact opposé de son humeur du moment.

Connors saisit une carafe pour lui verser une boisson mousseuse épaissie de glace pilée dans un grand verre évasé.

— Goûte-moi ça.

Elle décida que n'importe quoi contenant de l'alcool lui ferait du bien. La saveur froide et acidulée de la première gorgée fut plus que bienvenue.

— C'est bon. Et la déco est jolie.

— Nous devrions envisager d'organiser une soirée entre amis avant de partir en vacances.

« Une apparence de civilité », pensa-t-elle.

C'était un maître en la matière, mais elle aussi était capable d'y mettre du sien.

— OK.

— Summerset s'est occupé du reste du repas. Tout est stocké dans les compartiments froids ou chauds du gril. Nous n'aurons plus qu'à sortir les plats quand nous serons prêts à manger.

Bien que le droïde ne l'ait pas frappée au ventre, Eve avait l'estomac noué et l'appétit aux abonnés absents.

— Compris, répondit-elle néanmoins.

Toujours civile.

— Tu voudras peut-être développer des réponses de plus d'un mot une fois que les Mira seront là.

— Bien sûr, répondit-elle avec autant de froideur que lui. Tu vois, ça fait déjà deux mots.

Par chance pour eux deux, estima Eve, Summerset apparut à cet instant avec les Mira.

Bien décidée à montrer ce qu'elle avait dans les tripes, Eve s'avança la première.

— Merci d'avoir répondu à notre invitation de dernière minute.

— C'est toujours un plaisir. Tout est si joli !

Mira, elle-même très jolie dans sa robe d'été ornée de petites fleurs violettes, serra brièvement Eve dans ses bras avant de se tourner vers Connors.

— Rien de tel qu'un barbecue par une nuit d'été, commenta Dennis Mira.

Il portait un pantalon en toile et une chemise verte que sa femme devait avoir choisie pour lui car elle était assortie à ses yeux magnifiques.

La bise délicate qu'il déposa sous son œil douloureux fit comprendre à Eve que l'opération maquillage ne trompait personne. Puis il lui offrit une embrassade qui dura quelques secondes, et Eve dut se retenir pour ne pas s'y abandonner.

Dennis Mira sentait l'orange fraîchement pelée.

— Là, je dois dire que je vous envie tout cet espace. Quels jardins ! s'exclama Mira en acceptant le verre que lui tendait Connors. Nous n'aurions jamais le savoir-faire ni le temps de les entretenir, mais ça ne m'empêche pas de les admirer et de vous envier. Eh bien, c'est délicieux ! ajouta-t-elle après avoir bu une gorgée.

Dennis sourit de son sourire rêveur et distrait en acceptant sa boisson, mais garda un bras autour d'Eve quelques secondes de plus. Elle sentit chuter son niveau de stress et son estomac se dénoua.

L'apparence de civilité n'était pas aussi difficile à maintenir qu'elle ne l'avait craint quand on se trouvait autour de boissons mousseuses par une chaude soirée d'été.

Eve négocia sans trop de mal les sujets de conversation banals mais inévitables dans ce cadre informel.

Fleurs, projets pour l'été, avancée des travaux dans la nouvelle maison de Mavis…

Lorsque le tableau et le dossier à constituer dans son bureau pour sa nouvelle enquête lui revenaient à l'esprit, elle faisait de son mieux pour les reléguer au second plan.

Puis, alors que le gril fumait et que Connors et Dennis surveillaient les steaks, Mira lui ouvrit une porte.

— J'ai lu les dossiers. Je suis désolée que nous n'ayons pas eu la possibilité d'organiser une consultation aujourd'hui. Ou du moins je le serais si cela ne me permettait pas de profiter de ce délicieux dîner.

— C'était principalement ma faute, de toute façon.

— Pas de nouvelles de la deuxième fille disparue, j'imagine ?

— Rien. Nous avons lancé une alerte et sa photo va être affichée partout.

— Vous avez peur qu'ils ne l'aient attrapée, ou pire.

Eve ne pouvait pas rejeter l'hypothèse mais…

— Si c'était le pire, s'ils l'avaient tuée, nous aurions trouvé le corps. Aucune raison de le cacher, ni même d'essayer de le faire, puisqu'ils en ont déjà laissé un autre au milieu du parc.

— Je suis d'accord. Si elle est parvenue à s'enfuir, il semble plus probable qu'elle ait choisi de rentrer chez elle que de contacter la police. Et je doute fort qu'elle ait voulu rentrer chez elle.

— Certaines traces de sang lui appartiennent…, commença à expliquer Eve, avant de voir Connors transvaser les steaks sur un plateau.

Elle fit son devoir, sortit assiettes et bols des compartiments du gril. Légumes grillés, pommes de terre rôties, tranches de tomate et de mozzarella, petits pains croustillants.

— Tout cela a l'air drôlement bon, dit Mira en levant le verre de vin rouge que Connors lui avait servi. Mes compliments au chef !

— Vous avez grillé les légumes vous-mêmes ? demanda Dennis.

— Ces compliments sont à adresser à Summerset. Mais je m'y essaierai peut-être la prochaine fois, répondit Connors. Nous prévoyons d'organiser une fête, un autre barbecue, si possible avant notre départ pour l'Europe.

— Tout est dans la marinade, affirma Dennis.

— Vraiment ?

— C'est la clé.

Dennis goûta aux courgettes grillées qu'Eve espérait éviter.

— Et Summerset connaît la clé, ajouta-t-il.

« Retour aux banalités », songea Eve avec résignation, les yeux baissés sur son steak.

— Vous mangez souvent dehors quand il fait beau ? demanda Mira.

— Plutôt dans mon bureau, en général.

— Dîners de travail.

Mira tendit la main pour tapoter celle de Dennis.

— Nous faisons souvent la même chose. Quand ce n'est pas mon travail, c'est celui de Dennis, ou les deux.

Son mari lui sourit.

— C'est la vie qu'on s'est choisie.

— Effectivement. Et donc, je suis d'accord avec vos conclusions, Eve. La seconde jeune fille, Dorian Gregg, n'a pas tué Mina Cabot. Le rapport de Morris comme l'analyse médico-légale mènent à cette conclusion. Bien que les preuves ne soient pas irréfutables, et que nous puissions découvrir que Dorian participait ou participe toujours de son plein gré, le profil que j'ai établi dit le contraire.

— Pourquoi ? Même si je suis d'avis d'écarter une participation volontaire, voici ce qui me fait douter, poursuivit Eve avant que Mira réponde. Elle habitait un appartement minable dans un immeuble minable d'un quartier minable. Elle a des antécédents de petits larcins. Sa mère était maltraitante et son assistante sociale encore pire à mes yeux.

— Oui, et nous en parlerons également.

— Donc, oui, ils l'ont enlevée, probablement dans la rue. Mais une fois sur place ? Manucures, jolis sous-vêtements, bonne nourriture… Et je table aussi sur des conditions de vie décentes. La seule chose qu'on lui demande en retour, c'est de se laisser faire, de payer en faisant du porno. Du moins si nous avons raison sur ce point. Poser pour quelques photos, peut-être finir dans une baraque cossue quelque part.

Eve haussa les épaules.

— C'est une enfant, qu'est-ce qu'elle y connaît, après tout ? Ce genre de destin lui paraît peut-être enviable par rapport à ce qu'elle a fui.

— Elle n'a pas eu le choix avec sa mère. Et puisque l'assistante sociale l'a laissée tomber, le système ne lui a pas laissé le choix non plus. Pourquoi accepterait-elle de nouveau qu'on limite ses possibilités, même avec des avantages discutables ?

Mira marqua une pause.

— Et j'ai la conviction qu'elle en sait beaucoup trop, plus qu'une enfant de cet âge ne le devrait dans un monde idéal. Plus, j'imagine, que Mina lorsqu'elle a été enlevée.

— Ça a dû être beaucoup plus risqué d'enlever quelqu'un comme Mina que de kidnapper Dorian. Ce qui me laisse penser qu'elles ne sont ni les premières ni les seules.

— Je vous rejoins. Tout cela semble très organisé, sophistiqué. Les fonds nécessaires pour garder ces jeunes filles sous contrôle, les nourrir et les loger dans un cadre qui limite le risque de fuite ou d'être découverts. Plus les vêtements et tout le reste. On parle ici de dépenses considérables.

— Il faut donc que les bénéfices en vaillent la peine. La pornographie peut rapporter gros, mais pas à ce point. Il doit s'agir de traite d'êtres humains.

— Là aussi, je suis d'accord. Si l'on considère ces filles comme un produit à rentabiliser ?

Mira se tourna vers Connors.

— En tant qu'homme d'affaires, il conviendrait d'investir du temps, des efforts et de l'argent dans la création d'un tel produit.

— Tout à fait. Et vous établiriez également un budget pour cet investissement sur la base de projections de bénéfices. Faute de quoi vos dépenses risqueraient – c'est même probable – de grignoter sérieusement ces bénéfices, voire de les annuler.

— Que se passe-t-il si on a une grande quantité d'un même produit ? Ou du même type de produit ? s'interrogea Eve. Un véhicule, par exemple. Une voiture. On peut la proposer en différentes couleurs, avec différents accessoires, etc. Elles sont toutes identiques, construites de la même manière, mais on peut les personnaliser, non ? Le budget de base est le même, mais il faut tenir compte du coût et du bénéfice associés aux accessoires plus sophistiqués. On est d'accord ?

Connors la dévisagea en se radossant à son siège, son verre de vin à la main.

— Tu penses à une sorte d'opération à la chaîne. Une voiture, une fille. Le même modèle de base : une jeune fille humaine. Mais votre victime était blanche et la seconde jeune fille était métisse. Au choix du... consommateur.

— Je me dis que nourrir, habiller et loger deux filles au lieu d'une ne coûte pas forcément deux fois plus cher. Ni dix fois plus cher pour dix. Le logement est déjà là, donc cela ne change pas. La nourriture s'achète en gros. Je suppose que les vêtements multiplient le coût par enfant, mais...

— Pas nécessairement, intervint Dennis. Nous parrainons des équipes sportives, n'est-ce pas, Charlie ? Celles de nos petits-enfants, ajouta-t-il avec son doux sourire. Si vous commandez deux douzaines de maillots, ils reviennent moins cher à la pièce que si vous n'en commandiez qu'un, ou que six, par exemple.

— Un petit pot de peinture coûte plus cher au litre qu'un gros bidon, déclara Connors.

— Plus de produits, plus de profits ?

— En théorie. Mais il s'agit d'enfants, pas de voitures ou de gadgets.

— Je suis au courant, répondit Eve, toujours sur le même ton dépassionné. J'essaie de me faire une idée de leur éventuel modèle économique.

— L'élément humain doit être pris en compte, rétorqua Connors. Elles ont été enlevées et ne participent pas de leur plein gré. Elles pourraient ne pas manger ce qu'on leur dit quand on le leur dit.

— Privez-les de nourriture pendant un jour ou deux et la plupart des enfants mangeront ce que vous leur donnerez, affirma Mira.

— Ce n'est pas moi qui vous dirai le contraire, acquiesça Connors, qui avait connu la faim durant ses jeunes années.

— En ce qui concerne la victime, reprit Mira, ils ont eu des mois pour la contrôler, l'endoctriner. Les éléments recueillis laissent penser qu'elle a été tuée lors d'une tentative d'évasion, ce qui veut dire que l'endoctrinement a échoué. Mais en l'absence d'indication d'entraves physiques ou de sévices, j'en conclus qu'elle était sous contrôle… ou assez habile pour convaincre ses ravisseurs qu'elle l'était.

Elle leva une main vers Connors, qui la resservait en vin.

— Juste un demi-verre, merci. Maintenant, pour ce qui est de la deuxième fille. Dorian... Elle a pu trahir Mina, aider à faire échouer son évasion.

— Dénoncer les autres en échange d'une récompense, ajouta Eve, qui avait eu la même idée.

— C'est ça. Cependant, l'expérience personnelle de Dorian l'amènerait plutôt à se défier de l'autorité. Il me semble peu probable qu'elle ait dénoncé une autre jeune fille. J'estime plutôt qu'elles ont œuvré ensemble. Si Dorian a effectivement pu apprécier les soins, la nourriture, les vêtements de qualité et le reste, la liberté demeure l'un des moteurs de sa personnalité. Méfiance envers l'autorité, et goût pour la liberté.

— Fini la liberté quand l'autorité contrôle tout.

— Elle en a déjà fait l'expérience. Je crois qu'elle avait assez de jugeote pour savoir comment elle finirait si elle restait entre leurs mains.

— Ils allaient la vendre, conclut Eve.

— Sans qu'elle ait voix au chapitre. Aucune possibilité de refuser les caprices et les désidératas de la personne qui l'achèterait. Ce qui m'amène au sang lui appartenant et qui a été retrouvé sur les vêtements de Mina. Elle a peut-être été blessée pendant l'évasion, mais...

— Mina ne portait pas ce pantalon durant sa fuite.

— Exactement, confirma Mira avec un hochement de tête. Prendre soin de ce qu'ils considèrent comme des produits impliquerait aussi un suivi médical. Des tests pour s'assurer de la bonne santé des filles, des examens toxicologiques réguliers, sans doute.

— Des analyses de sang.

— Très certainement. En vertu de quoi il leur aura été facile de répandre celui de Dorian sur la scène de crime.

— Après avoir transféré le corps de l'endroit où Mina a été tuée jusqu'à un emplacement où il serait facile de le retrouver. La gamine s'est enfuie, murmura Eve. Elle s'en est sortie. Sinon pourquoi essayer de lui faire porter le chapeau ? Être identifiée et recherchée par la police diminue sa valeur en tant que produit, non ? Ça la rend défectueuse, en quelque sorte. J'aurais dû y penser. On ne peut pas revendre un produit endommagé au prix fort. Elle a réussi à se tirer, ce qui fait d'elle le parfait bouc émissaire.

Eve ferma les yeux un instant.

— Elle ne fait pas confiance aux flics. Pourquoi le ferait-elle ? Les ravisseurs le savent. Si ça se trouve, ils ont même un psy à leur service. Je parie que c'est le cas. Elle ne viendra pas à nous. Pour elle, nous sommes des ennemis au même titre que les kidnappeurs. Elle a déjà été placée en centre de détention pour mineurs. Pourquoi prendre le risque d'y retourner ?

» La liberté, c'est ça qui la motive. Elle va soit se trouver une cachette, soit fuir loin d'ici. Tout le reste serait vécu comme une prison.

— Vous comprenez ces jeunes filles comme peu de gens en sont capables. Non seulement grâce à votre formation et votre perspicacité naturelle, mais aussi par le biais de votre propre expérience. Ce qui vous qualifie tout particulièrement pour mener cette enquête. Mais cela rend aussi les choses très, très difficiles pour vous. Pour vous deux, précisa Mira. Vous pouvez voir et ressentir à travers elles.

Vous pourriez avoir du mal à préserver votre objectivité et votre équilibre émotionnel.

— Voir la situation par les yeux de la victime fait partie de mon métier. C'est comme ça que je travaille. Au travers des yeux du tueur aussi. Cette affaire n'est pas différente des autres.

Si elle avait capté les accents défensifs dans la voix d'Eve – et c'était évidemment le cas –, Mira ne le releva pas.

— Votre empathie est aussi essentielle à ce fonctionnement que votre instinct ou votre formation. Mais ici, l'identification est différente, plus profonde. J'espère que vous viendrez me voir si vous en ressentez le besoin.

— Ça ira. Je vais bien. Je sais gérer.

— Vous n'avez pas le choix, dit Dennis.

Eve, qui avait refermé la main sur son verre d'eau avant qu'il prenne la parole, se figea sur son siège.

— Elles ne vous laissent pas le choix. Ces filles, elles vous parlent. Elles vous parlent toutes, toutes les victimes que vous défendez. Mais ces filles-là, vous les entendez dans votre tête, dans votre cœur. Comment pourriez-vous ne pas répondre à leur appel et faire la sourde oreille ?

Eve sentit sa poitrine se contracter.

— Je ne peux pas, souffla-t-elle.

— Vous ne seriez pas celle que vous êtes dans le cas contraire. Cela vous coûte, bien sûr, mais vous détourner d'elles vous coûterait bien plus.

Il la resservit en vin avant d'en reprendre un peu lui-même.

— Charlotte et moi discutons souvent du déroulement de nos journées, de nos soucis. Il est parfois nécessaire de parler de manière hypothétique, mais nous avons nos codes bien à nous. N'est-ce pas, Charlie ?

— Absolument, répondit Mira en prenant la main de son mari dans la sienne.

— Je ne compte plus le nombre de fois où, au fil des ans, je me suis inquiété pour elle. Par rapport à ce qu'elle fait, ce qu'elle voit. C'est souvent douloureux pour elle. Ça l'est pour moi aussi. Vous me comprenez.

— Oui, je vous comprends, dit Connors.

— Nous non plus n'avons pas le choix, n'est-ce pas ? Nous sommes tombés amoureux de femmes fortes et courageuses, de femmes déterminées à affronter les monstres de ce monde, quel qu'en soit le prix.

» Nous racontons à nos enfants que les monstres n'existent pas. Mais ils existent. Vous retrouverez cette jeune fille, j'en suis sûr, Eve. Et les monstres en question. Connors et Charlie vous y aideront. Laissez-les faire. Même s'il est parfois plus facile de fermer la porte que de la garder ouverte.

Il sourit et une lueur joyeuse dansa dans son regard.

— Je pourrais vous raconter de ces histoires…

Mira rit et se pencha pour l'embrasser sur la joue.

— Abstiens-toi.

Ils savourèrent une tarte aux fraises à la chantilly maison suivie d'un café puis, à la demande de Mira, allèrent se promener dans les jardins.

Connors les guida à travers le verger jusqu'à l'étang.

— Je crois que je vous envie de plus en plus, soupira Mira. Quel bel endroit !

— Je pourrais passer toute une journée à rêvasser sur ce banc, renchérit Dennis.

— Vous êtes toujours le bienvenu, lui répondit Connors. Quand vous voulez.

Ils retournèrent à la maison en suivant les lumières le long du chemin. Une fois devant la porte, Mira fit la bise à Connors.

— Merci pour ce merveilleux dîner.

Elle se tourna vers Eve et l'embrassa à son tour.

— Je vous rédigerai mes conclusions et les profils associés.

— Ça me sera très utile.

Lorsque Dennis la serra dans ses bras, elle lui chuchota à l'oreille :

— Merci pour ce que vous avez dit tout à l'heure.

Il se contenta de reculer d'un pas pour déposer un léger baiser sur l'ecchymose sous l'œil d'Eve.

— La prochaine fois, esquivez.

— C'est noté.

Quand Connors referma la porte, Eve demeura un instant immobile dans l'entrée.

— C'était une bonne idée de les inviter. Merci de t'en être occupé.

— Aucun problème.

— Je dois encore… Je n'ai pas installé mon tableau ni constitué mon dossier dans le bureau.

— Alors on ferait mieux de monter. Je pourrais préparer le tableau pendant que tu t'occupes du reste. Tu seras libre de l'ajuster à ta guise ensuite, précisa-t-il comme elle ne répondait pas.

— Ce serait super.

En arrivant dans son bureau, Eve lança un coup d'œil vers le fauteuil de repos, mais Galahad ne s'y trouvait pas.

— Il a dû rejoindre Summerset, vexé qu'on l'ait lâchement abandonné pour la soirée.

— Sûrement. Je vais commencer par imprimer les photos et les données pour le tableau.

— Je peux m'en charger à partir du terminal auxiliaire.

« Évidemment », pensa-t-elle.

Elle s'installa à son centre de contrôle, initialisa le système. Et leur programma une bonne réserve de café.

Ils travaillèrent en silence pendant un moment. Un silence qui devint vite pesant pour Eve ; la présence du chat lui manquait terriblement.

Connors finit par prendre la parole alors qu'il disposait les différents éléments du tableau.

— Cette Pru Truman, l'assistante sociale de la protection de l'enfance. On n'a pas eu l'occasion de parler d'elle au dîner.

— Le rapport de Peabody a aussi été porté au dossier… avec une copie au superviseur de Truman. Qui a également reçu un appel de ma part. Stupide, négligente et fainéante. La totale.

Son sentiment d'indignation brusquement ravivé, Eve se leva pour faire les cent pas.

— D'après elle, tout serait la faute de la gamine. Au point que Truman n'a pas levé le petit doigt quand les voisins lui ont dit que la mère battait l'enfant. Ni vérifié les bobards de la mère sur un supposé enseignement à domicile. Ni fait preuve d'un semblant de professionnalisme en exigeant de voir l'enfant et de lui parler directement. Ce qu'elle n'aurait pas pu faire puisque Dorian a quitté le foyer l'été dernier. Tandis que la misérable qui lui tient lieu de mère continuait bien sûr à percevoir son allocation de parent professionnel.

— Où est-elle maintenant, la mère ?

— Vu qu'elle n'a pas pu payer sa caution, elle poireaute dans une cellule à Freehold, dans le New Jersey, où elle est inculpée pour fraude. Il y avait aussi des stupéfiants dans l'appartement. Et l'assistante sociale ne lui a jamais demandé de tests de dépistage, évidemment.

— Et cette fameuse assistante sociale ?

— Je peux déjà te dire où elle ne sera pas demain : assise à son bureau pour percevoir un salaire alors qu'elle n'en fout pas une. Elle devrait être dans la cellule voisine de la mère de Dorian. J'ai eu droit aux couplets habituels : « Ne me dites pas comment faire mon travail », « Vous n'avez pas le droit de me parler sur ce ton » ou encore « Vous ne comprenez pas ».

Connors demeura immobile et la regarda aller et venir.

— Et elle est ressortie sur ses deux jambes ou sur un brancard ? J'imagine que le droïde d'entraînement a fait un substitut acceptable.

— Plus ou moins. Je ne sais pas par où commencer avec Dorian. Nous ignorons si elle est venue à New York par ses propres moyens, si son enlèvement date de la semaine dernière, du mois dernier. Si elle a été kidnappée juste à côté de son appartement miteux la nuit même où elle s'est enfuie. Ça a pu se passer n'importe quand, n'importe où. Parce que personne ne s'est soucié de la chercher. Parce que tout le monde s'en foutait, lâcha Eve dans un souffle.

— Mais quelqu'un se soucie d'elle à présent. Vous allez la retrouver.

— Elle pourrait être morte.
— Sauf que tu penses le contraire.
Il s'approcha et la prit par les épaules.
— Fais confiance à ton instinct. C'est ce que je fais.
— Ça fait mal.
Il l'attira à lui et la serra dans ses bras tandis qu'elle refermait les siens autour de lui.
— Je sais... Tout comme je sais que Dennis avait raison.
— Ne dis pas que tu es désolé.
Un sourire se dessina sur les lèvres de Connors, perdues dans les cheveux d'Eve.
— Ce n'est pas ce que j'avais en tête, là, tout de suite.
Elle soupira, puis se blottit contre lui.
— Est-ce qu'on peut avoir raison tous les deux ?
— Je pense que c'est le cas. Cette fois-ci, en tout cas. Raison tous les deux et tort tous les deux. Un point partout, égalité, non ?
— Ça te fait du mal à toi aussi. Je ne peux même pas souhaiter le contraire, car ça voudrait dire que tu ne m'aimes pas comme tu le fais. Et puis, je me sens stupide et égoïste, et...
Il l'interrompit avec un baiser lent et doux.
— Je ne suis pas tombé amoureux d'une femme stupide et égoïste. Ce serait insultant d'insinuer le contraire. Me tenir à distance serait stupide et égoïste de ta part, mais tu n'en as pas l'intention.
— Non, même si je sais que ce sera difficile pour toi.
Eve recula mais lui prit les mains.
— Ça ne t'a pas plu que je parle de ces filles comme de produits. Comme de voitures.

— Non, effectivement, même en sachant que tu les regardais par les yeux de ces monstres. « Monstres ». C'est le mot juste pour ces gens-là.

— C'est un commerce pour eux. Ils regardent ça sous l'angle du profit. Ça n'a pas l'air d'être personnel. Pas comme quelqu'un qui enlèverait des filles pour satisfaire ses propres envies perverses. Mina était encore vierge. Bien sûr, on a pu lui faire subir d'autres choses, mais il n'y a aucun signe de violences physiques ni d'utilisation d'entraves. Pas non plus de traces de drogues dans son organisme. Et ils l'ont bien entretenue.

— Entretenue ?

— Manucure, pédicure, soins de la peau, sous-vêtements en soie coûteux, bonne alimentation. D'après Harvo, son chemisier était taillé sur mesure et dénué d'étiquette. Aucune étiquette dès le départ. Qu'est-ce que ça raconte ?

— Qu'il a été fait pour elle, et qu'ils ont leur propre source d'approvisionnement en la matière.

— Voilà. Et ce genre de choses coûte cher, non ? Ils ne se contentent pas de… C'est quoi le terme, déjà ?

— Du prêt-à-porter, répondit Connors.

— C'est ça. Pourquoi se donner ce mal, se lancer dans de telles dépenses ? Sans que le vêtement soit particulièrement élaboré. Un simple chemisier blanc à manches courtes. Mais si c'est comme le disait M. Mira ? Moins cher si on en commande une dizaine. Ils ont détenu Mina pendant des mois. Et potentiellement Dorian aussi. S'il y en avait plus ? Plus de ces chemisiers blancs, simples mais bien taillés.

— Comme un genre d'uniforme.

— Exactement. Qu'est-ce qui se passe quand tu intègres l'armée ? On te fournit un uniforme. Tout le monde est habillé de la même manière, il n'y a plus d'individualités. Uniformes scolaires, uniformes d'équipe, uniformes de flics. Ça fait partie de la formation, non ? Ça participe du fait que tu t'habitues à manger quand on te le dit, à dormir quand on te le dit, à obéir aux ordres.

» Le corps de Mina était bien entretenu, poursuivit Eve en faisant de nouveau les cent pas. Elle faisait de l'exercice. Bon, peut-être qu'elle le faisait d'elle-même pour rester forte, mais quelqu'un qui prépare une fille pour la vendre ne voudra pas qu'elle ait des bourrelets, n'est-ce pas ? Il la veut en forme. Elle se faisait aussi des soins capillaires. Ils ont dû lui en acheter ou lui en fournir.

Elle se tourna de nouveau vers Connors.

— Quand on décide de commercialiser un produit, on veut qu'il présente bien, non ?

— Bien sûr.

— Tu connais quelque chose à ce type de commerce ?

— Je me suis toujours tenu à l'écart de ce genre de choses.

— Je sais, mais tu pourrais connaître quelqu'un qui connaît quelqu'un qui connaît quelqu'un.

— Je peux te promettre que si j'avais entendu le moindre commencement de murmure à ce sujet, je te l'aurais dit. Mais...

Il fit quelques pas pour se resservir en café.

— On a le refuge, l'école. Sois certaine que tous ceux qui y travaillent feraient de même, ou à défaut me le signaleraient, à moi. Je leur poserai néanmoins la question.

— Je ne crois pas que ce soient des nouveaux venus sur le marché. Qu'il s'agisse de quelques filles à la fois ou d'un grand nombre d'entre elles, on n'est pas face à une espèce de start-up. Mira a employé le mot « sophistiqué » et ça me semble juste. La gamine a pu se faire la malle parce qu'elle était sacrément intelligente, ou parce qu'ils ont relâché un peu leur vigilance.

— Pourquoi pas les deux ?

— Oui, pourquoi pas ? Quand une entreprise tourne sans accroc pendant un certain temps, on tend à devenir un peu négligent. Jusqu'à tomber sur quelqu'un de sacrément intelligent qui découvre comment en tirer parti. Et qui réussit à s'échapper.

Eve se resservit elle aussi en café puis pivota, tasse à la main, vers la photo d'identité de Mina.

— Elle s'est retrouvée à l'extérieur, sous la pluie. Le chemisier est abîmé, mais il y a la question du pantalon. Elle en portait sans doute un qui coûtait cher, ils ont pu le lui reprendre pour faire des économies. Mais le plus probable, c'est qu'ils lui aient remis le sien pour qu'elle ait l'air d'avoir vécu dans la rue pendant tout ce temps. Sauf qu'elle était bien trop propre pour ça, bien trop apprêtée. Mais ils ont fait ce qu'ils ont pu.

Elle se rapprocha du tableau pour pointer du doigt l'une des photos de la scène de crime.

— Ils lui prennent ses chaussures. Ils lui prennent tout, mais lui remettent son propre collier. En cassant la chaîne comme si quelqu'un avait essayé de la lui arracher puis s'était enfui. On ajoute un peu du sang de Dorian. La mise en scène n'est pas mal.

— Ils ont emmené le corps à bonne distance de l'endroit d'où elle s'est échappée et de là où elle est morte.

— Oui, à bonne distance. L'arme du crime est en bois massif. D'après Peabody, il pourrait s'agir d'un morceau d'un ancien poteau de cloison. Pas le genre de chose qui traîne par terre dans le parc.

Eve se balança d'avant en arrière sur ses talons, mains dans les poches.

— La banlieue huppée de Philadelphie d'un côté, les bas quartiers de Freehold de l'autre, reprit-elle. Dorian aurait pu mettre le cap sur Philadelphie et se faire kidnapper là-bas. Mais pourquoi y serait-elle allée ?

— Des liens avec des gens sur place ?

— Aucun lien avec personne. Elle s'est fait arrêter plusieurs fois pour vol. Si t'es une gamine qui fuit une situation difficile et qui a l'habitude de voler, pourquoi ne pas aller à New York ? C'est plus proche, plein de touristes et d'endroits où une enfant des rues peut se cacher.

Eve se remit en mouvement.

— C'est plus facile d'enlever une gamine des rues. Moins de risques et dans tous les cas moins de chances que quelqu'un se mette sérieusement à sa recherche. Peut-être qu'elle a été enlevée dans le New Jersey, peut-être qu'elle s'est rendue à Philadelphie. Ou alors elle est arrivée jusqu'à New York.

Elle se tourna de nouveau vers Connors.

— Pour moi, ça veut dire qu'il n'y a qu'une chance sur trois pour qu'elles aient été enlevées par la même personne.

— Ils ont des rabatteurs.

— Exactement, répondit Eve en pointant un doigt vers lui. Tu parlais de chaîne d'assemblage, tout à l'heure. Il faut continuer d'alimenter la chaîne en produits. Je n'ai pas trouvé d'autres mineurs disparus – filles ou garçons, tranche d'âge élargie – du côté de Devon en Pennsylvanie.

Suivant sa logique, Connors se remit à étudier le tableau.

— Mieux vaut éviter de puiser trop souvent dans le même vivier. C'est bien trop petit.

— Tu sais pourquoi ils ont choisi cet endroit au départ ? Les enfants des rues ne sont généralement pas en très bonne santé, ils peuvent avoir des problèmes d'addiction. Il est peu probable qu'ils soient vierges. Quand on veut des produits au top, il faut aller les chercher là où ils abondent.

Eve se passa les mains dans les cheveux avant d'expirer bruyamment.

— On m'a cité un inspecteur qui s'occupe de ce genre de choses. McNab la connaît. Je la ferai venir pour une consultation demain.

Elle pivota vers lui.

— Comment tu t'y prendrais pour organiser un commerce de ce genre ?

Connors se laissa tomber sur le siège du terminal auxiliaire.

— Sacrée question... Bon. Il faudrait un lieu approprié où loger les filles. Même en commençant petit, avec juste une ou deux, ça nécessiterait un espace sécurisé.

— Ce ne sera pas une maison ni une résidence privée. Mina n'a pas été emprisonnée dans un sous-sol comme Mary Kate Covino. Elle était en trop bonne santé, trop propre. Pas d'entraves. Et il faut pouvoir les garder sur place pendant des mois. Intimité et sécurité, indéniablement.

— Un entrepôt réaménagé, peut-être, ou, s'ils en ont les moyens, un immeuble d'habitation.

L'idée ne collait pas aux yeux d'Eve.

— Les immeubles d'habitation ou de bureaux sont pleins de fenêtres, dit-elle. Difficile de toutes les sécuriser.

— C'est vrai mais ça reste faisable, à condition d'avoir les moyens. Il faut aussi être en mesure de préparer les repas. Si c'était moi, je voudrais que ce soit fait sur place, ce qui implique du personnel. Non seulement pour cuisiner mais aussi pour acheter les provisions nécessaires. Des installations et du personnel de cuisine, donc. Plus les ressources pour trouver, enlever et transporter les filles. Et des gardes, bien sûr, après ça. Tu parlais des soins esthétiques qu'elles ont reçus, ce qui veut dire disposer des produits et de quelqu'un pour les appliquer ou apprendre aux filles à le faire. Prévoir du personnel médical, également.

— Du personnel médical. C'est vrai. Pour les examiner et les garder en bonne santé.

— Quelqu'un pour nettoyer les lieux, ajouta Connors. Et au moins une personne chargée de la discipline.

— Parce qu'il n'y a aucune chance qu'une gamine fasse tout ce qu'on lui dit sans broncher.

— Quelqu'un chargé de l'acquisition ou de la fabrication des vêtements et des lessives, poursuivit Connors, qui construisait mentalement l'entreprise. Et du marketing. Des photos et des vidéos, sans doute, pour attirer les clients potentiels. Donc un professionnel sur place serait idéal s'ils veulent bien présenter leurs produits. Un ou plusieurs informaticiens pour mettre en place et entretenir leur présence numérique. Du personnel administratif ; il faut bien tenir les dossiers, après tout. Et des services bancaires, pour leur permettre d'investir leurs bénéfices et d'en profiter. C'est un gros déploiement de moyens, Eve. Même pour deux ou trois filles à la fois.

— Je table sur huit ou dix. Ils se font un peu d'argent avec le porno, mais le plus gros profit provient des ventes. Imagine que tu vendes une fille pour cinq ou six millions, qu'en fais-tu ?

— La majeure partie de l'argent est réinvestie dans l'entreprise. Il y a des salaires à payer. L'hypothèque ou le loyer, la nourriture, et ainsi de suite.

— Garder une fille pendant six mois coûtera, disons, un demi-million. Mais si elles sont huit, ça ne coûte pas huit fois plus cher. Comme pour les voitures, n'est-ce pas ?

Il n'avait pas de mal à suivre le raisonnement d'Eve. C'était simplement une question de bon sens commercial.

— Certaines dépenses restent stables. L'hypothèque ou le loyer ne changent pas. Même en tenant compte du coût du chauffage et de la climatisation, il n'y aurait pas de changement notable.

— Donc en vendant deux filles tous les deux mois – plus le porno –, il y a moyen de réaliser un profit annuel. De plusieurs millions, même, s'ils s'y prennent bien.

— Tu décris là un réseau très organisé, avec potentiellement des dizaines de personnes impliquées au quotidien.

— Oui. Ça pourrait être beaucoup plus petit que ça. Mais ils auraient quand même besoin de tout ce que tu as mentionné. Ils ne pourraient pas faire sans. *French manucure*. Poisson grillé et riz brun avec ses petits légumes. C'était son dîner, expliqua-t-elle. Elle s'est enfoncé les doigts dans la gorge pour se faire vomir.

— C'est comme ça qu'elle a pu sortir ?

— Je parie que oui. Qui penserait qu'une fille qui recrache son dîner va s'enfuir ? Malin de sa part. Dorian et elle ont peut-être orchestré ça toutes les deux. Je le saurai quand je la retrouverai.

— Ce qui n'arrivera pas ce soir. Je pense que tu devrais t'arrêter là pour aujourd'hui. Tu es crevée et tu souffres. Physiquement, précisa-t-il. Il n'y a pas que ton coquard et ta mâchoire. Ta posture indique que tu as mal au flanc. J'imagine que tes côtes en ont pris un coup.

— J'ai mis une poche de glace. Bon, elle n'est plus froide depuis un moment mais j'en ai mis une.

Eve redressa les épaules.

— J'avais besoin de ces sensations.

— Je sais. J'aurais été dans le même cas à ta place. Je ne sais pas ce que ça raconte de nous. L'application d'une baguette de soins pourrait te faire du bien.

— Oui, clairement. J'étais un peu énervée que tu ne me le proposes pas quand je suis revenue de la salle de sport. Ça m'aurait permis de te dire d'aller te faire voir.

— J'étais moi-même trop en rogne pour te donner cette satisfaction.

Il lui tendit la main, elle y posa la sienne.

7

Dans la chambre, Eve retira son chemisier pendant que Connors allait chercher une baguette de soins.

Étendu sur le lit comme un gros ruban de poils gris, Galahad ouvrit les yeux et la regarda retirer la poche de gel d'un air clairement désapprobateur.

— Ce droïde balance des gauches bien sournoises, lui expliqua-t-elle.

Agacée, elle réactiva la compresse et l'appliqua sur sa mâchoire alors que Connors revenait. Il porta sur ses côtes tuméfiées un regard aussi désapprobateur que celui du chat et secoua la tête.

— Ça en valait la peine ?

— Pas vraiment. Je n'ai sans doute pas extériorisé tout ce qu'il fallait. Je pensais que faire appel au droïde féminin me donnerait plus l'impression de mettre une raclée à Truman. Mais c'est un sacré morceau. Le droïde, pas Truman.

Elle laissa échapper un sifflement lorsqu'il passa la baguette sur ses côtes.

— Truman n'aurait pas réussi à placer un seul coup, assura-t-elle.

— Si tu le dis…

— C'est un sac d'os. Le droïde est tout en muscles et pèse un bon quintal. Avec une gauche sournoise.

— Tu as baissé ta garde.

— Je… Ouais. Peut-être. Comment tu le sais ?

— Même si je ne t'avais pas regardée faire via les caméras, j'ai le résultat sous les yeux.

— Dans certains milieux, c'est considéré comme du voyeurisme.

— Je n'en doute pas, répondit Connors sans se démonter. Tu sais ce que j'ai fait après ce coup-là ? demanda-t-il en tapotant du doigt la compresse sur la mâchoire d'Eve. Je suis parti prendre une douche et me changer pour le dîner.

Eve ne pouvait pas s'en plaindre. Elle en aurait eu envie, mais sans trouver une raison logique de le faire.

— L'ordinateur a dit que j'avais gagné aux points. Et pour le droïde, il s'agissait en fait de réparations « mineures à modérées ».

— Bon, assieds-toi et on va s'occuper de *tes* réparations mineures à modérées.

Quand elle s'installa sur le lit, Galahad roula sur lui-même, se tortilla vers l'avant et glissa sa tête sous la main d'Eve.

— J'aurais dû attendre et laisser M. Mira me remettre d'aplomb.

Comme il passait la baguette sur sa mâchoire, les yeux de Connors rencontrèrent les siens.

— Il a un don pour ça.

— Je ne sais pas comment il fait pour mettre le doigt sur le nœud du problème du premier coup. En fait, il a dit ce que je ne savais pas expliquer. Je n'ai pas le choix, Connors.

— Je sais. Je sais bien que ça fait partie de toi. Je me demande pourquoi ça me perturbe tellement plus de te voir fatiguée et tourmentée que de voir ces bleus. D'un autre côté, ces bleus-là guérissent assez vite.

Il passa de la mâchoire d'Eve à son œil.

— Nous n'en aurons jamais fini avec notre passé, conclut-il. Il a fait de nous ce que nous sommes, après tout.

— Sans doute. Mira a dit que je comprenais quelqu'un comme Dorian parce qu'en gros j'étais passée par là, moi aussi. Cette méfiance à l'égard de l'autorité ? Je sais d'où elle vient.

— Et pourtant, tu as opté pour le camp de l'autorité. Tu as vu la police non seulement comme une vocation mais aussi comme une sorte de foyer. Tandis que moi, pendant très longtemps, j'ai choisi l'autre camp.

— Nous avions tous les deux besoin de contrôler notre destinée, de reprendre le pouvoir. Je serais en chemin vers le burn-out si je ne t'avais pas rencontré. Et toi, tu aurais probablement volé toutes les œuvres d'art et tous les bijoux de la galaxie.

— Ah, mais c'était écrit, non ?

Elle sourit et, avec le chat désormais étalé de tout son long sur leurs genoux, effleura la joue de Connors.

— C'est des superstitions irlandaises, tout ça.

— Pas du tout, ce sont des faits. Et des faits très parlants pour moi. Qu'est-ce qu'elle te raconte, cette jeune fille ? Tu peux me le dire ?

Paupières closes, Eve se mit à caresser le chat.

— Quand je l'ai examinée aujourd'hui avec Morris… Elle avait l'air si parfaite, si jeune et si parfaite, sauf que… je pouvais l'entendre penser :

« Qu'aurais-je fait, qui aurais-je été, s'ils ne m'avaient pas kidnappée ? Comment aurais-je fait face à ce qu'ils m'ont fait subir si j'avais réussi à m'enfuir ? »

» Je sais bien que ces questions viennent de moi, mais…

— Vraiment ?

Elle ne releva pas car le passage de la baguette était désormais plus apaisant que désagréable.

— Ils l'ont abîmée là où ça ne se voit pas. Mais elle avait de solides fondations, une famille, et elle s'en serait sortie. Elle n'aurait pas oublié, parce que ça ne s'oublie pas. Mais elle aurait surmonté cette épreuve. Ils l'ont privée de cette possibilité.

— Et l'autre, celle que tu dois trouver ?

— Ses fondations sont instables et fissurées. En faisant quelques recherches sur sa mère aujourd'hui, j'ai cru revoir Stella. En partie, en tout cas. Je ne vais pas m'en vouloir pour ça.

— Tu n'as pas à t'en vouloir. Elles sortent du même moule, non ? Stella, Meg Connors, cette femme. Un moule qui les rend viles et cruelles.

— Truman y correspond, en grande partie. Elle ne s'en prendrait pas physiquement à un enfant, comme je sais très bien que Jewell Gregg l'a fait avec Dorian, y compris à des moments où les voisins ne l'ont pas vue. Elle est plus du genre à frapper au niveau du cœur, de l'estime de soi, de l'assurance, jusqu'à te réduire en charpie de l'intérieur.

L'idée et les souvenirs associés la rendaient malade.

— C'est pire, reprit-elle. On n'attend pas d'elle qu'elle les aime, je sais bien. Mais elle a un devoir envers eux. Et elle s'en sert, le détourne, pour cogner là où ça ne se voit pas.

— Tu vas veiller à ce qu'elle soit virée.

— Priorité absolue. Mais ce n'est pas suffisant. Elle a déjà causé beaucoup de tort à Dorian Gregg, et à Dieu sait combien d'autres.

La colère d'Eve s'était ravivée.

— Je l'ai reconnue aussi, bien sûr que je l'ai reconnue. J'en ai croisé quelques-unes des comme elle. Ce genre de personnes, c'est comme les flics ripoux, elles sabotent tout le boulot de ceux qui font bien leur métier.

Il se leva pour aller ouvrir le panneau derrière lequel se trouvait l'autochef de la chambre. Eve se palpa les côtes ; elle avait beaucoup moins mal. Et sa mâchoire avait nettement désenflé.

— Je vais prendre le temps de creuser, dit-elle. De voir si je peux l'inculper pour quelque chose d'illégal. Elle va perdre son job. Gregg a fraudé l'OPP et Truman n'a rien vérifié ? Oui, elle va dégager. Mais à moins d'avoir touché un pot-de-vin, ce n'est pas un crime de sa part. Même si je trouve quelque chose, elle risque de seulement se faire taper sur les doigts. Ce n'est pas suffisant.

Connors revint avec deux verres remplis d'un liquide couleur pêche.

— C'est quoi ? Un cocktail relaxant ? Je n'ai pas besoin de ça.

— On se le partage. C'est un nouveau parfum. Ça devrait avoir un goût proche du Bellini.

Il avait su contourner la résistance d'Eve en évoquant l'idée d'un partage. Elle prit une gorgée.

— Je n'ai pas bu tant de Bellini que ça dans ma vie.

— Il faudra y remédier.

— Quoi qu'il en soit, c'est pas mauvais.

— Pas mal du tout, même, renchérit-il. Procès au civil.

— Quoi ?

— Quand vous aurez trouvé Dorian, elle pourra intenter une action civile contre Truman. Les services sociaux se retrouveront mis en cause, mais ils n'avaient qu'à mieux superviser leur agente, non ? Et un bon avocat saura sûrement identifier d'autres enfants – peut-être devenus adultes depuis – ayant vécu des histoires similaires. Possibilité d'action collective.

L'idée donnait du piquant au faux Bellini.

— Lui flanquer un procès sur le dos…

— Je te parie qu'un tribunal lui infligera plus qu'une simple tape sur les doigts. Il est peu probable qu'elle ait les moyens de payer une lourde amende, mais cela lui rendra la vie infernale pendant un certain temps. Et puis, tu as une bonne amie qui excelle lorsqu'il s'agit de dénoncer publiquement ce type d'exactions.

— Nadine…

À l'idée d'impliquer la journaliste, Eve sentit sa colère se changer en satisfaction.

— Elle va adorer ça. Pourquoi n'y ai-je pas pensé toute seule ?

— Parce tu es concentrée sur la recherche de Dorian, sur la traque de ceux qui les ont enlevées, elle et Mina, de ceux qui ont tué Mina, et sur la question de savoir si d'autres enfants sont détenus quelque part. Cette idée-là est accessoire.

— Mais brillante. C'est pratique d'avoir un génie des affaires dans sa vie.

— Tout à fait vrai. Arrête-toi là pour ce soir. On refera une application avec la baguette demain matin, après avoir dormi un peu.

Il déplaça le chat, se leva et rangea la baguette. Eve ne le quitta pas des yeux tandis qu'il retirait sa chemise.

— Je me dis qu'après la baguette de soins et le cocktail relaxant, ce serait bien que tu appliques une dernière touche.

Il se tourna pour la regarder tout en enlevant ses chaussures.

— Sur quel plan ? Émotionnel, physique ou sexuel ?

— Les trois à la fois, répondit-elle avec un petit geste de la main.

— Tu te sens mieux, hein ?

— Je n'ai plus mal nulle part.

— J'aimerais autant que ça reste ainsi.

Eve haussa les épaules.

— Si tu doutes d'avoir la finesse nécessaire...

— Petite maligne, va.

Il défit sa ceinture, puis lui fit signe de se lever pendant qu'il enlevait son jean. Il s'avança pour déboutonner celui d'Eve avant de lui faire lever les bras.

Elle portait une simple brassière blanche. Plus adaptée, estima Connors, que son habituel débardeur de sport, qui aurait exercé une pression sur ses côtes endolories.

Il la lui retira en douceur, ses yeux plantés dans les siens, pour accueillir ses seins au creux de ses paumes et les caresser du bout des pouces.

Elle lui entoura le cou de ses bras et pressa ses lèvres sur les siennes. Il tempéra l'élan qu'elle mettait dans le baiser pour qu'il reste doux, tendre et profond.

Lorsqu'il fit descendre ses mains le long de son corps en lui effleurant la peau, Eve tenta de l'attirer vers le lit. Mais il la retint de façon à ce qu'ils restent debout, corps contre corps, tandis qu'il faisait glisser son jean sur ses hanches.

Il délaissa sa bouche pour déposer des baisers le long de sa mâchoire puis de sa gorge, où battait son pouls. Elle lui passa les mains sur les épaules avant de s'y agripper fermement lorsque les lèvres de Connors se posèrent sur ses seins. Une caresse douce qui n'en accéléra pas moins les battements de son cœur comme elle glissait les doigts dans ses cheveux pour l'attirer au plus près d'elle. Tout contre elle, jusqu'à ce qu'il la prenne pleinement en bouche et sente son cœur s'emballer sous sa langue.

Alors qu'elle tentait une nouvelle fois de le tirer vers le lit, il la fit pivoter de façon à lui plaquer le dos contre la colonne de lit. Puis ses mains et ses lèvres descendirent, animées d'une faim inextinguible, pour s'enivrer de sa peau.

Ce torse long et étroit, ces muscles durcis sous la chair souple et ce frémissement qu'il savait faire naître à l'intérieur de ce corps dur et discipliné, tout cela l'enchantait, l'excitait, le submergeait.

Elle sentit ses doigts habiles abaisser son jean jusqu'à ses pieds, puis remonter lentement vers ses cuisses jusqu'à ce que ses jambes se mettent à flageoler.

Il savait la faire décoller, lui donner envie de flotter, faible et consentante, comme en apesanteur.

Puis elle se retrouva à nu devant lui, devant cette bouche qui l'avait trouvée, cette langue qui glissa sur elle, autour d'elle, en elle.

— D'accord… d'accord. Mon Dieu !

Elle passa un bras derrière elle, autour du poteau, pour rester debout.

— Attends que…

Mais il n'attendit pas et l'orgasme envahit Eve telle une fièvre brûlante et soudaine qui la laissa haletante. Désarmée, désespérée, excitée, elle se plaqua contre lui pour s'ouvrir et l'accueillir.

— Encore, souffla-t-elle.

Il lui mordilla l'intérieur de la cuisse, puis apaisa cette minuscule et délicieuse douleur avec sa langue. Il prendrait tout ce qu'elle avait à donner, révélerait des ressources qu'elle ne soupçonnait même pas avoir en elle.

Lorsqu'elle jouit de nouveau, dans un cri, tremblant de tout son corps, il se redressa avec lenteur, sans détacher ses lèvres de sa peau, avant de lui offrir un nouveau séisme intérieur à l'aide de ses doigts.

— Prends-moi maintenant, dit-il en se glissant, lentement, tout doucement, au cœur de cette chaleur. Comme je te prends moi aussi. Ici même. Ensemble.

Elle ne voyait plus que ses yeux, rien que ses yeux, de ce bleu sauvage et merveilleux. Elle se sentit envahie par un amour si puissant, si acéré, qu'elle eut l'impression qu'il allait transpercer leurs deux cœurs.

Ou peut-être était-ce déjà fait ?

Alors elle s'enroula autour de lui, son corps palpitant au rythme de leurs pouls, et le prit comme lui la prenait. Les yeux dans les yeux.

Après avoir repris son souffle, son front appuyé contre celui d'Eve, il la prit dans ses bras pour la porter. Elle était si flasque qu'il craignit un instant de la voir s'écouler entre ses doigts comme de l'eau de pluie avant qu'il puisse la mettre au lit.

Une fois allongé à côté d'elle, il lui caressa le dos.

— C'était assez en finesse pour toi ?

— Un gramme de finesse de plus et je serais dans le coma.

Connors sentit que le chat remontait sur le lit et reprenait sa place.

« Alors tout va bien », songea-t-il tandis qu'Eve s'endormait dans ses bras.

Le rêve qui vint à elle ne la surprit pas. Elle s'y était attendue. Mais même dans le rêve, elle rassembla sa volonté pour faire face, pour ne pas faiblir.

Elle n'avait pas forcément imaginé se retrouver à Dallas, dans cette pièce glacée baignée de clignotements de lumière rouge. Mais l'endroit ne déclenchait plus en elle la même terreur qu'autrefois. Elle n'était plus une enfant, et Richard Troy était mort.

Elle l'avait tué, après tout.

Elle se tenait là, dans ce lieu qui lui avait valu tant de cauchemars, tout de noir vêtue, son arme rangée dans son harnais, et attendit que Mina Cabot prenne la parole.

Mina arborait son uniforme d'écolière. Elle avait les cheveux lisses et brillants, le regard vif et plein d'audace.

— Vous pensez me comprendre ? Vous venez de ce genre d'endroit. Pas moi. J'avais une famille qui m'aimait. Pas vous. J'avais des amis et une jolie chambre à moi. Vous n'aviez rien. Que savez-vous de moi ?

— Je sais qu'ils t'ont pris tout ça. Et je sais ce que ça fait.

— Vous n'aviez rien qu'ils puissent vous prendre.

— Dis-moi quelque chose que j'ignore. Quelque chose que je n'ai pas conscience de savoir.

— Ils ne vous auraient pas choisie. Ils ne vous auraient pas pomponnée pour vous rendre belle. Vous n'étiez pas assez jolie.

Eve suivit du regard le doigt de Mina, qui lui désignait l'enfant maigre et pâlichonne qu'elle avait été, avec ses cheveux sales et ses yeux désespérés.

— Non, j'imagine.

— Votre père vous aurait vendue à bas prix. Toute cassée et au bout du rouleau.

— C'est lui qui m'a brisée et a bien failli me tuer. Toi, ils ne t'ont pas brisée, si ? Sauf au tout dernier moment.

— J'avais du plomb dans la tête et une vie à laquelle retourner. Mais vous ne m'avez pas sauvée.

Douloureux. Même en rêve, c'était douloureux.

— C'est malheureusement vrai, dit Eve.

— Elle ne me sauvera pas non plus.

Dorian se tenait à présent à côté de Mina, ses cheveux bouclés impeccablement coiffés. Elle portait le même uniforme scolaire.

Ce qui, aux yeux d'Eve, ne collait pas. Elle n'avait pas fréquenté d'école privée.

— Elle sait même pas si je suis vivante ou morte, assura Dorian. Et ça n'a aucune importance pour elle.

— Je suis ici parce que c'est important pour moi.

— Arrêtez vos conneries !

Eve sentit toute la fureur de l'adolescente s'abattre sur elle.

— Vous êtes ici parce qu'ils vous paient, reprit Dorian. Comme ils payaient les flics pour me ramener dans ce trou à rats histoire que ma mère puisse toucher ses allocs.

— J'ai envoyé ta mère en cellule.

— Ça me fait une belle jambe. Allez vous faire voir, franchement. Je me débrouillerai très bien toute seule.

Les adolescentes se montraient-elles vraiment aussi garces ? s'interrogea Eve. Ou était-ce la manière dont elle les percevait ?

— Vous tenez à être en rogne contre moi ? D'accord, mais vous n'aurez personne d'autre que moi. Vous pensez que je ne vous comprends pas ? Elle, elle comprend. Et elle, c'est moi.

Elle tourna la tête vers l'enfant qu'elle avait été, qui tenait son bras cassé contre elle, les mains dégoulinantes de sang.

— Ça va s'arranger, lui dit Eve. Tu vas t'en sortir.

— Mytho ! tempêta Dorian. Arrêtez de lui mentir. En quoi ça va être mieux pour elle d'être refilée à des inconnus qui n'en ont rien à foutre ? S'ils avaient su ce qu'elle avait fait, ils l'auraient jetée en taule. Tueuse ! Tueuse ! Tueuse ! Moi, au moins, j'ai jamais tué personne. Sûrement pas !

Mina se redressa, le sang rougissant son chemisier tout autour du pieu qui lui transperçait la poitrine.

— Ça craint vraiment, et vous ne l'avez pas empêché. Vous n'avez rien empêché du tout. Alors…

— Allez vous faire voir ! s'exclamèrent les deux filles ensemble.

Eve se réveilla dans la chambre où perçaient quelques rayons de soleil, avec un Connors tout habillé assis derrière elle.

— Tout va bien, ce n'était qu'un rêve.

— Je sais, je sais. Ça va. Bon sang…

Elle se redressa dans le lit et appuya sa tête contre l'épaule de Connors, qui l'entourait de ses bras.

— Ce n'était pas si terrible. Enfin, désagréable, mais pas… Je ne sais pas.

Elle se laissa retomber en arrière, une main appuyée sur le front.

— Mal de crâne. Qui va être pénible, je le sens.

— Tout ira bien.

Il se leva pour aller chercher un café à l'autochef. Au moment de l'apporter à Eve, il lui présenta un comprimé.

— Antalgique. Prends-le, sinon pas de café.

— Des fois, tu es vraiment cruel.

Elle prit le médicament, ainsi que le café.

— Tu as pu profiter d'une vraie nuit de sommeil avant que le rêve te tombe dessus, commenta Connors.

Eve se tourna vers l'horloge.

— Mince ! Il faut que j'y aille.

Il posa simplement une main sur son épaule pour la maintenir en place.

— Prends quand même un moment pour me raconter.

— Il faut d'abord que je me réveille, que je prenne une douche.

— D'accord, on en parlera devant le petit-déjeuner.

— Est-ce qu'on peut avoir des gaufres ?

Un sourire recourba les lèvres qu'il avait pressées sur son front.

— Ça doit être possible, dit-il. Va te doucher.

Ce n'était pas aussi grave qu'il l'avait craint, songea-t-il en programmant le repas sur l'autochef. Il était repassé entre deux visioconférences matinales pour voir comment allait Eve et l'avait trouvée paisiblement endormie.

Le rêve s'était donc déclenché alors qu'il quittait son bureau pour revenir dans la chambre. Il avait trouvé Eve en train de marmonner dans son sommeil pendant que le chat lui donnait de petits coups de tête dans l'épaule.

Mais ça aurait pu être pire. Elle n'avait pas été prise de tremblements, et cette envie de gaufres prouvait qu'elle n'était pas nauséeuse.

Il s'occupa du petit-déjeuner puis, sous prétexte de lui faire gagner du temps, choisit et disposa une tenue pour Eve sur le lit.

Lorsqu'elle revint, vêtue d'un peignoir court de couleur crème, Connors était assis avec le chat sur les genoux pendant que les données boursières du matin défilaient sur l'écran mural.

— Ce truc est en soie, non ?

— Tout à fait.

— C'est sexy ?

Il lui lança un regard appréciateur en buvant une gorgée de café.

— Le corps qu'il enveloppe l'est.

— Arrête. Est-ce que ça donne envie de faire l'amour ?

Connors se radossa à son siège en riant.

— Bonjour la question piège. Mais si tu veux une réponse sérieuse, je dirais que c'est subtilement sexy.

— Plutôt dans le genre classe, non ?

— À mes yeux, oui. Ça te va bien.

— Personne ne m'accusera d'avoir de la classe.

— Tu fais partie d'une classe à part.

Eve laissa échapper un bref grognement avant de dégainer son mini-ordinateur.

— Regarde ces sous-vêtements.

— Quelle fascinante manière de commencer la journée…

Il prit le mini-ordinateur et hocha la tête face à l'image.

— Oui, je m'en souviens. C'était sur ton tableau.

Et s'il n'avait pas fait tout de suite le rapprochement, se dit-il, les taches de sang sur le soutien-gorge l'auraient aiguillé.

— Mettons le tableau de côté une minute. Ça donne envie de faire l'amour ?

— Là, Eve…

— Je sais, je sais, mais oublie ça un instant. Ne juge que les dessous eux-mêmes.

— D'accord. Ils sont provocants, c'est sûr, et conçus pour mettre le corps en valeur. Compte tenu de la couleur et des petites dentelles, je les qualifierais là aussi de subtils et, oui, d'élégants, voire de romantiques. Sur une femme adulte.

Eve lui décocha un coup dans l'épaule.

— Évidemment. Sur une enfant, ce n'est ni subtil ni classe, mais purement et simplement inapproprié. Reste qu'ils ont toujours cette… Mavis parlerait d'« aura », je crois. C'est l'impression qu'ils me font. En tout cas, ça m'a frappée quand j'ai mis ce peignoir. On n'est pas dans le style « Baise-moi comme une bête contre le lit ».

— C'est ce qu'on a fait.

— Ce n'était pas de la baise, le corrigea-t-elle en récupérant le mini-ordinateur. Et j'accorde peut-être trop d'importance à deux bouts de soie, mais je pense qu'ils attendaient plus d'elle que de la baise. C'est facile de baiser. Pas besoin de dépenser deux mille dollars en sous-vêtements pour ça. Et il devait s'agir d'une tenue de tous les jours, non ? Tu m'achètes des dessous comme ça, toi aussi. Et je ne suis pas bête, je vois bien que certains sont super sexy. Mais pour le boulot ? Pas question de porter ce genre de trucs au travail.

Elle reposa le mini-ordinateur en continuant à réfléchir.

— Bref, je vais m'habiller avant de m'attaquer aux gaufres.

Connors lui indiqua le lit. Elle vit les vêtements qui y étaient étalés et se tourna vers lui.

— T'es sérieux ?

— Juste une suggestion pour te faire gagner du temps.

— Acceptée, répondit Eve avant de lui prendre son café des mains et de le vider d'un trait. J'ai trop de questions en tête pour penser à ma tenue, de toute façon.

— Laisse-moi d'abord m'occuper de tes côtes.

Eve leva les yeux au ciel mais ouvrit son peignoir. Connors posa Galahad à terre et se leva pour opérer un nouveau passage avec la baguette de soins.

— Les ecchymoses se sont presque effacées.

— Ça ne fait plus mal. Sans mentir, ajouta-t-elle rapidement. Je le sentirai passer si quelqu'un me donne un coup de poing dans les côtes, mais sinon ça va.

— Ne baisse pas ta garde. C'est beaucoup moins enflé, ajouta-t-il en passant la baguette sur sa mâchoire. Ton coquard a noirci mais il n'est pas gonflé. Je te dirais bien de refaire un soin dessus cet après-midi, mais tu ne le feras pas.

— Mais si. Enfin, si j'arrive à m'en souvenir.

Il l'embrassa doucement sous l'œil. Exactement comme l'avait fait Dennis Mira, pensa-t-elle.

— Ça fera l'affaire.

Connors retourna s'asseoir tandis qu'elle se tortillait pour enfiler la culotte en coton toute simple qu'il avait préparée.

— Tu vois, dit-elle en passant ses bras dans le débardeur, tu sais ce qui convient pour le boulot.

Il avait opté pour un pantalon marron. Pas le marronnasse des costumes de Feeney, mais une belle teinte cuivrée. Et le chemisier, d'une couleur crème très proche de celle du peignoir, comportait de fines rayures cuivre et bleu marine. Un rappel, supposa-t-elle, de la veste bleu marine.

Elle s'équipa de son arme, ajouta la ceinture – du même bleu, avec une boucle en cuivre – et les bottes bleu marine aux épaisses semelles cuivrées, puis enfila la veste, qui lui arrivait à la taille.

— On dirait la même doublure magique que celle de mon manteau.

— C'est un prototype, confirma-t-il en retirant les cloches au-dessus de leurs assiettes. Doublure amovible, donc transférable. Nous y travaillons.

— Hmm. Elle est super légère.

— Lors des tests et des simulations, elle a arrêté une décharge paralysante à pleine puissance, une lame de couteau et même une balle, si tu devais être confrontée à quelqu'un ayant réussi à mettre la main sur un pistolet. Bien sûr, je préférerais que tu n'aies pas à le vérifier en conditions réelles, mais au cas où.

» Parle-moi de ton rêve, demanda-t-il après lui avoir servi du café.

— Ah oui. Il m'a surtout irritée, dit-elle en préambule tout en noyant les gaufres sous le sirop. Ça se passait à Dallas. Dans la chambre de Dallas.

— Oh, Eve…

— Non, ça ne me fait plus le même effet qu'avant. Ils sont morts, morts et enterrés. Bon, ce n'était pas la joie non plus, mais j'ai géré. Au début, il n'y avait que la victime, que Mina.

Elle lui raconta la suite tout en mangeant, plantant de temps à autre un gros fruit rouge au bout de sa fourchette entre deux bouchées de gaufre imbibée de sirop d'érable.

— Elles se sont montrées carrément vaches, ajouta-t-elle en agitant dans l'air un morceau de bacon.

Le nez de Galahad tressaillit. Le chat s'approcha de la table d'un air faussement désinvolte… et s'arrêta net devant le regard d'avertissement de Connors.

— Je sais que c'est moi qui suis vache avec moi-même, en réalité. Mon subconscient, tout ça. Ou bien c'est seulement parce que c'est ainsi que j'imagine le comportement de filles de treize ans. Car en réalité, qu'est-ce que j'en sais ? La seule chose dont je me souvienne à propos de mes treize ans, c'est que ça voulait dire qu'il me restait cinq ans à tirer avant de me casser.

Elle croqua dans le bacon.

— Je pense que mon cerveau a mis le doigt sur des vérités, cela dit. Mina avait une vie vers laquelle retourner. Et si Dorian ressentait – ou ressent – la même chose que moi à l'époque : se tirer est suffisant en soi.

— Elles avaient toutes les deux un uniforme scolaire dans ton rêve.

— Oui, parce que je pense que c'est probablement comme ça que ça marche. Qu'il y ait deux filles ou une poignée d'entre elles, elles sont vues comme interchangeables. Des produits. Les sous-vêtements, par contre, c'est différent. Des dépenses importantes. Un investissement, souligna-t-elle. C'est comme le peignoir. Il te caresse la peau. Tu ressens un truc particulier en le portant. Quand j'enfile mes sous-vêtements pour le travail, j'ai un certain ressenti. Si je mets ces dessous chics sous une tenue chic, le feeling n'est pas le même. On n'y pense peut-être pas consciemment, mais on le sent.

— L'uniforme sape le sentiment d'individualité. Et les dessous en soie les habitueraient à cette sensation, à cette humeur sexy ?

— Voilà. Une forme de manipulation mentale. Certains clients veulent quelqu'un à prendre par la force, voire à violenter. Pour exercer leur domination. Bien sûr, on peut embaucher un ou une CL pour une séance de jeux de rôle.

— Pas la même chose, commenta Connors. On ne peut posséder de CL.

— D'accord, c'est vrai. Mais pourquoi débourser un gros paquet de fric – parce que c'est forcément cher – pour une proie à violer et à brutaliser quand on peut enlever gratuitement une enfant des rues ? Ceux qui veulent une esclave sexuelle, un produit, ne paieraient-ils pas plus cher pour en obtenir une qui leur obéirait au doigt et à l'œil ?

— Tu penses qu'il s'agit d'une forme d'embrigadement. Cibler de belles jeunes filles, les enfermer à l'écart de leur environnement familier, les endoctriner. Via les uniformes, la nourriture, les soins et les cosmétiques.

— Et par la punition également. La carotte ne sert à rien sans le bâton. Là encore, pense à l'armée, au bon vieux : « À terre et fais-moi vingt pompes ! » Ils vont chercher à vous briser pour vous reconstruire à leur image, conformément à leurs besoins.

» Prends une fille comme Mina, jolie comme elle, vendue comme vierge, mais avec des connaissances en matière de sexe, l'habitude d'être photographiée en tenue sexy, ou nue, ou dans des situations sexuelles. Un droïde sexuel se programme pour être ce que tu veux et faire ce qui te plaît, non ? Ils pourraient proposer la même chose, mais avec de véritables filles.

Eve termina ses gaufres avec un petit haussement d'épaules.

— Ou alors je suis complètement à côté de la plaque, reprit-elle. Mais… je ne crois pas aux coïncidences. Ce n'est pas un hasard si Mina Cabot et Dorian Gregg, deux ados du même âge, sans aucun lien entre elles, ont toutes les deux été enlevées, très probablement dans des régions différentes, avant d'atterrir ensemble à New York.

Eve se leva et finit de s'équiper pour la journée qui commençait.

— Je vais faire venir Willowby, l'inspecteur des Crimes sexuels que connaît McNab. Elle pourrait avoir des idées. Bon, je dois y aller.

Connors décocha un nouveau regard d'avertissement au chat avant de se lever, de contourner la table et de prendre Eve par les épaules.

— Prends bien soin de mon flic préféré.

— J'ai un bouclier magique.

— Je n'en ai pas encore conçu un pour ton délicieux minois, dit-il avant de l'embrasser. N'oublie pas de passer la baguette sur ton œil.

— Promis.

« Si j'y pense », songea-t-elle en partant.

Une fois dans la voiture, elle contacta l'inspecteur Willowby pour lui demander un rendez-vous, puis démarra et franchit le portail.

8

Pendant qu'Eve affrontait la circulation new-yorkaise, Dorian émergeait d'un sommeil haché, fiévreuse.

Elle avait réussi à arracher une fine planche de contreplaqué masquant une fenêtre brisée pour ramper à l'intérieur de ce qui semblait être un magasin abandonné.

L'endroit était plein de poussière et d'araignées – et probablement de rats –, mais elle avait vraiment besoin de s'allonger et d'essayer de dormir un peu. Même avec les pilules et les compresses de glace qu'elle avait volées, elle avait mal partout.

Sous la douleur affleurait la peur. Elle n'aurait su dire de quoi ni de qui, mais elle était entrée par effraction dans ce lieu, en se coupant la main au passage sur du verre brisé, parce que tout en elle lui criait de se cacher.

Elle s'était recroquevillée sur le sol, grelottant et transpirant au fil d'une journée de sommeil fébrile. À un moment, au cours de l'interminable et misérable nuit qui s'était ensuivie, elle avait songé à ressortir pour voler un peu de nourriture mais avait rapidement abandonné l'idée et s'était rendormie.

Elle voyait maintenant la lumière du soleil filtrer par les interstices autour de la planche qu'elle avait tâché de remettre en place.

« J'ai passé une journée entière ici », comprit-elle.

Son instinct lui intimait de se lever et de s'activer pour trouver de quoi manger et une meilleure cachette.

Mais tout son corps était endolori.

— J'me demandais si t'allais te réveiller.

La voix la fit sursauter si fort qu'elle eut l'impression que sa tête gonflait comme un ballon avant d'exploser.

— Vas-y mollo, la parano ! dit l'inconnu en s'approchant d'une démarche en crabe.

Voyant qu'il s'agissait d'un gamin, elle sentit retomber l'essentiel de sa peur.

Il avait de grands yeux marron, une chevelure brune indisciplinée et une cicatrice rose et arrondie au milieu de la joue gauche.

Elle estima qu'il était plus jeune qu'elle, même si son cerveau embrumé ne parvenait plus à se rappeler son propre âge. Elle tenta de lui dire de dégager, mais seul un coassement émergea de sa gorge.

— T'as pas l'air bien. Et on t'a tapé dessus, on dirait. T'as faim ?

Il lui tendit un morceau de bagel d'une main pas tout à fait propre.

— J'ai mangé le reste.

Elle l'accepta et y planta les dents.

— Je me fais appeler Greffier, dit-il. Parce que j'suis rapide et rusé comme un vrai chat des rues.

Voyant qu'elle le dévisageait sans rien dire, il haussa les épaules.

— T'as qu'à venir avec moi, si tu veux, parce que t'as pas franchement bonne mine. On a une piaule bien plus sympa qu'ici. Surtout que les flics risquent de venir jeter un coup d'œil, comme moi, parce que t'as laissé du sang sur la fenêtre.

— C'est où ? parvint-elle à articuler.

— Pas loin d'ici. La police est après toi ?

— Je sais pas.

— Suis-moi si tu veux. On te remettra sur pied. On a des lits, et tout. Et de la bouffe aussi.

— J'irai pas en foyer.

Il renifla et s'essuya le nez du dos de la main.

— Non, c'est pas ce genre de truc. On veille les uns sur les autres. La règle – parce qu'on a des règles –, c'est que quand on voit un gamin qu'a besoin d'aide, on lui file un coup de pouce si on peut. Donc tu peux m'accompagner si tu veux.

— D'ac.

Une quinte de toux la secoua douloureusement.

— J'ai mal à la jambe, dit-elle.

— L'a pas l'air pétée, ni rien. T'as qu'à t'appuyer sur moi. Je suis plus fort que ce que j'ai l'air... Que j'en ai l'air, rectifia-t-il en levant les yeux au ciel comme s'il venait de se faire reprendre par son correcteur intérieur.

Il dut l'aider à se relever et elle se rassit à deux reprises tant la tête lui tournait. Chaque fois, il se posa à côté d'elle et patienta.

Mais une fois debout, elle constata qu'elle pouvait faire peser plus de poids qu'elle ne l'avait cru sur sa jambe blessée. Pas beaucoup, mais suffisamment pour boiter et s'appuyer sur Greffier.

Ils sortirent par où ils étaient entrés, mais Greffier prit soin de disposer des chiffons sur le rebord de la fenêtre pour protéger leurs mains. Ils émergèrent dans une ruelle.

— Bon, ce qu'il faut faire, là, c'est marcher comme si t'allais quelque part, que t'avais un truc à faire, d'accord ? Personne fera trop attention à toi par ici.

Malgré le soleil qui lui faisait larmoyer les yeux, elle fit de son mieux pour avoir l'air décidée lorsqu'ils quittèrent la ruelle pour s'engager dans la rue.

— T'as un nom ? Tu peux en inventer un.

— Y a un truc qui cloche avec ma tête. C'est le bazar là-dedans et je me rappelle pas grand-chose.

— Même pas ton nom ? Sans déc' ? Trop dingue !

— C'est pas dingue comme sensation.

— Tu sais combien font deux plus deux ?

Il eut droit à l'un de ces regards noirs que les adolescentes maîtrisent à la perfection.

— Quatre... J'ai dit que j'avais la tête en vrac, pas que j'étais débile.

Il se contenta de répondre par un grand sourire.

— Ta voix, on dirait que t'es une grenouille.

— Mal à la gorge. Où on est ?

— Côté sud du centre-ville.

— De quelle ville ?

— Ouh là. De New York.

— New York, souffla-t-elle. J'étais à New York. Je crois bien... Réfléchir me file la migraine.

— Alors arrête de réfléchir.

Greffier soupira et fouilla dans une poche de son pantalon baggy crasseux pour en sortir un minitube de soda.

— T'as qu'à boire ça. Je l'ai piqué avec le bagel.

Elle en but une partie, toussa violemment, puis se remit à boire.

— T'es carrément en sueur. Tu dois avoir chopé un truc ou quoi, parce qu'il fait pas si chaud que ça. Viens, c'est par là.

Il la guida vers une autre ruelle puis s'approcha d'un trou dans une clôture de sécurité.

La jambe de Dorian commençait à lui faire vraiment mal mais Greffier continua à avancer jusqu'à atteindre un terrain vague encombré de détritus. Il se pencha pour soulever le couvercle d'une bouche d'égout.

— C'est là qu'on descend.

— Vers où ?

Elle sentit une bouffée de chaleur l'envahir, suivie d'un frisson glacé.

— Les tunnels, murmura-t-elle.

— C'est le meilleur moyen d'y aller. Ils s'en servent plus parce qu'ils ont changé le réseau électrique ou un truc comme ça. Ils ont plus besoin de celui-là.

— Les tunnels, répéta-t-elle.

— Ils foutent pas... Y a pas de quoi avoir peur, t'inquiète. Mais c'est un secret, d'accord ? N'en parle à personne. Allez, dépêche !

Elle sentit son esprit se replier sur lui-même. Elle se vit marcher, marcher, courir et marcher. Il fallait se dépêcher, trouver une sortie. S'enfuir.

Tout résonnait, à l'extérieur comme à l'intérieur de sa tête.

Elle vacilla.

— On y est presque. Juré. Viens, lève-toi !

— Peux pas.

Recroquevillée en boule sur le béton rugueux, elle laissa venir les larmes.

Il essaya de la rassurer en lui tapotant la tête puis le dos, mais les sanglots ne cessèrent pas.

— Je reviens tout de suite, d'accord ? Tiens, garde la lumière. Je connais le chemin.

Elle se retrouva seule. Il était temps de dormir. Et tant pis si elle devait ne pas se réveiller. Elle était tellement fatiguée, malade et terrifiée… Elle ne tenait plus vraiment à se réveiller.

Elle crut soudain entendre des pas qui se rapprochaient rapidement.

« Ils m'ont trouvée », songea-t-elle comme elle perdait connaissance.

Elle avait su que ça arriverait. Mais ils ne pourraient plus lui faire de mal à présent parce qu'elle allait dormir. Pour toujours.

Elle ne sentit pas la fraîcheur de la main sur son visage, n'entendit pas la voix qui commentait :

— Elle est brûlante, la pauvre.

— Blessée à la jambe. Elle pouvait à peine marcher dessus.

— Mmm. Bon, on va voir ce qu'on peut faire.

Des bras la soulevèrent. Quelque part dans son for intérieur, elle se débattit. Mais elle ne fit en réalité que gémir et marmonner faiblement.

— Tout va bien maintenant. On est là et plus personne ne te fera de mal.

Comme elle avait su se frayer un chemin dans la circulation en un temps remarquable, Eve se rendit directement à son bureau pour mettre par écrit ses pensées et ses théories.

Une sorte de camp d'entraînement pour esclaves sexuelles, nota-t-elle. Avec tout ce qu'il fallait pour les former.

Elle se leva et prit un café. Elle avait le sentiment de savoir autre chose, une information provenue du rêve. Quelque chose en lien avec ce songe…

« Pas assez jolie. »

Elle ferma les yeux, sourcils froncés, pour forcer le souvenir à remonter à la surface.

Troy. Richard Troy. Lui avait-il dit ça ? Lui avait-il balancé qu'elle n'était pas assez jolie, qu'elle ne le serait jamais assez pour lui rapporter gros ?

Qu'il allait se contenter de la louer à d'autres. La louer et profiter d'elle autant que possible avant de la vendre.

« Est-ce que j'invente tout ça ? Est-ce une projection ? »

Elle s'approcha de la fenêtre pour regarder dehors, les yeux baissés sur la rue.

« Que j'avais besoin d'être dégourdie. Non, je ne sors pas ça de nulle part. "T'as besoin qu'on te dégourdisse un peu, gamine." Je l'entends me dire ça. »

Parce que l'idée la rendait malade, elle appuya son front contre la vitre. Elle se devait de rester solide. Pas question de flancher face au réveil d'un passé douloureux.

Et si ce « Pas assez jolie » avait du sens, si cela s'avérait pertinent pour l'enquête, elle devrait creuser pour trouver en quoi.

Elle se retourna en entendant toquer à la porte.

L'inspecteur Willowby se tenait sur le seuil, mains appuyées sur le montant.

— Lieutenant, je suis l'inspecteur Willowby. Je suis un peu en avance. Je n'habite qu'à quelques rues d'ici, et je me suis dit que le mieux était de passer vous voir au plus tôt.

— Pas de problème. Un café ?

— Avec plaisir. Un sucre et une lichette de lait. Vous permettez ? demanda Willowby en désignant le tableau.

Eve acquiesça et programma le café tandis que l'inspecteur examinait les éléments affichés au mur.

Plutôt petite, avec un corps compact et athlétique, Willowby avait passé les pouces dans les poches avant de son pantalon noir à la coupe droite. Sa tenue était complétée par des chaussures montantes rouges, un tee-shirt blanc au col duquel étaient accrochées des lunettes de soleil à la monture colorée, et un blouson rouge façon bombers.

Elle portait un bracelet en tissu tressé multicolore à la main droite et un tatouage en forme de croissant de lune accompagné de trois étoiles sur le dos de la main gauche. Ses cheveux, coupés en carré rigoureux, étaient d'un noir d'encre, à l'exception du haut de la tête et d'une épaisse frange teintes en bleu foncé.

D'après les brèves recherches qu'Eve avait menées, la famille paternelle de Willowby avait émigré d'Angleterre à peu près deux cents ans auparavant. La famille maternelle trouvait ses racines en Iran, ce qui se traduisait par une peau brune, des yeux ambrés et des traits acérés.

— Merci, dit-elle lorsque Eve lui tendit son café. Je me suis rencardée sur l'affaire quand McNab m'a appelée. Déjà, beau boulot d'avoir fait inculper

Jewell Gregg ! Ça laisse une chance à Dorian, si on arrive à la retrouver. Deuxièmement…

Elle marqua une pause, le temps de boire une gorgée, puis écarquilla soudain ses yeux aux paupières soigneusement maquillées.

— Oh. Attendez…

Elle reprit une gorgée.

— Vous êtes mariée, non ? demanda-t-elle.

— Oui.

— Si vous ne l'étiez pas, rien que pour ce café, je vous demanderais de m'épouser sur-le-champ. Deuxièmement, donc, je tiens à vous féliciter personnellement et professionnellement d'avoir botté le cul de cette incapable de Truman.

— Vous la connaissez ?

— Non, sans quoi je m'en serais chargée moi-même. Mais comme je vous le disais, je me suis renseignée. Les gens comme elle bousillent le système, bousillent tous ceux qui travaillent comme des fous, et surtout, bousillent les enfants. Dorian Gregg ne pouvait pas espérer grand-chose dans ce contexte-là. Alors que maintenant si, en admettant qu'on la trouve.

— Personne ne l'a vue à ce stade, dit Eve. Ni ici ni à Freehold.

— Elle ne retournera pas là-bas. Ce serait repartir vers une vie de galère. Elle ne se présentera pas non plus au commissariat. Elle n'a aucune raison de faire confiance au système. Vous pensez la même chose, ça ressort de votre rapport. Mais vous estimez qu'elle a réussi à s'échapper.

— Dans le cas contraire, pourquoi lui mettre le meurtre sur le dos ?

— Je vois deux possibilités. Ils peuvent la garder comme esclave ou la vendre à l'étranger, voire hors-planète. Cela dit, ajouta Willowby avec un geste en direction de la photo d'identité de Dorian, ils n'ont pas besoin de la piéger pour faire ça. Il n'était pas nécessaire de la mêler au meurtre. Mina est morte. Faire croire à un crime violent dans la rue, d'accord. Mais pourquoi ajouter le sang de Dorian ?

— Une manière de se venger, supposa Eve. Et aussi de la discréditer si jamais elle se faisait arrêter.

— Je vois aussi ça comme ça. Ils – je parle au pluriel parce qu'il ne s'agit en aucun cas d'un seul ravisseur, ni même d'un duo – ont lourdement investi dans ces filles. Les vêtements, la nourriture, les soins. Et du temps. Des mois en ce qui concerne Mina. On ne peut pas savoir combien de temps pour Dorian, mais suffisamment longtemps pour qu'elles aient formé une alliance.

— Une alliance, répéta Eve.

— Peut-être même une amitié, mais au minimum une alliance, c'est garanti. J'ai déjà travaillé avec des victimes qui avaient réussi à fuir la servitude ou un foyer hostile de cette façon. Les responsables n'ont pas dû être jouasses de perdre un tel investissement. Multiplié par deux. Et il n'est pas impossible que d'autres filles soient sorties. Vous en auriez peut-être entendu parler, mais ce n'est pas impossible. Je peux m'asseoir ?

— Pas là-dessus. Prenez mon fauteuil.

— D'accord, merci. Des frères et sœurs, par exemple, s'entraident parfois pour fuir un parent violent. Des femmes ou des filles – les cas les plus majoritaires – qui sont retenues contre leur gré se serrerent les coudes, même quand cela signifie qu'une seule d'entre elles s'en sortira.

Willowby replia une jambe et posa la cheville sur son genou.

— Avec du temps, on arrive à faire tomber les trafiquants qui expédient, disons, une demi-douzaine de personnes à la fois. En général, ils les font venir par bateau - ou par charter, à l'occasion - et les logent dans des taudis. Certains les mettent directement au boulot et les forcent à se prostituer. Souvent, on leur promet un emploi réglo pour les convaincre de rappliquer. Le plus classique, c'est le mannequinat. Après quoi elles se retrouvent entassées dans un trou à rats, louées ou vendues. On les drogue, on les rend dépendantes. Mais il ne s'agit pas de ce genre d'affaire ici.

— Non, ni trou à rats, ni drogues, ni signes visibles de violences physiques.

Les yeux rivés sur le tableau, Willowby agita plusieurs fois sa jambe repliée.

— Sévices et torture d'ordre psychologique. En les plongeant dans le noir pendant quelques jours, ou dans une pièce avec un éclairage super violent qui ne s'éteint jamais. Diffusion constante de propagande sur un écran mural. Colliers et matraques électriques, tout ce qui n'endommagera pas le produit.

Elle savoura encore un peu de son café.

— Et on rééquilibre tout ça avec des récompenses. Jouets ou jeux pour les plus jeunes. Glaces et bonbons. Et de l'affection. Les victimes seront toutes en demande, surtout les plus petites. Un câlin, un sourire, un baiser sur la tête. Il ne faut pas longtemps pour qu'un enfant de six, sept ou huit ans rentre dans le rang. Ça demande seulement de la constance, un endroit sûr, pas mal de vigilance. Même dans ce cas de figure, certains de ces mômes ne se laissent pas faire et trouvent un moyen de se tirer.

Elle pointa de nouveau le tableau du doigt.

— Ces deux-là ? Elles sont limite trop âgées pour la pédopornographie mais collent bien à l'image de la Poulette.

— « Poulette » ? J'ai déjà entendu ce terme.

— Il désigne généralement un ado – garçon ou fille –, entre onze et quatorze ans, qui commence à se développer. Physique attirant, souvent androgyne du côté des garçons. Le client – acheteur ou spectateur, selon le cas – n'est pas attiré par les petits enfants mais désire cette jeunesse, cette fraîcheur. S'il s'agit d'une vente, les ados seront probablement refourgués à leurs seize ans, à moins que l'acheteur ne s'attache à eux. Ça peut arriver. Ou qu'il trouve une autre façon de les exploiter. Mais les échanges de jeunes sont fréquents.

« Retour à la chaîne de montage de l'usine », songea Eve.

— Comme une foutue voiture, dit-elle.

— Vous avez tout compris. Si vous voulez mon avis, on a affaire à une organisation tentaculaire. Des rabatteurs pour trouver les enfants. Qui peuvent aussi se charger des rapts. Ils auront l'air inoffensifs, ordinaires. Ils seront peut-être même assez jeunes. Les enfants font davantage confiance à d'autres jeunes. Leur ressembler est un bon moyen de gagner leur confiance. Moi-même, ça m'aide dans mon boulot. Sinon, à l'inverse, les rabatteurs peuvent se faire passer pour des représentants de l'autorité. Policier, enseignant, secouriste, quelqu'un qu'un enfant aura appris à respecter.

» Ensuite, il y a les gardiens, chargés de loger et de surveiller les enfants. Avec potentiellement plusieurs sites. Il faut du personnel médical, des gens pour se procurer et préparer de quoi manger. Quelqu'un qui prend son entreprise au sérieux – et c'est le cas ici – tiendra des registres. Dépenses, profits et pertes, coût par produit. Ils ont sans doute besoin d'une sorte de studio et de l'équipement nécessaire pour tourner des vidéos, prendre des photos... Et de quelqu'un qui s'y connaît suffisamment en informatique pour les diffuser sur le darknet sans nous mener droit jusqu'à eux.

» Plus un responsable commercial, poursuivit-elle. Il convient de calculer ce qu'il faut facturer aux pervers pour le visionnage, le prix de la location du produit, les tarifs appropriés quand il est temps de vendre et quels produits doivent être mis aux enchères.

Willowby haussa les épaules.

— Mais j'ai l'impression que je ne vous apprends pas grand-chose. Et vous avez sans doute déjà conscience que si les personnes qui les ont enlevées disposent d'un modèle commercial solide, de soutiens financiers et des bons contacts, ces deux filles auraient été revendues au prix fort. Avec ce physique et dans cette tranche d'âge ? Huit à quinze millions en fin d'enchères, avec un peu de marketing intelligent.

— Expliquez-moi cette histoire de marketing.

— Ça passera par des photos, allant de la pose un peu provoc au porno pur et dur. Ou de courtes vidéos. Pas de pénétration, par contre, même si un partenaire masculin apparaît à l'image. Des scènes lesbiennes ou en solo. Nous sommes déjà tombés sur de véritables brochures proposant des mineurs à la vente. Ils leur donnent des noms comme Candy ou Hank, énumèrent leurs mensurations, leurs compétences, fixent un prix ou, s'il s'agit d'une vente aux enchères, une offre minimale d'ouverture.

— Vous pourriez m'en envoyer une copie ?

— Bien sûr.

— Que recouvre ce terme de « compétences » ?

Willowby pivota sur elle-même et releva les jambes pour s'asseoir en tailleur dans le fauteuil.

— Ils vont faire monter la sauce, mais s'ils veulent développer leur activité, s'ils veulent des clients fidèles, il ne faut pas qu'ils en fassent trop. Ils notent les jeunes sur leur capacité à donner ou à recevoir du sexe oral, à atteindre ou à faire atteindre l'orgasme, à caresser, à se masturber, à employer des techniques de séduction. On vous dit s'ils sont dominants ou soumis, ou s'ils peuvent faire les deux, tout ça. Pour les victimes qui ne sont pas vendues ou louées en tant que vierges, ils les évaluent en tant que partenaires sexuels à part entière, par voie vaginale ou anale pour les filles. Ils testent enfin leurs dispositions pour les partenaires multiples, le sexe en groupe, les jeux de rôle.

» Puis vous avez les Esclaves, les Poupées, les Souffre-douleur, les Offrandes.

— D'accord. Une minute…

Comme elle avait envie de café, Eve les resservit toutes les deux.

— Les Esclaves, je pense comprendre, reprit-elle. Mais expliquez-moi le reste.

— Les Poupées se comptent généralement parmi les plus jeunes, mais pas toujours. On les destine aux acheteurs qui veulent un enfant qu'on peut habiller, avec lequel on peut jouer, qu'on peut dresser comme un animal de compagnie. Les Souffre-douleur sont pour les sadiques. Un être qu'ils peuvent cogner, tourmenter, torturer à loisir. Vous avez eu une mauvaise journée ? Voici votre punching-ball humain ! Les Offrandes, elles, sont le plus souvent là pour satisfaire les invités et amis de passage.

» Elles ne ressembleront pas à vos jeunes victimes, ajouta Willowby. Elles ne sont plus vierges, le viol étant employé pour briser leur volonté en plus de punitions physiques régulières. Et on ne leur fera certainement pas porter des sous-vêtements en soie à plusieurs centaines de dollars. Pas assez de retour sur investissement.

— Pas assez jolies, marmonna Eve. C'est de là que ça vient. D'accord, poursuivit-elle en commençant à faire les cent pas. Dans ces catégories-là, pas de beautés adolescentes qui rapporteront le pactole mais des enfants maltraités jusqu'à devenir assez dociles pour répondre à d'autres besoins.

— Louez-les et violez-les, achetez-les et battez-les. J'aimerais vraiment avoir une chance de vous aider à faire tomber ce réseau, lieutenant. Si je pouvais collaborer avec quelqu'un de la DDE ? McNab ou quelqu'un du même calibre ?

— Quel genre de collaboration ?

— Je bosse depuis un moment à faire une brèche dans le darknet, et je suis tout près de réussir. J'ai un pseudo, une fausse identité, j'ai laissé filtrer quelques données. Je me présente comme un riche salopard qui caresse l'idée d'acheter un produit. Qui ne fait que tâter le terrain, bien sûr. Je suis convaincue qu'avec une aide technique, je pourrais franchir les derniers obstacles. Mais il faut que la fausse identité tienne vraiment la route. Une organisation de ce type va procéder à de sérieuses vérifications. Je dois donner l'impression d'avoir l'argent nécessaire pour acheter un produit de qualité.

— Vous avez l'accord de votre supérieur ?

— Il hésite un peu, donc je m'y consacre en priorité sur mon temps libre. Un mot de votre part ferait la différence. Surtout si le capitaine Feeney validait l'idée. Je suis à deux doigts d'y arriver, vraiment. Et encore une chose… Ils ont détenu Mina Cabot pendant plus de huit mois. Elle avait treize ans. Ils devaient s'apprêter à la proposer sur le marché. Ce n'était pas la seule fille sur le point d'être vendue. Ils doivent avoir une vente aux enchères prévue sous peu.

— Et si nous avons vu juste, ils ont perdu deux gros retours sur investissement potentiels.

— Une perte qu'ils vont vouloir compenser. Non seulement en se procurant de nouvelles filles, mais en préparant toutes celles qu'ils peuvent vendre. J'ai mes contacts dans la rue. J'ai déjà fait passer le mot concernant Dorian Gregg. Si elle est à New York, nous avons une chance de la trouver.

— J'en parlerai à votre lieutenant et à Feeney.

— Merci, j'apprécie. Presque autant que ce café.

Willowby se leva.

— Pourquoi la brigade des Crimes sexuels ? lui demanda Eve. Pourquoi les mineurs en particulier ?

— Moi ? J'ai eu une enfance parfaite, j'aurais pas pu rêver mieux. L'oncle de mon père était flic dans le Queens. Il racontait des histoires incroyables ; pour moi, c'était comme des contes de fées. J'ai décidé d'entrer dans la police. Mes parents n'étaient pas ravis, vous pouvez me croire, mais ils m'ont donné un an pour changer d'avis. Je ne l'ai pas fait. Lors de ma deuxième semaine en uniforme, on est tombés sur un gamin de sept ans presque battu à mort. Cadeau de son paternel avant de s'étaler par terre, ivre mort. La mère en était à son deuxième séjour en prison pour fraude en Virginie, où elle s'était tirée quand l'enfant avait environ cinq ans.

Elle haussa les épaules.

— C'est ce qui m'a décidée, dit-elle.

— Où est l'enfant en question aujourd'hui ?

— Evan ? Evan Hawkins. Il a eu de la chance. Il avait des grands-parents dans le nord de l'État qui ont bien voulu de lui, alors même qu'ils ignoraient jusqu'à son existence. Il vient d'obtenir son diplôme de fin d'études secondaires. Il va entrer au MIT. Ils ne sont pas nombreux à avoir ce genre de chance, mais il y en a de temps en temps.

— Je vous tiens au courant, et quelqu'un de la DDE vous contactera.

— Super. Je vous envoie ces brochures.

Une fois sa collègue repartie, Eve s'assit pour mettre à jour ses notes et contacter le lieutenant de Willowby.

Elle se leva en entendant Peabody arriver.

— Lisez mes derniers ajouts, lui dit-elle. Vous n'avez qu'à utiliser mon bureau. J'attends des données de la part de Willowby. J'ai obtenu le feu vert pour qu'elle participe à l'enquête.

— Oh. D'accord. Comment… ?

— Je dois monter à la DDE.

— On a une nouvelle piste ? Ça fait combien de temps que vous êtes là ? Notre journée vient juste de commencer.

— Je suis arrivée tôt. Lisez mes notes. Vous savez si McNab est libre ?

— Il a bouclé une affaire hier après-midi, mais…

— Lisez mes notes, répéta Eve. Et c'est oui pour le café.

Elle passa par la salle commune en tentant d'éviter du regard la cravate de Jenkinson, qui buvait un café debout près de son bureau. En vain : ses rétines furent agressées par ce qui évoquait un big bang miniature.

Elle poursuivit sa route.

Elle était au courant de tout cela, bien sûr, se rappela-t-elle en s'engageant sur un escalier roulant. Le tableau général dressé par Willowby n'était pas nouveau pour elle. Mais jusque-là, elle n'avait pas eu connaissance de tous les détails. Des termes utilisés pour désigner les enfants victimes de trafic. Des différentes catégories.

Elle avait besoin d'un point d'accroche et Willowby pourrait l'aider à le trouver. Elle distinguait désormais des ouvertures possibles. Rien d'aussi efficace que de retrouver Dorian Gregg, mais Eve y voyait d'ores et déjà plus clair.

Lorsqu'elle s'avança au sein du carnaval permanent de la DDE, la cravate de Jenkinson lui parut soudain presque terne, ordinaire. Ici, les couleurs explosaient et s'entrechoquaient : baggys fluo, bretelles à pois, tee-shirts criards et aéroboots déjantées.

Elle avisa McNab en train de se déhancher dans son box, sa longue queue-de-cheval blonde oscillant dans son dos tandis qu'il s'activait sur son écran.

Elle se hâta de rejoindre la sérénité protectrice du bureau de Feeney.

Celui-ci était assis à son bureau, ses chaussures marron défraîchies appuyées sur le rebord. Son costume trop large était aussi moche que rassurant. Tout comme l'explosion de cheveux roux striés de gris au sommet de son crâne.

Il étudiait son écran mural, ses yeux de basset étrécis par la concentration.

— Tu aurais une minute ? s'enquit Eve.

— J'ai à peine eu le temps de me caler dans mon fauteuil avec une tasse de mauvais café qu'une nouvelle affaire m'est tombée dessus. Une foutue cyberfraude qui a déjà engrangé cinq millions en moins de douze heures. Ils ciblent les citoyens centenaires. Si je deviens un jour aussi vieux et con, balance-moi un bon coup de paralysant.

— Tu finiras par vieillir mais tu ne seras jamais stupide à ce point. J'aurais besoin de McNab, ou de quelqu'un du même calibre qui serait dispo.

Feeney fronça les sourcils en aspirant une gorgée de café.

— Je viens juste de lui refiler un dossier. Je peux peut-être le lui faire déléguer à quelqu'un d'autre. Il te faut quelqu'un de la DDE sur ta gamine décédée ?

— C'est un réseau, Feeney. J'en suis convaincue. Un réseau de traite d'enfants.

Comme elle commençait à lui exposer la situation, il reposa les pieds au sol.

— Tu auras McNab, lui assura-t-il. Je vais m'occuper de mon arnaque dans l'heure qui vient. Elle finira par réapparaître ailleurs, mais je peux la faire cesser. Donc compte aussi sur moi pour ton affaire. Quelle bande d'enfoirés... Passe-moi les données concernant la petite qui est selon toi en fuite. Je déploierai quelques-uns de mes agents en uniforme sur le terrain.

— Merci.

— On a nos canaux d'accès à certains sites pornos. On a aidé à démanteler une affaire de traite d'êtres humains – des adultes, par contre – il y a quelques mois. Ils faisaient venir des femmes de dix-huit, vingt, vingt-deux ans par cargo de l'Europe de l'Est, les entassaient dans deux ou trois chambres dans le Lower East Side, puis les louaient à des pervers, en utilisant les plus belles pour alimenter des sites pornos clandestins.

— Oui, c'est le même genre de choses, mais à plus grande échelle. Avec beaucoup plus de chambres, je pense. « Organisé et sophistiqué », pour reprendre les mots de Mira. Je vais t'envoyer une copie de ce que j'ai. Si quelque chose attire ton attention, fais-moi signe.

— Compte sur moi. Je ferai monter Willowby pour qu'elle se mette au boulot avec McNab. Laisse-moi d'abord régler mon histoire d'arnaque. J'aurais bien aimé pouvoir la refiler à quelqu'un d'autre mais la grand-mère de ma femme se trouve parmi les pigeons qui ont versé cinq mille dollars.

— Tu plaisantes ?

— On pourrait la croire plus maligne que ça, répondit-il en secouant la tête d'un air dégoûté. J'ai promis à Sheila de m'en occuper personnellement.

Il prit une praline dans le bol branlant – et fabriqué par Sheila – posé sur son bureau et la goba.

— Un bon coup de paralysant, répéta-t-il. Histoire de m'achever.

— Tu as ma parole. Merci.

Lorsque Eve fut de retour à la Criminelle, Peabody leva vers elle un regard horrifié.

— Mon Dieu, Dallas. On dirait des catalogues de vente. Des brochures. C'est…

— Je sais. Transférez-les sur votre terminal et faites-moi des impressions. Un exemplaire pour McNab et un pour Feeney. J'ai besoin du bureau. Revenez dans dix minutes.

— Bien, lieutenant.

— N'oubliez pas votre café.

Mais Peabody fit non de la tête.

— Je crois que je vais juste me prendre un verre d'eau, là.

Plutôt que d'examiner les données fournies par Willowby, Eve sortit son communicateur.

Quelques instants plus tard, Nadine Furst apparut à l'écran. Pas tout à fait prête à passer devant les caméras, constata Eve, mais apprêtée.

— Dallas. Je suis à la fin d'un moratoire de trente-six heures sur toute forme de travail. Et je suis sur le point de prendre un succulent petit-déjeuner avec mon compagnon de moratoire.

La tête de Jake Kincade, star du rock et amant de Nadine, passa dans un coin de l'écran.

— Salut, Dallas.

— Salut. Désolée de vous interrompre. Nadine, si tu veux bien me donner les coordonnées de ton meilleur assistant de recherche, je passerai par lui ou elle.

— Pour faire quoi ? Oh, bon sang…

— Vas-y, Lois, souffla Jake en embrassant Nadine sur la joue.

— Je n'ai eu aucun contact avec la sphère médiatique depuis vingt-quatre heures. Vingt-sept, même, se corrigea Nadine. C'est un record. J'ai parié avec Jake que je pourrais atteindre trente-six heures. En misant des faveurs sexuelles plutôt extravagantes.

— Gagnant-gagnant, déclara Jake hors champ, ce qui fit rire Nadine.

— Qu'est-ce que j'ai raté ? demanda-t-elle.

— Viens au Central et je t'expliquerai.

— L'affaire est confidentielle ?

— En partie. Mais je compte sur toi pour diffuser le reste au plus vite. Viens avec une caméra.

— Je me mets en route.

Eve remarqua les fines bretelles sur les épaules de Nadine et un soupçon de dentelle noire visible en dessous.

— Enfile peut-être quelque chose de plus professionnel.

— Pour reprendre une expression qui t'est chère : « Va te faire ! »

Et Nadine raccrocha.

Eve fit rouler ses épaules pour chasser les tensions. Prenant modèle sur Peabody, elle alla se servir un verre d'eau.

Puis elle se rassit et s'attaqua aux brochures.

9

Dentelle noire ou non, Eve savait que Nadine se précipiterait au Central. Elle-même fila droit vers le bureau de Peabody dans la salle commune.

— On reprend, lui lança-t-elle. Il faudrait que vous vous occupiez du café en salle de réunion. Du bon. Utilisez le mien. Et je veux pouvoir afficher une version électronique du tableau pour expliquer les détails à Nadine puis l'éteindre quand son caméraman filmera.

— Nadine ?

— Il nous faut autant de bras et d'yeux que possible sur cette affaire. Elle arrive sans être au courant de rien.

Eve fit signe à Peabody de la suivre pour la mettre à la page tout en marchant.

— Elle a parié avec Jake qu'elle était capable de tenir un black-out médiatique de trente-six heures.

— Nadine ? répéta Peabody, en réprimant un rire cette fois. Mais elle a parié quoi ?

— Elle a presque réussi, lui fit savoir Eve. Et elle a parié de sérieuses faveurs sexuelles.

— Avec le chanteur d'Avenue A ? Il y a pire comme gage, commenta Peabody avec un haussement d'épaules canaille.

— Dans tous les cas, elle arrive pour s'emparer de l'affaire et, j'espère, faire un reportage fouillé sur l'exploitation des enfants... y compris par une lamentable représentante des services sociaux.

— Oooh, un sujet approfondi sur Truman ? Encore mieux qu'un coup de poing dans la figure.

— La frapper aurait été – momentanément – beaucoup plus satisfaisant. Mais un reportage de Nadine aura bien plus d'effet sur la durée. En attendant, je vais lui accorder un entretien exclusif et faire diffuser la photo de Dorian. On va mettre en place une ligne téléphonique dédiée et y affecter des agents.

— Elle aurait pu se tirer loin de New York.

— Possible, convint Eve en entrant dans la salle de réunion. J'ai envoyé quelques agents écumer les gares avec sa photo. Mais où irait-elle ? Elle n'a personne.

— Son arrière-grand-mère ? suggéra Peabody.

— Morte il y a trois ans. Un accident de la route. Donc, non, personne.

Elle alluma le tableau pour commencer le transfert de données et d'images.

— Dans le cas de Covino et des autres femmes enlevées par Dawber, elles avaient des proches, un emploi, un domicile. Et il les avait kidnappées pour lui-même, pas pour l'argent. Mina Cabot était dans la même situation, mais ils ont quand même réussi à la faire disparaître sans laisser de traces et à la garder prisonnière pendant des mois. Dorian et les autres filles dans son genre, elles, n'ont ni possessions ni domicile.

— Des proies d'autant plus faciles.

— Sûrement. Mais quelqu'un comme Mina représente un bénéfice prévisionnel supérieur. C'est en tout cas l'impression que j'ai eue après un coup d'œil aux dossiers de vente.

— Vous voulez que je finisse de les lire pour vous ?

— Non, lancez plutôt une recherche à l'échelle nationale, en utilisant Mina Cabot comme modèle. Même tranche d'âge, même type de famille, de quartier, d'école. Sans histoires ni antécédents de fugue. Commencez par des filles particulièrement jolies. Disparues depuis au moins deux mois.

» Filtrez toutes celles dont la probabilité qu'elles aient été enlevées par un parent, un membre de la famille ou un autre individu identifié est supérieure à soixante pour cent, poursuivit Eve tout en travaillant. De même que les disparitions associées dès le départ à une demande de rançon.

— Au niveau national ?

— Si vous n'obtenez pas de résultat dans les vingt-quatre prochaines heures, on passera à l'échelle mondiale. Mais pour l'instant, on réduira ce que vous obtiendrez aux probabilités les plus élevées. Je veux voir si nous pouvons cartographier le phénomène, localiser des zones, des terrains de chasse. Feeney tient à participer dès qu'il sera libéré de son affaire actuelle. Il pourra prendre le relais, mais il faut que ça commence maintenant.

Peabody gonfla ses joues puis relâcha bruyamment l'air ainsi inspiré.

— Vous avez besoin de moi ici avec Nadine ?

— Vous avez fait ce qu'il fallait niveau café ?

— C'est réglé. Et si vous pouvez vous dispenser de ma présence, je serai plus efficace à mon bureau pour une recherche de cette ampleur. Et je pourrai demander l'aide d'un geek.

— Allez-y. Et dites au cadreur ou à la cadreuse de Nadine de patienter en salle de pause jusqu'à ce que je lui donne mon feu vert.

Une fois Peabody partie, Eve recula pour balayer le tableau du regard. Il y avait déjà beaucoup de données. Ce qui faisait une belle jambe à Mina Cabot, songea-t-elle. Mais sans elle, ils n'auraient jamais eu toutes ces infos.

— Une alliance, dit-elle à mi-voix en repensant au terme employé par Willowby. Ça se tient. Deux filles du même âge, futées. Je parie que c'était ton idée, ajouta-t-elle en regardant la photo d'identité de Mina. Une fille comme Dorian est plus habituée à se débrouiller seule. Toi, par contre, tu avais une famille solide, une équipe de foot, des amis. Alors tu t'es adressée à celle qui avait l'air débrouillarde, une habituée de la vie dans la rue. Une fille aussi motivée que toi pour se sortir de là.

» Toi, tu as fait diversion.

Elle se mit à réfléchir en faisant les cent pas, dans un sens puis dans l'autre.

— Tu te forces à régurgiter ton dîner. Il y a du vomi partout. Est-ce qu'ils appellent un médecin ? Est-ce qu'ils t'emmènent dans un espace médicalisé installé sur place ? Dans leur cas, il faut que ce soit sur place. C'est une idée maligne, qui a demandé du courage et… beaucoup de confiance, estima-t-elle. Il devait y avoir une vraie confiance entre vous deux. Ou peut-être plus que deux ?

Elle l'envisagea quelques instants sans vraiment parvenir à le visualiser. Impliquer trop de monde augmentait le risque que quelqu'un craque, commette un faux pas et fasse tout capoter.

Pas impossible, mais peu probable.

Elle se rapprocha du tableau pour plonger son regard dans les yeux pleins de colère de Dorian.

— Où est-ce que tu te caches ?

Dorian se réveilla dans un lit. Un sursaut de panique perça le voile de douleur embrumée qui s'était emparé de son cerveau. Ils l'avaient retrouvée. Ils l'avaient ramenée à…

Elle n'arrivait pas à s'en souvenir, pas complètement. Mais elle refit surface, prête à en découdre, ses poings fendant l'air.

— Doucement ! C'est bon, tu es en sécurité maintenant.

La voix, masculine et plus âgée, avait quelque chose de calme et de rassurant. Mais le souffle de Dorian restait court et haché.

— Tu es blessée et tu as de la fièvre, reprit-il. On va t'aider.

Elle distingua la silhouette de l'homme, avec sa masse de cheveux bruns bouclés, sa petite barbe et ses yeux bleus, calmes et tranquilles comme sa voix.

— Vous êtes qui ? demanda-t-elle.

Sa voix, rauque et enrouée, sonnait bizarrement.

— Des amis. C'est Greffier qui t'a trouvée et nous a aidés à te ramener ici. En lieu sûr. Ta cheville n'est pas cassée mais tu t'es fait une méchante entorse et ton genou est bien amoché. Tu t'es cogné la tête, ou quelqu'un t'a cognée. Ça ressemble à une commotion cérébrale. Tu comprends ce que je dis ?

— Plus ou moins.

— On a un autre ami, un médecin. Je lui ai demandé de venir, mais si tu préfères, on peut t'emmener à l'hôpital ou contacter quelqu'un. Ta mère ? Ton père ?

— Non, non, non !

— D'accord. On n'appelle personne. Tiens, bois un peu d'eau.

Il porta un verre aux lèvres de Dorian, qui s'en saisit pour tenter de tout boire d'un coup.

— Pas trop vite ou tu vas tout dégobiller. Je préfère que le Dr Gee t'examine avant de te donner autre chose que de l'eau. Tu peux me dire ce qui t'est arrivé ?

— J'ai pas... C'est tout chamboulé dans mon cerveau.

Il hocha la tête comme s'il comprenait, et elle lut dans ses yeux quelque chose qu'elle n'avait pas vu chez beaucoup de monde dans sa vie. De la bonté.

— C'est la commotion cérébrale, lui dit-il. T'inquiète pas, y a pas urgence.

Il mit de côté le verre d'eau et lui prit la main.

— Et si tu me donnais ton nom ? Pas obligatoirement ton vrai nom si tu préfères pas.

Elle eut une nouvelle bouffée de panique en constatant que rien ne lui venait. Puis un nom ressurgit. C'était déjà quelque chose. Le soulagement fut tel qu'elle ne songea pas à en inventer un autre.

— Je m'appelle Dorian.

Il lui sourit.

— Bonjour, Dorian. Moi, c'est Sebastian.

Nadine Furst fit son entrée dans la salle de réunion vêtue d'une robe bleue impeccable, d'une courte veste blanche et d'impressionnants talons blancs. Son sac à main orné de grandes fleurs bleues sur fond blanc faisait à peu près la taille du New Jersey.

Sa nouvelle coupe laissait retomber de longues mèches blondes, droites comme des i, jusqu'à son menton. Elle balaya le tableau de ses yeux verts de chat avant de se tourner vers Eve.

— Je me suis renseignée en chemin, dit-elle. Mina Cabot, treize ans, qui a disparu dans une banlieue de Philadelphie depuis novembre. Son corps a été retrouvé hier matin, empalé, à Battery Park. Vous êtes chargée de l'affaire. Les premières informations font état d'une agression qui aurait mal tourné.

Elle scruta de nouveau le tableau.

— Ce qui est faux, sinon tu ne m'aurais pas appelée, dit-elle en optant pour le tutoiement, qui venait de plus en plus naturellement lorsqu'elles étaient seules. Qui est-ce ? demanda-t-elle en désignant la photo de Dorian. Qui est Dorian Gregg et que fait-elle sur ton tableau ?

Eve se dirigea vers l'autochef et leur programma deux cafés.

— Rien de tout cela ne doit passer à l'antenne pour l'instant. J'éteindrai le tableau avant qu'on enregistre notre interview.

— J'ai bien compris, Dallas. Explique-moi le reste.

— Que sais-tu du terme « Poulette », du trafic sexuel des jeunes, de la traite d'êtres humains en général et de la pédopornographie ?

— Si tu regardais mon émission, tu saurais que nous avons consacré un épisode entier à une affaire de ce genre il y a quelques mois. Les criminels faisaient venir des femmes de l'étranger, les rendaient captives du commerce sexuel et les mettaient en vente. Les Poulettes dont tu parles ont généralement entre onze et quatorze ans. Trop vieilles pour les réseaux pédophiles, trop jeunes pour le circuit adulte. Mais l'âge idéal pour certains types de prédateurs.

» Tu penses qu'il s'agit de ce genre de choses ici ?

— Deux filles de douze ans ont été enlevées. C'était l'âge de Mina au moment de son kidnapping et sans doute aussi de Dorian, d'après nos estimations. La première à Devon en Pennsylvanie et l'autre quelque part entre Freehold dans le New Jersey et New York.

— De très jolies filles, commenta Nadine. D'une beauté saisissante toutes les deux. Mina a été violée ?

— Non, elle est morte vierge. Une vierge en très bonne santé, qui avait récemment utilisé des produits capillaires haut de gamme et qui portait un chemisier blanc sur mesure, son ancien pantalon d'uniforme scolaire et des sous-vêtements en soie qui coûtent dans les deux mille dollars.

Voyant que Nadine s'apprêtait à la mitrailler de questions, Eve lui fit signe de s'asseoir.

— Économise ta salive, je t'explique tout ça.

Ce qu'elle fit, en s'appuyant sur le respect et la confiance que l'amitié leur avait permis d'établir. En terminant, Eve se rendit compte qu'elle avait parlé à Nadine comme elle l'aurait fait avec un autre policier, ou presque.

— Une véritable organisation, commenta Nadine. Qui semble aussi structurée qu'élaborée, avec une certaine expérience. Tu penses qu'ils se concentrent sur les filles de cette tranche d'âge ?

— Impossible à dire. Je n'ai aucun moyen de le savoir. Mais j'ai du mal à imaginer qu'il n'y ait eu que ces deux filles.

— Vente en gros. Soit aux enchères, soit en choisissant et en préparant une fille pour un client ou un type de client spécifique. Tu as la structure, le personnel, les installations. Autant de dépenses fixes. Détenir des filles supplémentaires ne coûterait que la nourriture et l'habillement, à peu de chose près.

Nadine se radossa à son siège, les deux mains serrées autour de sa tasse de café.

— Bon sang, Dallas, si vous avez vu juste et qu'ils ont des recruteurs dans d'autres régions, l'organisation pourrait kidnapper des filles dans tout le pays, et même les importer. Ou disposer d'autres sites comme celui qui se trouve ici, à New York.

— Il y a nécessairement un investisseur derrière. On ne crée pas une organisation comme celle-ci sans un solide soutien financier. De quoi acheter la propriété, pour commencer. Impossible d'imaginer une location, sauf peut-être s'ils louent directement à leur propre dirigeant. Il faut de l'argent pour embaucher les employés, pour installer un système de sécurité, pour les soins médicaux, pour la nourriture et les vêtements.

Eve se remit à faire les cent pas devant le tableau en poursuivant son briefing.

— Et cet investisseur s'attend à faire des bénéfices, reprit-elle. Il faut donc que quelqu'un tienne une comptabilité.

— Et comment cache-t-on des jeunes filles – quel qu'en soit le nombre – sans que personne s'en aperçoive ? Comment les garder prisonnières sans les enchaîner ni les droguer ?

— Ils font peut-être l'un ou l'autre au départ, voire les deux. « Tu veux qu'on te retire ces liens, petite ? Alors tiens-toi bien. » Cela dit, je pense qu'ils ont surtout mis en place une façade convaincante. Une partie des lieux pourrait être occupée par une boîte, ou au moins un simulacre d'activité commerciale. Des gens qui vont et viennent donnent l'impression qu'il s'agit d'une entreprise ou d'un lieu de résidence. La propriété doit disposer d'un garage, d'une plate-forme de chargement ou d'un accès qui leur permet de faire entrer les filles et de les faire ressortir discrètement au moment opportun.

— Et vous êtes sûrs que cette deuxième fille, Dorian Gregg, non seulement n'a pas participé au meurtre de Mina Cabot mais s'est échappée avec elle ?

— Il est peu probable qu'elle ait eu la force d'empaler la victime avec ce morceau de bois et elle n'aurait certainement pas été capable de déplacer seule le corps jusqu'au parc où il a été largué.

Eve examina une fois de plus le jeune visage en colère de Dorian. Elle secoua la tête.

— On a délibérément répandu son sang sur la victime. Sans autre raison que d'attirer les soupçons sur elle. Ce qui ne se justifie que si elle s'est échappée.

— J'ai beau essayer d'imaginer un scénario différent, je ne vois pas.

Nadine reposa sa tasse vide.

— Si tu as vu juste et qu'on essaie de la piéger, alors tu as aussi raison sur le reste.

Comme Eve, Nadine scruta les traits de la jolie fille aux yeux teintés de colère.

— Tu voudrais que je diffuse son nom et son visage.

— Exactement. Que tu fasses en sorte que son nom et son portrait apparaissent dans autant de médias que possible. Avec la durée de sa disparition et toutes les infos la concernant, en mentionnant qu'elle est un témoin clé dans l'affaire du meurtre de Mina Cabot.

— Tu cherches à l'impliquer ?

— C'est l'impression que ça donnera ? demanda Eve, tête penchée sur le côté.

— Aux yeux de certains, oui. Tu as dit qu'ils cherchaient à la rendre suspecte. La considérer comme un témoin important ne va-t-il pas renforcer cette idée ?

— Ce serait bien. Et j'ai déjà réfléchi à tout ça, assura Eve avant que Nadine fasse un commentaire. Ils se mettront aussi à sa recherche, si ce n'est pas déjà fait. S'ils ont des contacts au NYPSD, parmi les fonctionnaires locaux ou dans les médias – et c'est sans doute le cas, que ces contacts en aient ou non conscience –, ils essaieront de faire pression pour savoir ce que nous avons pu découvrir.

— Mais ils n'obtiendront rien sans que tu le décides, conclut Nadine. Tu tiens fermement les rênes de ton enquête. Bon, à quel point puis-je parler de tout ça dans l'émission ?

Eve retourna vers l'autochef pour se resservir en café.

— Outre les données sur Gregg, je t'accorderai une interview exclusive à propos de Cabot. J'en dirai autant que je le peux à ce stade, y compris l'idée que Gregg et elle se connaissaient, qu'elles s'étaient rapprochées et qu'elles se sont croisées le jour du meurtre, de sorte que nous pensons que Gregg a pu en être témoin ou avoir des informations importantes à ce sujet.

— Le vrai tueur pensera que vous êtes volontairement évasifs parce que vous avez retrouvé le sang de Gregg et qu'elle constitue en fait votre principal suspect.

— Ce serait l'idéal. Dans tous les cas, on va largement diffuser le visage de Gregg, et c'est peut-être grâce à ça que nous la retrouverons. Je te donnerai le numéro de téléphone à communiquer à tes spectateurs. Ça nous vaudra beaucoup de témoignages bidon et autres canulars mais il suffira qu'une seule personne l'ait réellement vue pour changer la donne.

— Tu penses qu'elle est toujours ici, à New York.

Eve pivota de nouveau vers le tableau.

« Je te connais, pensa-t-elle en scrutant les traits de Dorian. Je sais comment tu fonctionnes. »

— Où pourrait-elle aller ? Et par quel moyen ? Elle n'a personne, et probablement rien d'autre que les vêtements qu'elle a sur le dos. Elle pourrait avoir été blessée. Elle n'a que treize ans. Si elle n'a pas peur, c'est qu'elle n'est pas aussi intelligente que je le pense.

— Bien, dit Nadine en repoussant son siège pour se lever. Mettons-nous au travail.

— Une dernière chose. Tu voudras peut-être t'intéresser au cas d'une certaine Pru Truman, des services sociaux de Freehold.

— Pourquoi ça ?

— C'était l'assistante sociale de Dorian… ou plutôt une parodie d'assistante sociale. Qui pourrait te fournir matière à un juteux reportage sur la négligence, la maltraitance et la façon dont, au sein d'un système conçu pour protéger, certains individus peuvent – parfois à eux seuls – corrompre ledit système et conduire à l'exploitation de ceux qu'ils ont juré de protéger.

— Tu y as bien réfléchi, on dirait, commenta Nadine avec un haussement de sourcils.

— Absolument.

— D'accord. J'y jetterai un coup d'œil.

— Bien.

Eve éteignit le tableau.

— Tu peux faire venir ta caméra, dit-elle.

L'interview lui prit plus de temps qu'elle ne l'aurait voulu – Nadine était consciencieuse – mais le résultat potentiel en valait la chandelle.

À son retour dans la salle commune, Peabody la héla.

— J'en ai déjà trouvé neuf, rien qu'en utilisant vos filtres. J'ai demandé l'aide de l'agent Jonas. Elle s'occupe de l'ouest du Mississippi tandis que je fais l'est.

— Neuf. Je m'attendais à plus.

— Elles sont neuf sur ma zone et avec les filtres… jusqu'à présent. Mais je m'interrogeais sur le critère non fugueuse. On aurait considéré Gregg comme fugueuse, donc je me dis…

— Bien vu, répondit Eve avant même que Peabody termine sa phrase. Ajoutez-les et on fera le tri à la main. Certaines, peut-être même la plupart, seront parties d'elles-mêmes. Mais c'est aussi le cas de Gregg.

— Ça me fait monter à dix-sept. Il y a aussi la question de la beauté. Vu que ça reste quand même subjectif, « dans l'œil de celui qui regarde » et tout ça.

— Faites preuve de discernement. Il faut bien commencer quelque part, Peabody. Il y a fort à parier qu'ils ont kidnappé d'autres jeunes, aux physiques moins exceptionnels, à d'autres fins, d'autres usages. Mais commençons par, disons, le haut de gamme. Une fois qu'on aura une vraie piste, ça bénéficiera à toutes les victimes.

— Compris. C'était bête de ma part de penser qu'un « Tu n'es pas assez jolie » voulait dire « Tu ne comptes pas ». C'est pas ça.

— Pas du tout. Plus on aura une cible précise, plus l'enquête aura de chances d'aboutir. Continuez.

En retournant à son bureau, l'idée lui vint qu'elle-même n'aurait pas répondu à ses propres critères. Trop maigre, trop osseuse. Et… quel était le bon mot ? Trop gauche. Elle n'aurait certainement pas constitué un produit haut de gamme.

Richard Troy l'avait-il violée pour la « mettre en condition » ou parce qu'il y prenait plaisir ?

Probablement les deux, conclut Eve. Et cela n'avait pas d'importance, se rappela-t-elle. À moins que sa propre expérience ne s'applique d'une manière ou d'une autre à l'enquête, elle n'avait pas d'importance.

Elle reprit du café, s'assit et songea : « Trouver l'endroit. »

Mais par où commencer ? Quel type de bâtiment ou d'installation ? Rien qui soit abandonné, condamné, actuellement en vente, ni même – elle en était persuadée – récemment acheté.

De quel genre ?

Un immeuble d'habitation, un immeuble de bureaux réaménagé ou un entrepôt, voire une usine. Un lieu susceptible d'être solidement sécurisé.

Les immeubles d'habitation et de bureaux avaient des fenêtres. Bien sûr, il restait possible d'installer des vitres sans tain et incassables mais ce serait une dépense importante. Il y aurait moins de vitres dans un entrepôt ou une usine et l'un comme l'autre disposeraient potentiellement – et même très probablement – d'un accès à un garage ou à une plateforme de chargement.

Elle ferait une recherche, à toutes fins utiles, et examinerait attentivement tout ce qui lui semblerait louche. Connors aurait certainement mis au point une méthode plus efficace mais elle n'avait pas envie de le solliciter.

C'était stupide, elle l'admettait. Autant que la réaction de Peabody, qui se sentait coupable de juger les jeunes filles sur leur physique. Mais elle ne voulait pas l'impliquer dans cette situation. Ce serait trop douloureux pour lui, trop propice au stress et à l'inquiétude.

Elle allait donc faire les choses à sa façon et, pendant que la recherche des propriétés moulinait, elle consulterait les résultats de Peabody et commencerait à creuser du côté des jeunes filles disparues.

« Il y en a trop, pensa-t-elle, trop de jeunes filles perdues, en colère, effrayées. »

Elle devait en retrouver une pour avoir une chance d'aider les autres.

Elle releva les yeux vers la photo de Dorian Gregg.

— C'est toi la clé, Dorian.

Elle se sentait mieux. Beaucoup mieux.

L'un des autres enfants, une dénommée Chi-Chi (bonjour le nom inventé !), l'aida à prendre une douche. Elle ne ressentit aucune gêne à se déshabiller devant Chi-Chi. Les mois passés à l'Académie avaient annihilé toute pudeur chez elle.

Et c'était si bon de se laver.

Ils lui donnèrent un pantalon baggy et un tee-shirt propres. Puis le médecin – si c'en était vraiment un – lui appliqua une baguette de soins et une poche de froid avant de lui envelopper la cheville dans une sorte de bandage. Ses manipulations au niveau du genou lui firent un mal de chien pendant une seconde avant que la douleur se dissipe presque entièrement.

Il lui confirma qu'elle avait une commotion cérébrale – le problème le plus sérieux selon lui –, plus une entorse à la cheville et un genou luxé qu'il avait remis en place. Elle allait devoir garder son genou et sa cheville surélevés autant que possible et se reposer.

Elle ne revit pas Sebastian pendant un moment, mais ce n'était pas grave. Elle était fatiguée et, grâce au croque-monsieur et au soda que lui avait apportés Greffier – qui semblait s'estimer responsable d'elle après l'avoir trouvée –, sa faim s'était apaisée.

Greffier l'assaillit de bavardages pendant qu'elle mangeait, mais comme elle n'avait plus vraiment mal à la tête, elle n'en fut pas dérangée. Il lui assura qu'ils pourraient rester là aussi longtemps qu'ils le voudraient. Mais il y avait des règles à respecter. Ni bagarre, ni intimidation, ni vol entre eux.

Ils pouvaient faire les poches des gens à l'extérieur, bien sûr, mais devaient faire attention à ne pas se faire prendre. Pas de drogues, pas d'alcool.

Ce qui entrait dans la famille – ils se considéraient comme une famille – appartenait à la famille.

Tout le monde faisait le serment de garder le secret. La plupart étaient des fugueurs, comme elle, ou des enfants abandonnés, comme lui.

La mère de Greffier l'avait laissé dans un taudis et n'était plus jamais revenue. Au bout de trois jours, sans plus rien à manger, il s'était mis à errer dans les rues.

Elle s'endormit pendant que Greffier racontait son histoire, et se retrouva plongée dans un songe.

Sa mère, sa mère. Elle la vit, entendit sa voix chargée de colère, sentit claquer sa main contre sa joue. Même en rêve, l'impact l'élança comme son genou juste avant.

Une brûlure cuisante.

Puis ce ne fut plus sa mère, mais quelqu'un d'autre. Un visage froid et dur, des yeux qui l'étaient tout autant, loin de la fureur enflammée de sa génitrice. La femme lui enfonça quelque chose dans le flanc, et le feu jaillit de plus belle. Pire, bien pire que le genou, que la gifle, que les dizaines de claques qu'elle avait reçues dans sa vie.

Elle voulut crier mais ne put émettre qu'un hoquet tant ses poumons la brûlaient. Ses jambes se dérobèrent sous elle.

— « Qui ménage son bâton déteste son enfant. » On ne ménage pas le bâton ici. Respecte les règles et tu auras droit à de beaux habits et à une excellente alimentation, et même à du gâteau. Mais enfreins-les et tu tâteras du bâton.

Nouveau coup de matraque, nouvelle décharge de feu qui emplit son champ de vision d'un grand éclat blanc, puis d'un voile de grisaille.

Quelqu'un la toucha. Elle ne voulait pas qu'on la touche, pas comme ça. On la sondait de l'intérieur. C'était presque aussi violent et douloureux que la matraque, et même pire, d'une certaine façon.

Elle cracha un torrent d'insultes et de grossièretés ; et elle en connaissait beaucoup. La matraque la cogna de nouveau. Deux fois. Dix fois.

Elle courait. Elle courait comme une folle, dans le noir. À travers les tunnels. Quelqu'un lui prit la main, et elle s'y agrippa comme on s'accroche à la vie. Courir, grimper, tomber. Tout était horriblement mélangé. Peur et douleur, sous une pluie battante.

Elle vit un visage, pâle sous des cheveux roux dégoulinants.

— N'y va pas ! N'y va pas !

Mais la main quitta la sienne ; le visage s'évanouit.

Dorian se réveilla en pleurant et en criant. Elle se débattit en sentant quelqu'un l'agripper. Mais les mains n'étaient pas là pour la gifler ou s'introduire en elle. Elles lui caressèrent doucement le dos, les cheveux. Et une voix se fit entendre, aussi apaisante que les mains.

— Chut, ça va aller. Tu es en sécurité. Tout va bien. Ce n'était qu'un mauvais rêve.

— Elle va bien, Sebastian ? Ça va ? Elle va s'en sortir ?

— Tout ira bien, Greffier. Va lui chercher de l'eau. Elle a fait un cauchemar.

— Moi aussi j'en faisais, avant.

— Je sais. Mais tu vas mieux maintenant, non ?

— Carrément ! Je reviens tout de suite.

— Essaie de te détendre, souffla Sebastian à Dorian. Tu préfères que je te lâche ?

— Je... Non.

Personne ne l'avait jamais prise dans ses bras ni ne lui avait caressé les cheveux. C'était étrange. Elle avait un peu honte d'aimer ça, mais cela estompait son sentiment d'horreur.

— Tu veux me raconter ton rêve ?

— Je sais pas. C'est tout mélangé. C'est le grand bazar dans ma tête. Et j'ai l'impression qu'elle est trop grosse ou je sais pas quoi.

— Elle n'est pas plus grosse qu'elle ne devrait l'être. Mais tu as pris un sacré coup. Ça te fait mal ?

— Pas vraiment, pas comme avant. Je suis tellement crevée.

Joue appuyée contre la poitrine de Sebastian, elle entendit les battements de son cœur. Les larmes lui montèrent brusquement aux yeux et débordèrent tant elle se sentait en sécurité en cet instant.

— Rien d'étonnant, dit-il. Alors repose-toi aussi longtemps que nécessaire. Tiens, voilà notre Greffier qui revient à toutes jambes avec de l'eau. Bois un peu.

Elle s'exécuta en relevant les yeux vers l'homme, qui chassa les larmes sur sa joue. Elle aurait dû avoir honte d'avoir pleuré devant lui, mais elle ne ressentait que du soulagement.

Il avait l'air intelligent. L'air de quelqu'un qui savait beaucoup de choses. Mais pourquoi un homme intelligent vivait-il avec une bande de gamins ? Pourquoi lui offrait-il un toit alors qu'il ne la connaissait même pas ?

— Ça cogite là-dedans, dit-il en tapotant du doigt la tempe de Dorian. On ne peut pas connaître la réponse à une question qu'on ne pose pas.

— Je me demande… Pourquoi tu m'aides ?

— Pourquoi ne le ferais-je pas ?

— En général, les gens n'aident pas les autres.

Il sourit mais elle lut de la tristesse dans ses yeux.

— Uniquement les gens qui ne tournent pas rond, répondit-il. Mais j'ai l'impression que tu en as rencontré beaucoup trop dans ta vie.

— On s'entraide, dit Greffier.

Le sourire de Sebastian remonta cette fois jusque dans son regard quand il répondit à Greffier :

— Absolument. Tu peux nous laisser. Merci pour tout. Je dois encore parler un peu avec Dorian, puis elle ira se reposer.

— Je peux monter la garde au cas où elle ferait encore un cauchemar.

— T'es un bon garçon et un bon ami. Mais tout va bien. Sors, prends un peu le soleil. C'est une belle journée d'été.

— Je repasse plus tard.

Sebastian attendit que Greffier ait refermé la porte derrière lui.

— Ça pourrait être une bonne idée de me parler de ton rêve, même si tout se mélange dans ta tête. Ou même d'autres souvenirs que tu pourrais avoir et que tu voudrais me raconter.

— C'est quoi cet endroit ?

— Aujourd'hui, c'est un foyer. Une propriété qui m'appartient. C'était un petit immeuble d'habitation autrefois, et désormais notre maison.

— Vous êtes riche ?

— Pas de la façon dont tu l'entends, mais on a ce qu'il nous faut. Et on se débrouille en cas de besoin.

— Je me suis enfuie de chez moi. Ça, je m'en souviens. Ma mère passe son temps à me cogner.

Elle se drogue et fait venir des hommes. Je me suis tirée et pas question que j'y retourne. Si t'essaies de me forcer, je trouverai le moyen de me casser.

— Je ne suis pas du genre à obliger les autres à faire quoi que ce soit. Et je ne crois absolument pas qu'il faille obliger les enfants à vivre auprès d'individus qui leur font du mal sous prétexte qu'ils sont du même sang.

— Je suis pas une enfant. J'ai treize ans.

— Vu mon âge avancé, ça fait de toi une enfant. Tu as fugué jusqu'à New York ou tu habitais déjà ici ?

— Je suis venue jusqu'ici, mais c'est pas clair dans ma tête. J'me rappelle certains trucs maintenant, mais tout est encore flou.

— Tu n'as qu'à me raconter ce dont tu te souviens et on verra où ça nous mène.

Elle se mit à parler et il l'écouta. Lorsqu'elle évoqua la matraque, les palpations, il lui prit la main et la serra dans la sienne.

Elle fondit de nouveau en larmes, sans pouvoir s'en empêcher.

— J'arrive pas à me rappeler plus que ça. Je pense pas l'avoir inventée, la fille aux cheveux roux. Je me dis… Je crois que c'est mon amie. Mais si c'est mon amie, pourquoi je me souviens pas de son nom ? Et pourquoi est-ce qu'on courait comme ça toutes les deux ?

— Parfois, l'esprit nous protège de ce que nous ne sommes pas prêts à revivre.

— Mais je veux m'en souvenir !

— Et ça viendra. Ça va déjà bien mieux qu'il y a ne serait-ce qu'une heure de ça. Un peu de patience, Dorian.

— Ça me gave, la patience…

Il se mit à rire et elle trouva le son agréable.

— Je ne connais personne qui aime ça, et pourtant il faut la cultiver. Et si tu te reposais un petit moment ?

— Je… je pourrais pas me lever, plutôt ? J'ai pas envie de rester au lit. C'est possible de me lever et de voir un peu mieux où on est ?

— Si tu promets de me prévenir en cas de vertiges, de nausées ou de douleurs.

— Je veux bien promettre. Je mens pas quand j'ai fait une promesse, donc j'en fais pas si je pense devoir mentir ensuite.

— Excellente philosophie. Je fonctionne un peu pareil. Bon, alors laisse-moi te faire visiter. Nous pouvons commencer par cette pièce. Considère que c'est ta chambre, pour aussi longtemps que tu en auras besoin.

Ce n'était pas très grand, mais elle n'avait jamais eu de grande chambre. La pièce était propre, avec une fenêtre qui laissait entrer le soleil. Il y avait un lit et une commode à trois tiroirs, et les murs étaient peints d'un bleu vif.

— J'aime bien la couleur. C'est joli.

— La fille qui séjournait ici avant toi a peint les murs de sa couleur préférée.

— Il lui est arrivé un truc ?

— Elle est passée à autre chose. Elle aimait cuisiner, elle s'est trouvé un emploi dans un restaurant et un petit appartement rien qu'à elle. C'est comme ça que ça devrait fonctionner : tu tournes la page quand le moment est venu. En attendant, c'est ta chambre.

— Faut que je paie quelque chose ?

— Oui, en respectant notre code de conduite, en aidant à la garder propre, en partageant avec tout le monde ce que tu possèdes ou acquiers.

Elle se redressa lentement puis sortit du lit dans son pyjama d'emprunt composé d'un short de sport et d'un tee-shirt.

— J'ai pas de vertiges. Promis.

— Tant mieux. Viens, je vais te montrer le reste...

Alors que Dorian poursuivait sa visite, Eve était de retour dans la salle commune de la Criminelle.

— Votre attention ! J'ai besoin de volontaires pour se relayer sur une ligne destinée à recevoir les signalements du public.

Elle ne releva pas leur grognement collectif ; elle compatissait sincèrement avec ses troupes.

— Nous sommes en quête d'informations sur cette fille. Peabody, affichez-nous la photo de Dorian Gregg sur l'écran principal...

» Dorian Gregg, treize ans. Je vous laisse lire les infos. Fugueuse et très probablement victime d'enlèvement. Nous pensons qu'elle a été détenue par les mêmes trafiquants d'enfants que Mina Cabot. Cabot, également âgée de treize ans, a été retrouvée morte hier matin, empalée.

Elle leur résuma brièvement l'affaire.

— Agent Carmichael, si vous voulez bien sélectionner quatre de vos collègues pour répondre aux appels sur cette ligne. Inspecteurs, vous pourrez vous relayer par tranches de deux heures, à moins d'être sur une affaire particulièrement brûlante.

» Nous devons retrouver cette jeune fille avant que celui qui a tué Mina Cabot lui mette le grappin dessus. Tout tuyau plus sérieux qu'une histoire d'enlèvement par des extraterrestres méritera d'être étudié. Et même les histoires d'extraterrestres seront consignées. Les médias sont sur le point de s'emparer de l'affaire, nous recevrons donc la première vague d'appels dans les vingt-quatre prochaines heures.

» En cas de problème, je serai dans mon bureau jusqu'à la fin de la journée et continuerai le suivi de l'enquête de chez moi ensuite.

Car, pensa Eve en retournant à ses recherches, s'ils ne la retrouvaient pas dans les vingt-quatre prochaines heures, cela voudrait probablement dire qu'elle avait détalé comme un lapin… ou que le lapin avait été capturé et mis en cage.

10

Dans son bureau, Eve examinait les résultats des recherches.

Elle avait beau connaître l'expression « trouver une aiguille dans une botte de foin », le concept lui semblait idiot. Qui aurait l'idée de mélanger une aiguille à une botte de foin ? Sans compter qu'elle n'était pas tout à fait sûre de ce qu'était exactement une botte de foin.

Elle admettait néanmoins qu'essayer d'identifier les bâtiments les plus conformes à ses exigences dans tout New York équivalait à mettre la main sur cette fichue aiguille.

D'un autre côté, si quelqu'un était assez bête pour jeter une aiguille dans du foin, l'aiguille s'y trouverait bel et bien. Elle choisit donc d'ajuster certains paramètres de la recherche et de recommencer.

Tandis que l'ordinateur se mettait au travail, elle se pencha sur les résultats de Peabody, de McNab et de Feeney.

« Trop de filles, pensa-t-elle. Trop de noms et de visages. »

Mais elle pensait avoir grâce à cela une meilleure chance de déduire le mode opératoire des ravisseurs.

Elle sépara les potentielles victimes en deux catégories. Celle qu'elle identifia mentalement comme le type Mina – famille stable, bon voisinage, pas d'antécédents – et le type Dorian – tout le contraire.

Elle y ajouta une troisième catégorie pour les entre-deux. La fille issue d'une bonne famille ayant malgré tout mal tourné. Celle avec une vie de famille pourrie qui avait su garder la tête froide.

Elle les divisa en sous-catégories : milieu rural, grande ville, banlieue.

Cela fait, elle s'attela à la tâche ardue du tri des dossiers, en quête de similitudes. Et finit par en identifier.

Elle releva la tête vers son tableau, réfléchit à l'espace disponible dans son bureau, envisagea de réquisitionner une salle de réunion. Puis elle récupéra ce dont elle avait besoin avant de retourner dans la salle commune.

— Je vais creuser une piste, indiqua-t-elle à Peabody. Je vois déjà quatre filles kidnappées en rentrant chez elles après une activité parascolaire. Entraînement sportif, répétition de théâtre, cours de soutien, que des trucs qui revenaient régulièrement dans leur emploi du temps.

— C'est une bonne piste.

— Possible. Je ramène tout ça à la maison et je travaillerai de là-bas. Vous pouvez faire de même.

— Je crois que je vais monter au labo de la DDE avec McNab. Ils ont un équipement au top. Vous savez, je pensais qu'on cherchait une aiguille dans une botte de foin, mais en y regardant de près, on commence à distinguer des éléments qui se répètent. Comme vous avec les trucs parascolaires.

— C'est ça. Pourquoi y a-t-il une aiguille dans une botte de foin ?

— Aucune idée. Quelqu'un l'a fait tomber dedans ?

— Ça paraît idiot de la chercher. Si c'était un diamant dans une botte de foin, d'accord, mais une aiguille, ça se remplace facilement. Quoi qu'il en soit, envoyez-moi toutes celles que vous trouverez.

Elle laissa l'idée lui trotter dans la tête pendant le trajet jusqu'au parking. Il fallait d'abord repérer l'enfant, ce qui signifiait sans doute que les rabatteurs faisaient les sorties d'écoles. Une fois la gamine dans le viseur, il suffisait de la prendre en filature quelque temps. Ou même pas si une opportunité se présentait. On la chope, on la transporte et on se fait payer.

« Une somme conséquente », estima Eve en montant dans sa voiture.

Kidnapping de mineur, ça allait chercher loin.

Les rabatteurs devaient se fondre dans le paysage de leur terrain de chasse, conclut-elle en émergeant du parking pour s'engouffrer dans la circulation bruyante. De bons vêtements et une coupe de cheveux propre dans un quartier chic. Ou un uniforme, de livreur par exemple. De réparateur. De flic.

Cette dernière option semblait la plus intéressante. Un jeune n'aurait-il pas tendance à obéir à un policier alors qu'il refuserait de suivre un inconnu ?

À une figure d'autorité en tout cas. Ou bien…

Elle poussa un peu plus loin la réflexion tout en gérant au mieux les à-coups du trafic.

Pourquoi ne pas utiliser un autre ado, ou même quelqu'un de plus jeune encore ? C'était beaucoup moins menaçant, comme l'avait suggéré Willowby.

Un ado, ou quelqu'un qui y ressemblait. D'apparence inoffensive.

Elle-même n'avait-elle pas récemment fait appel à Jamie Lingstrom – un étudiant – pour inciter un meurtrier à ouvrir sa porte ?

Peut-être qu'une partie au moins des rabatteurs étaient jeunes, ou que certains travaillaient en binôme.

Les fugueurs ou les enfants à problèmes faisaient des cibles plus faciles. Il suffisait de les repérer dans la rue et de les capturer. Peut-être en leur proposant un peu de Zoner, ou une piaule où dormir, ce genre de choses. Ils étaient sans doute plus aguerris que le type Mina mais ils n'avaient aucune chance face à un ravisseur expérimenté.

Venait ensuite le transport. Il fallait un véhicule.

Une camionnette sans vitres à l'arrière, une fausse – ou une vraie – voiture de police. Voire simplement le coffre d'un véhicule, si le kidnappeur agissait suffisamment vite.

Des dizaines d'hypothèses, de questions et de réponses possibles continuèrent à tournoyer sous son crâne tandis qu'elle se frayait un chemin vers les quartiers résidentiels.

Sur un coup de tête, elle fit un détour et, après avoir cherché en vain une place de stationnement, se gara en double file au croisement de la 49e Rue et de la Cinquième Avenue.

Elle marcha jusqu'à un stand qui vendait des casquettes et des tee-shirts J'♥ NEW YORK, entre autres articles pour touristes.

Le gamin avait connu une belle poussée de croissance, constata-t-elle en regardant Tiko faire une vente. Le jeune entrepreneur avait toujours le visage poupin, mais ses cheveux étaient désormais coiffés en courtes dreadlocks et il arborait l'une des paires de lunettes de soleil enveloppantes en vente dans son échoppe.

Apercevant Eve, il lui adressa un grand sourire.

— Voilà ce qu'il vous faut ! assura-t-il en sélectionnant une paire de verres miroirs sur une monture noire.

— J'ai déjà des lunettes de soleil.

— Pourquoi vous les portez pas ?

Elle les avait probablement encore perdues. Non, laissées dans son bureau. Ou dans la voiture ?

Elle n'en avait aucune idée.

— Je voudrais te montrer quelques photos.

Le sourire de Tiko s'estompa.

— Vous avez des emmerdes.

— Pas moi, mais quelqu'un d'autre, oui. Je te les montre puis je te les enverrai sur ton communicateur pour que tu puisses les faire circuler autour de toi.

— Une seconde... Achetez-en deux et la troisième est à moitié prix ! lança-t-il à un client potentiel. J'suis à court de personnel aujourd'hui, dit-il à Eve. La fille qui m'aide a rien trouvé de mieux à faire que de se friter avec sa mère. Résultat : elle est assignée à résidence.

Il conclut sa vente puis se retourna vers Eve et examina la photo de Mina Cabot qu'elle lui montrait.

— C'est la fille qui s'est fait tuer. J'ai vu ça aux infos. Triste.

— Tu l'avais déjà vue avant ? Avant les infos ?

— Non. Et elle aurait été difficile à rater avec des cheveux pareils, hein ? Elle est canon, en plus.

— Oui. Et celle-ci ?

Eve lui présenta le portrait de Dorian Gregg.

Tiko fronça les sourcils et fit plusieurs mouvements de tête.

— Elle, je m'en souviens.

Eve sentit ses tripes se contracter.

— Ne me dis pas ce que je veux entendre juste pour me faire plaisir.

— Pourquoi je mentirais ? Vous faites partie des bons flics. J'ai emmené ma grand-mère voir votre film, celui sur les clones. Trop stylé. Je me souviens d'avoir vu cette fille, mais c'était à l'époque des ventes de fin d'année. Peut-être en décembre, voire novembre, mais fin novembre alors parce que j'avais des trucs avec des motifs de dindes en déstockage.

— Après Thanksgiving, donc.

— Ouais, forcément.

Il leva le doigt pour lui demander d'attendre et s'approcha d'un couple qui s'intéressait aux maillots et aux casquettes pour lui faire son numéro de camelot.

« Très efficace », constata Eve après qu'il eut vendu et emballé trois tee-shirts, deux casquettes, une sorte de sac à main et des lunettes noires.

— Ouais, forcément après, reprit-il en revenant vers Eve. Et c'était pas ici. J'ai un deuxième stand au centre-ville. Je me développe ! lança-t-il avec un nouveau sourire. J'ai même cinq employés.

Deux stands et cinq employés alors qu'il était plus jeune que l'adolescente désormais à la morgue.

— Tu rencontres parfois des ennuis ? Quelqu'un qui essaierait de te causer des problèmes, de t'arnaquer ?

Il répondit par un haussement d'épaules accompagné d'un grognement.

— Y en a qui essaient mais je gère. Et puis j'ai fait ami-ami avec les flics en patrouille, même les droïdes. J'ai juste à leur montrer la carte que vous m'avez passée, en leur disant que je connais Eve Dallas. Ils protègent nos arrières, à moi et à mon équipe.

Eve songea que ce gamin finirait un jour par faire de l'ombre à Connors dans le rôle du magnat possédant la moitié de New York.

— D'accord. Dis-moi pourquoi tu te souviens de cette fille vue il y a quelques mois.

— Elle est canon, dit-il simplement. Le genre qu'accroche vraiment le regard. Et mon stand lui avait tapé dans l'œil. J'ai des écharpes et des bonnets – de la bonne qualité, à bon prix –, des gants et des sacs. Je sais reconnaître une voleuse de rue quand j'en vois une, si vous voyez ce que je veux dire.

— Oui, je vois.

— Donc, canon ou non, je lui lance un regard pour lui faire comprendre que je sais ce qu'elle fait là, et qu'elle a pas intérêt à essayer de me piquer quoi que ce soit. Je me dis que peut-être elle se les caille, donc j'ajoute que j'ai quelques écharpes avec des petits défauts dans un coin, que je lui ferai à cinq dollars pièce. Je crois qu'elle a pas aimé que je la repère aussi facilement, mais elle a sorti son billet de cinq et m'a pris une écharpe. Un modèle orange et noir.

— Tu te souviens même de ça ? Tu es sûr de toi ?

— À cent pour cent. Une seconde…

Il alla faire affaire avec un trio de clients déjà chargés de sacs de courses.

— Après Thanksgiving, dit Eve dès qu'il revint. Mais avant Noël.

— Obligé. L'écharpe qu'elle a prise faisait partie du stock d'Halloween et de Thanksgiving, et elle était déjà en réduction, ce qui fait que j'ai rien perdu en la vendant à ce prix-là. J'avais les versions avec le père Noël et des flocons de neige, et des écharpes, des bonnets et autres trucs de bonne qualité pour les cadeaux.

— Tu l'as revue après ça ?

— Une fois, pas longtemps après. Quelques jours, max. Elle portait son écharpe et suivait un groupe de touristes. Je n'ai rien dit aux flics, précisa-t-il avec un nouveau haussement d'épaules. Pour moi, elle essayait simplement de s'en sortir. Rien à voir avec les vrais voyous.

— D'accord. Je t'envoie les photos sur ton communicateur. Et il me faudra l'emplacement exact de ton stand au centre-ville.

— Elle aussi est morte ?

— Non.

— Vous allez l'arrêter pour avoir commis un délit ?

— Non.

— Elle est dans le pétrin, alors ?

— C'est ça. Je veux la retrouver pour lui éviter de gros ennuis.

— Si quelqu'un peut faire ça, c'est bien vous. Mais il vous faudra ces lunettes. Elles envoient, franchement. Je vous fais le prix spécial flic.

Eve acheta les lunettes, récupéra les coordonnées de l'autre éventaire et transféra les photos sur le communicateur de Tiko.

— Merci pour ton aide.

Il se contenta de pointer du doigt les lunettes qu'elle avait enfilées.

— Une vraie dure à cuire !

— Si tu le dis.

Rebroussant chemin vers sa voiture, elle envoya des agents en uniforme quadriller un rayon de quatre pâtés de maisons autour de l'emplacement du stand de Tiko au centre-ville. Si Tiko avait croisé Dorian à deux reprises, quelqu'un d'autre avait forcément dû la voir.

L'écharpe orange et noir devrait faciliter les choses.

Le témoignage de Tiko renforçait l'hypothèse à laquelle Eve adhérait déjà fermement : Dorian avait été enlevée à New York. Et la logique situait l'enlèvement entre Thanksgiving et Noël.

La jeune fille aurait sans doute continué à zoner dans le même quartier. Et dans ce cas, Tiko, avec son esprit vif et son œil aiguisé, l'aurait repérée.

De toute façon, songea-t-elle en se relançant à l'assaut de la circulation, le kidnapping de Mina avait eu lieu avant, au moins quelques semaines plus tôt.

Eve contacta Peabody pour lui transmettre l'information.

— Tiko ? Waouh, c'est une sacrée avancée. Je n'aurais jamais pensé à aller lui poser la question.

— J'ai bien failli ne pas le faire. Avec un peu de chance, d'autres personnes l'auront vue et ça nous permettra d'identifier le lieu et la date du kidnapping. Ou en tout cas de nous en approcher.

— Et si elle s'est enfuie, elle voudra peut-être retourner vers un contexte familier, vers ce même quartier. Elle avait pu se dégoter un coin où dormir au centre-ville, suffisamment proche du stand de Tiko pour qu'il la repère deux fois.

— On verra ce que les agents sur place nous rapporteront.

— De notre côté, on reste encore un moment au labo avec McNab. Puis on fera une pause pour passer par la maison. Après ça on lancera quelques recherches en mode automatique de chez nous.

— Continuez à m'envoyer les infos. Je suis presque arrivée chez moi. Je reprendrai de là-bas. Si ça donne quelque chose du côté des agents, nous ferons le suivi dans la matinée. Je vous tiens au courant.

Eve raccrocha. Les choses étaient en train de bouger, estima-t-elle. Peut-être assez pour leur fournir un nouveau cap.

Arrivée face au portail qui s'ouvrit pour elle, Eve songea à Connors.

Dans quelle mesure devait-elle l'impliquer dans cette affaire ? Elle profitait déjà de l'aide de Feeney et de la DDE, mais... Connors avait ses méthodes bien à lui, dont l'utilité s'était à maintes reprises révélée inestimable.

Elle ne pouvait pas se permettre d'écarter quoi ou qui que ce soit susceptible d'accélérer le mouvement, surtout alors que les choses commençaient à bouger.

Elle contempla la maison, son élégance et sa fantaisie sur fond de ciel bleu estival. L'émerveillement qu'elle ressentait à sa vue l'apaisait presque systématiquement.

Ce soir-là, c'était tout l'inverse.

C'était idiot, admit-elle. Connors saurait faire face, tout comme elle. Comme toujours.

Avec cette affaire, cependant, elle apportait non seulement la mort au sein de leur foyer mais aussi l'écho de souffrances passées. Un fardeau qu'elle sentit peser sur ses épaules en entrant dans la maison.

Elle s'attendait à trouver Summerset dans l'entrée mais fut accueillie par Connors et Galahad.

— Ce doit être une illusion d'optique. Ou un hologramme, dit-elle.

Elle baissa les yeux sur le chat, qui trottait vers elle.

— Tu n'es peut-être pas le vrai Galahad, toi non plus.

— Summerset est sorti dîner avec Ivanna avant leur soirée au théâtre, expliqua Connors en s'avançant pour l'embrasser.

— Même la meilleure technologie du monde ne permettrait pas à Summerset de t'imiter aussi bien. Donc j'imagine que tu es le vrai toi.

— Et vous, lieutenant ? Regardez-vous, avec ces lunettes.

— Ça fait dure à cuire, non ? C'est comme ça qu'on me les a vendues, en tout cas.

— Indéniablement.

Il la dévisagea et fit glisser un doigt au creux de sa fossette au menton.

— Allons prendre un verre de vin sur la terrasse. Tu pourras me raconter ce qui t'agite les neurones, dit-il en lui tapotant la tempe. Puis nous monterons nous en occuper.

— Je m'en veux de rapporter ça à la maison, de t'impliquer là-dedans.

— L'essentiel est que tu rentres à la maison. Je ferai avec tout ce que tu rapporteras avec toi.

C'était surtout elle qui avait un problème avec ça, comprit Eve. Elle se laissa aller tout contre lui et le serra dans ses bras.

— Restons d'abord comme ça une minute.

— Tu souffres ? murmura-t-il.

— Non. Promis, ça va. C'est en moi, je le sais, mais je gère. Et c'est différent maintenant que je sais que je peux y faire face. Si ça va pour toi, ça va pour moi.

— Oui, c'est bon.

— Alors je veux bien qu'on aille s'asseoir dehors un petit moment. On tient peut-être une piste sérieuse. Je ne sais pas si ce sera la bonne mais il y a un vrai potentiel. Et ton aide serait la bienvenue, poursuivit-elle alors qu'ils se mettaient en marche vers la terrasse. Je n'avais pas prévu de te solliciter – pas envie – parce que je ne voulais pas te polluer avec ça.

— Est-ce que ça facilite les choses si je te dis que c'est toi qui m'aides en me sollicitant ?

— Oui, un peu.

Elle le laissa choisir et déboucher une bouteille de vin.

Une fois qu'ils furent installés au milieu des fleurs, elle but une première gorgée du liquide clair et frais.

— Commençons par cette nouvelle piste. J'ai rendu une petite visite à Tiko sur son stand.

Connors se carra dans son siège et étendit les jambes.

— Tiko. Bien sûr, j'aurais dû m'en douter. Ça explique les lunettes. Ce garçon a l'œil. Et un instinct bien affûté. Tu savais qu'il avait un deuxième stand dans le centre ?

— Maintenant oui. Comment es-tu au courant ?

— Je suis passé devant par hasard il y a quelques semaines. Je lui ai dit que lorsqu'il serait prêt à ouvrir un magasin, je lui trouverais un espace et je le soutiendrais. A-t-il vu l'une ou l'autre des filles ?

— Dorian Gregg.

Elle lui raconta tout, l'entretien avec Nadine, le travail en cours à la DDE, ses recherches frustrantes et improductives sur le front immobilier.

— J'ai l'impression que tu as trop de variables au niveau des propriétés.

— Tu crois ?

Elle poussa un soupir puis renversa la tête en arrière pour contempler le ciel.

— Ça ne m'a menée nulle part, à vrai dire. J'ai changé certains paramètres, relancé l'affaire. J'ai tendance à penser qu'ils sont quelque part dans le centre. Pas trop près de là où ils ont abandonné le corps, mais pas trop loin non plus. Ils ont sûrement agi dans l'urgence, non ? « Oups, l'une des gamines est morte. Comment se débarrasser d'elle et exploiter son décès ? » Mais…

— Mais elle s'est peut-être échappée d'un endroit plus éloigné. Et ils ont pu la transporter sur une plus longue distance dans l'espoir de brouiller les pistes. De plus, poursuivit Connors tandis qu'elle sirotait son vin, l'air renfrogné, sans une idée précise du nombre de filles détenues, on ne peut pas juger de la taille du bâtiment. Pour deux filles, voire trois ou quatre, un certain type de lieu fera l'affaire. Mais si elles sont une dizaine ou plus, ça n'aura rien à voir.

— Je sais, je sais.

— Ta réflexion concernant les fenêtres, par contre ? L'absence de vitres, ou leur nombre limité, semble logique. L'emploi de verre sans tain incassable à la place, c'est bien vu. Une zone de chargement ou quelque chose de ce genre me semble également logique.

— Je repense à ce malade de Dawber et aux trois femmes qu'il détenait. Tous les indicateurs pointaient vers une résidence privée, un seul occupant, probablement avec un sous-sol et dans un périmètre assez étroit. Et les recherches n'ont pas été si faciles que ça. Pour cette nouvelle affaire, je tâtonne à l'aveuglette et j'en ai bien conscience.

— Je pourrais tâtonner un peu avec toi, si tu veux.

— Je ne voulais pas rapporter tout ça à la maison, répéta-t-elle. Ça te met mal ?

— Non. C'est pour toi que je m'inquiète, ce qui ne devrait pas t'étonner. Tu sors à peine d'une autre affaire d'enlèvement et de violences qui t'a rappelé des souvenirs difficiles. Et cette fois, en plus, il s'agit d'enfants.

» Cela dit, on ne va pas se laisser déstabiliser. Et tu vas découvrir qui s'en est pris à ces jeunes filles. Je n'ai aucun doute là-dessus. Quand tout ça sera fini, on s'offrira une pause, une belle et longue pause en Grèce et en Irlande. Pour récompenser nos efforts.

À cet instant, la Grèce et l'Irlande tenaient plutôt du mirage évanescent dans l'esprit d'Eve.

— J'ai l'impression que ça bouge dans le bon sens avec le témoignage de Tiko. On a une idée de la période et de l'endroit où elle a certainement été enlevée. Nous savons qu'elle a été kidnappée ici, à New York. Pour Mina, c'était à quelques rues de son domicile dans la banlieue de Philadelphie. Et si nous parvenons à identifier un mode opératoire à partir des autres ados disparues, nous aurons des éléments sur lesquels nous appuyer.

— Et le visage de Dorian va circuler grâce à Nadine.

— À moins de tomber sur quelqu'un avec un véhicule qui accepte de l'emmener, elle va avoir du mal à quitter New York sans se faire repérer. On couvre toutes les gares. J'ai fait surveiller les ponts et les tunnels. Elle pourrait réussir à se tirer quand même, si elle est déterminée, mais je ne vois pas où elle voudrait aller ni pourquoi.

— Loin de ses ravisseurs.

— Oui, bien sûr. Mais où ?

Le désespoir poussait parfois à agir sans aucune visibilité. Ni plan ni destination, seulement la nécessité de fuir.

— Elle a disposé d'un certain temps pour disparaître avant qu'on l'identifie. Si elle en a profité, elle est désormais dans la nature. Mais elle a treize ans à peine. À mon avis, son premier réflexe aura été de se cacher. Tiko l'a identifiée comme une voleuse de rue, ajouta Eve. Oui, il a l'œil pour ça. Et elle aura besoin d'un peu de temps pour rassembler de quoi acheter un ticket pour prendre le bus ou le train, non ? À moins d'avoir réussi à piquer de l'argent avant leur fuite, elle doit être fauchée.

— Pourquoi ne pas choisir l'optimisme à ce stade ? On peut supposer qu'elle est toujours à New York.

— L'optimisme est du genre à balancer des coups bas. Mieux vaut admettre qu'elle a pu quitter la ville sous le coup de la panique. Mais en la trouvant elle, on les trouvera eux. Sinon, on va tâtonner autant que nécessaire jusqu'à dégoter du solide.

Connors se leva.

— Que dirais-tu si nous montions nous mettre au travail ?

— Tu sais quoi ? répondit Eve en saisissant la main qu'il lui tendait. J'ai mes lunettes de dure à cuire. Si l'optimisme essaie de me la faire à l'envers, il trouvera à qui parler.

— Je ne suis pas du tout sûr de savoir comment tu t'y prendras, mais je te crois sur parole. Tu n'as qu'à m'envoyer les résultats de tes recherches immobilières, reprit-il en la ramenant vers la maison. J'y jetterai un coup d'œil pour voir comment je peux les affiner.

— Franchement, bonne chance…

— Dit-elle avec optimisme, s'amusa Connors.

Eve lui décocha un coup de coude alors qu'il appelait l'un des ascenseurs dont elle avait oublié l'existence.

— Je vais lancer le processus pendant que tu fais tes mises à jour, dit-il. Puis on dînera le temps que l'ordinateur fasse son travail.

— Il faut que je regarde ce qu'a trouvé la DDE. Que j'identifie leur mode opératoire. Et j'ai prévu d'appeler Willowby si elle ne m'a rien envoyé.

— Commençons. Nous verrons où ça nous mènera.

Une fois dans le bureau d'Eve, Connors ouvrit les portes de la terrasse tandis qu'Eve s'installait devant son centre de contrôle. Galahad bâilla, alangui dans le fauteuil de repos d'Eve.

— Les résultats de ma recherche, tu les veux ici ou dans ton bureau ? demanda Eve à Connors.

— Dans mon bureau pour l'instant. Je te laisse travailler et on se retrouve dans une heure.

Elle s'assit, envoya les données à Connors, puis se souvint de retirer ses lunettes. Elle décida de se plonger dans le rapport de Harvo avant de mettre ses notes à jour.

Et l'optimisme lui envoya un gros coup bas.

Aucune correspondance exacte pour les sous-vêtements sur l'ensemble des points de vente répertoriés. En revanche, des modèles similaires avec des matériaux identiques ou très proches ? Harvo avait vu juste : il y en avait des tonnes.

Eve continuerait à creuser le dossier mais elle devait supposer que les produits avaient été conçus, fabriqués et vendus en dehors des canaux officiels.

— Une impasse, donc, ou presque.

Espérant mieux, elle lut un court rapport que lui avait adressé Willowby.

L'inspecteur avait suivi échanges et rumeurs autour de ventes et d'enchères à venir, d'histoires d'import-export. La réalité de ce marché où les enfants n'étaient que des produits à écouler restait en travers de la gorge d'Eve.

Ce fut avec ce malaise en tête qu'elle réactualisa tableau et dossier avant d'afficher les données fournies par Peabody. Elle ajouta de nouveaux noms, visages et fichiers à ses différentes catégories.

— Ordinateur, calcule des probabilités pour la catégorie 1. De la plus haute à la plus basse à partir des données actuelles : sujet enlevé par le ou les mêmes individus que Mina Cabot et Dorian Gregg.

— *Les données actuelles sont insuffisantes pour assurer une précision maximale.*

— Exécute quand même l'opération.

— *Reçu. Analyse en cours…*

Pendant que la machine moulinait, Eve se programma un nouveau café puis, les pieds posés sur la console, concentra son attention sur le tableau tout en tournant et retournant l'affaire dans son esprit.

Une organisation bien rodée, sophistiquée, structurée. Et disposant de gros financements et/ou rentable si l'on en jugeait par la qualité des vêtements de Mina. De multiples employés. C'était une nécessité, de même qu'une propriété sécurisée pour loger tout le monde. Ce réseau était très certainement doté d'une sorte de studio pour produire photos et vidéos. Il fallait avoir de quoi préparer une nourriture saine, plus tous ces fichus produits de soins. Accès à un stock de médicaments ? Hautement probable.

Des gardes ? Des surveillantes ? Elle repensa à ses années passées à l'école publique sous le regard de surveillantes. On ne parlait pas de « gardes » mais, franchement, c'était pareil. Uniquement des femmes pour surveiller les filles. Ils ne voulaient surtout pas qu'un pervers (bien qu'il y en ait aussi de sexe féminin) fasse n'importe quoi avec les élèves.

Ou vice versa, se souvint-elle.

Oui, des surveillantes et non des surveillants. Pas question que le personnel dévalue le produit.

Qui les payait ? Qui dirigeait l'ensemble ? Un individu, un syndicat, un partenariat ?

— *Calcul de probabilité terminé.*

— Résultats à l'écran, demanda Eve. Eh ben ça !

Elle reposa ses pieds à terre et se pencha en avant. L'analyse de la première catégorie, celle calquée sur Mina, comptait trois résultats à plus de quatre-vingt-dix pour cent.

— Ordinateur, même calcul pour la deuxième catégorie.

— *Bien reçu. Avertissement : données insuffisantes pour assurer une précision maximale. Analyse en cours…*

Eve sortit les trois dossiers correspondants puis leva une main en entendant Connors revenir.

— Attends… D'accord. J'ai peut-être un truc. Nydia Lu, douze ans, domiciliée à West Bloomfield dans le New Jersey. Disparue depuis septembre 2060. Sortait de son école privée après une répétition de son orchestre. Elle est violoniste. Elle a remonté un pâté de maisons avec quelques amis avant de bifurquer vers son domicile à trois rues de là. Jamais arrivée à destination. Disparue sans laisser de traces, sans demande de rançon.

» Que vois-tu en la regardant ?

— Une ravissante jeune fille. Métisse, magnifique, un regard joyeux et un sourire timide.

Eve demanda une impression.

— Tu veux bien l'accrocher au tableau ?

Elle afficha le portrait de la disparue suivante.

— Aster McMillian, treize ans, de Potomac dans le Maryland. Introuvable depuis février. Disparition signalée après un entraînement sportif à quatre rues de l'école. Un établissement privé plutôt coté, semble-t-il. Famille aisée, un frère plus âgé, une sœur plus jeune. Envolée et introuvable. Pas de demande de rançon. Tu la qualifierais de ravissante, elle aussi ?

— Absolument. Cheveux blonds, yeux bleus, sourire éclatant et plein d'assurance.

— J'en ai une autre qui a atteint une probabilité de plus de quatre-vingt-dix pour cent. Données insuffisantes, tu parles. Liberty Stone, onze ans. Douze, aujourd'hui. Domiciliée à Pike Creek dans le Delaware. Disparue depuis octobre 2060. Sortait d'une répétition de la chorale scolaire. Établissement privé. À même pas deux pâtés de maisons de chez elle. Famille unie, une sœur. Toujours pas de rançon et aucune trace d'elle.

— Une autre jeune beauté, commenta Connors. Une peau d'un brun doré, de beaux yeux verts, de petites fossettes. Si ces filles ont été kidnappées par les mêmes personnes, ça fait cinq.

— Il y en aura davantage. Il ne s'agit ici que des résultats à plus de quatre-vingt-dix pour cent dans la catégorie Mina. L'ordinateur travaille sur la catégorie Dorian. J'ai une troisième catégorie qui mixe les paramètres. Sans compter que les données sont théoriquement insuffisantes. Ça prend en compte les lieux, les distances. Imagine ce que ça donnera si on élargit la recherche.

Elle délaissa le centre de contrôle pour faire les cent pas.

— Je ne crois pas aux coïncidences. Ces trois-là ressortent parce que c'est ça, le mode opératoire. Pour cette catégorie, en tout cas. Bon sang, on pourrait en avoir une dizaine, voire plus, rien que dans les États du Nord-Est et de la côte Atlantique centrale. Ajoutes-y la Pennsylvanie… ou l'Ohio ? Ils ont peut-être plusieurs branches : sur la côte Ouest, dans le Midwest, le Sud, le Sud-Ouest. Ou bien ils les transportent jusqu'à New York.

— Une ville portuaire, fit remarquer Connors. Si je montais une affaire de produits de contrebande, je m'appuierais sur des cités portuaires. Des endroits animés, ajouta-t-il. Des villes importantes avec différents modes de transport.

Elle se tourna vers lui.

— Tu as bel et bien monté un réseau de ce genre autrefois.

— On peut dire ça comme ça, même si je préfère parler d'une simple participation, répondit-il. Ça revient au même d'un point de vue logistique.

Il tourna la tête en direction de l'ordinateur d'Eve, qui venait de biper. Eve se précipita vers la console.

— Il ne m'en a trouvé qu'une à plus de quatre-vingt-dix pour cent, constata-t-elle. Lottie Crug, douze ans, originaire de Washington Heights. Elle a un casier. Absentéisme scolaire, vol à l'étalage, fugues à répétition. En gros, l'ordinateur l'a comparée à Dorian. Mais ça correspond. Disparue depuis avril, soupçonnée de fugue. Elle a aussi le physique.

— C'est vrai. Tu en as six autres dans la tranche des quatre-vingts pour cent.

— Oui, je vois ça. Je vais ajouter les deux qui se situent entre quatre-vingt-cinq et quatre-vingt-dix. L'une vient du Queens, l'autre de Baltimore. Celle-là est une enfant placée. Du côté du Queens, on a un père violent, d'après ce que je vois. La mère a obtenu une mesure d'éloignement, bla-bla.

» Elles collent parfaitement au profil, si tu veux mon avis. On a trouvé leur mode opératoire, Connors. Leur fonctionnement.

— Je suis d'accord. Lance la troisième analyse. Je m'occupe du dîner. Il faut que tu manges, ajouta-t-il avant qu'elle puisse protester. Ça nous permettra d'y réfléchir et d'en parler ensemble. Et je t'en dirai plus sur ma propre recherche.

— Si tu as…

— Si j'avais un résultat définitif, je n'irais pas programmer le repas.

Il l'embrassa sur le front.

— Lance la troisième analyse, répéta-t-il.

11

Elle régla soigneusement les paramètres et, une fois les résultats obtenus, imprima plusieurs jeunes visages supplémentaires. Elle en avait désormais dix, dix disparues affichant un taux de probabilité de moyen à élevé et réparties entre Boston et Baltimore.

— Je vais définir une autre recherche. En commençant par la catégorie de Mina mais sans le facteur de l'apparence physique. Reste objectif pour suivre mon raisonnement, d'accord ?

— Vas-y.

— Richard Troy avait l'intention de me vendre. Mais pas comme Mina, par exemple. Je n'avais pas le physique pour. Ne dis rien ! s'empressa-t-elle d'ajouter. Tu me vois comme tu me vois. Mais la réalité, c'est que je n'avais certainement pas le physique. J'étais maigrichonne, mal fichue, bizarre. De celles qu'on appelle Esclaves ou Poupées, c'est selon.

— Je suis au courant, dit-il d'un ton sec.

— Je serais entrée dans cette catégorie. Tu n'as pas besoin d'investir autant dedans, donc tu peux les vendre beaucoup moins cher, mais ça reste une source de revenus réguliers si tu te contentes de les kidnapper. Je vais donc commencer à chercher des profils plus jeunes. De huit à onze ans, disons, dans toutes les catégories. Si notre hypothèse est juste, une organisation comme celle-ci se sera sûrement diversifiée. Si certaines recrues à haut potentiel ne se révèlent pas à la hauteur, on les revend en tant qu'Esclaves, Poupées ou autre appellation à la con.

Elle le vit clairement s'efforcer de mettre ses sentiments personnels de côté. Un jour, songea-t-elle, elle trouverait le moyen de lui témoigner à quel point elle y était sensible.

— D'accord, alors dans ce cadre on peut imaginer qu'ils partent de ce qu'on pourrait appeler leur marque privée – du très haut de gamme – et descendent petit à petit jusqu'aux modèles les plus accessibles. La marque de distributeur, si l'on veut.

— C'est ce que je voulais dire.

Il l'avait simplement mieux exprimé qu'elle.

— Je veux partir de ce principe, poursuivit Eve. En m'appuyant sur leur schéma de base

— Là-dessus, je peux t'aider.

Voyant qu'elle ne répondait pas, il s'approcha, lui prit la main et la fit se relever.

— À ton tour de rester ouverte, dit-il. On a dit qu'on ferait front ensemble, tu te souviens ? Et je suis meilleur que toi pour ce genre de choses.

— Plus rapide ne veut pas dire meilleur, rétorqua Eve.

Mais elle haussa les épaules comme il la guidait vers la table.

— Bon, tu es peut-être à la fois meilleur et plus rapide. Je me dis que Peabody et McNab – voire Feeney – pourraient lancer le même genre d'analyses mais dans d'autres régions. S'ils trouvent des affaires similaires… Je sais que rien ne le garantit, mais si c'est la même organisation, est-ce qu'elle les transporte jusqu'ici ? Ou est-ce qu'elle dispose d'autres structures ailleurs ? Dans d'autres cités portuaires, d'autres grands carrefours de communication ? Ou est-ce qu'elle s'en tient à la région ?

» Plus on aura de données, mieux ce sera, ajouta-t-elle comme Connors retirait les cloches au-dessus de leurs assiettes.

Elle découvrit une salade de pâtes multicolores. Les touches de couleur provenaient en partie de légumes, mais elle ferait avec. Connors y avait ajouté une sorte de poisson qui avait l'air un peu brûlé.

— L'autochef s'est déréglé ?

— C'est de l'espadon grillé aux épices. C'est fort, ça devrait te plaire.

— Faut voir. Qui a décidé un jour de goûter un poisson avec une tête en forme d'épée ? Je me demande si le premier pêcheur à en capturer un s'est dit : « Bon Dieu, cette bestiole a une épée plus longue que la mienne ! »

— En garde ! lança Connors.

Elle éclata de rire avant de goûter au plat.

— D'accord, je vois pourquoi quelqu'un a estimé que ça en valait la peine.

Avant qu'il la devance comme il en avait l'habitude, elle rompit l'une des miches de pain et lui en tendit la moitié.

— Merci, dit-il. J'ai établi quelques catégories de mon côté. Petits immeubles de bureaux, avec un maximum de douze étages. Entrepôts, reconvertis ou non. Usines, pareil. Et d'éventuels commerces adossés aux uns ou aux autres et pouvant leur servir de couverture.

Il piqua quelques pâtes du bout de sa fourchette.

— À partir de là, nous examinerons la question de la propriété. Si l'on suppose qu'il s'agit d'une organisation sophistiquée et d'envergure, je l'imagine propriétaire des lieux. La location ou le crédit-bail posent trop de problèmes. Le propriétaire pourrait soudain choisir de vendre, envoyer des agents sur place pour une évaluation ou une inspection.

Hypothèses qui n'étaient pas venues à l'esprit Eve.

— D'accord, c'est logique, acquiesça-t-elle. Posséder un immeuble en ville demande des moyens importants.

— Oui, ou un bon financement. Identifier les propriétaires me permettra de faire du tri.

— Comment ?

— Eh bien, je pourrai déjà écarter toutes les propriétés qui m'appartiennent. J'espère que tu es d'accord.

— Ça se tient.

— Ce sera aussi l'occasion d'éliminer, ou au moins de déclasser, toutes celles qui appartiennent à des personnes ou à des groupes que je connais suffisamment pour savoir qu'ils ne se fourvoieraient pas là-dedans. Fais-moi confiance, dit-il en la voyant froncer les sourcils. Certains proprios pourraient à l'inverse me mettre la puce à l'oreille. Parce que je sais qu'ils trempent dans ce qu'on pourrait appeler des trucs louches. Il y en aura sans doute aussi dont je ne saurai rien. Je ne connais pas tout le monde, après tout. Ceux-là, je m'y intéresserai plus en profondeur.

— Ça va prendre du temps.

— C'est certain. Comme tu l'as déjà constaté via tes propres recherches, il existe potentiellement des centaines de propriétés conformes à nos critères, et encore plus qui pourraient convenir en élargissant les paramètres. Si l'endroit que nous cherchons est rattaché à une entreprise de façade, celle-ci peut tourner de manière parfaitement légale. C'est ce que je ferais à leur place, en tout cas.

Eve prit le verre de vin qu'il avait déposé devant elle.

— Tu ferais vraiment marcher la boîte servant de façade. Vendre ou fabriquer des trucs, faire tourner une petite usine, ce genre de choses. En tenant une comptabilité et en payant les impôts, que tout soit propre et net. Avec la véritable organisation cachée derrière.

— Exactement. On fait discrètement entrer les filles, elles intègrent le stock, si l'on peut dire, et une fois qu'on les estime conformes aux attentes du marché, on les vend et on les fait livrer à l'endroit voulu. Ce qui implique l'usage de véhicules. Bateaux ou navettes, potentiellement.

— Des poids lourds transportant leur cargaison humaine sur de longues distances.

— Possible. Risqué à cause des accidents de la route et des contrôles routiers. Mais possible. Des navettes aériennes privées seraient un moyen plus intelligent et plus sûr, en admettant qu'ils aient les fonds nécessaires. Ce serait plus rapide, aussi.

— Je repense au chemisier de la victime, taillé sur mesure dans un tissu de qualité. Et à ses sous-vêtements chics. Pas d'étiquettes. Et Harvo n'a pas trouvé d'équivalents avec la même coupe et le même tissu dans le commerce. Ils doivent avoir un tailleur à leur service. Ça pourrait être l'activité de l'entreprise de façade. Une usine textile ?

— Je peux regarder... C'est une vraie piste, estima-t-il après un instant de réflexion. S'appuyer sur une production qu'on utilise déjà ou dont on a besoin, et en faire une activité commerciale légale pour cacher le reste.

— D'accord, oui. De quoi d'autre ont-ils besoin ? Photos et vidéos. Ils doivent promouvoir leurs produits. Ça pourrait être leur couverture. Ou alors ils vendent de l'équipement vidéo. Il y a aussi les transports. Une flotte de camions ou de camionnettes, un service de livraison, une entreprise de déménagement. Les produits doivent être livrés une fois vendus, alors ils investissent dans les transports – véhicules, bateaux, navettes – et s'en servent de manière légale pour se couvrir. Vente de denrées alimentaires ou de fournitures médicales, peut-être ? Mais ça ne colle pas autant, décida Eve. C'est plus difficile d'obtenir les autorisations pour tout ce qui est périssable, et la gestion est plus pointue. Avec des inspections régulières.

— Je suis d'accord. L'entreprise, si elle existe, n'a peut-être rien à voir. Mais, encore une fois, si c'était moi qui dirigeais l'opération, je préférerais tirer profit des deux côtés et réduire les dépenses générales.

— Si on part là-dessus, ça restreint le champ de recherche. Il reste très vaste, mais il faut bien commencer quelque part.

— Alors je m'y mets. Tu t'occupes de la vaisselle.

— Oui, je m'en charge.

Tandis qu'Eve nettoyait les assiettes et réfléchissait aux prochaines étapes de l'enquête, Tantine sonna à la porte d'entrée de la majestueuse demeure georgienne de son associé de Long Island.

Elle avait apprécié le trajet ; il lui avait envoyé une limousine, comme toujours. Elle portait une robe de soirée, conformément aux attentes de son hôte, et se savait à son avantage dans le vêtement moulant rouge vif et argenté. Et elle s'était parée de diamants, blancs et froids. Ce chapitre de sa carrière s'avérait lucratif. Ses cheveux, soigneusement colorés et coiffés au salon de l'Académie, étaient ramenés en arrière pour dégager son visage apprêté.

L'équipe d'esthéticiennes à son service éradiquait régulièrement les rides et lissait la surface de son visage à l'aide de produits de comblement. Si elle ne retrouverait jamais la fraîcheur de ses dix-neuf ans, l'âge où elle avait commencé sa carrière d'escort-girl, sa beauté était toujours là, polie et parfaite à ses yeux, malgré ses soixante-quatre ans passés.

La femme qui lui ouvrit portait une combinaison moulante noire au décolleté plongeant. Le collier pailleté qu'elle portait autour du cou – prêt à délivrer une décharge électrique – garantissait qu'elle ne sortirait pas de la maison.

Ce qu'elle n'aurait de toute façon pas fait. Tantine, qui l'avait personnellement formée cinq ans auparavant, savait que Raven – ainsi nommée en raison de son épaisse chevelure noire[1] – était toute dévouée à son maître.

1. En anglais, *raven*, qui signifie le plus souvent « corbeau », peut se traduire par « noir de jais » lorsqu'on parle de couleur. *(N.d.T.)*

Les lèvres pleines et maquillées de rouge de la jeune fille s'incurvèrent en signe de bienvenue.

— Bonsoir, Tantine. Vous êtes superbe.

— Merci.

Tantine se glissa dans l'imposant hall d'entrée, avec son sol en marbre ocre, ses somptueux lustres d'or et de cristal, et ses œuvres d'art audacieuses. Un magnifique bouquet de roses, blanches et pures, posé sur la table centrale parfumait l'air.

— Monsieur ne saurait tarder. Puis-je vous accompagner au salon ?

— Bien sûr.

Le salon, aussi grandiose que le reste, abritait un piano à queue blanc, une cheminée en marbre, plusieurs divans, des méridiennes et de grands fauteuils surdimensionnés, le tout dans des tons blanc sur blanc. Des roses blanches débordaient de multiples vases et des miroirs aux cadres ornementés, de toutes formes et de toutes tailles, reflétaient la froide splendeur de la pièce.

— Champagne, Tantine ?

— Avec plaisir.

Ce disant, Tantine s'installa sur un divan et regarda son ancienne élève sortir la bouteille de son seau argenté rempli de glace et lui en servir une flûte.

« Des gestes parfaitement maîtrisés », songea-t-elle en s'en félicitant.

— Y a-t-il autre chose que je puisse faire pour vous mettre à l'aise pendant que vous attendez ?

— Non. Tu peux me laisser, répondit-elle avec un petit geste de la main.

— Passez une bonne soirée.

C'était bien l'intention de Tantine. Son associé lui servait invariablement les meilleurs vins et des plats parfaitement préparés. Leur collaboration de longue date était avantageuse pour l'un comme pour l'autre.

Ils avaient rencontré quelques embûches en chemin, bien sûr. Dont quelques filles ingrates et méprisables, comme aujourd'hui. Mais toute entreprise prospère acceptait de connaître quelques pertes dans le cadre de ses activités. Un certain pourcentage de recrues échouait. Telle était la réalité des choses.

Son associé et elle en discuteraient durant le dîner.

Il avait autrefois été son client, se rappela-t-elle. Cela remontait à loin, mais il avait su voir son potentiel à l'époque. Il l'avait soutenue financièrement pour qu'elle lance son propre service d'escort-girls.

Une agence des plus florissantes qui s'adressait à une population fortunée et triée sur le volet d'individus souvent célèbres et parfois sulfureux. Un partenariat qui avait remarquablement bien fonctionné.

Puis le gouvernement avait légalisé le travail du sexe… et l'avait réglementé. Des réglementations, inspections, dépistages et taxes qui avaient eu pour effet de réduire considérablement les profits.

« Compagnes licenciées, tu parles », songea-t-elle avec écœurement.

Comme s'il était possible d'accorder licence et permis au sexe, à la passion, au désir. Les autorités en avaient néanmoins décidé ainsi. Fini l'achat massif de drogues pour que les escort-girls restent fraîches… et fini le prélèvement correspondant – plus les frais de service – sur leurs honoraires. Si un client se montrait un peu trop brutal et laissait des traces sur la fille qui lui était louée, celle-ci déposait plainte et c'était à l'employeur de régler la note d'hôpital.

« Oh, et tous ces frais médicaux... »

Toutes ces mensualités exorbitantes rien que pour s'assurer que son écurie faisait tous les tests de dépistage obligatoires.

De temps à autre, bien sûr – rarement, mais de temps en temps quand même –, il arrivait qu'un client ait la main un peu trop lourde et commette l'irréparable. Mais c'était l'occasion de lui facturer des frais d'enlèvement bien salés.

Ça aussi, c'était terminé, de même que les habituels frais de confidentialité ajoutés à l'ardoise du client.

Pire encore, beaucoup de celles qu'elle avait fait entrer dans le métier, qu'elle avait formées et entraînées, avaient décrété qu'elles n'avaient plus besoin d'une maquerelle et s'étaient mises à leur compte.

« Eh bien, se dit-elle en sirotant une nouvelle gorgée de champagne, quand les choses changent, les sages s'adaptent. Et innovent. »

L'entendant arriver, elle pivota vers la porte, sourire aux lèvres.

Il portait si bien le smoking. Depuis leur première rencontre. Bien qu'il ait laissé ses cheveux blanchir – et cela lui allait bien –, ils restaient épais autour d'un visage qui avait parfaitement résisté à près de soixante-dix ans d'une vie bien remplie.

Il avait des traits virils et anguleux, avec des yeux d'un beau marron foncé aux paupières tombantes. Quoique nettement en dessous du mètre quatre-vingts, il dégageait la prestance d'un homme de grande taille. Peut-être parce qu'il était né au sein d'une riche dynastie et avait hérité de la fortune familiale avant ses vingt-cinq ans.

Jonah K. Devereaux avait l'esprit vif et aiguisé pour les affaires… ainsi que pour tout ce qui captait son intérêt.

Au cours de leur longue association, elle l'avait vu faire des ravages parmi d'innombrables amantes. Littéralement, dans le cas de l'une d'elles, puisqu'il avait ordonné que soit incendié le chalet où elle s'était réfugiée en Suisse. Alors qu'elle se trouvait encore à l'intérieur.

Tantine admirait son impitoyable détermination, qui s'accordait si bien avec la sienne.

Elle avait couché avec lui autrefois – et avec d'autres, pour lui offrir le spectacle qu'il attendait. Ils avaient sillonné le ciel et les mers ensemble. Mais, bien qu'ils soient restés sincèrement attachés l'un à l'autre, leur relation sexuelle avait pris fin une vingtaine d'années plus tôt.

Elle avait conscience d'avoir simplement cessé d'être désirable à ses yeux en prenant de l'âge et ne lui en tenait pas rigueur.

— Iris, ma fleur. Tu es resplendissante.

Elle se leva pour lui faire la bise.

— Comment était Majorque ? lui demanda-t-elle.

— Il faisait chaud. J'aurais aimé que tu puisses te joindre à moi, ne serait-ce que pour quelques jours.

— Moi aussi, mais la période est tellement chargée.

— Que ferais-je sans toi pour gérer toute cette activité ? Laisse-moi te resservir du champagne.

Il lui remplit son verre avant de se verser à son tour une coupe.

— À l'amitié et au profit. Asseyons-nous. Réglons cette histoire tout de suite. Ça nous permettra de parler de choses plus agréables pendant le dîner.

— Jonah, soupira-t-elle en s'asseyant. Si tu savais comme je suis déçue et en colère. Je savais que 238 posait certains problèmes… et je reste convaincue que j'étais sur la bonne voie pour les surmonter.

— Je me fie à ton jugement en la matière.

— J'avais déjà deux acheteurs en tête pour elle. De ceux qui apprécient une certaine fougue, une touche d'audace. Nous avions déjà déployé notre plan marketing la concernant. 232, par contre… Quelle sale petite menteuse !

Tantine ferma brièvement les yeux, une main levée à hauteur du visage.

— Tu sais que j'essaie de ne pas le prendre personnellement quand l'une d'entre elles ne répond pas à nos attentes, dit-elle. Mais là, honnêtement, j'ai l'impression d'avoir été bernée. Et cela me reste en travers de la gorge.

— Ça n'arrive pas souvent.

— Elles avaient de toute évidence planifié ça ensemble. Mais j'en attribue l'entière responsabilité à 238. Elle avait un côté rusé, et j'avoue que j'admirais ça chez elle… jusqu'à un certain point.

— Ils ont son nom, son visage. Les médias et les autorités, je veux dire.

— Oui, je sais. Nous devrions considérer ça comme un avantage. J'ai envoyé des chasseurs sur sa piste, bien sûr. Je m'attends à ce qu'elle fuie, vite et loin. Un autre avantage pour nous. Avec son passif, elle n'ira jamais voir la police. Et si les flics parviennent à la retrouver, son passé et le sang qu'on a répandu sur cette fichue 232 joueront contre elle.

— Y a-t-il un risque qu'elle les conduise à l'Académie ?

— Je ne vois pas comment cela pourrait arriver. Elle était inconsciente et attachée quand on l'a amenée, comme le veut la procédure. Elles ont fui par les tunnels, sur une distance considérable. Nous pensons savoir par où elles sont sorties. Sous une pluie battante, en l'occurrence, ce qui constitue un autre bon point pour nous. Elle s'était visiblement déjà enfuie, laissant 232 se débrouiller seule.

Tantine reprit un peu de champagne.

— Une gamine des rues parmi tant d'autres. Et qui a tué une jeune fugueuse pour lui piquer ses chaussures. Même s'ils soupçonnent un enlèvement du côté de 232, nous n'avons laissé aucune trace, et le résultat sera le même.

— Cela reste une source de préoccupation.

— Oui, mais que nous saurons gérer. Si la police lui met le grappin dessus – ce dont je doute fort –, le réseau le saura et nous nous occuperons d'elle. Sans famille pour réclamer justice, elle sera vite oubliée. Il ne s'agit que d'un accident de parcours, mon cher Jonah. Nous en avons déjà connu d'autres.

— À qui le dis-tu, fit-il en riant avant de se pencher pour l'embrasser sur la joue. Ça ajoute un certain piquant, non ? On finit par s'ennuyer quand tout se déroule sans accroc. Et j'apprécie un peu d'imprévu. Quid du côté de la surveillante ? De l'infirmière ?

— Départ pour toutes les deux. Définitif. Je ne tolérerai pas ce genre d'incompétence de la part du personnel.

— Je t'avais dit que l'investissement dans le crématorium serait vite rentabilisé.

— Effectivement. Je devrais toujours te laisser prendre ce type de décisions. J'ai une candidate pour le poste médical. Nous sommes en train de vérifier ses antécédents et sa fiabilité.

— Dans ce domaine, c'est moi qui m'en remets à toi. Ce qui me rappelle que je suis prêt à remplacer Athena. Elle n'a pas commis de faute particulière, mais je m'ennuie un peu avec elle. Un changement s'impose.

— Bien sûr. Il faudra que je vérifie les dossiers, mais elle a, quoi, vingt-cinq ou vingt-six ans maintenant ?

Il n'était attiré ni par les Fillettes ni par les Poulettes, se rappela-t-elle en tâchant de se remémorer à quoi ressemblait son esclave sexuelle actuelle.

— Tu sais cela mieux que moi.

— Je passerai la voir avant de partir pour me faire une idée de sa valeur dans le cadre d'un échange. Dis-moi ce que tu recherches chez sa future remplaçante.

— Oh, peut-être quelque chose d'un peu plus intéressant. Avec ce petit côté piquant.

— Je regarderai ce qui est disponible. On devrait pouvoir conclure un accord intéressant avec les enchères qui approchent. D'autant que tu les préfères plus expérimentées et un peu plus âgées.

— Envoie-m'en une pour que je l'essaie, répondit-il en lui tapotant la main. Allons dîner. Je suis affamé.

Eve ajouta progressivement d'autres filles au modèle. Au bout de vingt portraits, elle créa un second tableau et les y transféra toutes.

Puis elle changea de région et se remit au travail.

Elle était sur le point de se lever pour se dégourdir les jambes lorsque son communicateur bipa. Willowby.

— Ici Dallas. Vous avez trouvé quelque chose ?

— Je me suis replongée dans les bas-fonds numériques. La DDE a renforcé ma couverture, ça m'a permis de grimper quelques échelons. On m'a parlé d'une vente aux enchères de grande ampleur, avec plusieurs fournisseurs. Et certains d'entre eux ont laissé filtrer des images en « avant-première » pour piquer l'intérêt des clients.

— Vous avez des visages ?

— Quelques-uns. Ils fournissaient une sorte d'aperçu des filles. À ce stade, j'en ai deux dans la tranche d'âge qui nous intéresse. Une Poulette et une Mûre, c'est-à-dire une fille qui a entre quinze et vingt ans, parfois vingt-deux, ça dépend. Il y a aussi une Épanouie. Là, ça monte généralement jusqu'à trente ans, le plus souvent pour faire des échanges ou comme bonus. Les Mûres et les Épanouies finissent parfois comme Pondeuses, selon les cas.

« Mon Dieu », songea Eve.

Mais elle se contenta d'acquiescer.

— Voyons déjà celles qui sont dans notre tranche d'âge. Ça nous fera un point de départ. J'ai identifié une vingtaine de victimes potentielles. On trouvera peut-être une correspondance avec les vôtres.

— Je vous transmets ça tout de suite. Vous m'envoyez les vôtres ? Je verrai si je peux en identifier certaines quand le marketing s'intensifiera.

— Compris.

Une fois les données échangées, Eve examina les photos sur son écran.

— La deuxième fille, la blonde, dit Eve. Ils lui ont coupé et teint les cheveux, mais je la reconnais. Jaci – ça s'écrit J-A-C-I – Collinsworth, douze ans, disparue à Detroit en avril. La première n'apparaît pas sur ma liste à ce stade mais je vais me pencher dessus.

— Compris. Je sors son dossier et je creuse.

— Quand auront lieu les enchères ?

— On a trois jours devant nous. Je vais faire de mon mieux pour avoir des infos sur les lieux d'expédition, de transbordement et/ou de livraison. Le problème, c'est qu'un enchérisseur gagnant reçoit un code spécial sur son ordinateur pour accéder à ces données. On peut répartir notre effort, faire des offres sur plusieurs d'entre elles, mais on ne les récupérera jamais toutes de cette manière. La plupart de ces acheteurs ont de gros moyens et les compétences informatiques nécessaires. Ils contourneront la surveillance de CompuGuard comme un rien. C'est loin d'être la panacée de toute façon.

» On pourrait arrêter ceux qui ne prennent pas assez de précautions. Mais les gens après qui on court ne vendront pas à ce genre d'abrutis.

— Je vais y réfléchir, dit Eve.

Elle jeta un coup d'œil vers le bureau de Connors, puis à l'horloge.

— Il est tard, Willowby.

— Hein ? Ah ouais. Ou plutôt, il serait tard si j'avais même un semblant de vie sociale. Ce qui n'est pas le cas en ce moment. Et surtout, je veux qu'on chope ces salopards, lieutenant.

— On les aura. Chaque nouvel indice constitue une fêlure de plus dans leur opération. Jusqu'à ce qu'elle leur pète au visage. Tenez-moi au courant.

— Comptez sur moi.

Eve se rassit et scruta les traits de la jeune Jaci.

— Est-ce qu'ils t'ont fait venir ici de Detroit ? Ou est-ce qu'un autre de ces sales types t'a kidnappée là-bas ? Ils t'ont coupé les cheveux, transformée en blonde et maquillée pour te vendre au plus offrant. On ne va pas les laisser faire.

— Eve.

— Ah ! Tu m'as fait peur.

Connors, qui s'était approché par-derrière, lui empoigna les épaules pour masser ses muscles noués.

— Toutes ces filles ? demanda-t-il en désignant le nouveau tableau d'un geste du menton.

— Oui, conformes au mode opératoire. Tu vois celle-ci, à l'écran ? Elle fait partie des filles présentées en avant-première des enchères sur lesquelles enquête Willowby. Elle était sur ma liste, ça nous a permis de l'identifier.

Il continua à la masser et la sentit se détendre un peu sous ses doigts.

— J'ai répertorié environ quatre-vingts propriétés avec le taux de probabilité maximal. Et une vingtaine d'autres situées juste en dessous.

— Ça fait encore beaucoup mais ça devient plus gérable. Tu me les envoies ?

— D'accord. Encore une heure. Il est déjà presque minuit.

— D'après Willowby, on a trois jours pour trouver Gregg, localiser l'endroit et empêcher la vente aux enchères. Sans quoi Dieu sait combien d'enfants seront vendus. Dont celle-ci, cette petite fille qui aime le base-ball et joue du piano.

— Une heure de plus, répéta-t-il. Pour être d'autant plus efficaces demain.

Elle pivota vers lui.

— Ils envoient un code à l'acheteur. Il faut remporter l'enchère pour l'obtenir, et il te donne les informations sur l'enlèvement ou la livraison. D'après elle, on aura affaire à des gens riches avec une bonne connaissance de la technologie... ou qui emploient des spécialistes capables de tromper CompuGuard.

Connors s'assit sur la console.

— Tu songes à utiliser mon matériel non enregistré. Pas de problème, mais tu ne vas pas pouvoir toutes les acheter.

— Une, juste une, s'il faut en arriver là. On obtient le code, on remonte jusqu'à la source. Là, on ferme le site d'enchères et on récupère leurs données.

— Un moyen potentiel de retrouver la trace des filles, des vendeurs et des autres acheteurs, comprit-il. Le site lui-même n'aura pas d'adresse physique concrète à laquelle tu puisses remonter. Il sera mobile pour les raisons que tu viens d'évoquer.

— La DDE a fait de Willowby un acheteur potentiel crédible. Elle peut créer deux autres profils, et toi aussi de ton côté.

Elle ferma les yeux.

— Mais ce genre d'organisation va faire très attention aux nouveaux acheteurs, se rappela-t-elle. Il nous faudrait bien plus de trois jours pour mettre au point des profils convaincants. Merde...

— Ton cerveau est fatigué. On y réfléchira demain à tête reposée pour voir si on peut trouver un moyen. J'en parlerai à Feeney, on fera un tour de la question. Il y a peut-être une autre façon de procéder.

— Laquelle ?

— On verra ça avec lui.

— Ton cerveau aussi est fatigué ?

— Assez pour ce soir.

— Je peux voir tes résultats ? Passe-les simplement en revue avec moi et on en restera là.

— Ça marche.

Il glissa un bras devant elle pour tapoter sur le clavier.

— Affichage sur l'écran mural, ordonna-t-il. Alors. Premier lieu : une usine du Garment District datant d'avant les Guerres Urbaines…

Ils déroulèrent l'ensemble des résultats. Et, même si cela leur prit plus d'une heure, Connors savait qu'Eve n'en dormirait que mieux.

Sebastian, lui, ne dormait pas. Il était assis dans ce qu'il considérait comme le salon familial, un fouillis de meubles disparates dans un espace qui servait autrefois de hall d'entrée.

Il avait vu le visage de Dorian apparaître à de nombreuses reprises dans les bulletins d'informations des médias. Savoir qu'Eve Dallas de la Criminelle était à sa recherche en tant que témoin clé dans une affaire impliquant la mort violente d'une autre enfant l'inquiétait.

Il avait promis à Dorian qu'elle pourrait rester, et il avait l'intention d'honorer sa promesse. Il doutait que beaucoup de gens de son entourage l'aient fait durant sa courte vie. Mais avec Dallas sur sa piste, un tel engagement était potentiellement lourd de conséquences.

Et si la police était à la recherche de Dorian, c'était peut-être aussi le cas d'individus beaucoup moins à cheval sur le respect de la loi. Ce qui les mettait tous en danger.

Alors même qu'il réfléchissait aux précautions, options et alternatives qui s'offraient à eux, Dorian émergea de la chambre.

Sebastian mit de côté le livre sur lequel il n'avait pas réussi à se concentrer.

— Du mal à dormir ? demanda-t-il.

— J'ai fait des rêves bizarres. J'arrive même pas à m'en souvenir, c'était le gros bazar. Alors j'ai pensé que je pourrais peut-être m'asseoir ici un moment.

— D'accord. C'est ce que je fais aussi parfois quand je n'arrive pas à dormir. Comme ce soir.

Elle s'installa sur un canapé à la housse décorée de grosses fleurs orange que quelqu'un avait abandonné sur le trottoir.

« Elle est grande pour son âge, pensa-t-il. Et très, très mince. »

Même avec ses yeux endormis et ses cheveux en désordre, elle était saisissante.

— Tu aimes les livres ? s'enquit Dorian.

— Oui, répondit-il. Et toi ?

— On en lisait sur une tablette à l'école. Mais je ramenais jamais la mienne à la maison.

— Pourquoi ?

Elle se laissa aller à un immense bâillement.

— Elle l'aurait sûrement revendue. Je veux plus jamais y retourner. Je sais pas ce qui est arrivé à mon sac à dos. Je l'avais quand je suis partie.

Les souvenirs lui revenaient, comprit Sebastian. Petit à petit.

— Quand tu es partie de chez toi ?

— Ouais. J'avais mes affaires dedans. Et un peu d'argent. Assez pour le car. Je voulais partir plus loin que les fois d'avant, donc j'ai pris un car. J'ai raconté à une dame que j'allais voir ma grand-mère. J'en ai pas, en vrai, mais je sais mentir quand il faut.

— Où es-tu allée ?

— Je... D'abord à Staten Island. Il fallait que je me fasse plus de fric. Je me suis dégoté une cave où dormir un moment. Un type a fini par me chasser mais j'avais toujours mon sac à dos. Il était avec moi quand je suis arrivée à New York. J'aime bien cette ville. Sauf...

— Sauf quoi ?

— Je sais pas... Ils ferment les portes à clé. J'aime pas quand on ferme les portes. Je veux pas y penser...

La voyant se recroqueviller sur elle-même, Sebastian n'insista pas. Il faudrait creuser la question, il le savait, mais pas ce soir.

— Et si je te faisais un peu la lecture ? Je peux reprendre le livre depuis le début.

— C'est quoi comme histoire ?

— On va vite le savoir, répondit-il en souriant.

12

Eve s'éveilla avant l'aube. Elle vit que Connors travaillait déjà sur sa tablette dans la lumière tamisée du coin détente. Elle sentit le chat émerger à son tour et s'étirer au creux de son dos.

« Mes deux fidèles gardiens », songea-t-elle sans trop savoir si elle se sentait rassurée ou agacée.

Connors se tourna vers elle en l'entendant se redresser dans le lit.

— Tu pourrais dormir une heure de plus.

— Non, ça va, assura-t-elle en secouant la tête.

Il posa sa tablette pour la rejoindre et s'asseoir au bord du lit.

— Tu as eu une nuit agitée. Et courte.

— Désolée.

Connors secoua la tête à son tour et lui prit la main.

— Encore des rêves, admit-elle. Plus énervants que flippants. Je ne m'en souviens plus vraiment, sauf le dernier. J'étais une gamine au milieu d'autres enfants. On était tous enchaînés sur une sorte de scène ou de plate-forme. Avec, tu sais, un type qui parle super vite et fait monter les enchères ?

— Un commissaire-priseur ?

— Oui, c'est ça. Le rêve avait décidé que ce serait Richard Troy. Il y avait plein de gens assis autour de la scène, dont beaucoup que j'ai envoyés en prison, et d'autres complètement flous. Ils enchérissaient sur nous. À un moment, Troy a annoncé que pour moi, la mise à prix était d'un dollar parce que je ne valais pas grand-chose. Ce qui les a fait beaucoup rire.

Connors lui déposa un baiser sur le front ; elle serra ses doigts entre les siens.

— Le plus intéressant, c'est ce qui s'est passé ensuite. Je suis redevenue moi. Je n'étais plus une enfant. J'ai brisé mes chaînes avant de les briser, eux. Et je me suis réveillée.

Il l'embrassa de nouveau.

— Ça ne m'étonne pas. Tu es forte.

— Exactement. Ce qui veut dire que tu n'es pas obligé de rester là à monter la garde dans le noir dans ton costume à trouze milliards de dollars alors que tu devrais être à ton bureau en train d'acheter l'Australie.

— Je ne crois pas que l'Australie soit à vendre. Et ce costume n'a coûté qu'un petit quart de trouze milliards de dollars.

Il se leva pour aller leur chercher du café.

— Je vais pouvoir prendre de l'avance sur ma journée, poursuivit Eve. Et toi retourner à la tienne. Ton costard ne coûte pas vraiment un quart de trouze milliards de dollars, si ?

Il lui rapporta sa tasse en souriant.

— Un jour, il faudra que je calcule la valeur exacte de trouze milliards de dollars à tes yeux.

— Tant que c'est suffisant pour me payer du bon café, tout va bien. Je vais prendre une douche. Pas besoin de me choisir une tenue. Je m'en occupe.

Elle sortit du lit.

— Va donc à ta prochaine réunion internationale ou je ne sais quoi.

— C'est prévu. On se retrouve pour le petit-déjeuner dans une trentaine de minutes.

Connors donna une caresse au chat pendant qu'Eve s'éloignait vers la salle de bains.

— Tu peux relâcher ta garde, elle s'est bien remise, dit-il. Détends-toi et refais une petite sieste.

Lorsque Connors sortit, Galahad s'exécuta en s'étirant de tout son long.

Eve prit une longue douche chaude, avec les jets à fond, pour chasser les brumes de sa nuit difficile. La priorité, se rappela-t-elle, était d'explorer les moindres failles de l'organisation derrière l'exploitation de ces jeunes filles. Et mieux valait avoir l'esprit bien affûté pour ce faire.

L'idéal serait de retrouver Dorian Gregg mais ce n'était plus son seul angle d'attaque.

Elle disposait désormais d'autres noms et d'autres visages, qui lui fournissaient autant de pistes à remonter. Elle avait des endroits à sonder. Trop nombreux, certes, et sans assurance que le lieu qu'elle cherchait en fasse partie. Du moins à ce stade.

Mais il y avait des failles à exploiter.

Les enchères à venir.

— Brisez vos chaînes, tout le monde, marmonna-t-elle en émergeant de la douche pour s'engouffrer dans la cabine de séchage.

Un nouveau peignoir l'attendait, taillé cette fois dans un tissu de la couleur des pêches en train de mûrir dans leur verger.

Qui pouvait bien posséder un verger à New York ? Connors, bien sûr.

À son retour dans la chambre, le chat dormait et Connors s'était visiblement rendu à sa réunion. À moins qu'il n'ait finalement décidé de s'acheter l'Australie ?

Elle hésita un instant. Sélectionner des vêtements à la hâte et s'habiller avant que Connors revienne ou programmer le petit-déjeuner afin d'être certaine de manger des pancakes ?

« D'abord m'habiller », décida-t-elle.

Elle aurait peut-être quand même une chance d'arriver à l'autochef avant Connors.

Face à son immense dressing, elle poussa un soupir. Parfois, comme à cet instant, l'ampleur des choix possibles lui filait le vertige.

Elle s'apprêtait à saisir un pantalon noir mais suspendit son geste.

Connors s'y attendrait.

Elle passa au gris, ce qui était presque aussi facile que le noir, écarta l'idée d'un chemisier blanc – trop attendu, là aussi – avant de s'égarer au milieu des nuances, des couleurs, des tons.

Le bleu ferait l'affaire, décida-t-elle finalement. Que pouvait-on trouver à redire à du bleu ?

Tee-shirt bleu, veste grise. Et là, juste sous ses yeux, le complément idéal. Des bottes grises. Et comme Connors dirait sans doute qu'elle avait trop mis l'accent sur le gris, elle attrapa une ceinture bleue.

Que tout cela était épuisant !

Et beaucoup trop chronophage, constata-t-elle en ressortant pour découvrir Connors debout face à l'autochef. Galahad, lui, était occupé à dévorer son propre petit-déjeuner.

Les chances d'avoir des pancakes venaient de brutalement s'effondrer.

— J'allais m'en occuper, dit-elle.

— C'est fait.

Il porta les assiettes recouvertes de cloches jusqu'à la table du coin détente.

Eve mit sa veste de côté, s'assit et se resservit du café de la cafetière qu'il avait déjà posée sur la table.

Lorsqu'il souleva les cloches, elle constata qu'elle avait vu juste à propos des pancakes. Mais avec le menu omelette-bacon-fruits rouges et croissants qu'il avait choisi, il n'y avait pas de quoi se plaindre.

L'omelette contenait évidemment des épinards, mais aussi beaucoup de fromage, pour compenser.

— J'envisageais de travailler une heure ou deux ici, mais je vais aller directement au Central. Ça m'évitera le plus gros des embouteillages. Et je serai au calme sur place, pour un moment en tout cas.

— Très bien. Tu veux mon point de vue sur la vente aux enchères et l'utilisation du matériel non enregistré ?

— Carrément.

— Je peux vous rejoindre plus tard dans la journée et aider la DDE à créer trois faux comptes adossés à des données crédibles. Vous avez déjà le compte de Willowby, donc je pense que trois de plus, c'est la limite pour ne pas éveiller les soupçons. Et nous les répartirons géographiquement.

— D'accord. Ça nous permettra d'accéder aux enchères, mais miser…

— Chacun d'eux aura, disons, entre douze et cinquante millions. Ceux qui ont les plafonds les plus bas donneront l'impression de disposer d'autres comptes bancaires, si quelqu'un décide de creuser plus avant. C'est ce que je ferais à leur place. Les comptes auront l'air d'être offshore, créés précisément pour ce type de transactions.

— D'accord, je comprends le principe. Mais tu ne peux pas mettre autant d'argent dans une opération.

— Je pourrais, et je le ferai si nécessaire. Mais ce n'est pas le cas. J'ai bien dit « auront l'air ». Tout comme l'argent lui-même – et je suppose qu'il s'agira d'un acompte, le reste étant versé à la livraison – aura l'air d'avoir été transféré chaque fois que nous remporterons une enchère.

— Mais ce ne sera pas le cas ?

— Il n'y aura pas de fonds à transférer, mais le montant apparaîtra bien sur le compte du vendeur ou de son représentant. Ce qui nous laissera environ douze heures pour identifier et localiser les vendeurs.

— Comment comptes-tu t'y prendre ?

Connors croqua dans une tranche de bacon avant de répondre :

— C'est ma technique secrète.

— Non, sérieusement.

— Je suis sérieux, lieutenant. Ça fait très longtemps que je n'avais pas eu à l'employer mais, eh bien, c'est comme faire du vélo…

— Tu vas faire du vélo ?

Il se tourna vers elle, lui prit le visage à deux mains et l'embrassa.

— Si tu savais comme je t'adore. On dit « c'est comme faire du vélo » pour parler de quelque chose qu'on n'a pas fait depuis longtemps, parce qu'on n'oublie jamais comment faire du vélo.

— On pourrait, pourtant. Les gens oublient toutes sortes de choses.

— Rassure-toi, je n'ai pas oublié le fonctionnement de ce petit tour de passe-passe. Et la technologie s'est considérablement améliorée depuis la dernière fois, donc ça n'en sera que plus facile... tant que le NYPSD ne m'arrête pas pour ça.

— Tu es couvert. Douze heures à partir du moment du transfert ?

— Ça pourrait tenir plus longtemps, mais je ne prendrais pas ce risque à votre place. On pourra profiter de ce délai pour travailler sur le piratage des comptes des autres enchérisseurs. Parce que, soyons clairs, il est peu probable qu'on remporte chaque vente.

— Si on chope les vendeurs, ils auront des dossiers complets. Qui sait combien de filles auront été vendues et expédiées en douze heures ? Je vais devoir impliquer les fédéraux. Teasdale est fiable, elle bosse bien. Mais je préfère attendre encore une journée, trente-six heures max. Je demanderai l'accord de Whitney. Je veux voir ce que nous pouvons mettre en place, quels progrès on fera sur les autres pistes, mais les fédéraux entreront dans la danse durant les trente-six prochaines heures.

Elle se leva pour enfiler son harnais réglementaire.

— Si on réduit le nombre de sites potentiels, même de vingt pour cent, ce sera un progrès majeur. Et en remontant la piste des filles enlevées que j'ai identifiées, on trouvera peut-être une faille, une petite erreur de leur part.

Elle enfila la veste et commença à garnir ses poches.

— Retrouver Dorian Gregg changerait la donne. Si on n'a rien d'ici la fin de la journée, je devrai partir du principe qu'elle s'est enfuie très loin… ou qu'ils l'ont retrouvée avant nous.

Elle se retourna pour dévisager Connors.

— Je voulais te dire que j'ai eu tort.

— Ça peut arriver. À quel sujet ?

— De t'avoir tenu à l'écart, ou en tout cas d'avoir essayé de te tenir à l'écart de cette affaire. Je m'inquiétais à l'idée que tu puisses t'inquiéter et je ne voulais pas t'avoir sur le dos.

Il lui adressa un long regard d'une neutralité trompeuse.

— Sur le dos, hein ?

— C'était mon prétexte pour t'écarter. Et je dis justement que j'ai eu tort. Mais j'ai besoin que tu me croies quand je t'assure que mon mental est solide.

— Je te crois.

— C'est notamment grâce à toi. Et quand nous récupérerons certaines de ces filles… Je sais qu'on ne les sauvera pas toutes, mais celles que nous sauverons ? Ce sera aussi en partie grâce à toi. Tu nous auras aidés à briser leurs chaînes.

— C'est important pour moi d'en être. Pour toi, pour moi, pour elles. J'en ai besoin.

— J'en ai bien conscience. Si de nouvelles pistes se présentent, je te mettrai au courant. Si nous trouvons ces salauds et que tu veux participer à l'arrestation – en admettant que j'aie le temps de te prévenir –, tu seras le bienvenu.

— Oui, dit-il en se levant pour s'approcher d'elle, je voudrai y participer.

Il lui effleura les lèvres avec les siennes.

— Prends bien soin de mon flic préféré.

Elle l'entoura de ses bras, le serra un instant contre elle. Puis elle recula d'un pas et enfila les lunettes de dure à cuire qu'elle n'avait pas encore réussi à perdre.

— Occupe-toi bien du type au costume qui valait trouze milliards. Il a fière allure dedans.

Elle devança le pire des embouteillages et la cacophonie matinale des dirigeables publicitaires. Elle tourna un moment dans un périmètre de trois pâtés de maisons autour du stand de Tiko au centre-ville.

Elle ne s'attendait pas à ce que Dorian Gregg surgisse et lui fasse signe, mais autant tenter sa chance.

Même si la jeune fille était revenue sur son ancien territoire, se dit Eve en reprenant le chemin du Central, il n'y avait aucune raison pour qu'elle soit déjà debout de si bon matin. C'était bien trop tôt pour les touristes. Les trottoirs appartenaient aux promeneurs de chiens, aux New-Yorkais qui se rendaient au travail, aux joggeurs et aux CL de rue qui raccrochaient enfin de leur nuit de travail.

Si l'ado était restée à New York – et Eve considérait toujours cette hypothèse comme la plus probable –, c'était qu'elle avait une cachette, qu'elle avait rassemblé de quoi se payer une piaule ou qu'elle disposait d'un contact qu'ils n'avaient pas encore identifié.

Mais Eve comptait sur son intelligence pour savoir que ceux qui l'avaient enlevée et séquestrée étaient à sa poursuite. Cela dit, la jeune fille avait à peine treize ans. Effrayée, probablement traumatisée, peut-être blessée.

Premier réflexe : se cacher dans un trou quelque part en se faisant toute petite. Ne ressortir que quand les rues seraient noires de monde, estima Eve en s'engageant dans le parking souterrain du Central. Piquer un portefeuille, un sac à main, se procurer de quoi s'acheter à manger puis retourner se terrer dans son trou.

Nulle part où aller, personne pour l'aider.

Eve emprunta l'ascenseur sans croiser plus de monde que sur la route. C'était son jour de chance.

Puis elle entra à la Criminelle… et subit l'assaut sensoriel de la cravate de Jenkinson.

— Qu'est-ce que vous faites ici ? Et qu'est-ce que c'est que ces trucs sur votre cravate ?

— Des libellules.

— De quelle galaxie ?

— Personne ne le sait. On a décroché une nouvelle affaire, dit-il. À 4 heures du mat'. Les gens devraient avoir la politesse de s'entretuer à des heures raisonnables. On a déjà coffré le type. Il a poignardé un mec à la sortie d'un sex-club. Complètement shootés tous les deux. Il s'est d'abord enfui avant de revenir – alors qu'on était sur place –, la chemise pleine de sang, les yeux exorbités, parce qu'il pensait pouvoir retourner au club pour finir de se branler.

— Ce métier est parfois trop facile.

— Pas à 4 heures du matin. Reineke l'a emmené en détention. Là, il doit être en train de piquer un roupillon en salle de repos. Je viens de finir d'écrire mon rapport.

— Bon travail. Vous avez mérité votre roupillon, vous aussi.

— En fait… Vous auriez une minute ?

— Une seule.

— On peut aller dans votre bureau ?

Elle lui fit signe de la suivre.

— Vous avez envie d'un bon café, c'est ça ?

— Si vous me le proposez, lieutenant, je ne dirai pas non. Cool vos nouvelles lunettes.

— Et je les garderai sur le nez tant que cette cravate sera présente dans mon bureau.

Elle programma le café.

— Vous avez eu le temps de réfléchir à ma proposition ? demanda-t-elle.

— Ouais. J'y ai réfléchi, j'en ai parlé avec la famille. J'ai retourné l'idée dans tous les sens. Déjà, je vous remercie d'avoir donné mon nom pour cette promotion. Et si je peux continuer à faire ce que je fais, en ajoutant juste un peu plus de paperasse, j'aimerais tenter le coup.

— Parfait. C'est la bonne décision, Jenkinson.

— Réflexion faite, je me dis que c'est le moment. Je l'ai dit à Reineke. C'est pas le genre de truc qu'on cache à son équipier. Mais est-ce que ça pourrait rester entre nous trois seulement ? Si je foire, j'aimerais autant éviter les vannes ou la commisération des autres.

— Ça restera entre nous. Mais vous n'allez pas foirer. Pensez simplement à vous rafraîchir la mémoire sur certaines procédures un peu débiles.

— C'est pas ce qui manque. En tout cas, merci.

Cette question réglée, Eve se pencha sur l'avancement des recherches pour trouver Dorian Gregg.

Beaucoup d'appels sur la ligne dédiée, sans qu'aucun donne rien. Elle nota cependant que deux commerçants du quartier de l'échoppe de Tiko au centre-ville avaient aperçu Dorian durant les fêtes de fin d'année.

Rien de récent, et rien de postérieur à Noël, conclut-elle après avoir parcouru tous les rapports.

Elle passa au travail de Peabody et de la DDE.

De nouveaux noms, de nouveaux visages juvéniles. Ses collègues les avaient non seulement regroupés dans les catégories qu'Eve avait définies, mais aussi géographiquement, et en ajoutant des chronologies. Efficace.

Quoique à l'étroit dans son bureau, Eve étrenna un nouveau tableau pour y ajouter les visages qui atteignaient une probabilité de quatre-vingt-dix pour cent et plus. Elle en avait désormais vingt-trois, répartis dans une zone située à moins d'une heure de vol de navette de New York. Et soixante-deux en dehors de ce périmètre précis.

« Leur schéma est là », songea-t-elle.

Quand on rassemblait toutes les pièces et qu'on les mettait à plat, le système devenait clair.

Est-ce qu'ils sélectionnaient et enlevaient des filles dans tout le pays ? Pour les transporter ensuite à New York ? Ou disposaient-ils d'autres sites de détention pour leurs victimes ?

Étaient-ils spécialisés dans cette tranche d'âge ? Seulement les Poulettes ? Pas de Fillettes, de Mûres, et ainsi de suite ?

— Je ne parierais pas là-dessus, murmura-t-elle. Non, vraiment pas. Quand on a un système aussi performant, on ne le bride pas.

Elle retourna à son ordinateur, lança une recherche avec les mêmes paramètres, mais en changeant la tranche d'âge en la passant de six à dix ans, et en la limitant dans l'immédiat à New York, au New Jersey et, songeant à Mina, à la Pennsylvanie.

Pendant que la machine s'exécutait, Eve passa à la liste, longue et compliquée, que Connors avait générée.

Elle afficha un plan de la ville à l'écran et commença à y placer chaque propriété. Cela fait, elle lança une recherche d'antécédents sur les propriétaires et les membres des organismes à la tête des propriétés concernées.

Elle aurait besoin d'un coup de main de la DDE là-dessus. Seule, il lui faudrait des jours pour mener toutes les enquêtes nécessaires.

Mais elle n'était pas venue tôt pour rien. Elle se prépara un autre café et se remit au travail.

Elle entendit le claquement des bottes roses de Peabody au moment même où les résultats de sa recherche d'enfants disparues s'affichèrent à l'écran.

— Ça fait déjà une heure que vous êtes là, d'après Jenkinson.

— Je croyais qu'il était allé rattraper son manque de sommeil en salle de repos.

— Il a fait une sieste rapide à son bureau.

Peabody tourna son attention vers le nouveau tableau.

— Vous les avez toutes affichées.

— Il va nous falloir agrandir encore le tableau. Bon Dieu…

Elle avait besoin de se dégourdir les jambes. Elle désigna du doigt l'écran de l'ordinateur et alla se poster à la fenêtre.

— On n'a pas…

Peabody s'interrompit et s'assit lentement dans le fauteuil d'Eve.

— Ces enfants-là sont bien plus jeunes, souffla-t-elle. Des gamines. Onze. Onze rien que l'année dernière.

— Onze qui correspondent au schéma, dans cette seule zone géographique.

— Comment pourraient-ils détenir autant de filles, Dallas ? Onze dans cette tranche d'âge, plus les jeunes ados.

— Ils ont sûrement des adolescentes plus âgées. Pour l'instant, on écarte les adultes, même les jeunes adultes. Mais on va chercher dans le groupe des quatorze-seize ans. Ils ont forcément commis une erreur à un moment, bon sang. Une erreur au fil de tous ces enlèvements. Quelqu'un d'autre qui se serait échappé en plus des deux que nous connaissons. Ou un autre corps avec lequel nous n'avions pas fait le lien.

— Je m'occupe de ce groupe-là. Je m'en charge.

Eve se contenta d'acquiescer sans un mot.

— Vous voulez que la DDE se répartisse aussi ces différentes tranches d'âge ? s'enquit Peabody.

— Oui.

Eve retourna jusqu'à l'autochef pour programmer un café à son équipière.

— Qu'elle en fasse sa priorité. Puis j'aurai besoin de son aide pour trier les propriétés identifiées par Connors.

Elle prit un moment pour étudier les jolis visages juvéniles.

— Si c'est leur fonctionnement – et je suis convaincue que c'est le cas, c'est leur système, leur foutu modèle économique –, ils ont besoin d'espace, de beaucoup d'espace, pour détenir, quoi, peut-être quarante ou cinquante filles simultanément, si ce n'est plus.

» Faites le calcul, Peabody. Vous organisez des enchères, disons, deux ou trois fois par an. Ou peut-être carrément une grosse vente mensuelle, comme le centre commercial Sky. De quoi engranger des centaines de millions. Avec deux ou trois sites à travers le pays ? Vous voilà avec une entreprise qui brasse plus d'un milliard de dollars. Même si cela vous coûte, je ne sais pas, dix ou vingt millions – voire le double – en frais d'exploitation, vous vous en mettez plein les poches.

Elle se resservit en café.

— Vous disposez d'une ou de plusieurs boîtes légitimes de façade pour blanchir vos profits quand c'est nécessaire. Mais il y a aussi les paiements directs, certainement effectués dans des endroits très peu réglementés. Il y a des dépenses, c'est sûr. L'alimentation, les vêtements, les salaires et tout le reste, mais les façades sont là pour ça.

— Et si on tient compte de ce dont parlait Willowby, celles qu'ils appellent Poupées, Esclaves ou Servantes ? Ça représente encore plus de fric.

— Il nous reste moins de trois jours avant que certaines de ces filles soient vendues. Pas question de les laisser faire.

— Je vais m'occuper de la nouvelle tranche d'âge et je peux informer la DDE qu'on va avoir besoin de son aide.

— Je m'en charge. De toute façon, je dois envoyer le dossier à Feeney.

Eve se frotta les yeux.

— Un autre truc : Connors travaille sur une idée pour infiltrer la vente aux enchères. Il s'agit de créer de faux comptes et de fausses identités, et potentiellement de pirater les comptes des acheteurs que nous pourrions identifier pour les localiser.

— Il va nous falloir combien de mandats pour tout ça ?

— Je laisse Feeney s'en charger. C'est son domaine. Mais à nous de rassembler tout ce que nous avons, de manière cohérente et convaincante. On ne va pas tarder à devoir impliquer les fédéraux. Et il faudra fournir à Feeney les arguments les plus solides possible en vue d'obtenir le feu vert pour cette opération.

Elle reporta son attention sur le tableau.

— Si nous trouvons Dorian Gregg, nous aurons une vraie chance de démanteler cette organisation, de lui faire très mal. Mais même si cela se produit, je ne compte pas lâcher les autres pistes. C'est sans doute notre plus gros coup à jouer, mais ce n'est pas le seul.

— Absolument. Il faut faire payer tous ces connards !

Eve releva les yeux vers Peabody, à la fois amusée et ragaillardie.

— Eh ben, j'ignorais qu'on parlait comme ça dans le mouvement free age.

— Je suis aussi un flic. Et une fille, lança Peabody d'une voix sifflante. Et ça doit également concerner les garçons, d'ailleurs. Peut-être pas avec les pervers sur qui on enquête maintenant mais il y a forcément des amateurs de petits garçons dans ce milieu.

— Et une fois que cette organisation sera tombée, on aura des tonnes de données à remettre aux autorités fédérales pour qu'elles en démantèlent d'autres.

— D'accord, je m'y mets, dit Peabody en se levant. Vous allez manquer d'espace s'il vous faut encore agrandir le tableau.

— Oui, j'ai réservé la salle de réunion. Ça ne m'arrange pas du tout, j'aime avoir mon propre espace. Mais nous en aurons besoin pour les briefings au complet, et quand nous ferons venir les fédéraux. Je vais prendre rendez-vous avec Whitney pour organiser ça et lui donner les dernières infos.

— Vous pourriez peut-être lui demander de descendre ici pour lui présenter la situation. Une fois que la salle sera prête, les images vont faire forte impression. Si vous avez besoin d'aide pour installer…

— Je m'en occupe. Et c'est une bonne idée. Les images sont plus parlantes qu'une simple présentation à l'oral. Au boulot.

— Je vais faire en sorte que votre café soit disponible là-bas.

— Bien vu, ça aussi. Vous êtes sur une bonne lancée, ce matin.

Et elle aussi, songea Eve en s'attelant à la tâche – laborieuse pour elle – de transférer les nouvelles données depuis son terminal jusqu'à la salle de réunion et d'imprimer les documents nécessaires. Elle emporta des copies, par sécurité, avant de se rendre sur place pour tout installer.

Sa tâche accomplie, elle contacta le bureau de Whitney pour demander à ce qu'il vienne la voir, puis fit de même avec le bureau de Mira.

« Par sécurité, là aussi », se dit-elle.

Et puisqu'elle était sur place, elle s'installa devant l'ordinateur de la salle de réunion pour poursuivre ses recherches sur les sites et les propriétaires qu'elle allait potentiellement prendre pour cibles.

Elle s'y attelait depuis une trentaine de minutes lorsque Mira apparut, chaussée de talons constitués de lanières bleues entrecroisées.

Un bleu de ciel d'été, coordonné avec son tailleur qui lui arrivait aux genoux, constata Eve.

— Merci de vous être libérée, dit-elle en guise de préambule.

D'un revers de la main, Mira lui indiqua que ce n'était rien.

— Je tenais à refaire le point avec vous, répondit-elle. Et je vois que j'ai un retard considérable à rattraper. Mon Dieu, Eve, tant que ça ? C'est stupéfiant. Même en sachant combien d'enfants sont enlevés chaque année, c'est stupéfiant de les voir ainsi regroupés.

— Et c'est le cas aussi dans la réalité. Ces filles sont parquées au même endroit, j'en suis convaincue. Ce n'est pas que mon intuition qui parle. Il s'agit du mode de fonctionnement de nos suspects, de leur système.

— Je suis d'accord sur ce point. L'arôme de votre café est tentant mais je crois que je vais m'en tenir au thé pour cette fois.

Eve allait se lever mais Mira lui fit signe de ne pas bouger.

— Vous disiez que le briefing concernait aussi le commandant. Alors attendons-le et faisons ça en une seule fois. Vous travaillez et je ne veux pas vous interrompre.

— J'étudie les sites potentiels. Les possibilités sont nombreuses, même si Connors les a réduites plus que je n'aurais su le faire.

Eve désigna l'écran d'un geste.

— Je les ai marqués sur la carte. Je cherche à savoir à qui ils appartiennent. Le site pourrait être une location, mais si c'est le cas, le propriétaire est forcément impliqué dans leur plan. Le contraire serait trop risqué.

— Pourquoi ? s'enquit Mira en programmant son thé.

— Le ou les propriétaires pourraient décider de vendre. Ils risqueraient d'envoyer des agents ou des représentants pour inspecter la propriété, s'assurer qu'elle est en bon état. Ou des évaluateurs s'ils envisagent de vendre.

— Je vois, effectivement. Et avec le type d'entreprise que vous décrivez ici, l'achat du bâtiment est un investissement sur la durée, avec une sécurité beaucoup plus élevée.

— Et quand on est propriétaire, on peut s'équiper comme on veut. Chambres, installations, système de surveillance…

Whitney arriva sur ces explications.

— Merci d'être venu, commandant, fit Eve en se levant.

Il portait un costume gris foncé sur de larges épaules alourdies par le poids de son poste. Les reflets argentés de ses cheveux noirs coupés court conféraient une touche de dignité supplémentaire à son large visage. Il demeura silencieux un moment, debout face au tableau.

— Elles sont si nombreuses, dit-il finalement.

— J'estime qu'il y en a davantage, commandant, mais celles-ci sont les plus fortes probabilités générées par Peabody et moi-même, ainsi que par l'équipe de Feeney à la DDE. Toutes correspondent au schéma, y compris trois types de victimes âgées de onze à treize ans. J'ai commencé, et Peabody continue, à prendre en compte d'autres victimes dans la tranche des six-dix ans.

» Géographiquement parlant..., commença-t-elle à expliquer.

Mais il l'interrompit d'un geste.

— Laissez-moi me prendre un café. Et dites-moi d'abord où nous en sommes avec la deuxième fille qui, selon vous, s'est échappée.

— Oui, commandant. La prospection autour de l'échoppe du témoin a permis de trouver deux commerçants qui ont identifié Dorian Gregg. Ils l'auraient aperçue en décembre dernier. Tous deux étaient certains de la reconnaître et raisonnablement sûrs de la période concernée. En décembre, avant Noël. Nous n'avons encore trouvé personne qui l'ait vue depuis. Nous continuons à chercher.

— Et nos collègues de Freehold ?

— Ils sont aux aguets. Mais elle n'y retournera pas.

— Docteur Mira ? demanda Whitney, son café à la main.

— Je suis d'accord avec le lieutenant sur ce point. Cette jeune fille n'a plus d'attaches là-bas. Il n'est pas inimaginable qu'elle ait trouvé un moyen de quitter New York entre le moment où elle s'est échappée et celui où nous l'avons identifiée et où l'alerte a été lancée, mais cela voudrait dire qu'elle a agi remarquablement vite, même pour une jeune fille aussi intelligente qu'elle.

— Si Mina avait eu un plan, ajouta Eve, il aurait consisté à contacter la police et/ou ses parents. Dorian Gregg ne ferait ni l'un ni l'autre. Peut-être en dernier recours, mais elle n'a aucune raison de faire confiance à sa mère ni aux autorités.

— Vous accordez beaucoup de poids à l'idée qu'elle s'est enfuie parce qu'ils ont répandu son sang sur la scène de crime.

— Effectivement, commandant. S'ils l'avaient recapturée, elle serait restée un produit de valeur. Mais en fuite, elle constitue une menace pour eux. Une menace qu'il devient judicieux de discréditer et d'impliquer dans le meurtre, en particulier sachant qu'elle a des antécédents de comportements violents. Ils n'ont pas dû abandonner leurs recherches pour autant. S'ils la trouvent, ils la revendront à bas prix ou l'élimineront.

Eve marqua une pause.

— Ce qu'ils ont peut-être déjà fait, admit-elle. Elle est maligne et a vécu dans la rue, mais on a ici affaire à des gens organisés, expérimentés et disposant de gros moyens financiers. Qui avaient plusieurs heures d'avance sur nous dans cette traque.

— Sachant tout cela, je présume que vous voulez continuer à déployer des agents pour ratisser le terrain ?

— Oui, commandant.

Il acquiesça.

— Vous aurez ces agents. J'ai lu son dossier ainsi que votre rapport. Elle a eu une vie très dure. Au passage, sachez que Truman a été limogée de son poste aux services sociaux.

Il s'assit.

— Où en étiez-vous quand je suis arrivé ?

— Géographiquement parlant…, reprit Eve avant de lui dresser un portrait de la situation.

Il l'interrompit à plusieurs reprises pour lui poser des questions et demander l'opinion de Mira.

Puis, une fois l'exposé d'Eve terminé, il se radossa à son siège avec une seconde tasse de café.

— Autoriser et mettre sur pied la cyberopération dont vous parlez serait plus simple si le FBI était déjà impliqué.

— C'est possible, commandant, mais nos meilleurs éléments sont dessus et ça bouge en ce moment même. J'aimerais disposer de trente-six heures pour affiner le plan. J'aimerais également que nous passions par l'agent spécial Teasdale. Non seulement elle a déjà démontré ses capacités, mais elle connaît l'équipe que nous mettrions en place. Il ne s'agit pas de s'arroger le crédit de l'affaire, commandant.

— Je le sais très bien. Pourquoi trente-six heures ?

— Pour la possibilité de retrouver Dorian Gregg. Cela reste notre priorité. Une opportunité de la trouver, de gagner sa confiance avant que la bureaucratie s'en mêle. Elle se montrera certainement plus coopérative si nous lui donnons le choix.

— Quel choix ?

— Le choix entre une famille d'accueil désignée par les services sociaux ou une place à An Didean.

Whitney haussa les sourcils. Mira, elle, sourit.

— Bien vu, murmura-t-elle. Très bien vu. Premièrement, le choix lui donnera le sentiment de pouvoir influer sur son destin. Et deuxièmement, vous n'imaginez pas une seconde qu'elle partira en famille d'accueil. L'école lui offrira une certaine liberté, avec des limites bien sûr, mais c'est un moyen de rompre le cycle dans lequel elle s'est retrouvée piégée.

— Les fédéraux ne seront peut-être pas en mesure – ou désireux – de lui proposer un tel choix. Je pense pouvoir convaincre Teasdale que c'est la chose à faire, mais je ne suis pas sûre qu'elle aurait toute l'autorité nécessaire pour donner le feu vert.

— Vous comptez donc les devancer et passer avec Gregg un accord que nous pourrons utiliser pour bloquer – ou tenter de bloquer – d'autres façons de la placer. Reste cependant à la trouver.

— Oui, commandant. Et si ce n'est pas fait dans les trente-six prochaines heures, il y a de fortes chances que nous ne la retrouvions pas, du moins avant ces enchères. Mais de nombreuses vies sont en jeu. Si nous remontons jusqu'à elle, les infos qu'elle possède nous mèneront à cette organisation, à l'endroit où sont rassemblés la plupart des visages sur ce tableau. Nous pourrons leur tomber dessus sans alerter d'autres sites, ni d'autres vendeurs ou acheteurs. Après quoi nous passerons à la cyber-opération, en coopération avec les fédéraux, pour cueillir tout ce petit monde.

» Mina Cabot reste ma priorité. Je veux celui ou celle qui l'a tuée. Si je peux avoir la personne qui l'a enlevée, les gens qui l'ont séquestrée, ceux qui ont financé et fait leur beurre sur tout ça, ce sera du bonus. Mais ça me va aussi si le FBI s'occupe de les arrêter. Je suis toujours à la recherche d'un tueur d'enfant, et j'espère que nous trouverons Dorian Gregg vivante, qu'elle nous désignera le coupable.

— D'accord. Nous verrons où vous en êtes dans vingt-quatre heures. Si vos progrès le justifient, vous obtiendrez les trente-six en question et j'autoriserai la cyberopération. Il faudra me tenir régulièrement informé.

— Ce sera fait, commandant. Et merci.

Il se leva.

— Retrouvez cette fille, Dallas, dit-il.

Puis, tournant la tête vers le tableau, il ajouta :

— Retrouvons toutes ces filles.

13

Dorian se réveilla dans son lit. Quelques rayons de soleil filtraient à travers le panneau occultant à la fenêtre et il lui fallut un moment pour retrouver ses marques. Elle avait dû s'endormir sur le canapé en bas pendant que Sebastian lui faisait la lecture. Et il l'avait sans doute portée jusqu'à son lit.

L'idée semblait étrange et bizarrement… agréable.

Pourquoi n'avait-elle pas eu quelqu'un comme lui en guise de père ? Avait-elle même eu un père ? Elle en doutait. Sinon, comment se faisait-il qu'elle se retrouve ainsi blessée et obligée de se cacher ?

Pourquoi quelqu'un comme Sebastian n'était-il pas venu l'emmener loin de toute cette merde, dans un endroit sympa ?

Parce que la vie ne fonctionnait pas de cette façon. Elle ne se souvenait peut-être pas de grand-chose, mais de ça, oui. La vie n'était et ne serait jamais comme ça. Pas pour quelqu'un comme elle.

Elle resta néanmoins allongée quelques minutes pour fantasmer. Elle était incapable de se rappeler si elle avait déjà paressé au lit par une matinée ensoleillée.

« Bouge-toi les fesses, fainéante ! »

Elle entendit clairement la voix dans sa tête. Une voix de femme, rauque et dure. Sa mère ? Oui, oui, sa mère. Le visage commençait à lui revenir, lui aussi.

Mais Dorian barra la route au souvenir. Elle ne voulait ni la voir ni l'entendre.

Parce qu'elle avait le droit de se poser ici. Sebastian le lui avait dit et personne ne semblait se soucier qu'elle lézarde au lit le matin. Il pourrait être un peu comme son père, non ? Tant qu'elle resterait.

Alors elle demeura allongée un petit moment, le temps d'écouter son corps. Elle n'avait plus mal à la tête ni l'impression d'avoir le cerveau en vrac. Sa cheville était douloureuse, mais moins qu'avant. Idem pour son genou.

Les deux étaient sans doute encore un peu fragiles mais elle pouvait marcher sans trop de problèmes. L'accès à la douche n'avait pas l'air de lui être interdit et elle avait envie de se laver. Saisissant le sachet contenant une brosse à dents et quelques accessoires de toilette que Greffier lui avait apportés, elle se rendit jusqu'à la salle de bains qu'elle partageait avec Chi-Chi et d'autres enfants.

Ça faisait du bien de se laver et d'enfiler des vêtements propres, même si le pantalon était trop large et un peu court.

Affamée, elle descendit l'escalier. Elle entendit des voix, dont une personne au moins en train de jouer à un jeu. Elle se dit qu'elle allait manger un morceau avant de voir quelles tâches lui étaient assignées.

Elle les ferait de bonne grâce : si elle effectuait ses corvées sans pleurnicher ni faire d'histoires, elle pourrait rester. Habiter là avec Sebastian et Greffier, et tous les autres enfants. Elle aurait toujours quelqu'un à qui parler, avec qui passer du temps.

Puis, une fois qu'elle aurait fait ce que lui demandait Sebastian, peut-être que Greffier, Chi-Chi ou quelqu'un d'autre voudrait sortir un peu. Elle avait envie de voir la ville.

Des visions de New York lui revenaient par flashs – froid glacial, beaucoup de lumières et de monde – et elle avait envie de voir si elle inventait ou s'il s'agissait de vrais souvenirs.

Elle ne voulait pas se rappeler cette femme à la voix pleine de colère, ni la raison pour laquelle elle avait dû se terrer dans le noir, mais c'était différent. Elle aimait avoir un nom – Dorian – et elle aimait cet endroit. Elle était sûre d'aimer New York, même si les images étaient froides et floues.

Elle vit Sebastian dans le salon familial, comme la nuit précédente, mais il parlait cette fois à l'un des enfants – une fille, peut-être un peu plus jeune qu'elle – tout en déplaçant trois petits bols rouges sur la surface de la table.

— Ne perds pas des yeux la balle argentée pendant que les bols tournent, Bets. Si tu la trouves, tu gagnes cinq dollars.

Ses mains s'immobilisèrent brusquement.

— Alors, où est la balle ?

Bets désigna sans hésiter le bol du milieu. Lorsqu'il le souleva, pourtant, la balle n'y était pas.

— Mais je suis sûre qu'elle était là. Je l'ai pas quittée des yeux !

— La main est plus rapide que l'œil, répondit Sebastian.

Il lui présenta sa paume, au creux de laquelle reposait la balle.

— Mais je t'ai vu la mettre sous le bol.

— Tu as cru le voir parce que c'est ce que je t'ai dit de voir.

Il refit nonchalamment tournoyer les bols sur la table.

— Il faut des gestes sûrs et rapides à ce jeu, ajouta-t-il en souriant. Oups, où est la balle ?

— Dans ton autre main.

Il lui montra ses deux mains vides avant de soulever le bol de gauche pour faire apparaître la balle.

— Mais comment t'as fait ? Tu peux m'apprendre ?

— C'est ce que je suis en train de faire.

Il avisa Dorian.

— Entraîne-toi un moment, dit-il à la jeune fille. Tu as les mains qu'il faut.

Il se leva et s'approcha.

— Bonjour, Dorian. Tu dois avoir faim, non ?

— Très.

— Voyons ce qu'on peut faire pour toi.

Ils disposaient d'une cuisine commune avec une grande table, et une autre plus grande encore dans la pièce attenante. Dorian connaissait déjà les règles. Chacun s'occupait de sa propre vaisselle. Si on terminait un certain type d'aliment, il fallait le signaler à la personne responsable cette semaine-là. Ils s'organisaient par roulement.

— Ce matin, c'est moi qui m'occupe de ton petit-déjeuner, annonça Sebastian.

« Comme un père », songea-t-elle avec une sorte de nostalgie.

— T'es pas obligé.

— Tu as droit à une journée bonus, fit-il. Que dirais-tu d'un friand aux œufs ? Et il semblerait bien que quelqu'un nous ait déniché des fruits rouges quelque part dans les bois de la grande ville.

— Cool. Greffier est dans le coin ? Je me suis dit qu'on pourrait peut-être sortir un peu aujourd'hui. Je me sens beaucoup mieux.

— Tant mieux.

Tandis qu'il pianotait sur ce qui ressemblait à un très vieil autochef, Sebastian balaya la pièce du regard.

— Laisse-nous la cuisine quelques minutes, Howl, dit-il.

Howl, un gaillard de seize ans dont les cheveux retombaient devant les yeux, haussa les épaules et s'éloigna d'un pas traînant.

— Ça me dérange pas s'il est là pendant que je mange, affirma Dorian.

— Je tiens à pouvoir te parler au calme, répondit-il.

Dorian, qui s'était assise, serra les mains sur ses cuisses.

— J'ai fait un truc qu'il fallait pas ? Je suis désolée ! M'oblige pas à partir. Je peux…

— Dorian, tu n'as rien fait de mal et personne ne t'obligera à aller où que ce soit.

Il déposa le friand devant elle, puis des fruits rouges et un liquide qui tentait de se faire passer pour du jus d'orange.

Lui se programma un café, ou en tout cas leur meilleur succédané de café.

— Tu m'as dit que tu me faisais confiance, reprit-il.

— Oui. Et je le pense.

— Vas-y, mange un peu. Le reste de ta nuit s'est mieux passé ?

— Je n'ai pas rêvé du tout après. Je veux m'occuper de tâches ménagères, comme tu disais.

— On y viendra. Le docteur s'attend à ce que ta cheville reste douloureuse.

— Ouais, un peu, mais ça va. Après ma douche, j'ai refait le bandage comme il m'a montré. Et je peux marcher sans avoir mal.

— Les avantages de la jeunesse, commenta-t-il avec un sourire. Pas de maux de tête, de vertiges ?

Elle commença à se détendre et à manger. Il voulait seulement voir comment elle allait.

— Non, c'est bon. Je voudrais sortir marcher un peu, voir si j'arrive à me rappeler des trucs.

Il l'observa tout en buvant son café.

— Tu ne te souviens de rien d'autre ?

— Pas vraiment.

Il hocha la tête puis sortit de sa poche un communicateur.

— Je voudrais te montrer quelque chose. Quelqu'un, en fait. Et que tu me dises – et tu seras honnête parce qu'on se fait confiance – si tu te souviens d'elle.

— D'accord, mais je crois pas que je connaisse vraiment des gens. À part vous tous, ici.

Sa première pensée en regardant l'écran fut qu'elle aimait bien les cheveux de la fille, d'un roux flamboyant. Et puis…

Son cœur se mit à battre la chamade et sa peau devint glacée. L'espace d'une minute, qui lui parut une éternité, elle se retrouva incapable de respirer, hoquetant vainement pour inspirer un air qui se refusait à elle.

Tout lui tomba dessus avec la force d'un immeuble qui s'effondre, cascade de briques, d'acier et de verre brisé menaçant de l'ensevelir. Une voix lointaine parvenait encore vaguement à ses oreilles mais elle continua à secouer la tête.

— Non, non, non, non...

— Tu es en sécurité, Dorian. Personne ne te fera de mal. Regarde-moi. Regarde-moi...

Sebastian lui prit les bras et continua à parler en se baissant de façon que leurs regards soient à la même hauteur et que les yeux écarquillés et choqués de Dorian trouvent les siens.

Sous l'effet de la crise de panique, le teint de Dorian avait viré au gris et son corps était secoué de tremblements.

— Respire. Inspire à fond et souffle.

— Peux pas...

— Si, tu peux. Regarde-moi, regarde-moi dans les yeux et respire, tranquillement, doucement. Voilà, comme ça. Ça entre et ça sort. Tu es en sécurité. Je suis là, avec toi.

Un regard d'avertissement à une gamine qui s'apprêtait à entrer dans la cuisine suffit à la faire détaler.

— C'est bien, reprit Sebastian. Tout va bien. Tout va bien se passer.

Une première larme roula sur la joue de Dorian. Il estima que c'était un premier pas pour sortir de l'état de choc.

— Je vais aller te chercher de l'eau, dit-il. Je vais juste là pour te prendre un verre d'eau.

— Je me souviens. Je me souviens...

— Oui, je vois ça. Reste assise. Reste assise et respire.

Tout en allant chercher l'eau, il s'admonesta intérieurement. Était-il allé trop vite ? Aurait-il dû lui laisser plus de temps ? Et que ferait-il si cette jeune fille était responsable ou complice de la mort d'une autre enfant ?

Il lui apporta son eau, s'assit et la dévisagea. L'idée ne tenait pas debout. Oui, même les enfants étaient capables de tuer. C'était tristement vrai, il le savait. Mais pas celle-ci. Pas cette fille aux yeux désespérés et remplis d'un immense chagrin.

— Tu peux me dire ce dont tu te souviens ?

— Mina…

Ses doigts tremblaient tellement en soulevant le verre qu'elle l'agrippa des deux mains.

— Mina. J'avais oublié.

— Qu'est-il arrivé à Mina ?

— Elle s'est échappée. Est-ce qu'elle a réussi à s'échapper ? Elle a couru, couru à toutes jambes pour qu'ils me trouvent pas. Sous la pluie. Je suis tombée, je suis tombée et je me suis fait mal à la jambe, tordu la cheville. Après cette chute, ma chute, elle est partie en courant pour qu'ils la poursuivent. On est sorties. On était sorties, mais ils arrivaient, et je suis tombée. Est-ce qu'elle a pu s'enfuir ?

Elle reposa brusquement le verre et prit Sebastian par le bras.

— Elle est là ? Mina, elle est ici, comme moi ?

— Non, elle n'est pas là. Mina et toi êtes sorties ? De quoi ? D'où ?

— De l'Académie…

Les larmes coulaient à présent à flots. Elle posa sa tête sur la table, secouée par les sanglots.

— Oh, mon Dieu, souffla-t-elle. Oh, je me souviens…

Elle lui raconta tout, par bribes et par à-coups. Sebastian ravala sa colère et son indignation, conscient que la virulence de sa réaction ne ferait que l'effrayer.

Finalement, Dorian frotta ses yeux gonflés et rougis avant de tourner vers lui un regard suppliant.

— Tu pourrais la retrouver ? M'aider à la retrouver ? Elle va appeler ses parents. Elle a dit qu'ils viendraient.

Il lui caressa les cheveux.

— Il va falloir que tu sois forte. C'est beaucoup demander après tout ce que tu as vécu. Mais tu as déjà prouvé que tu l'étais. Je suis désolé, Dorian. Mina n'en a pas réchappé.

— Ils l'ont attrapée ? Non, non, on était sorties. Et s'ils l'ont reprise…

Son visage devint inexpressif et l'éclat dans ses yeux suppliants s'éteignit. Sebastian sentit son cœur se briser en voyant quelque chose mourir en elle.

— Elle est morte, c'est ça ? Ils l'ont tuée. Ces enfoirés l'ont tuée. Elle a couru pour qu'ils ne m'attrapent pas, et ils l'ont tuée. Je ne pouvais plus courir, et ça lui a coûté la vie.

— Je suis désolé, tu ne peux pas savoir à quel point. Rien de tout cela n'est ta faute.

— J'ai fait une chute, et je ne pouvais plus courir.

Le visage de Dorian reprenait vie peu à peu, mais il était hanté par la douleur et l'amertume.

— Elle m'a aidée, reprit-elle. Alors que personne m'aidait jamais. Et maintenant, elle est morte.

— Elle a été courageuse, elle a voulu te protéger. Tu te dois de l'honorer et la première chose à faire est de désigner les vrais responsables. C'est-à-dire les gens qui vous ont fait du mal, à elle, à toi et à toutes les autres.

— Je voudrais tous les buter !

— Personne ne pourrait te le reprocher. Tu me fais confiance ?

— Tu m'aideras à les buter ?

Sebastian se radossa à son siège et croisa le regard rageur de Dorian.

— Je ne peux pas faire ça, dit-il. Même si je comprends, je me refuse à ôter la vie, y compris à des gens aussi ignobles. Il y a d'autres personnes ici qui comptent sur moi, qui ont besoin de ce lieu sûr parce qu'elles ont été blessées, trahies ou abandonnées. Mais je connais un autre moyen, une autre manière d'honorer Mina et de leur faire payer ce qu'ils ont fait et ce qu'ils continuent à faire.

— Payer comment ?

— En perdant tout excepté la vie. Et c'est une punition plus lourde. Tout perdre et devoir vivre avec. Tu pourras y participer, faire en sorte de les priver de leur liberté comme eux l'ont fait avec toi.

Il lui reprit la main et se pencha vers elle.

— Je connais quelqu'un qui pourra nous aider.

— Toi.

— À ma façon, oui. Mais je parle de quelqu'un d'autre.

Il esquissa un petit sourire.

— Mavis Freestone, ça te dit quelque chose ?

— Ouais, tout le monde la connaît. Elle est plutôt cool, j'avoue. J'avais pas le droit d'écouter de musique à la maison mais j'avais piqué des oreillettes pour que ma mère entende pas. Et des fois, j'écoutais du Mavis.

— C'est une amie.

Quelque chose de l'ado en elle ressurgit.

— Arrête ! Elle est méga célèbre, super riche et tout !

— Elle ne l'a pas toujours été. Elle était comme toi, autrefois, comme notre petite famille ici. Une fille en quête d'un peu de sécurité.

— Sérieux ? Tu te fous pas de moi ? Elle a habité ici ?

— Pas dans cette maison. Je ne l'avais pas encore à l'époque. Mais dans un autre endroit.

— Mais elle… C'est quelqu'un d'important.

— Nous le sommes tous.

— Même si elle dit oui, comment elle nous aiderait à leur faire payer ? C'est une chanteuse.

— Elle a une amie, une très bonne amie, qui est dans la police.

Dorian retira brusquement sa main.

— Les flics ? Pas question. Laisse tomber. Ils me renverront chez ma mère ou me flanqueront en centre éducatif. Jamais j'irai…

— Laisse-moi t'expliquer. Ici, on s'écoute, Dorian. Alors écoute-moi. Pour commencer, je te promets de ne rien faire et de ne parler à personne sans ton accord. Juré.

— Laisse tomber. Je serai jamais d'accord. Je préfère encore partir et essayer de me démerder toute seule.

— Ils te cherchent, Dorian. À la fois ces gens-là et la police.

— À cause de Mina ? Ils croient quand même pas que j'ai…

— Je t'ai dit que tu étais en sécurité ici. Si c'est ce que tu choisis, je te donnerai de l'argent et te trouverai un moyen de quitter New York. Mais si tu fais ça, ces gens ne paieront jamais pour ce qu'ils ont fait, ils ne s'arrêteront pas. Ils ne paieront ni pour Mina ni pour toutes les autres filles à qui ils continueront à faire du mal.

Il lui posa doucement la main sur la joue et fut soulagé de ne pas la voir s'écarter.

— C'est un fardeau affreusement lourd qui pèse sur tes seules épaules, mais c'est la réalité. Je te demande juste de m'écouter jusqu'au bout avant de faire ton choix.

— J'irai pas voir les flics, répliqua-t-elle en croisant les bras. Mais bon, vas-y.

— Je vais te raconter comment j'ai rencontré cette flic-là. Le lieutenant Eve Dallas. Et pourquoi notre amie commune, Mavis, nous a réunis. Il y a des années de ça, des filles comme Mina et toi ont été victimes d'un fou. Quelqu'un les agressait, les tuait et cachait leurs corps derrière un mur. Un jour, il y a quelques mois, un homme a démoli ce mur pour bâtir quelque chose de neuf, quelque chose de bien. Et c'est là que ces jeunes filles – ce qui restait d'elles, en tout cas – ont été retrouvées.

Au Central, Eve faisait les cent pas en salle de réunion.

Elle avait passé la majeure partie de la matinée à chercher des moyens de réduire le nombre de propriétés sur la liste de Connors. Le problème étant qu'il avait déjà fait du trop bon travail dans ce sens.

Elle se retrouvait donc avec beaucoup trop de sites correspondant à ce qu'elle avait en tête. Et le pire dans tout cela, c'était qu'elle se trompait peut-être sur toute la ligne.

Frustrée, elle s'était tournée vers les victimes potentielles et avait parcouru chaque dossier à la recherche d'une minuscule erreur révélatrice que personne n'aurait encore relevée.

À présent, elle faisait les cent pas. Elle était plus déterminée que jamais à trouver cette erreur. Elle n'avait scruté que six dossiers à ce stade. Et ce n'était pas parce qu'elle n'avait rien repéré jusque-là qu'elle ne tomberait pas sur un détail clé dans les suivants.

Elle aurait préféré être sur le terrain, faire quelque chose qui ressemble à de l'action, qui aide à débloquer les choses. Mais le fait était que dans cette affaire, l'action résidait au cœur de ces dossiers.

« Je reprends un café », décida-t-elle.

Elle avait simplement besoin d'une nouvelle dose de caféine.

Elle entendit alors arriver Peabody, accompagnée de délicieux effluves. Son équipière fit irruption dans la salle avec deux assiettes à la main.

— Vous nous avez pris de la pizza ?

— Une pepperoni et une végétalienne ; les légumes me servent d'excuses pour manger de la pizza. Elles proviennent de votre autochef, en fait. Et la seule raison pour laquelle je suis sortie vivante de la salle commune, c'est que tout le monde sait sur quoi nous bossons.

Peabody déposa les pizzas sur la table.

— Il faut qu'on mange, Dallas. Connors a prévenu la DDE qu'il arrivait bientôt. Vous savez que lui aussi vous pousserait à manger. Et sans doute pas de la pizza.

Peabody n'avait pas tort. Et un coup d'œil à sa montre indiqua à Eve qu'en fait de matin il était en réalité 14 heures.

Peabody sortit un tube de Pepsi d'une poche et sa version allégée d'une autre.

— Le temps passe trop vite, s'agaça Eve avant d'ouvrir le tube et de boire à longs traits. Quoi qu'il arrive, je serai obligée d'appeler les fédéraux demain. Si ça se trouve, c'est la meilleure solution. Soit je n'ai pas les yeux en face des trous, soit ce que je cherche n'est pas là.

— On est face à un mur. Mais on va trouver comment le franchir.

En parlant de murs, Eve revint à la charge sur la recherche de sites.

— Je vais demander à l'agent Carmichael de constituer une équipe. Qu'ils se rendent d'ores et déjà sur certains de ces lieux sous un prétexte bidon. Ils n'auront qu'à inventer une action de sensibilisation de la communauté. Juste histoire d'entrer et de jeter un coup d'œil. Les détails anormaux sautent plus vite aux yeux quand on sait qu'un endroit sert potentiellement de couverture à un trafic d'êtres humains.

— Bonne idée.

Voyant Peabody s'asseoir et entamer une part de pizza, Eve capitula et fit de même.

— Je me demande si certains enlèvements ne seraient pas le fait de rabatteurs issus de métiers particuliers. Employés de maintenance, réparateurs, livreurs, voire flics. Je déteste cette idée mais on ne peut pas l'écarter. Les gens sont habitués à les voir, ils n'y regardent pas à deux fois.

— Ou des plombiers, renchérit Peabody. Des techniciens en informatique, des artisans du coin… Et même s'ils ne sont pas du coin, la plupart des civils ne s'intéressent généralement pas à un utilitaire ou une camionnette qui traverse le quartier.

La pizza lui faisait du bien et la calait comme rien d'autre ne pouvait le faire.

— On peut imaginer quelqu'un qui vit dans le quartier et y enlève un enfant, supposa-t-elle. Il le kidnappe et l'emmène jusqu'à un lieu d'échange, ou carrément jusqu'à la destination visée.

— Là aussi, pour que ça marche, il faudrait que l'entreprise soit une façade, souligna Peabody. C'est en tout cas le plus probable.

— Oui, mais la boîte pourrait être en lien avec leur couverture ici, par exemple l'atelier où ils fabriquent les sous-vêtements, les uniformes. Ce serait plutôt malin, et ces gens sont des malins. Pas question d'enlever un gamin tous les jours, ni même toutes les semaines. Vous vaquez à vos occupations, vous sélectionnez l'enfant et vous avez tout le temps qu'il faut pour l'espionner jusqu'à trouver le bon moment pour agir. Pour les enfants des rues – le type Dorian –, ce ne sera pas le même système.

Une bonne pizza était la réponse à quasiment tous vos besoins, songea Eve en savourant sa part.

— Creusons l'idée, dit-elle. Partons de votre suggestion : les plombiers. Avec nos paramètres, on cherchera plutôt une grosse boîte. Fournitures de plomberie ou plomberie à destination des entreprises. Même chose pour la gestion de parc informatique. En ce qui concerne les artisans, je ne sais pas trop à quoi les associer, mais on trouvera. On a aussi l'idée de l'atelier de couture et de confection. Les services de livraison – il y a beaucoup de grandes entreprises dans ce domaine. Plus tout ce qui est prestataires ponctuels. L'installation et la réparation de panneaux solaires, par exemple. C'est une piste.

— Je dirai à McNab d'ajouter ça. Plus on a de critères, mieux c'est. J'ai trouvé d'autres gamines, Dallas. J'ai commencé par les affaires encore en cours où la fille ne pouvait pas prétendre à la même beauté physique que notre victime. J'en ai identifié dix-sept autres, de six à seize ans, qui correspondent au mode opératoire. Je vais les classer par catégories – âge, bon voisinage, fugueuses – mais là, j'avais besoin de faire une pause.

— Dix-sept. Je vais demander à Carmichael de commencer sur-le-champ. Et je me demande si je ne devrais pas appeler Teasdale aujourd'hui. On multiplie les pistes mais on n'avance pas.

Elle prit une deuxième part de pizza.

— À ce stade, on devrait avoir des témoignages attestant de la présence de Dorian Gregg, qu'elle soit restée ici ou retournée vers sa ville natale. Soit elle a disparu dans la nature, soit ils l'ont récupérée, soit elle gît, morte, quelque part.

— Le plus probable, c'est qu'elle soit loin d'ici, estima Peabody. Elle a largement eu l'occasion de s'enfuir avant qu'on identifie son sang. Une fois dehors, elle aura filé sans demander son reste. Si on a de la chance, elle se fera arrêter par des collègues quelque part.

— Évitons de compter sur la chance.

Elle se revit quand elle avait huit ans, imagina la terreur qu'elle aurait ressentie si elle s'était retrouvée entourée d'agents fédéraux. Mais elle craignait de n'avoir bientôt plus le choix.

Elle sortit son communicateur, contacta l'agent Carmichael, lui confia sa nouvelle mission et lui envoya les données nécessaires.

Au moins avait-elle l'impression d'agir, même si ce n'était pas grand-chose.

Elle tourna la tête vers Willowby, qui venait d'arriver.

— Hé, j'ai pensé faire un saut de la DDE jusqu'ici pour vous mettre au courant.

L'enquêtrice, constata Eve, s'était habillée à la mode DDE, avec une chemise arc-en-ciel et un pantalon baggy à bretelles vert fluo, le tout complété par des baskets roses.

— C'est pas la pizza des distributeurs, ça, remarqua Willowby.

— Servez-vous, dit Eve avec un signe de la main.

— Celle que vous voudrez, indiqua Peabody. Ou les deux.

— La pizza végé, c'est la seule façon dont je tolère les légumes. Je vais goûter aux deux.

Willowby s'assit et croqua dans les deux parts superposées.

— Votre mec est là-haut, dit-elle à Eve. Tellement sexy ! lâcha-t-elle avec un petit frisson. Si je peux me permettre.

— Vous vous êtes déjà permis.

— J'ai un faible pour les gens sexy, et pour l'intelligence. Peu importe leurs chromosomes, je craque pour un look sexy ou un esprit vif. Et quand ils ont les deux ? Là, je suis foutue. Lui a les deux, c'est sûr. Bref...

Elle se tut le temps de prendre une deuxième bouchée.

— Il travaille sur l'opération avec les geeks de Feeney et j'ai bien l'impression que ça pourrait marcher. Ça va demander du boulot et des fausses identités en béton. On arrive tard pour participer à ces enchères, mais il existe des acheteurs qui ne se manifestent qu'au dernier moment.

Tout en mangeant, elle balaya des yeux les visages épinglés au tableau.

— Si on fait ça bien, si on réussit notre coup, on sauvera peut-être certaines d'entre elles.

— Vous avez dormi, Willowby ?

— Par-ci, par-là. Cette pizza vaut une bonne sieste. Il nous reste à peine plus de deux jours. Je dormirai après.

Elle désigna du doigt le tableau.

— Plusieurs des filles que vous avez là sont apparues dans d'autres vidéos de promo. Si tout se passe comme je le pense, les kits de vente complets seront en ligne demain à la même heure. Vous avez ajouté des Fillettes.

— Oui, elles correspondent au mode opératoire de l'enlèvement.

— Les salauds ! Je veux les faire tomber autant que vous. Le truc, c'est que même si cette organisation-là est énorme et bien rodée, elle n'est pas la seule. Avec l'opération de la DDE, on a une chance – une petite chance – d'en coincer d'autres.

— Il y en aurait combien, selon vous ? lui demanda Eve.

— De cette taille ? Pas beaucoup, répondit Willowby en secouant la tête. Mais on trouve des organisations plus modestes, du genre à détenir peut-être trois ou quatre filles qu'elles proposent à ce type d'enchères. Quelques autres se spécialisent et importent sans doute plus qu'elles ne kidnappent. Les Brutes – c'est le terme que j'emploie pour les individus qui violent, violentent puis revendent – sont plus nombreuses, mais il leur faudrait un bon financement pour participer à une vente de ce calibre. Les frais d'entrée sont d'un demi-million de dollars, et c'est juste pour avoir le droit de vendre. Après ça, vingt pour cent du prix de vente est reversé aux organisateurs.

— Les coincer tous ensemble serait décidément une bonne idée.

— N'est-ce pas ? Peut-être que tout ça nous donnera une chance. Ce serait un sacré truc, hein, si ces deux gamines causaient leur chute. Toujours aucune trace d'elle ? Dorian Gregg ?

— Non. On étudie les tuyaux que nous envoient les citoyens, y compris les farfelus ou les trop zélés. Mais rien de concret. Je ferai intervenir les fédéraux demain au plus tard.

— Ouais, je me doutais bien que ça allait arriver, grommela Willowby avant de mordre de nouveau dans sa pizza. J'aime pas l'idée qu'ils viennent fourrer leur nez dans ce qu'on prépare à la DDE. On fera les choses proprement, ajouta-t-elle. Hors de question qu'on laisse ces salauds s'en tirer à cause d'un vice de procédure. Mais les fédéraux peuvent vraiment vous prendre la tête dès que vous sortez un tout petit peu des clous.

— Je ne pourrai pas retarder ça plus longtemps. Et à ce stade, je ne suis même pas sûre que ce serait une bonne idée.

— Je comprends. On fera ce qu'il faut. Allez, j'y retourne. Merci pour la pizza. C'était top.

Alors que Willowby se levait, l'inspecteur Trueheart toqua au chambranle de la porte avec son habituel air sérieux.

— Pardonnez-moi, lieutenant…

Alors qu'il parlait, Willowby se retourna vers Eve, les yeux écarquillés, et se plaqua une main sur le cœur.

— Inspecteur ?

— Mavis est ici pour vous voir. Je ne voulais pas vous l'envoyer sans avoir votre confirmation.

— Sa petite est avec elle ?

— Non, lieutenant.

— Envoyez-la-moi.

— Trop craquant ! lança Willowby quand il fut reparti. Mignon et sexy. Il a quelque chose dans la cervelle ?

— C'est un flic solide et un bon inspecteur. Calmez-vous un peu, Willowby.

— Je dis ça comme ça. Il n'est pas marié ni rien ?

— Non, assura Peabody comme Eve se contentait de fermer les yeux, agacée. Mais il sort à peine d'une relation. Elle a accepté un poste à Washington. Il est vraiment gentil.

— C'est charmant la gentillesse, surtout chez les gens sexy. Je vis un peu une traversée du désert à ce niveau. Peut-être qu'une fois qu'on aura arrêté ces salauds, je pourrais… Oh !

Mavis venait d'entrer, vêtue de baskets violettes, d'un pantalon moulant rose et d'un chemisier violet qui épousait son ventre arrondi, désigné par une flèche rose sur laquelle on pouvait lire : DEVINEZ QUI ?

Ses cheveux étaient une masse bouclée et indisciplinée de rose et de violet.

« Prête pour intégrer la DDE », songea Eve.

— Mavis Freestone ! s'exclama Willowby avec un petit cri aigu. J'y crois pas ! Je suis une méga fan.

Un grand sourire se peignit sur le visage de Mavis, mais Eve la connaissait mieux que ça.

« Il y a quelque chose qui cloche. »

— Merci ! Enchantée, dit Mavis.

— Willowby. Zela Willowby. J'étais à votre concert à Fire Island. Franchement, c'était incroyable. Et la vidéo que vous venez de sortir avec Avenue A, en duo avec Jake Kincade ? J'ai pas les mots ! Mais je vous soûle, là. Pardon.

— Vous m'entendez me plaindre ? Je me régale quand les gens me disent qu'ils aiment ma musique.

— J'aime pas, j'adore ! Je ne risque pas d'oublier ce moment. Mais bon, je ferais mieux de filer avant de vous baver dessus ou je sais pas quoi, dit-elle en repartant vers le couloir. Deux mecs canon et Mavis Freestone en personne. Quelle journée !

— Bon...

Mavis exhala et son sourire de star s'évanouit.

— Je peux fermer la porte ? demanda-t-elle.

— Oui. Bella va bien ? Leonardo ?

— Oui, oui, tout va bien.

— Alors viens t'asseoir et raconte-moi ce qui se passe. Il y a un gros souci, ça se lit sur ton visage.

— Je vais te raconter.

— Tu veux un thé ou quelque chose ? lui demanda Peabody.

— Non, ça ira. C'est tout bon.

Elle s'approcha du tableau, balaya du regard les visages juvéniles.

— Il y en a tellement, dit-elle à mi-voix.

Elle posa la main sur l'enfant qu'elle portait dans un geste protecteur, puis s'assit.

— Je vais te demander de m'écouter jusqu'au bout, et de ne pas t'énerver, dit-elle à Eve.

— Pourquoi je m'énerverais ?

— Je veux simplement que tu m'écoutes jusqu'au bout. Vous recherchez l'une de ces filles en particulier. Dorian Gregg.

— C'est vrai. Tu sais quelque chose ?

— Si tu m'écoutes jusqu'au bout sans t'emporter, je serai en mesure de la faire venir à la maison pour que vous puissiez vous parler.

Eve lutta pour ne pas se relever d'un bond en hurlant.

— Tu sais où elle est ?

— Non, mais je pourrai organiser une rencontre si tu m'écoutes et que tu restes calme.

— Il faut que je sache où elle est, Mavis !

Le mouvement circulaire de la main de la chanteuse sur son ventre s'accéléra.

— T'es déjà en rogne. Je sais ce que tout ça représente pour toi. Tout comme tu sais ce que ça représente pour moi. Tu cherches à savoir où elle est pour t'assurer qu'elle est en sécurité et trouver un moyen d'aider toutes ces jeunes filles.

Sa voix se fêla comme elle regardait de nouveau le tableau.

— Je t'en prie, laisse-moi t'aider dans ce sens. J'ai dû donner ma parole pour arriver jusqu'ici. Ma parole la plus solennelle, même. Je vais devoir vous demander de me donner toutes les deux la vôtre avant d'en dire plus. Mais je pense vraiment pouvoir vous aider si vous m'écoutez jusqu'au bout.

— Je t'écoute.

— Sebastian m'a appelée. Elle est avec lui.

14

Eve aurait eu envie d'exploser, de cracher un torrent de fureur électrique au visage de Mavis. Alors elle fit tout le contraire. Elle devint glaciale.

— Où est-elle ? Où la garde-t-il ?

— Je ne sais pas. Dallas…

— Ne te fous pas de moi, Mavis. Pas là-dessus. Où est-ce qu'il se cache ?

— J'en sais rien ! Et même si je le savais, je ne pourrais pas te le dire parce que j'ai promis. Mais je ne sais pas. L'époque où je traînais avec Sebastian et ses gamins remonte à une éternité. C'était même avant que je te rencontre. Tu le sais bien

— Il détient le témoin clé d'une affaire de meurtre, et de beaucoup d'autres choses. Qu'est-ce qu'il veut en échange ?

Le regard de Mavis se durcit sous l'effet de la colère, et le ton monta.

— Il n'a rien demandé de ce genre. Je savais bien que t'allais t'emporter. Mais je n'avais pas prévu que tu *me* foutes en rogne avec ton numéro de flic dure à cuire.

— C'est exactement ce que je suis. Une flic de la Criminelle furax avec une gamine de treize ans à la morgue.

— Bon, bon, dit Peabody en levant les deux mains dans un geste d'apaisement. Et si on... ?

Les regards qu'Eve et Mavis braquèrent sur elle auraient pu l'incinérer sur place. Peabody baissa les bras.

— Rien, murmura-t-elle. J'ai rien dit.

— Est-ce que tu pourrais la fermer pendant deux foutues minutes et m'écouter ? gronda Mavis. Il ne m'a pas raconté grand-chose parce qu'il veut que ce soit elle qui te parle, pigé ? Il ne voulait pas que je risque de déformer son histoire. Ce que je sais, c'est que l'un de ses gamins a trouvé Dorian et qu'elle était mal en point. Le gamin l'a emmenée voir Sebastian.

— Mal en point, c'est-à-dire ?

— Je ne sais pas, d'accord ? s'agaça de nouveau Mavis. Aucune idée. Il a vu passer l'info dans les médias et il essaie de la convaincre de te parler.

— C'est pour ça qu'il t'appelle et se sert de toi comme intermédiaire ?

— Oui, il m'a contactée parce qu'il pensait que j'aurais plus de chances que lui de te faire accepter les conditions de Dorian. Dis-moi un peu qu'il avait tort !

— Des conditions, mon cul.

— Tu fais vraiment ta peau de vache, là. Alors, Numéro Deux et moi, on va faire le tour de la pièce pour se calmer un peu. Je pourrais avoir un verre d'eau, Peabody ?

— Bien sûr.

Consciente de la tension qui régnait dans la pièce, Peabody préféra s'éclipser plutôt que d'utiliser l'autochef.

— Il m'en a très peu dit, reprit Mavis en marchant. Mais moi aussi, j'ai vu les infos. Et il m'en a raconté assez pour que je comprenne que l'histoire dépasse cette pauvre ado retrouvée morte et celle-ci qui crève de trouille. Ça concerne toutes ces filles sur ton mur. On sait bien de quoi il retourne, toi et moi.

Elle se retourna vers Eve. L'éclat de colère dans son regard n'avait pas disparu mais elle semblait au bord des larmes.

— Je ne connais pas le fond de l'affaire, mais les indices sont sous mon nez et c'est une réalité que nous ne connaissons que trop bien, toutes les deux. Alors tu te mets en colère et moi aussi. Et je n'arrête pas de penser à ce que je ressentirais si quelqu'un me prenait Bella, l'enlevait et lui faisait du mal, et…

— Arrête. Ne te torture pas comme ça.

Eve pressa ses doigts contre ses paupières closes en s'efforçant de recouvrer son calme.

— Sebastian n'aurait jamais dû te mêler à ça. Justement parce que tu sais de quoi il retourne et que ce genre d'idée allait forcément t'assaillir.

— Pas la peine de t'énerver pour moi, répliqua Mavis, le doigt pointé vers Eve. Je le fais très bien toute seule. Et si tu veux bien te calmer l'espace d'une minute, tu comprendras pourquoi il est passé par moi.

» Je ne te demande pas de l'apprécier. Ni lui ni ce qu'il fait. Mais je sais que sans lui, à l'époque, j'aurais pu finir sur ce tableau. Il a représenté ce dont j'avais besoin au moment où j'en avais besoin. Et aujourd'hui, c'est la même chose pour cette fille.

— Il lui faut surtout une assistance médicale et une protection policière. Et les filles sur ce tableau, elles, ont besoin que Dorian me raconte tout ce qu'elle sait, dans les moindres détails.

— Super, top, génial.

Mavis se rassit sans cesser ses caresses circulaires sur son ventre. Elle tourna la tête quand Peabody revint.

— Merci, dit-elle. Alors voilà...

Elle prit quelques instants pour décapsuler le tube et boire un peu d'eau.

— Elle a accepté de te parler mais j'ai l'impression qu'il a dû faire un sacré numéro de claquettes avec jonglerie et saltos arrière pour la convaincre. Rencontre en terrain neutre. C'est-à-dire à la maison, notre maison.

— Mavis...

Celle-ci tendit la main pour saisir et serrer les doigts d'Eve.

— Je t'en prie. Elle ne viendra pas au Central. Moi non plus, je ne serais pas venue à l'époque. Mais elle te rencontrera et te parlera chez moi, en échange de quelques garanties de ta part. Sebastian sait – et il l'a convaincue – que tu ne me mentiras pas. Et que je ne leur mentirai pas non plus.

— Quelles garanties ?

— Que vous ne l'arrêterez pas. Elle n'a pas tué l'autre fille.

— Je sais. Peabody ?

— Le vrai coupable, expliqua celle-ci, a essayé de faire porter le chapeau à Dorian. Nous le savons. Elle fait partie des témoins, pas des suspects.

— Tu devras promettre de ne pas l'arrêter, répéta Mavis. De ne pas non plus la renvoyer chez sa mère ou la forcer à réintégrer une famille d'accueil ou un foyer. Elle se sent en sécurité dans sa situation actuelle.

— Tu voudrais que je promette de laisser un témoin clé partir pour une destination inconnue avec un type qui dirige un gang de gamins qui escroquent et volent les gens ?

— C'est pas vraiment un gang. Ça ressemble plus à une sorte de famille. Mais attends. Sebastian pense qu'une fois que Dorian t'aura parlé, on pourra la convaincre de loger dans l'une de vos planques jusqu'à ce que vous trouviez l'assassin de son amie. Surtout si vous laissez l'un des autres gamins l'accompagner. Celui qui l'a trouvée.

Peabody reprit très prudemment la parole :

— Dallas ? Notre priorité est de la retrouver, de lui parler et d'apprendre tout ce qu'elle sait. On pourra discuter du reste ensuite. En attendant, la DDE est toujours sur les préparatifs de l'opération.

— Vous ne devrez pas non plus inculper ou arrêter Sebastian, s'empressa de préciser Mavis. Elle lui fait confiance, Dallas, et si tu t'en prends à lui, elle ne voudra plus coopérer.

— Tu sais qu'approuver de telles conditions m'obligerait à cacher des choses à ma hiérarchie. Pire, Sebastian et son gang sauront où tu habites, où tu habiteras bientôt.

— Je sais ce que tu penses de lui, mais j'ai mon propre avis sur la question. Sebastian ne ferait jamais rien qui puisse me nuire, à moi ou aux miens. Et devine quoi ? T'es incluse dedans, espèce de tête de mule.

» On s'est toutes les deux retrouvées seules et souffrantes. Tu te souviens à quel point ça faisait peur ?

Ce fut au tour d'Eve de se lever pour faire les cent pas.

D'accord. Elle était peut-être influencée par un mélange de colère et de méfiance instinctive à l'égard de l'homme en qui Mavis avait placé sa confiance. Au-delà de cela, ce plan brouillait bien des frontières, créait beaucoup de zones d'ombre. Mais…

Il y avait ces visages sur le tableau. Tous ces visages. Et la jeune fille dans un tiroir réfrigéré de la morgue.

— Comment sais-tu que Dorian et Mina Cabot étaient amies ?

— Il m'a dit qu'elles avaient conclu un pacte pour s'enfuir ensemble mais s'étaient retrouvées séparées. Il n'a rien voulu dire de plus. Il tient à ce que ce soit elle qui t'en parle directement.

Le scénario correspondait à ses propres déductions, Eve devait l'admettre.

— Si nous donnons notre accord, Sebastian n'aura droit qu'à un seul essai. Si elle se dérobe, si elle ment, l'accord deviendra caduc.

— Normal.

— Quand ?

— On pourra s'organiser dès que je confirmerai que tu m'as donné ta parole. Mais je tiens à ajouter quelque chose.

— Au point où on en est… Vas-y.

— Je sais ce que tu penses de Sebastian et je comprends pourquoi. Mais il était bouleversé, vraiment secoué. Je pense deviner de quel genre de situation il s'agit, au moins en partie. Et je peux t'assurer qu'il tient autant que vous à voir les coupables punis. Si ça n'avait pas marché, il espérait la convaincre de vous faire un enregistrement qui raconterait tout. Mais il préfère qu'elle te parle directement. Qu'elle te voie et vice versa. Dans tous les cas, il veut que vous ayez tout ce qu'il vous faut pour appréhender ces salopards. Au point qu'il est prêt à se mettre en danger pour ça.

— Je n'aime pas l'idée que tu te retrouves mêlée à tout ça.

Mavis se leva, sourire aux lèvres, et s'approcha d'Eve pour la serrer dans ses bras.

— Si je peux vous aider à secourir cette fille, toutes ces filles, j'estime que ça en vaudra la peine. Ça aurait pu être moi, ça aurait pu être toi. Laisse-moi vous aider à rétablir la justice.

— Rappelle Sebastian.

— Tu dois d'abord le dire à haute voix.

— Bon sang… Très bien. Tu as ma parole.

— Peabody ?

— La mienne aussi.

— D'accord. La plupart des ouvriers qui travaillent dans la maison s'arrêtent bientôt pour la journée. J'y retourne et je fais venir notre nounou. Je préfère que Bellamina soit au parc. Je ne veux pas impliquer ma poupette là-dedans.

— C'est qui cette nounou ?

— On a engagé August. Tu pourras vérifier ses antécédents si ça te rassure, mais Peabody l'a déjà fait.

— August Fuller, énonça celle-ci. Cinquante-huit ans, retraité des forces spéciales. Divorcé un fils âgé de vingt-six ans, capitaine dans les services de renseignement de l'armée, qui sort actuellement avec la fille du chef de la sécurité de Mavis. Aucune ombre au tableau pour l'un comme pour l'autre.

— Et ce type veut être nounou ?

— Selon lui, il était temps de remettre de la joie et de la lumière dans sa vie. Et il a raté trop d'étapes de l'enfance de son fils. Pour l'instant, on l'appelle surtout au cas par cas. Mais il est plus qu'un baby-sitter, donc on utilise le terme de nounou.

— D'accord. À toi de jouer, maintenant.

— Vous ne le regretterez pas. Je le sens. Donnez-moi quelques minutes.

Tandis que Mavis sortait passer ses appels, Eve alla immédiatement se programmer un café.

— Ça ne m'inspire pas, cette histoire.

— Je pense que je me situe quelque part entre vous deux. Mais comme vous le dites toujours, chaque détail compte. Dorian va nous en fournir beaucoup.

— Possible.

Eve vida sa tasse en voyant Connors arriver.

— Tout est paré ? demanda-t-elle.

— Pour l'essentiel, oui. Feeney s'occupe des derniers détails. Je me suis dit que j'allais les laisser terminer et voir ce que je pouvais faire sur la recherche des sites.

Il lança un coup d'œil derrière lui.

— J'ai croisé Mavis plongée dans une conversation visiblement importante sur son communicateur.

— Oui, elle tient peut-être un truc.

Eve réfléchit. Connors avait rencontré Sebastian et si quelqu'un maîtrisait l'art et la manière des coups tordus, c'était bien lui. Si elle n'avait pas su flairer le coup fourré, peut-être que lui...

— Nous n'aurons potentiellement pas besoin de cette recherche, ajouta-t-elle. On pourrait retrouver Dorian Gregg sous peu.

— Voilà une excellente nouvelle. Mais ça n'a pas l'air de te réjouir plus que ça.

— Je n'aime pas les conditions dans lesquelles ça se fait. C'est Sebastian, le Sebastian de Mavis, qui est tombé sur elle. Ou elle sur lui. Ce n'est pas clair pour l'instant.

— Ah.

— Oui, ah. Je pense que tu devrais nous accompagner. Tu sauras mieux le cerner que moi. Et nous devrons peut-être le convaincre que Dorian a besoin d'être mise en lieu sûr pour qu'elle-même accepte d'y aller.

— Elle est avec lui depuis combien de temps ?

— C'est pas clair. Bon sang... Il n'en a pas dit assez à Mavis pour que je sache à quoi m'attendre. Il prétend qu'il veut que la gamine me raconte directement son histoire.

— Jusque-là, ça paraît sensé.

— Oui, mais...

Elle s'interrompit en voyant Mavis revenir.

— Connors vient avec nous, lui annonça-t-elle.

— D'accord, mais il devra prendre les mêmes engagements que vous.

— Arrête, Mavis, il ne peut coffrer personne. Il n'est pas flic.

— Et je rends grâce aux dieux pour ça, s'empressa d'ajouter Connors.

Mavis se redressa, une main sur le ventre, l'autre sur la hanche.

— Je veux quand même sa promesse.

Eve se massa les paupières du bout des doigts et respira à fond en s'efforçant de garder son calme.

— Très bien. Connors, donne à Mavis ta parole que tu respecteras l'accord que j'ai passé avec elle.

— Je dois m'engager à respecter un accord sans savoir de quoi il retourne ?

— Je te raconterai, s'agaça Eve. Dis-lui que c'est bon.

Connors se tourna vers Mavis sans vraiment prêter attention à Eve.

— C'est vraiment nécessaire ?

— Désolée, mais oui.

— Alors tu as ma parole. Je respecterai scrupuleusement ce à quoi le lieutenant s'est engagée.

— Super. Pfiou. Il va falloir attendre une petite heure. Les ouvriers seront repartis et je veux vraiment éviter que Bella soit là. Ce sera mieux comme ça. J'y retourne de ce pas et vous pourrez me rejoindre dans une heure.

— Accompagnez Mavis, Peabody.

— Tu ne me fais pas confiance !

— Si. Mais je n'en sais pas assez sur les autres personnes impliquées pour être à l'aise avec l'idée que tu rentres seule chez toi. C'est tout. Peabody t'escortera.

— D'accord, c'est cool. Ils sont en train d'installer les grandes baignoires, Peabody.

Mavis pointa un doigt vers Peabody, puis vers elle-même, avant de dresser les deux pouces en l'air.

— Oh, oh, j'ai hâte de voir ça ! s'exclama Peabody en se relevant précipitamment.

— Bon, à tout à l'heure, dit Mavis.

Elle adressa un dernier coup d'œil aux visages sur le tableau.

— Tu as fait le bon choix, assura-t-elle.

En sortant derrière Mavis, Peabody échangea un regard avec Eve et articula silencieusement : « Je m'occupe d'elle. »

Tandis qu'elles s'éloignaient, Connors se tourna vers Eve.

— Bon. Et si tu me racontais à quoi je me suis engagé ?

Eve se passa les deux mains sur le visage.

— J'espère par tous les dieux que tu invoquais tout à l'heure que c'est effectivement le bon choix.

Elle lui expliqua la situation. Connors l'écouta en la regardant aller et venir pour se calmer les nerfs.

— Je comprends tout à fait que tu te méfies de cet homme et que tu aies le sentiment désagréable qu'on te met la pression – avec Mavis dans le rôle de l'étau – pour accepter des conditions avec lesquelles tu es mal à l'aise.

— Là, tu vas dire « mais » et je vais avoir envie de te claquer pour ça.

— *Mais*, dit-il malgré tout, tu sais aussi que Dorian est en vie. Qu'elle n'a pas été rattrapée par ceux qui l'avaient enlevée et séquestrée et qui ont tué Mina Cabot. Quel que soit ton ressenti vis-à-vis de Sebastian, elle a été et demeure en sécurité.

— Et combien d'agents et d'heures avons-nous dévoués à la retrouver pendant qu'il la cachait quelque part ? Elle a sûrement rejoint son gang dès son arrivée à New York l'année dernière. Puis elle s'est volatilisée et il s'est bien gardé de le signaler. Ces enfants vont et viennent ; combien d'entre eux connaissent une fin violente ?

— C'est une façon de voir les choses. On peut aussi considérer qu'ils ont un endroit où vivre sans être battus, violés ou maltraités. Au moins pour un temps. Tu as un avis tranché sur la question, poursuivit-il, et c'est naturel pour toi. Le mien est un peu plus souple. Quoi qu'il en soit, Eve, vous apprendrez bientôt tout ce que sait Dorian.

— C'est la seule chose qui me retient de tomber à bras raccourcis sur Sebastian.

— Laisse-moi te donner quelque chose pour apaiser ton humeur maussade, amplement justifiée.

— Là, tu fais de la lèche, lui dit-elle avec un regard noir.

— C'est vrai, mais la suite devrait te plaire. Sache donc qu'en plus du faux profil déjà établi par Willowby – qui assure, au passage – nous en avons désormais trois autres. Et, sans vouloir me vanter, ils sont très solides. Chacun dispose d'une belle réserve financière dans laquelle il paraît pouvoir puiser. De montants variables, bien sûr, ajouta-t-il tout en se servant un café.

La DDE carburait au soda et il avait déjà avalé assez d'édulcorants pour les six prochains mois.

— Les antécédents varient également d'un profil à l'autre, reprit-il. Certains ont eu quelques petits soucis avec les forces de l'ordre. D'autres ont un passif, minutieusement créé, de pédophilie et/ou d'achats auprès d'autres organisations.

— Vous avez travaillé vite.

— C'était nécessaire. À ce stade, l'équipe de la DDE bosse à partir d'un *hack* que nous avons conçu. Il reste du boulot mais c'est faisable dans les temps, d'après moi. Et si ça marche, nous pourrons pirater les comptes d'autres acheteurs pour leur soutirer les informations dont vous aurez besoin pour démanteler le réseau.

— Sauf si les fédéraux s'en chargent.

— Quoi ?

— Oui, ça ne me ravit pas non plus. Mais demain, je les appelle. Je vais insister sur la nécessité d'une opération conjointe sous la tutelle du NYPSD. J'aurai des arguments, surtout si nous sommes en mesure de leur transmettre des données qui aboutiront à des arrestations – portées à leur crédit – hors de New York. Ou mieux, si ça permet de retrouver et de sauver des victimes – celles-ci et, avec un peu de chance, au moins quelques-unes de celles qui les ont précédées.

Elle se remit à marcher de long en large, café à la main.

— Dorian changera peut-être partiellement la donne. Si elle identifie le site new-yorkais, on aura de quoi monter une opération pour leur tomber dessus. Et ce sans alerter les organisateurs des enchères ni les autres acheteurs. Ça vaudrait le coup d'essayer. Ce serait jouable. On mettrait la DDE dessus, en donnant l'impression que la vente se déroule normalement. Quitte à fournir les données aux fédéraux pour qu'ils nous assistent si besoin. De quoi identifier le site des enchères et les individus impliqués.

— Tu anticipes.

— Oui, je tâche de voir comment tout peut s'enchaîner. Comme le machin, là, avec les petits trucs, ajouta-t-elle en levant une main pour figurer un espace étroit entre son pouce et son index

Connors prit conscience qu'il connaissait désormais aussi bien la manière de penser d'Eve qu'elle la sienne.

— Des dominos, devina-t-il.

— Oui, c'est ça, ces trucs-là. Une fois alignés comme il faut, t'en fais tomber un et ils tombent tous. À nous de les aligner correctement et de renverser le bon.

« Le tout en moins de deux jours, se rappela-t-elle. Mais pas de pression. »

— Alors considérons que trouver Dorian de cette façon est un coup de chance, répondit Connors.

La voyant grogner, il sourit.

— Tu t'inquiétais pour elle. Tu as rêvé d'elle, tu te faisais du souci. Elle est en vie et en sécurité. Vous allez faire en sorte qu'elle le reste. En attendant…

Il jeta un coup d'œil à l'heure.

— Je vais informer Feeney que je travaille sur un projet connexe avec toi.

— Ne lui parle pas de Dorian. Pas question d'entraîner d'autres collègues dans la zone grise.

— Bien sûr. Je peux travailler avec la DDE à distance, y retourner ou installer l'équipe dans mon labo à la maison. Selon ce qui te semble préférable. On saura mieux à quoi s'en tenir après avoir parlé à ton jeune témoin clé, non ?

— Allons-y à pied, proposa Eve. Cela m'aidera à m'éclaircir les idées. On devrait sans doute prendre un véhicule, mais j'ai besoin de marcher.

— On marchera. À l'aller et au retour. Je dois juste prévenir Feeney.

— Vas-y. Faut que je repasse par la salle commune.

Lorsqu'ils se mirent en route, Eve opta pour l'escalier roulant ; elle avait besoin d'espace, aussi bien physiquement que mentalement. Elle réfléchit à la meilleure manière de s'y prendre avec l'adolescente probablement traumatisée.

— Si je la pousse trop dans ses retranchements, elle se braquera. Mais si je ne la pousse pas assez, elle passera sous silence des détails dont nous avons besoin. Je dis ça en me basant sur son rapport passé avec les flics et l'autorité, précisa Eve.

— Tu trouveras le bon équilibre. Et Peabody sera là pour arrondir les angles si nécessaire.

— Ce n'est pas évident de faire parler les enfants. Surtout quand ils… Je devrais faire intervenir Mira.

— Je suis d'accord, mais commençons par un premier contact. Cette jeune fille se trouve déjà en infériorité numérique, tu ne crois pas ?

— Sans compter que je devrais demander à Mira de prêter ce serment à la noix. Ça la mettrait dans une situation délicate. Mavis va écarter Bella ; et elle a bien raison. Elle a engagé un type de presque soixante ans pour jouer les nounous. Un ancien des forces spéciales.

— August.

— T'étais au courant ? s'étonna Eve comme ils émergeaient à l'air libre.

— J'ai fait rapidement sa connaissance il y a quelques jours en passant voir comment avançait le chantier de la maison. Bella l'adore.

— Peabody s'est renseignée à son sujet.

— Évidemment.

— Et toi aussi.

— Évidemment, répéta-t-il. J'aurais dû t'en parler mais ça m'est sorti de la tête. On a été très pris ces derniers jours.

— Tu devrais être dans ton bureau de frimeur à cette heure.

Il lui prit la main avant qu'elle puisse s'esquiver.

— J'y ai fait un saut. Tout va bien. Et j'admets que le défi posé par cette opération m'a vraiment motivé. Je déteste la raison pour laquelle elle est nécessaire, mais le travail en lui-même est passionnant.

— Combien de lois avez-vous enfreintes ?

— Pas une seule à partir du moment où j'ai présenté ma méthode à Feeney. Disons que j'en ai peut-être contourné quelques-unes pour la mettre au point.

— Et me voilà en train de faire pareil, grommela Eve.

— Tu ne contournes pas des lois, la corrigea Connors. Plutôt des normes de fonctionnement internes. Ça revient peut-être au même à tes yeux, mais tu reviendras très vite dans le droit chemin.

— Si elle refuse d'être hébergée dans l'une de nos planques… Non, c'est pas une option, trancha Eve. Il faudra la convaincre. Et j'ai ma petite idée à ce sujet, maintenant que j'y pense.

— Je prie toujours les mêmes dieux pour que cette idée ne consiste pas à la ramener avec nous à la maison.

— Ouh là, pas du tout ! Jamais de la vie. C'est une victime, bien sûr, et un témoin important, mais c'est aussi une ado à problèmes qui a la tête dure. Mais je vois un truc qui pourrait marcher. Peut-être.

Elle tourna son attention vers l'aire de jeu, à quelques mètres devant eux. Bella, vêtue d'un short rose et bleu, couinait de plaisir, ses boucles ensoleillées flottant autour d'elle, pendant qu'un homme la poussait sur une balançoire.

Il avait l'air en forme, observa Eve, avec une solide carrure de boxeur et des biceps sculptés qui se gonflaient au rythme de ses mouvements. Il portait un jean et un tee-shirt et avait les cheveux rasés à quelques millimètres du crâne. Son visage était aussi anguleux que son corps, avec des traits taillés à la serpe et une peau très mate.

Son regard restait dissimulé derrière ses lunettes noires mais un sourire tranquille jouait sur ses lèvres tandis qu'il propulsait, avec une patience apparemment inépuisable, la petite fille sur la balançoire.

— Il a vraiment l'air d'un militaire, commenta Eve. Le genre de type qui casserait en deux le premier qui essaierait de s'en prendre à Bella.

— Mavis a pris à cœur l'histoire du corps que vous avez retrouvé ici. Il sert autant de garde du corps que de nounou pour Bella. Plus, même, à mon avis.

— Très bien. Tant mieux.

Ce fut à ce moment que Bella les aperçut.

— Das ! Nors ! Das ! Nors !

Elle tenta de se libérer des sangles de sécurité de la balançoire, puis leva les bras vers August en babillant joyeusement.

Il la souleva, puis, après un signe de tête à leur intention, la posa à terre pour qu'elle puisse courir vers eux. La petite s'enroula autour des genoux d'Eve avant d'essayer de grimper le long de ses jambes.

— D'accord. D'accord.

Eve la souleva dans ses bras, ce qui lui valut une pluie de baisers humides et enthousiastes.

— Bassoire ! Bassoire avec Aug.

— Oui, j'ai vu ça.

— Lieutenant, je suis August Fuller. Ravi de vous revoir, Connors.

— Aug ! s'exclama Bella, rayonnante. Bassoire Das, Aug. Bassoire Das !

— Oui, bon, c'est gentil mais on a du travail.

— Oh !

Bella adressa un regard en coin et un sourire coquin à Connors.

— Bassoire, Nors, souffla-t-elle en lui tapotant les joues.

— Difficile de te résister, ma chérie, mais je dois accompagner Dallas.

— Oh...

— Et si tu leur montrais comment tu descends le toboggan ?

— Ouiii ! s'enthousiasma la petite fille. 'Garde, 'garde !

Elle s'élança en courant vers le toboggan.

Eve repensa au rêve qu'elle avait fait où l'enfant qu'elle avait été découvrait le plaisir de ce type de jeu.

Bella ne ferait pas ce genre de rêves, pensa-t-elle. Parce qu'elle les vivait en vrai.

Eve la regarda monter les marches du plus petit toboggan, y poser ses fesses, mains levées au-dessus de la tête, et pousser un cri surexcité tout le long de la descente. Riant à gorge déployée, Bella repartit au pas de course pour recommencer.

— Un vrai phénomène, cette gamine. Je ne laisserai rien lui arriver, croyez-moi. Il n'a pas fallu cinq minutes pour que je sois sous le charme.

— Vous êtes de New York, monsieur Fuller ?

— Moi, non. Je ne suis pour ainsi dire de nulle part. Mais mon fils vit ici et j'essaie de rattraper le temps perdu. On ne peut pas vraiment le récupérer, mais on peut essayer de compenser. J'ai décroché un bonus avec Bella. Un vrai rayon de soleil au milieu du ciel gris.

» Viens dire au revoir, Bella. Dallas et Connors doivent aller travailler. Bonne chance, ajouta-t-il à leur intention. Je ne sais pas ce qui se passe, mais je vois bien que c'est important. Alors bonne chance.

Une fois à l'écart, Eve hocha la tête d'un air satisfait.

— Il est solide. Bon choix. Je m'étais dit que s'ils cherchaient quelqu'un pour les aider, ce serait une petite jeune que la gamine se mettrait instantanément dans la poche pour n'en faire qu'à sa tête.

— Même s'ils avaient opté pour une petite jeune, je pense qu'elle aurait été experte en arts martiaux et formée dans le domaine de la sécurité

— Tu as raison. Ils sont prudents. Ils vont se retrouver avec deux flics vivant sur place, un système de sécurité conçu par tes soins, et désormais cet August en plus de l'équipe de sécurité qui intervient sur les concerts de Mavis.

— Et malgré tout, tu t'inquiètes encore un peu.

— Parce qu'elle est toujours capable de faire des coups fourrés comme celui d'aujourd'hui.

Arrivée devant le portail, Eve s'arrêta quelques instants pour regarder le jardin au-delà.

— Il y a de l'herbe maintenant, plus ces trucs fleuris que Peabody mourait d'envie d'installer. Et même quelques arbres.

— Des travaux considérables ont aussi été effectués dans la cour arrière et à l'intérieur. C'est encore en cours, mais tout se passe bien. Ils sont même un peu en avance sur le calendrier, quoique ça puisse changer.

Il actionna l'interphone à l'aide d'un code.

— Nous sommes à la porte. On est venus à pied.

— Deux secondes ! répondit la voix claire de Mavis.

Les battants s'ouvrirent et Connors franchit le seuil après avoir repris la main d'Eve.

— Elles vont vouloir te montrer certaines de ces avancées, la prévint-il. Avant ou après l'entretien. Je sais qu'on est pressés par le temps, mais prends quelques minutes. Elles s'investissent à fond dans cet endroit et ça se voit déjà.

— Je ne sais pas comment ça va se passer, donc je ne peux rien promettre. Mais je pourrai au moins dire que tout a l'air génial, incroyable, fantastique. Ce genre de choses.

— C'est un début.

Mavis se présenta sous le porche pour les accueillir alors qu'ils remontaient l'allée.

— Vous êtes un peu en avance, mais ils sont en chemin. Promis. Vous voulez en profiter pour jeter un coup d'œil ? Les cuisines sont pratiquement terminées. Elles sont absolument sensass toutes les deux.

— Détends-toi, ordonna Eve. Je t'ai donné ma parole.

— Je sais, je sais. Mais je suis encore un peu nerveuse.

Elle entraîna Eve à l'intérieur.

— Ça prend forme, non ?

Eve découvrit un espace essentiellement vide, avec beaucoup de bâches, des outils bien rangés, plusieurs établis, quelques bandes de peinture sur un mur.

Et de la lumière, beaucoup de lumière.

— Cette partie-là n'a pas beaucoup changé depuis la dernière fois que tu es venue, mais viens voir derrière. Bon, ils ont vidé la salle d'eau et ont commencé à décaper et à réparer les moulures et tout. Je pense que ce sera une salle pour la musique ou quelque chose comme ça. Ou alors un petit salon. Ou une salle de lecture. Je n'arrête pas de changer d'avis.

» Par ici, par contre… Tadam !

Des couleurs partout. Saturées. Et le flot de lumière qui se déversait à travers la paroi vitrée à l'arrière venait saturer la saturation.

Les plans de travail, d'une superficie suffisante pour nourrir un bataillon de soldats affamés, adoucissaient un peu le déluge de couleurs audacieuses par leur teinte crème légèrement bleutée. Les carreaux en toile de fond formaient un patchwork de couleurs assez renversant. Des rouges, des bleus, des verts, des jaunes. De l'orange, aussi, et du rose, et tout le reste. Aucune teinte ne semblait avoir été oubliée.

Les placards qui les surmontaient reprenaient le même thème, avec des façades en verre pour égayer le tout.

Cela aurait dû faire trop, pensa Eve, et pourtant c'était pile-poil ce qu'il fallait. Du Mavis tout craché.

Les murs reprenaient les reflets bleutés des comptoirs et les boiseries brillaient d'un éclat riche et naturel. Des larmes de verre multicolores ornaient les luminaires. Les ouvriers étaient revenus au bois d'origine des planchers, et cela fonctionnait.

D'une manière difficile à expliquer, tout fonctionnait.

Si l'on y ajoutait le coin repas d'un côté, et un espace détente déjà équipé de canapés et de fauteuils de l'autre, le résultat était parfait.

— Waouh, d'accord.

Mavis sautillait d'excitation.

— Tu le penses vraiment ou c'est ta manière de cacher un « Bon Dieu, mais qu'est-ce qu'elle a foutu ! » ?

— Non, je suis sincère. C'est tout toi. Heureux et joyeux à vous en faire tourner la tête.

— C'est comme ça que je me sens, lâcha Mavis dans un sanglot avant de serrer Eve dans ses bras. C'est les hormones ! J'aime tellement cette maison. On ne peut pas encore y habiter. Trop de trucs avec lesquels Bella pourrait se faire mal et trop de choses à terminer. Mais dès qu'on aura installé l'écran dans le salon, on se fera une soirée film, blottis sur le canapé. Oh, mon studio ! Il faut que tu…

Elle s'interrompit en entendant sonner au portail.

— Bon, bon, ça doit être Sebastian. Une seconde, je lui ouvre.

— Je m'en charge, lui dit Connors.

— Merci. Je vais prévenir Leonardo. Il est en train d'organiser son espace design à l'étage. La pièce sera top. Et Peabody. Elle est allée prendre un peu le soleil à côté.

— Va chercher Leonardo, dit Eve. J'envoie un texto à Peabody.

— D'accord, répondit Mavis.

Elle prit cependant le temps de serrer de nouveau les doigts d'Eve dans les siens.

— N'oublie pas : ça aurait pu être toi ou moi.

— Je n'oublie pas.

15

Peu importait que les circonstances ne lui plaisent guère, se rappela Eve en contactant Peabody. Elle avait simplement à obtenir les détails, la localisation, toutes les informations qu'elle pourrait soutirer à l'adolescente. Puis mettre celle-ci en sécurité.

Et ils étaient en surnombre face à la gamine, Connors avait vu juste sur ce point. Eve scruta donc les alentours en réfléchissant à la meilleure façon de mener l'entretien. Quel que soit son avis sur Sebastian – et il n'était guère flatteur –, Eve devait admettre qu'il avait convaincu Dorian de faire une déposition. Ou en tout cas cette version particulière d'une déposition.

Si, comme cela semblait bien être le cas, il avait gagné la confiance de Dorian, Eve était déterminée à l'exploiter de toutes les manières possibles.

— J'ai l'impression d'entendre les rouages de ton cerveau tourner, dit Connors en lui tapotant la tempe. Je suppose qu'il est inutile de te suggérer de gérer ça de façon plus spontanée ?

— Spontanée, tu parles. J'ai déjà franchi une limite. Je peux le justifier, mais le fait est que je l'ai franchie. La gamine s'assiéra dans ce fauteuil. Je prends celui-ci, en face d'elle. Peabody sera dans le troisième. Toi et les autres sur ce grand canapé.

— Tu ne veux pas qu'elle s'appuie trop sur Sebastian.

— Effectivement.

Elle se tourna vers les portes vitrées qui venaient de s'ouvrir sur Peabody.

— Vous serez ici, elle sera là, lui indiqua Eve. À vous de jouer quand nous aurons besoin d'une touche de douceur.

Elle entendit des voix au loin, pivota de nouveau vers l'entrée. Attendit.

Leonardo, haut comme un arbre dans sa longue chemise rouge, dominait les autres par la taille. Ses cheveux d'une belle couleur cuivrée lui retombaient dans le dos et ses yeux, presque de la même teinte, étaient assombris par son air soucieux.

Eve espéra que le regard qu'elle lui adressa – « On va y arriver » – le rassurerait.

Elle jeta un coup d'œil à Sebastian, lut l'inquiétude sur son beau visage et nota qu'il guidait doucement la jeune fille par le bras.

Celle-ci semblait avoir mal à la jambe droite, mais Eve trouva qu'elle avait l'air en bonne santé, et même en forme. Elle avait les cheveux plus longs que sur sa photo d'identité et enjolivés par des mèches, appliquées d'une main experte, qui faisaient comme des éclairs dorés sur sa chevelure d'un noir corbeau.

Son visage exprimait un mélange de ressentiment et de méfiance. Eve ne s'attendait pas à autre chose. Sebastian prit la parole en premier :

— Dorian, dit-il, je te présente le lieutenant Dallas.

— Ouais, je sais. Si vous essayez de me renvoyer…

— Dorian…, répéta Sebastian d'une voix douce.

L'adolescente se contenta de hausser les épaules.

— Qu'est-ce que tu veux boire ? lui demanda en souriant Leonardo, qui s'efforçait manifestement de jouer son rôle d'hôte. Tu aimes les sodas ?

— J'aime bien. À la cerise, surtout.

— Compris. Sebastian ?

— Juste un verre d'eau, merci.

Il planta son regard dans celui de Dorian, qui roula brièvement les yeux.

— Ouais, merci, maugréa-t-elle.

— Asseyez-vous.

Eve désigna le fauteuil à Dorian puis le canapé à Sebastian. Même s'il lui en coûtait, elle lui adressa un hochement de tête.

— Merci d'avoir amené Dorian ici pour qu'elle nous parle.

— Elle a traversé une épreuve difficile.

— J'en suis consciente. C'est précisément pour ça que nous la cherchions depuis deux jours.

Il se contenta de lever les mains dans un geste d'apaisement puis les laissa retomber et s'assit.

— Commencez pas à lui faire des reproches là-dessus, s'insurgea Dorian. Je suis ici uniquement parce qu'il m'a convaincue de venir. Et il a dit que vous aviez juré de pas me renvoyer à Freehold. Pas question de retourner vivre avec ma mère dans ce trou à rats. Si vous essayez…

— Ta mère n'habite plus dans ce trou à rats parce que je l'ai arrêtée et qu'elle est désormais en prison. Assieds-toi.

Dorian étrécit les yeux.

— Comment ça, vous l'avez arrêtée ? Ça veut dire quoi ?

— Ça veut dire que je l'ai menottée, inculpée de plusieurs délits, et remise à la police de Freehold. Assieds-toi, répéta-t-elle.

— Quels délits ? insista Dorian.

Mais elle s'assit, et Eve fit de même.

— Maltraitance et négligence envers son enfant. Et fraude, puisqu'elle a continué à percevoir l'allocation de parent professionnel après ton départ, sans signaler ta disparition. Tu seras contente d'apprendre que vos voisins t'ont défendue.

— Tiffy, bien sûr, mais...

— Tous. Ils avaient également signalé ces maltraitances aux services sociaux par l'intermédiaire de Truman.

Eve acquiesça face au reniflement dédaigneux de la jeune fille.

— Truman, de son côté, vient d'être licenciée, annonça-t-elle. Il appartiendra au procureur, à la suite d'une enquête interne des services sociaux, de décider si elle sera également inculpée et placée en état d'arrestation.

Dorian prit la boisson gazeuse que lui tendait Leonardo, marmonna un remerciement, mais garda ses yeux étrécis et méfiants braqués sur Eve.

— C'est facile de me dire tout ça. Les flics mentent tout le temps.

— Tu peux choisir d'y croire ou non. Tu as quitté votre domicile au mois d'août. Nous ne sommes pas sûres de la date exacte.

— Moi non plus. Et on s'en fiche. J'en avais assez de me faire taper dessus et reluquer par les gars avec qui elle sortait. Je sais très bien me débrouiller toute seule.

— Tu ne te serais pas fait enlever dans la rue si c'était le cas. Quand et comment cela s'est-il produit ?

— C'est pas ma faute si deux enfoirés m'ont sauté dessus par surprise !

— Quand et comment ?

— Qu'est-ce que j'en sais ? Je marchais dans la rue, c'est tout.

— De jour ou de nuit ?

— De nuit. Je regardais les décorations de Noël, tout ça, sans rien demander à personne. Quelqu'un m'a piquée avec un truc par-derrière et... Après je me souviens pas, d'accord ? Je crois que j'ai essayé de courir, mais mes jambes étaient paralysées et je me suis évanouie. Dans un van ou un camion. Je sais pas. Tout le monde s'en foutait de toute façon. Tout le monde sauf...

— Mina ?

La rage se manifesta soudain, faisant s'évaporer les larmes.

— Je vous interdis de parler d'elle ! Vous savez rien. Vous savez pas ce qu'on a vécu et vous en avez rien à cirer. Elle est morte. Et vous, vous êtes comme tous ces flics qui se la racontent et croient pouvoir faire tout ce qu'ils veulent. On m'a battue presque toute ma vie, puis je me suis barrée et là j'ai pu faire tout ce que je voulais. Mais après, je me suis fait tabasser, électrocuter, on m'a fourré des trucs à des endroits... Vous avez pas idée. Et vous vous en foutez. Juste une grognasse de plus qui essaie de me foutre la pression parce qu'elle a un insigne.

— Où t'ont-ils emmenée ?

— Allez vous faire voir !

— Ça suffit !

Mavis s'était redressée sur le canapé, ventre en avant, pour pivoter vers Dorian.

— Tu es ici chez moi. Pas question que tu lui parles comme ça.

— J'avais aucune envie de venir dans cette foutue maison.

— Et pourtant tu y es. Alors tu vas faire preuve d'un peu de respect !

— Mavis…, intervint Eve.

— Toi, tais-toi, grogna Mavis avant de reprendre à l'intention de Dorian : Elle met chaque jour sa vie en jeu. Elle se tue à la tâche pour aider les gens comme toi parce que justement elle sait. Tu penses avoir eu une vie difficile, eh bien bienvenue au club. Je lui ai demandé de donner sa parole, et elle l'a fait. Si c'était un autre flic à sa place, Sebastian serait en cellule en ce moment même, et toi dans une salle d'interrogatoire du Central.

— Bon, dit Eve en faisant mine de se lever. On va simplement…

— J'ai pas terminé ! Sebastian m'a demandé d'aller voir Dallas, ce que j'ai fait, et quand je suis arrivée, Peabody et elle avaient des dizaines de visages affichés sur leur tableau. Des jeunes filles comme toi. Des filles qu'elles essaient de retrouver et de secourir parce que personne dans ce monde pourri ne s'en soucie autant qu'elles. Estime-toi heureuse que ce soit Dallas qui enquête sur la mort de ton amie et qui travaille à découvrir qui lui a fait du mal. Parce qu'elle ne s'arrêtera pas tant qu'elle ne les aura pas chopés.

Elle prit une longue inspiration.

— Ici, c'est chez moi. Et chez moi, on ne s'adresse pas ainsi à mon amie. Excuse-toi.

Eve s'apprêtait à reprendre la parole mais le laser qui fusa des yeux de Mavis la réduisit au silence.

— Pas la peine de s'énerver comme ça...

— Je t'ai dit de t'excuser.

— D'accord, d'accord. Pardon. Pfff.

Eve se leva.

— Je vous propose de tous sortir prendre un peu l'air et de nous laisser seules, Dorian et moi, quelques minutes.

— Sebastian a dit qu'il resterait avec moi.

— Et je serai juste à côté. Je pense qu'un peu d'air frais est exactement ce qu'il nous faut. Tu as pu exprimer ta colère, Dorian. Maintenant, montre que tu es une fille intelligente et écoute

— Vous aussi, Peabody. Quelques minutes seulement, ajouta Eve.

En attendant que la pièce se vide, elle se rassit. Et laissa planer le silence.

Dorian craqua la première.

— Elle est trop cinglée, elle ! Je croyais...

— Pas un mot de plus à propos de Mavis Freestone, lança Eve. Ou ça se passera très mal.

Dorian haussa les épaules et détourna le regard.

— J'ai le sentiment, reprit Eve, et c'est juste un sentiment pour l'instant parce que je n'ai pas de données solides, que Mina t'aurait défendue de la même façon. Ça fait longtemps que je suis amie avec Mavis. Je l'ai interpellée la première fois qu'on s'est rencontrées.

L'idée suscita une lueur d'intérêt chez l'ado.

— Sérieux ?

— Elle arnaquait les gens à l'époque. Elle était plus âgée que toi, mais elle aurait reconnu ta mère pour ce qu'elle est. Et moi aussi. Bref, nous sommes amies depuis un bout de temps. Mina et toi n'avez pas eu cette chance. Ils ont essayé de te faire porter le chapeau pour son meurtre.

— Quoi ?

— Ils ont essayé de faire croire que tu l'avais tuée en versant un peu de ton sang sur sa dépouille. C'est comme ça que nous t'avons identifiée.

Dorian montra les dents.

— Vous pensez que j'ai tué Mina.

— J'ai dit ça ? Je viens d'expliquer qu'ils avaient voulu nous le faire croire. Je connais mon métier, et mon équipière aussi. Non, je ne crois pas que tu aies tué Mina. Je sais que ce n'est pas le cas. Si elle comptait un tant soit peu pour toi, aide-moi à trouver les responsables pour que je les empêche de faire du mal à toutes les autres.

— Je peux pas ! s'écria Dorian, en larmes. C'est surtout que je me souviens pas, mais je sais rien de toute façon.

— Dis-moi ce que tu sais, ce dont tu te souviens.

— Je me suis cassée de chez ma mère et je suis venue à New York. Ça m'a plu. J'arrive à m'en sortir ici, je me démerde bien. Je m'étais trouvé des endroits où dormir.

— C'est là que tu as croisé la route de Sebastian ?

— Pas à l'époque, non. Ça, c'est venu après. Je marchais tranquillement et ils m'ont sauté dessus. Ensuite… Il peut revenir maintenant ? Sebastian, il peut revenir ? S'il vous plaît. Je lui ai déjà raconté ce que je me rappelle. Quand il m'a montré la photo de Mina, ça a fait remonter des souvenirs. Il pourra m'aider.

— D'accord, mais fini les conneries, Dorian.

Eve se dirigea vers les portes ouvertes pour faire signe aux autres.

— C'est bon, dit-elle. Tout va bien.

Elle attendit que Mavis s'approche et la prit dans ses bras.

— Merci, lui souffla-t-elle. Mais tu faisais carrément peur.

— Elle a intérêt à bien se tenir, sinon je recommence.

Eve retourna s'asseoir auprès de Dorian.

— Raconte-moi, dit-elle.

— Je me sentais malade, avec la tête qui tournait. J'étais dans une pièce, une espèce de chambre d'hôpital. Et… euh… Sebastian ? Tu veux bien… ?

— Dorian m'a expliqué qu'en revenant à elle, elle était nue, attachée, et qu'un homme – le médecin à qui ces gens faisaient appel – était en train de l'examiner. Il s'est assuré de sa virginité, lui a fait une prise de sang.

— Je me suis débattue, j'ai crié, mais ils m'ont refilé un autre truc et je suis retombée dans les pommes. Après ça, je me suis retrouvée dans un autre endroit. J'avais une sorte de chemise de nuit, mais j'étais encore attachée, et elle était là.

— Qui ?

— Tantine. C'est comme ça qu'on devait l'appeler. La responsable de l'Académie.

— L'Académie.

— C'est là qu'ils nous séquestraient. On pouvait pas voir l'extérieur ni sortir. La nuit, ils nous enfermaient. Elle m'a dit que j'appartenais à l'Académie maintenant, et que si j'étais sage, que j'obéissais aux règles et que je travaillais à m'améliorer, ce genre de trucs, je serais très bien traitée. Que j'aurais droit à de bons repas, de beaux vêtements. Que j'apprendrais les bonnes manières et à prendre soin de moi. Que je finirais par avoir ma propre chambre, ma propre salle de bains. Que je deviendrais une femme éduquée.

» Je lui ai dit d'aller se faire foutre et de me laisser partir. Elle m'a planté une matraque électrique dans les côtes. Comme j'arrêtais pas de lui gueuler dessus, elle m'a balancé décharge sur décharge, jusqu'à ce que je la ferme. Ça fait super mal.

— Je sais.

— Elle ne m'a pas laissée sortir pendant je sais pas combien de temps. Ils m'avaient planté des aiguilles dans le bras. Pour la nutrition, qu'elle disait. Quand j'apprendrais à bien me comporter, j'aurais de la vraie nourriture. Donc j'ai promis d'obéir, j'ai fait semblant et j'ai reçu un uniforme. On devait le porter toute la journée, sauf quand on était au studio ou pendant les cours de sexe.

Elle chassa les larmes qui lui étaient montées aux yeux.

— Ils nous faisaient nous déshabiller, ou porter des sous-vêtements et un tas d'accessoires pour qu'ils puissent faire des photos et des vidéos. J'ai essayé de ne pas y aller mais c'était la matraque pour celles qui n'obéissaient pas. Ou alors ils nous mettaient dans une salle spéciale, le box de méditation, enfermées seules dans le noir jusqu'à on sait pas quand. Ils nous obligeaient à coucher avec une autre fille ou parfois avec un homme et à faire des trucs. Moi, je voulais pas.

— Combien de filles sur place, Dorian ? Tu le sais ?

— Pas exactement, mais beaucoup. Ils en faisaient régulièrement venir d'autres, et des plus jeunes. De toutes petites gamines, complètement terrifiées. Ou alors en pilote automatique, comme des droïdes. Il a fallu apprendre à prendre soin de nous, de nos corps, de nos cheveux, de notre peau. À leur façon. Si on merdait, c'était la matraque. Et même sans ça, elles nous filaient parfois une décharge. Pour le plaisir.

— Combien de personnes dans cette organisation ?

— Je sais pas. On était à l'étage des Charmantes et il y avait des surveillantes de jour et des surveillantes de nuit. Une seule la nuit, en général. Plus les formatrices. Et le médecin, et d'autres hommes. Comme des gardes. Il y avait des espèces de salles de classe et des fois des filles des autres étages nous y rejoignaient pour certaines activités, mais elles dormaient pas au même niveau que nous.

Elle prit une grande inspiration et relâcha son souffle dans un soupir tremblant.

— Je peux avoir un autre soda ? Ça me brûle la gorge d'en parler. Je suis désolée pour tout à l'heure. Pardon.

— Bien sûr, fit Mavis en se levant. Je m'en occupe, mon ourson, dit-elle à Leonardo.

Elle s'accroupit devant Dorian.

— Je suis vraiment désolée de ce qui t'est arrivé. Ces gens sont monstrueux. C'est même pas des gens, c'est le mal incarné. Fais confiance à Dallas et Peabody. Elles leur feront payer tout ça.

— Tu as besoin de faire une pause ? demanda Eve à Dorian.

— Non. Je veux que ça sorte. Je veux en finir. Je n'ai pas pu m'enfuir. Il n'y avait aucun moyen de sortir de cet endroit, et j'ai pratiquement cessé de me battre. Ils nous racontaient qu'on serait choisies par des maîtres avec beaucoup d'argent et qu'on vivrait dans des endroits magnifiques. Qu'on avait une sacrée chance.

Dorian inspira de façon hachée et prit la boisson que lui tendait Mavis. Elle but à longs traits, vida ses poumons.

— Je suis pas débile, je savais ce que ça voulait dire. Je me suis dit que peut-être, quand ça arriverait, je me tuerais si je pouvais pas m'enfuir. Puis Mina... Je... J'avais jamais eu d'amie comme elle, pas comme Mina. Elle m'a aidée, elle m'a parlé, et je me suis sentie mieux. Elle était sûre qu'on trouverait un moyen de s'en sortir, et que ses parents m'aideraient. Elle a un petit frère, une famille et...

Elle se tut, ses deux mains crispées autour du soda, et se balança d'avant en arrière.

— Tu veux que je finisse à ta place ? proposa Sebastian.

— Non, non, je veux aller au bout. Pour l'honorer, comme tu disais.

Dorian essuya ses larmes et reprit une gorgée de soda.

— Elle a conçu un plan, poursuivit-elle. Risqué et flippant, mais c'est elle qui a eu l'idée. Je devais voler le badge d'accès à l'ascenseur de la surveillante de nuit ; c'était mon rôle, parce que je suis douée pour ça. Elle, elle a fait semblant d'être malade pour qu'ils la descendent à l'infirmerie. Je devais sortir discrètement de la chambre, prendre l'ascenseur. S'ils nous attrapaient... Mais c'était un bon plan. Elle a vomi sur l'infirmière de nuit et foutu du chewing-gum dans la serrure de la chambre des malades. On s'est retrouvées aux ascenseurs et on est descendues jusqu'aux tunnels.

— Les tunnels ? s'enquit Eve.

— C'est par là qu'ils faisaient entrer les nouvelles. Et qu'ils emmenaient… Y a des filles qui sont mortes. Par suicide ou à force de se faire taper dessus. Ils les évacuaient de cette façon. On savait pas lesquels prendre, par contre. On savait même pas où on était, en fait. Est-ce qu'on était encore à New York ou, genre, en Alaska ?

» On est descendues dans les tunnels et on a marché, marché. Puis on les a entendus qui arrivaient et on s'est mises à courir. Il y avait une échelle sur le mur et on a commencé à monter. Mais je me suis cassé la gueule. Je suis tombée et j'ai tout gâché.

Les mots sortaient de plus en plus vite, au fur et à mesure que ses balancements s'accéléraient.

— Mina m'a sortie de là et on s'est cachées. Il pleuvait super fort, mais ils arrivaient. Je ne pouvais pas courir, alors elle l'a fait pour moi. Elle a dit qu'elle allait les éloigner, puis qu'elle préviendrait ses parents et reviendrait me chercher. Elle a couru pour qu'ils ne me trouvent pas, et je l'ai entendue crier. Mais quand j'ai essayé de me lever pour aller l'aider, ma jambe… Je suis tombée et je me suis cogné la tête.

» En me réveillant, je me rappelais plus ce qui s'était passé. Je me souvenais de rien. J'avais tellement mal et je savais pas où j'étais. J'ai marché, longtemps. J'ai piqué une compresse de glace et des médicaments puis je me suis cachée. J'avais super froid, et en même temps chaud. J'étais trop malade.

» C'est là que Greffier m'a trouvée. Il m'a emmenée chez Sebastian. Sebastian m'a aidée. C'est pas sa faute, parce que je me souvenais ni de Mina, ni de Tantine, ni de rien du tout. Il m'a aidée et personne d'autre que Mina n'avait fait ça avant.

Sebastian se tourna vers Eve.

— J'ai fait le rapprochement en regardant les journaux télévisés, dit-il. Je sais que vous avez du mal à me croire, mais vous avez ma parole que Dorian ne se rappelait rien jusqu'à ce que je lui montre la photo de Mina.

— Je n'ai aucune raison d'en douter, répondit Eve.

D'autant moins qu'elle avait vécu la même chose.

— Je sais que c'est dur, Dorian, mais je vais avoir besoin de tous les détails dont tu pourras te souvenir sur l'endroit où ils vous détenaient. De même que tous les noms, que ce soit celui des autres filles ou des gens qui travaillent là-bas. J'ai besoin de connaître l'endroit exact où Greffier t'a trouvée. Ça nous permettra d'essayer de retracer ton parcours. Nous allons les arrêter, nous allons aider toutes les autres victimes. Et ce sera grâce à toi. Grâce à Mina et toi.

Dorian essuya ses larmes en reniflant.

— Tantine a un associé, ajouta-t-elle. Mina l'a entendue lui parler. Mina était douée pour faire semblant, et Tantine l'aimait bien. Elle était un peu sa favorite.

— Tu connais le nom de cet associé ?

— Non. Personne n'utilisait de vrais noms. J'étais la recrue 238. Un numéro.

— C'est ce qu'ils ont essayé de te faire croire, dit Connors, qui prenait la parole pour la première fois. Tu n'as jamais été un numéro. Tu es une jeune femme incroyablement courageuse qui s'est montrée plus maligne qu'eux.

— Ils ont tué Mina.

— Nous le leur ferons regretter.

— Parle-moi de ces tunnels.

Dorian reporta son regard sur Eve.

— Très longs, je dirais, et mal éclairés. Une espèce de lumière jaunâtre. On a juste deviné dans quelle direction aller, on n'en savait rien. Je me rappelle pas grand-chose. Je vous jure. Ils arrivaient, on les entendait se rapprocher, alors on a couru en essayant de pas faire de bruit. On a trouvé l'échelle, mais elle était vieille et glissante, et je suis tombée.

— À quoi ça ressemblait quand vous avez débouché à l'extérieur ?

— Il pleuvait des cordes, on n'y voyait rien et on avait peur. Il y avait des bâtiments, mais on savait pas du tout où on était, en fait. Il y avait des trucs autour, un tas de bois.

— Du bois ?

— Genre des planches cassées, ou un truc comme ça. On a essayé de se cacher. Mais on les a entendus débouler et ils nous cherchaient. C'est là que Mina m'a dit de rester baissée, de pas faire de bruit et qu'elle allait courir. Elle a pris l'un des morceaux de bois, un truc pointu. J'ai dit non, mais elle m'a dit qu'elle allait sprinter, qu'elle irait chercher ses parents. Sauf que…

— C'était un chantier de construction ? demanda Eve. Le genre d'endroit où l'on déblaie et empile le contenu de vieux bâtiments ?

— Ouais, peut-être. J'en sais rien !

— D'accord, d'accord. Tu as fait une nouvelle chute, lui rappela Eve. Et tu t'es cogné la tête. Qu'as-tu fait après avoir repris connaissance ?

— C'est le grand flou. J'avais super mal partout et je ne savais pas ce qui s'était passé ni où j'étais. Je me sentais vraiment pas bien, et j'ai… Il me semble que je me suis servie d'un bout de bois comme d'une béquille pour pouvoir marcher. Et j'ai bougé de là. Je sais pas où j'étais. J'ai volé des médicaments et j'ai pas arrêté d'avancer parce que je voulais me cacher. Je savais que je devais me cacher.

— Très bien. D'accord, revenons un peu en arrière. Parle-moi de cette Tantine.

— Elle est méchante, horrible. Tout le monde a peur d'elle. Elle fait genre qu'elle sera gentille si on fait tout ce qu'elle demande, mais c'est du pipeau.

— Tu pourrais la décrire ? Son âge ? Noire, blanche, asiatique, métisse ou autre ? Sa taille, aussi. Tout ce dont tu te souviens.

Dorian se renfonça dans son siège et reprit du soda.

— Je pourrai jamais l'oublier, j'ai l'impression. Elle est plus grande que moi. Plus grande que cette garce de surveillante de nuit.

Eve se leva.

— Plus grande que moi ?

Dorian pencha la tête sur le côté.

— À peu près pareil, je dirais. Mais plus balèze. Je veux dire : vous, vous êtes plutôt maigre. Pas elle. Elle a de la poitrine, et tout. Blanche, je dirais. Peut-être un peu métisse mais plutôt blanche avec des cheveux très blonds toujours tirés en arrière.

— Elle a les yeux de quelle couleur ?

— Bleus. Mais pas comme les siens, précisa Dorian en regardant Connors. Plus foncés. Et plus méchants.

— Bien. Voilà ce qu'on va faire. Je connais quelqu'un qui est capable de faire son portrait à partir de ta description.

— Je sais pas comment…

— Lui, si. C'est son métier. Il est très sympa. S'il peut la dessiner, nous aurons le nom de cette femme. Et nous la trouverons.

— À partir d'un dessin ?

— Ça nous aidera beaucoup. De même si tu peux nous décrire d'autres personnes. Mais nous allons commencer par elle, puisque c'est elle qui commande.

— C'est ça. Elle a un bureau, elle porte des tailleurs classe et tout le monde lui obéit.

— Compris. Il y a autre chose. J'ai plusieurs photos que j'aimerais te montrer. Si tu reconnais quelqu'un, si certaines de ces filles étaient ou sont encore dans cette académie, dis-le-nous.

— Qu'est-ce qui va se passer ?

— Nous allons faire notre travail et tu vas nous y aider.

» En ce qui vous concerne, dit Eve en se tournant vers Sebastian, j'aurai besoin de l'endroit où l'autre gamin l'a trouvée. L'endroit et l'horaire exacts, autant que possible.

— Il s'agissait d'un local condamné au croisement de Watts et de Hudson. Je vous donnerai l'emplacement précis. Greffier nous a amené Dorian hier vers 11 heures. Elle était déshydratée et elle avait de la fièvre. Une commotion cérébrale, une grave entorse à la cheville et une luxation du genou.

Nous lui avons prodigué des soins médicaux. Oui, poursuivit-il avant qu'Eve puisse parler, vous allez dire que nous aurions dû l'emmener à l'hôpital ou dans un centre de soins, mais elle était terrifiée et a refusé. J'ai eu l'impression qu'elle n'avait jamais eu le choix auparavant, et je le lui ai donné.

» Au départ, elle ne se souvenait de rien, ajouta-t-il. Puis son nom lui est revenu. Son prénom. Elle est venue à vous de son propre chef une fois qu'elle s'est rappelé le reste.

— Non, intervint Dorian. Pas vraiment. Je ne voulais pas venir mais Sebastian m'a dit qu'il fallait honorer mon amie. Honorer Mina et aider les autres. Mais si vous êtes pas cool avec lui, je parlerai pas à votre dessinateur. Comptez pas sur moi.

— Mais si, la reprit Sebastian. Parce que tu ne laisseras pas toutes ces autres filles endurer ce que Mina et toi avez subi. Alors fais ce portrait-robot. Ne me déçois pas, Dorian.

— On va commencer par ça. Peabody, contactez Yancy et voyez quand il pourrait commencer à travailler avec Dorian. Appelez Feeney et demandez-lui d'intégrer les nouvelles infos que nous venons de recueillir. Tas de vieilles planches, possible chantier de construction ou bâtiments en ruine, tunnels.

— Tout de suite, répondit Peabody en se levant. Dorian, tu sais, ce qu'a dit Connors à propos de ton courage ? C'est on ne peut plus vrai.

Une fois Peabody sortie, Eve dégaina son mini-ordinateur.

— Je voudrais te montrer des photos.

— Je peux les transférer sur grand écran, suggéra Connors. Ce sera plus clair que sur ton portable.

— Super. Vas-y.

Dorian lança un drôle de regard à Connors tandis qu'il allumait l'écran mural.

— Il sait faire ça ? J'aurais pas cru ça d'un mec en costard...

— Il s'y connaît. Il porte un costard parce qu'il sait faire beaucoup d'autres choses aussi. Allons marcher un peu.

— Je m'éloigne pas de Sebastian.

— On va juste là, dehors. Il a ma parole et toi aussi.

— Tu peux lui faire confiance, assura Sebastian à Dorian. Rappelle-toi l'histoire des filles retrouvées dans le mur. Va avec le lieutenant, écoute ce qu'elle a à te dire.

L'adolescente leva les yeux au ciel mais suivit Eve.

— Je vais te présenter ces photos. Mais avant qu'on s'y mette, suis le conseil de Sebastian et écoute-moi.

Eve contempla les jardins qui commençaient à prendre forme, l'aire de jeux tout juste délimitée, le fatras de rochers et de tuyaux métalliques qui finiraient par former la cascade artificielle de Peabody.

Chacun se crée son propre chez-soi.

— Tu ne peux pas repartir avec Sebastian, dit-elle.

— Je ferai comme je veux.

— Non. Vraiment pas. Mais... tais-toi et écoute-moi. Je peux t'offrir d'excellentes opportunités. D'abord, je veillerai à ce que tu n'aies jamais à retourner auprès de ta mère. Je peux aussi t'éviter d'être placée en famille d'accueil si tu es contre. J'ai dit : « Tais-toi », répéta-t-elle comme Dorian s'apprêtait à l'interrompre. J'ai moi-même été prise en charge par le système étant enfant. Ça peut fonctionner, mais ça dépend de qui est aux manettes.

Maintenant que je fais partie du système, je vais faire en sorte qu'il fonctionne pour toi.

— Pourquoi ?

— Parce que c'est mon boulot. Et parce que je suis passée par là.

— Comment ça ?

— Ça ne te regarde pas, donc je n'en dirai pas plus.

Eve soutint le regard plein de défi de l'adolescente.

— Ils en ont après toi. Je voudrais que tu le comprennes et que ça te fasse peur. Crois-moi. S'ils te trouvent, ils choisiront l'une des deux options suivantes : te tuer ou te vendre. Dans un cas comme dans l'autre, tu seras fichue. Pas question qu'on les laisse faire.

— Ils sont plus nombreux que vous.

— Tu crois qu'il n'y a que moi ? C'est moi qui commande dans cette affaire, et il n'y a pas un seul flic sous mes ordres qui ne risquerait pas sa vie pour toi. L'une de nos propositions est de t'installer dans une maison sécurisée, un endroit où ils ne pourront pas te retrouver, avec des agents choisis par mes soins pour veiller sur toi. C'est une option. J'en vois une autre, et si tu es maligne, c'est celle que tu saisiras.

— C'est quoi ?

— Il s'agit d'une école.

— Comme s'ils n'allaient pas me retrouver dans une école. Franchement.

— Pas dans celle-là. Tu sais, le type en costard ? C'est lui qui l'a créée et il n'existe pas de plus grand expert en sécurité que lui. C'est un super endroit, dirigé par une femme qui est l'exact inverse de Tantine. Il faudra qu'un flic t'accompagne et que tu donnes ta parole de ne pas quitter les lieux tant que je n'aurai pas arrêté ces enfoirés. Si tu trahis ta promesse, j'arrête Sebastian.

— Une prison, en gros.

— Oui, si tu considères que la prison c'est avoir sa propre chambre, une vraie formation, de la bonne nourriture et personne pour te balancer des décharges électriques ou te forcer à te déshabiller pour faire du porno avant d'être vendue à un pervers. Si c'est pouvoir jouer de la musique, peindre, traîner avec des potes, suivre des cours et être traitée comme un être humain et non comme un numéro, alors oui, ce sera comme une prison.

» J'ai fréquenté une école publique pendant de nombreuses années, ajouta Eve. C'était plutôt correct. Cet endroit est un vrai paradis, en comparaison.

— Pourquoi vous étiez dans cette école ?

— Ça ne te regarde pas, répéta Eve. Il y a un jardin sur le toit, un suivi psychologique si tu le demandes, pas d'uniforme ni de sous-vêtements sexués que tu portes en te demandant à quel moment on décidera de te livrer aux mains d'un bourreau. Et si tu décides que tu ne veux pas rester là-bas une fois que tout sera terminé, on trouvera autre chose. Sebastian n'est pas une option. C'est une ligne rouge que je ne peux pas franchir. À toi de choisir.

— Si je dis oui pour l'école, Greffier pourra venir avec moi ?

L'armure de la jeune fille était en train de se fissurer. Eve lui adressa néanmoins un regard suspicieux, pour la forme.

— C'est qui, ce Greffier ?

— C'est lui qui m'a trouvée alors que j'étais malade et blessée. Il aurait pu m'abandonner, mais il ne l'a pas fait. Il m'a aidée. Et peu importe ce que vous pensez de Sebastian, lui aussi a été là pour moi. Ils m'ont tous aidée. Si Greffier a envie, il peut venir ?

— Je vais voir ce que je peux faire. Choisis l'école, puis écoute mon conseil : quand l'affaire sera close, il faudra poursuivre Truman en justice.

Dorian titilla du bout du doigt la branche d'une plante décorative.

— Mais bien sûr ! J'aurai qu'à appeler mon avocat, c'est ça ?

— Exactement. L'avocat que le type en costard va te trouver et qui flanquera un procès au cul de Truman. Elle n'a sûrement pas d'argent, ou pas beaucoup, mais ce n'est pas une question de fric. Elle était responsable. Si elle avait fait ce qu'elle avait promis de faire, tu n'en serais jamais arrivée là. Elle doit payer.

— Pourquoi ce mec avec son accent et son costard me fournirait un avocat ?

— Pour la même raison qu'il a créé l'école. Parce que tu as de l'importance. Choisir l'école, c'est prendre un nouveau départ. S'il n'est pas un crétin fini, Sebastian te dira la même chose.

— C'est pas un crétin ! Alors bon, d'accord, j'imagine que s'il pense que c'est une bonne idée, je veux bien tester cette école. Avec Greffier, si ça lui va. Si ça me plaît pas, je ne suis pas obligée de rester.

— C'est d'accord. Maintenant, allons voir ces photos. Tu vas m'aider à sauver des vies et à arrêter ces salopards.

16

Dorian en identifia trois presque immédiatement : deux appartenant à ce que l'organisation appelait, semblait-il, les Charmantes et une issue des rangs des Esclaves ou des Poupées.

Au milieu de l'examen d'un autre groupe de photos, elle éclata en sanglots.

— Elle est morte, elle est morte… Je connaissais pas son nom, mais ils ont dit qu'elle s'était pendue avec ses draps. Tantine était furax, et quelqu'un m'a raconté que la surveillante de son étage s'était fait tabasser. C'est comme ça que Mina a entendu parler des tunnels, je crois. J'ai du mal à m'en souvenir, mais je pense que Mina a entendu dire qu'ils avaient évacué le corps par là pour l'incinérer.

— C'est affreusement difficile et tu t'en sors super bien, lui assura Peabody d'une voix qui faisait l'effet d'un baume apaisant. Tu te rappelles quand ça s'est passé ? C'était il y a combien de temps ?

— J'étais pas là depuis très longtemps. C'était pas juste après mon arrivée, mais ça devait être au moment où les surveillantes et les gardiens se plaignaient qu'il faisait super froid pour cette période de l'année, des trucs comme ça.

— D'accord, c'est bien. Ça nous aide beaucoup.

— Elle est morte. Mina est morte, et l'autre fille aussi. En quoi ça vous aide ?

— Ce sera utile à toutes les autres, répondit Peabody. Tout ce que tu peux nous raconter va servir à secourir celles qui restent. Mais si tu veux t'arrêter, on peut faire une pause et y revenir plus tard.

— Je voudrais oublier ce qui s'est passé… J'étais heureuse avant de m'en souvenir.

— C'est bel et bien arrivé, dit Eve. Alors on va faire en sorte qu'ils en paient le prix. Mais mettons ça de côté pour l'instant. Tu nous as déjà fourni beaucoup d'éléments exploitables immédiatement. La suite attendra demain.

Le regard toujours embué, Dorian se tourna vers Sebastian.

— Elle dit que je ne peux pas repartir avec toi.

— Elle a raison.

— C'est pas juste !

— Je sais que ça ne paraît pas juste. Le monde est injuste. Mais nous devons tous faire ce qui est le mieux pour toi.

— Elle m'a parlé d'une école, mais…

Sebastian interrompit Dorian d'un geste de la main pour interroger Eve :

— Vous voulez dire An Didean ?

— C'est l'idée, confirma Eve.

Ce qui lui valut un regard de profonde gratitude de la part de Sebastian.

— Dorian, c'est un cadeau, une opportunité que tu sauras saisir, je l'espère. J'ai visité cette école.

J'étais curieux, précisa-t-il avec un coup d'œil vers Eve.

» Non seulement elle est sûre, ce qui est extrêmement important dans ta situation, mais c'est aussi ce qui existe de mieux. L'enseignement y est complet et approfondi, dispensé par des gens qui se soucient des élèves. Il y a aussi des formations pratiques, des cours artistiques, tout. Je crois que rien ne pourra vraiment compenser ce qui t'est arrivé, mais te voilà à la croisée des chemins. Tu comprends ? C'est ta chance d'emprunter une nouvelle voie passionnante. Je suis absolument convaincu que tu serais très heureuse là-bas.

— Je préférerais être avec vous.

— Mavis, tu aurais pu dire la même chose autrefois. Mais…

— « Mais », confirma Mavis. Sebastian m'offrait quelque chose que je n'avais jamais connu auparavant. Un endroit où personne ne me voulait du mal. Il m'a donné l'occasion de m'amuser et une liberté dont j'avais tant besoin. Mais ce n'était qu'une sorte de tremplin. Je n'ai jamais eu la chance d'opter pour quelque chose comme An Didean. J'aurais peut-être eu peur d'essayer. J'espère que tu es plus forte que je ne l'étais à l'époque.

— Elle a dit que Greffier pourrait peut-être venir avec moi, mais que c'était pas sûr.

— Vous le prendriez sous votre aile ? demanda Sebastian à voix basse. Sans rien savoir de lui ?

— J'ai dit que je verrais ce que je pouvais faire, précisa Eve.

— Considérez que c'est validé, dit Connors. Mais il y a des règles, et vous devrez tous les deux les respecter. Ce que tu fais ici, c'est pour elles, ajouta-t-il en désignant l'écran. Ce que vous ferez à An Didean concernera tous ceux qui y vivent. Ton ami et toi devrez être au clair sur ce point.

— Nous devrons installer deux agents sur place, dit Eve. Pour leur protection.

— Je vais contacter Rochelle. Nous trouverons une solution.

— Tu viendras me voir ? demanda Dorian à Sebastian. Je pourrai pas partir tant qu'ils auront pas arrêté Tantine et les autres. Ça risque de mettre des années.

— Je prendrai de tes nouvelles, mais ça ne mettra pas des années. Grâce à ton aide. Je suis très fier de toi. Je vais aller parler à Greffier. S'il est d'accord – et je pense qu'il le sera –, je l'amènerai à l'école. C'est acceptable pour vous ? demanda-t-il à Eve.

— J'aurai besoin de son nom. Son vrai nom, insista Eve. S'il a une famille…

— Je crois qu'il en a une. Mais, vous connaissant, pas le genre de famille que vous voudriez lui faire subir. Il n'a que onze ans, et bien qu'il ait réussi à dépasser la plupart de ses blessures émotionnelles, il a encore des blessures physiques. D'ailleurs, vous voudrez sans doute vous y intéresser le moment venu.

— Le moment venu, confirma Eve.

Si cet enfant aidait Dorian à prendre la bonne décision, il était le bienvenu.

— S'il a été maltraité ou mis en danger, nous nous chargerons des responsables, assura-t-elle. Mais pour ça, il me faudra son vrai nom. Dites-lui de ne pas me raconter de bobards.

— Absolument.

Sebastian se leva et lui tendit la main.

— Je sais que nos méthodes sont radicalement différentes, mais nous avons des objectifs communs. Je vous remercie pour votre... créativité et votre flexibilité face à la situation.

— Elles ont leurs limites, répliqua Eve, qui lui serra néanmoins la main.

— Compris. Mavis saura où me contacter lorsque vous serez prêts pour Greffier. Merci à tous.

Il ouvrit grand ses bras à Dorian.

— Tu es forte et courageuse, tu as un bel avenir devant toi. On se revoit bientôt.

Elle s'accrocha à lui quelques instants de plus et lui murmura à l'oreille :

— Jamais je leur dirai où tu es.

— Je sais. Forte, courageuse et loyale.

Il sortit rapidement. Dorian chassa ses larmes avec ses paumes avant de porter son attention sur Connors.

— D'après elle, vous pouvez me trouver un avocat pour coller un procès au cul de Mme Truman. C'est vrai ?

Connors haussa les sourcils.

— Premièrement, *elle* a un nom et c'est plus poli de l'utiliser. Deuxièmement, je pourrais m'en charger, en effet. Mais commençons par t'installer comme il faut à l'école.

— J'imagine que vous devez avoir beaucoup d'argent.

— Il se trouve que oui. Il se trouve aussi que j'ai passé les premières années de ma vie dans une situation très proche de la tienne. Dans la rue et à me faire cogner régulièrement à la maison. J'ai décidé que je voulais une vie différente, alors je me la suis créée. Tu as une chance de faire de même.

Il se leva.

— J'appelle Rochelle. Elle fera le nécessaire.

Tandis qu'il quittait la pièce, Dorian se tourna vers Eve.

— Je crois que je peux continuer un peu.

— Peabody, organisez l'envoi d'agents à l'école. On va regarder un dernier groupe de photos, dit-elle à Dorian. Puis ça suffira pour ce soir. L'inspecteur Yancy, notre dessinateur, passera te voir demain. Un dernier groupe puis Connors et moi t'emmènerons à l'école.

— Si Greffier ne vient pas…

— Une chose à la fois, Dorian. Voyons le prochain groupe, puis on s'en tiendra là pour aujourd'hui.

Eve refusa de prêter attention au mal de tête qui enflait sous son crâne. Dorian identifia deux nouvelles jeunes filles.

— Bon, c'est tout pour cette fois. Marchons jusqu'au Central pour récupérer ma voiture.

— Je l'ai fait venir, l'avertit Connors. Ça m'a paru plus simple.

— Oui, d'accord, très bien. Merci pour tout, dit Eve à Mavis et Leonardo. On se tient au courant.

— Si quelqu'un peut aider ces enfants, c'est bien toi, affirma Leonardo en l'enveloppant de ses bras avant qu'elle puisse s'esquiver.

Mavis, elle, planta son regard dans celui de Dorian.

— On vient de t'offrir une énorme opportunité. Ne la gâche pas. Je te dis ça parce que j'étais moi-même tellement déboussolée à l'époque que j'aurais bien pu la gâcher, si j'avais été à ta place.

— Tu n'étais si déboussolée que ça, assura simplement Eve. Allons-y.

Une fois à l'extérieur, Dorian lança un regard atterré à la DLE d'Eve.

— Waouh, c'est quoi cette épave ? Elle n'a pas l'air de pouvoir rouler à plus de dix kilomètres à l'heure.

— Monte à l'arrière et mets ta ceinture.

Dorian roula les yeux mais obtempéra.

— Hé, vous avez un autochef ! Trop bien. Je vais pouvoir me reprendre une boisson.

— Non.

Eve franchit le portail en priant toutes les divinités qui voudraient bien l'entendre de l'aider à se frayer un chemin dans la circulation et d'en finir rapidement.

Connors se tourna sur son siège.

— Un repas sera servi à l'école, pour ton ami et toi.

Dorian laissa échapper un reniflement moqueur.

— Genre hachis végétal ou surprise au soja.

— La surprise serait surtout que quelqu'un ait l'idée de manger l'un ou l'autre si on lui laissait le choix.

Voyant Dorian sourire, Connors s'efforça d'engager la conversation avec elle pendant qu'Eve slalomait au milieu des voitures.

Eve songea qu'elle lui devait une fière chandelle. À rembourser sous la forme d'un tête-à-tête sur l'oreiller.

Pourtant, lorsqu'ils s'arrêtèrent face au bâtiment empreint d'une dignité paisible qui abritait An Didean, Dorian se recroquevilla sur elle-même.

— Laisse-toi une journée, suggéra Connors. Si ça ne te convient pas, on essaiera autre chose.

Ne voulant pas prendre le risque d'avoir à rattraper l'adolescente réticente si elle tentait de s'enfuir, Eve actionna la propulsion verticale et sauta par-dessus plusieurs véhicules pour atterrir sur une zone de chargement.

— Trop dingue ! s'exclama Dorian.

— Première leçon : ne pas se fier aux apparences, dit Connors.

Eve alluma son panneau EN SERVICE.

— Ne m'oblige pas à te courir après, lança-t-elle à Dorian avant de sortir de la DLE.

Pour limiter les risques, elle prit fermement l'ado par le bras et la guida jusqu'à l'entrée, Connors à leurs côtés. Il leur ouvrit les portes.

Rochelle les attendait dans le hall d'entrée, accompagnée de Crack. Dans le genre impressionnant, on ne faisait pas mieux.

Crack était propriétaire et gérant d'un sex-club dans le centre-ville, mais il ne s'était manifestement pas habillé pour le travail. Un jean usé et un tee-shirt noir mettaient en valeur son corps ultra-athlétique. Son crâne rasé brillait sous la lumière des plafonniers.

— Salut, la blanchette maigrichonne.

— Salut, le grand Noir baraqué.

Avant qu'Eve puisse en dire plus, Crack sourit à Dorian.

— Et salut, ma belle !

Dorian ne dit rien mais se rapprocha un peu plus de Connors.

— Bienvenue, Dorian. Je suis Rochelle Pickering, et voici mon ami Wilson. Et si je te faisais visiter ? Les externes sont partis et ne reviendront que demain matin. Nous avons des cours et des activités d'été, expliqua-t-elle. Les étudiants internes ont fini de dîner et profitent d'un temps libre.

— Ils ont dit que Greffier viendrait.

— Oui, ton ami Tom. Il est en route. Je me suis dit que tu voudrais sûrement l'attendre pour le dîner.

— Il va vraiment venir ?

— Absolument. Ça vous fera du bien à tous les deux d'avoir une tête connue avec qui commencer dans un nouvel établissement. Mais je ne doute pas que vous vous ferez de nouveaux amis ici. Ça te dit qu'on monte jeter un coup d'œil à ta chambre ? Je te montrerai quelques-unes de nos salles de classe et d'autres espaces intéressants en chemin.

Comme Dorian suivait Rochelle sans faire d'histoires, Eve estima, soulagée, qu'elle pouvait laisser la directrice prendre le relais.

Rochelle, vêtue d'un tailleur bleu sobre qui contrastait avec ses boucles sombres et indisciplinées, prit la jeune fille par la main. Elle l'entraîna vers les étages en continuant à parler d'une voix aussi apaisante que le bleu de sa tenue.

— Elle s'en occupe, déclara Crack. Ma Ro sait y faire.

— Il faudra assurer la protection de cette enfant. Je vous envoie deux agents pour ça.

— Oui, ça aussi, on s'en occupe. Je reste ici jusqu'à leur arrivée. Si quelqu'un tente de s'en prendre à cette gamine, il devra me passer sur le corps.

Ce n'étaient pas des paroles en l'air, Eve n'avait aucun doute là-dessus.

Elle resta tout de même un peu plus longtemps sur place, déambula, observa les jeunes rassemblés ici et là dans les parties communes et d'autres qui faisaient un bœuf dans la salle de musique.

« Ça fait beaucoup d'espace à sécuriser », constata-t-elle.

Mais Connors avait fait le nécessaire. Là-dessus non plus, elle n'avait aucun doute.

Quand les deux agents en civil se présentèrent, elle vit au premier coup d'œil que Peabody les avait bien choisis. Même si sa coéquipière les avait déjà informés de leur mission, Eve leur refit un briefing.

Puis elle eut un premier aperçu de Greffier.

Accompagné par Sebastian, c'était un gamin malingre, à l'œil vif, qui faisait une tête de moins que Dorian. Il s'était manifestement débarbouillé à la hâte et portait un petit sac de sport.

— Je vais devoir inspecter le contenu de ce sac, dit Eve.

Greffier la transperça du regard.

— Vous avez un mandat ?

Sebastian se contenta de lui tapoter l'épaule.

— Fichus flics, marmonna le garçon.

Mais il ouvrit le sac. Eve y trouva des vêtements usés, une tablette à l'écran fendillé, un roman graphique aux pages cornées, une loupe, une brosse à dents, une petite boîte métallique garnie de cailloux brillants, un sachet à moitié vide de bonbons gélifiés et – dissimulés dans une poche secrète – trente-deux dollars en liquide accompagnés d'un permis de mendier visiblement contrefait.

Elle sortit le permis, lança un « Sérieux ? » et l'empocha avant de rendre son sac au garçon.

— Bordel..., marmonna-t-il.

— Je m'appelle Crack.

Le grand Noir tendit la main et serra celle de l'ado.

— Je peux te faire visiter, proposa-t-il. Dorian est montée voir sa chambre.

Le gamin se redressa de toute sa – modeste – taille, torse bombé.

— Le premier qui l'embête aura affaire à moi.

— À moi aussi, lui assura Crack. Je m'occupe de lui, dit-il à Eve.

— Ne me déçois pas, recommanda Sebastian, une main posée sur la tête de Greffier. Et, plus important encore, ne te déçois pas toi-même.

Sebastian les regarda s'éloigner avant de sortir un disque de sa poche.

— Son patronyme officiel est Thomas Grantly. Vous pourrez certainement consulter son dossier, mais ce disque en contient l'essentiel. Il est parvenu à survivre et à échapper à un cauchemar. Je vous fais confiance pour ne pas l'y renvoyer.

— Je prendrai ma décision quand j'aurai étudié ses antécédents, mais jusqu'à ce que nous fermions cette soi-disant académie, il restera ici. Si Dorian s'enfuit, réussit à s'échapper et à revenir vers vous, je la retrouverai. Et vous et moi serons alors dans des camps opposés.

— Comme de juste. Vous ne pouvez pas tous les sauver, et moi non plus, mais nous essayons chacun à notre manière.

Il lui tendit un petit sac.

— C'est ce qu'elle portait quand Greffier l'a trouvée. Nous n'avons rien lavé, contrairement à ce que j'aurais fait d'habitude, parce que toute l'affaire semblait louche. Et le chemisier et le pantalon étaient de toute façon déchirés.

» Je m'en tiendrai là. Je sais que je laisse ces enfants entre de bonnes mains.

Eve le regarda partir.

— Combien de pickpockets, de cambrioleurs, d'escrocs et de fraudeurs a-t-il formés au fil des ans ?

— Combien d'enfants perdus a-t-il sauvés de la maltraitance et de la misère ? rétorqua Connors.

— Ce n'est pas son travail.

— Peut-être, mais c'est certainement sa vocation. Et il vous en a confié deux parce qu'il a conscience de ne pas être en mesure de les protéger. Mets cette partie-là de côté pour l'instant, Eve. Tu as suffisamment de choses à gérer.

— Tu as raison.

Elle ouvrit le sac que lui avait remis Sebastian.

— L'uniforme de Dorian… et les sous-vêtements sexy qu'elle portait en dessous. Merde, j'aurais préféré que personne d'autre n'y touche. Bon, Harvo nous trouvera peut-être quelque chose malgré tout. Il faut que j'apporte tout ça au labo, que je la rappelle et que je…

Elle s'interrompit. Ses doigts avaient trouvé quelque chose en fouillant.

— Il y a un truc coincé dans la poche du pantalon.

Elle plissa le tissu pour faire sortir l'objet.

— Bon sang, le badge. Un morceau du badge, en tout cas. Il a dû se casser quand Dorian est tombée dans les tunnels ou à l'extérieur. Et maintenant, il est à nous.

— Voyons voir ça.

— N'y touche pas !

— Je connais les ficelles du métier, lieutenant. Cela pourrait suffire à nous fournir quelques données.

Eve remit tout en place en entendant des bruits de pas et de voix qui se rapprochaient.

« Une vraie petite parade », pensa-t-elle quand Rochelle, Crack, les deux enfants et les deux policiers réapparurent en bavardant gaiement.

— Direction les cuisines pour dîner, expliqua Rochelle. Vous vous joignez à nous ?

— Ça ne va pas être possible. Mais merci. Je dois y retourner, dit Eve.

Son regard croisa celui de Dorian.

— L'inspecteur Yancy sera là dans la matinée. Si des souvenirs refont surface ou que quoi que ce soit te revient à l'esprit entre-temps, les deux agents savent où me trouver.

— J'aime bien ma chambre, dit Dorian.

— Super.

— Elle se verrouille pas de l'extérieur.

La phrase résonna au plus profond des tripes d'Eve mais elle tâcha de garder un ton léger.

— C'est une école, pas une prison. Parle-moi du badge que tu avais dans la poche.

— Le badge ?

Le froncement de sourcils de Dorian se changea en regard écarquillé.

— C'était celui de la surveillante ! J'avais oublié. Au départ, je pensais l'abandonner par terre, pour lui faire croire qu'elle l'avait laissé tomber. Mais je me suis dit qu'on pourrait en avoir besoin plus tard, alors je l'ai gardé. Peut-être que sans ça, ils auraient pas su qu'on était sorties. Peut-être que si...

— Les « si » ne servent à rien. Mais je t'en donne un autre : si tu n'as pas envisagé qu'il puisse y avoir des caméras et un système d'alarme dans le tunnel, tu n'es pas aussi maligne que tu en as l'air.

Greffier passa un bras autour des épaules de Dorian.

— Laisse tomber… Les flics sont trop nazes.

— Oh, tu me brises le cœur !

Eve se détourna de lui pour ne regarder que Dorian.

— Il n'y a pas de « si » qui tienne quant à ce qui est arrivé à Mina. C'est entièrement leur faute. N'oublie jamais ça. Allez manger.

— Crack dit que les hamburgers sont au vrai steak de bœuf ici. On n'en a jamais mangé.

— Allez goûter à un vrai burger. S'il y a des questions, des problèmes, vous savez comment me joindre, dit-elle à Rochelle. Merci de leur avoir fait une place.

— On trouve toujours une solution.

Eve ressortit du bâtiment, sa radio à la main.

— Je vais mettre les vêtements sous scellés et demander à une patrouille de transmettre le sachet au labo. Faudra que je prévienne Harvo. Même chose avec le fragment de badge, mais on le rapporte à la maison. Je demanderai l'aide de Feeney.

— Passe tes appels. Je m'occupe de mettre tes pièces à conviction sous plastique à la place de Peabody.

Il fallut du temps avant que la voiture de patrouille vienne chercher les éléments matériels mais Eve estima avoir rentabilisé un peu de ce temps.

Elle avait mis Dorian en sécurité et disposait de nouvelles informations et de pièces supplémentaires sous la forme des vêtements de l'adolescente et du morceau de badge. Et si quelqu'un était capable d'obtenir une description qui tienne la route auprès d'un témoin, c'était bien Yancy.

Lorsque Connors prit le volant, elle s'installa sur le siège passager.

— Je devrais peut-être insister pour que Yancy commence à travailler avec elle dès ce soir.

— Non. Laisse-lui l'occasion de se familiariser avec les lieux. Un bon repas, la présence de son ami, assez de temps pour se sentir en sécurité et profiter d'une bonne nuit de sommeil. Elle aura l'esprit d'autant plus clair demain.

— Possible. Sans doute. À moi de bien ficeler tout ça pour que les fédéraux ne puissent pas tout détricoter. Je sens que ça ne va pas leur plaire de voir qu'on l'a installée ici plutôt que dans une planque officielle ou sous la garde de la protection de l'enfance.

— Tu feras valoir que l'endroit est sûr et sécurisé, et que ta victime, ton témoin, sera d'autant plus coopérative ainsi. Et plus stable émotionnellement. Mira te soutiendra sur ce point.

— Bonne idée. Je vais l'appeler.

Connors lui retint le bras avant qu'elle puisse sortir son communicateur.

— Prends un antalgique pour ta migraine, dit-il en lui présentant une petite boîte. Et ferme les yeux cinq petites minutes.

Elle avala la pilule sans protester, puis secoua la tête.

— Je ne peux pas m'arrêter. J'ai trop de trucs à régler.

Elle appela Mira.

— Navrée d'interrompre votre soirée, mais je dois vous mettre au courant. Je rédigerai mon rapport au plus vite mais sachez que j'ai pris quelques… libertés.

Elle lui raconta tout depuis le début et répondit à ses questions, sans rien lui cacher. Tout en parlant, elle sentit enfler en elle une folle envie de craquer. De péter un plomb.

Impossible. Elle ne pouvait pas se le permettre.

— L'enfant est en lieu sûr et sous bonne garde ?

— Oui.

— D'après ce que vous me dites, elle se sent protégée et se trouve auprès de professionnels qualifiés après une expérience horrible et traumatisante. En la plaçant dans ce cadre, vous avez gagné sa confiance et sa coopération. Je recommanderai vivement qu'elle demeure dans cet environnement et travaille avec les conseillers, instructeurs et thérapeutes très compétents qui y sont mis à la disposition des élèves. J'aimerais m'entretenir personnellement avec elle demain, et je prendrai le temps pour cela.

— Merci.

— Vous avez fait ce qu'il fallait pour elle, pour cette enfant mineure, au regard des circonstances.

— L'autre gamin…

— … aide votre victime et témoin clé à se sentir en sécurité, termina Mira. Et n'a aucune incidence sur l'enquête par ailleurs. J'aimerais avoir une copie de son dossier, mais je ne vois aucune raison de l'inclure dans un rapport au FBI dans le cadre spécifique de cette enquête.

— Ce sera au commandant d'en décider, répondit Eve. Je vais l'informer sous peu.

« Un beau nœud supplémentaire à l'estomac », songea-t-elle.

— Bien sûr. Puis-je faire une suggestion ?

— Allez-y.

— Demandez un holobriefing. Ce sera plus proche d'une entrevue en tête à tête. Et prenez le temps de vous remettre d'aplomb avant.

— D'accord. Je vous transmettrai la version écrite dès que possible.

— Il n'y a pas d'urgence. Les informations que vous m'avez fournies à l'oral me suffisent pour vous soutenir sur ce point, et je le ferai. Prenez le temps, répéta-t-elle.

« C'est un temps que je n'ai pas », pensa Eve.

— Merci, dit-elle néanmoins. Je vous rappelle.

Avec un mélange d'épuisement et de soulagement, elle vit le portail de la maison s'ouvrir devant elle.

— Jusqu'à quel point vas-tu suivre ses conseils ?

— L'holobriefing, c'est une bonne idée. Et elle a raison pour l'autre gamin. Pour l'instant, ce n'est pas l'affaire des fédéraux. Je dois lire son dossier, m'assurer qu'on n'essaie pas de me la faire à l'envers.

Connors arrêta la voiture et se tourna vers elle.

— Tu vas prendre le temps de faire une vraie pause et un vrai repas.

— Je mangerai un morceau après avoir parlé à Whitney. Pas moyen avant. Je ne pourrai rien avaler tant que je ne saurai pas comment il réagit et quels sont ses ordres.

Eve était devenue de plus en plus pâle au fil du trajet, et ce n'était pas seulement le fait de la fatigue, il le savait. Avoir contrevenu aux règles l'angoissait. Et le récit de Dorian avait dû la mettre à rude épreuve.

Il acquiesça.

— Alors organisons d'abord l'holoconférence.

— Tu pourrais commencer par le badge ? Voir si le fragment contient des informations ?

— D'accord. Mais je vais avoir du mal à m'y mettre à fond tant que je serai inquiet pour toi.

— Astuce mesquine pour me forcer à manger.

— Ce n'est pas mesquin si c'est vrai.

Summerset et le chat les accueillirent dans le hall d'entrée. Le majordome parut sur le point de faire un commentaire mais le ravala en voyant le visage d'Eve.

— Bienvenue à la maison. Les pâtes et les boulettes de viande sont particulièrement savoureuses ce soir.

— Exactement ce qu'il nous faut, répondit Connors en guidant Eve vers l'escalier. Merci.

Summerset baissa les yeux sur Galahad.

— Je crois que ta compagnie serait bénéfique au lieutenant ce soir. Elle risque d'aller au-delà de ses propres limites, ajouta-t-il tandis que le chat se dirigeait vers les marches.

— On va s'y mettre tout de suite, dit Eve. Je vais faire la demande, en espérant que Whitney sera disponible.

« Qu'on en finisse », songea-t-elle.

— Il se rendra disponible quand tu lui annonceras que tu as retrouvé Dorian Gregg.

— Oui, c'est la première chose que je vais dire.

Elle décida d'envoyer un message écrit.

Commandant, Dorian Gregg a été localisée et se trouve désormais en sécurité. J'ai mené avec elle un long entretien que je vais mettre par écrit. Je préférerais cependant vous faire un briefing oral par holo dès que possible, car j'ai donné mon accord à plusieurs concessions afin de sécuriser Gregg et d'obtenir sa pleine coopération. Dallas, lieutenant Eve.

Connors lui tendit un verre.

— Juste de l'eau, pour l'instant. Le café, ce sera pour plus tard.

— Comme tu veux.

Elle vida son verre tout en étudiant le tableau, dans l'attente d'une réponse.

— Beaucoup de choses à mettre à jour.

En quête de plus d'informations, elle inséra le disque contenant les données sur Thomas Grantly dans son ordinateur.

— Bon sang, le gamin vient de Buffalo. Il…

Elle s'interrompit et se mit à lire. Puis laissa échapper un long soupir pendant que Connors préparait le matériel en vue du briefing.

— Le père battait l'enfant et la mère, résuma-t-elle. La mère avait un penchant pour l'automédication. On dirait qu'elle a essayé de se sevrer plusieurs fois, et ils lui ont redonné le gamin. Beaucoup de soins médicaux pour les deux. Fractures, commotions, puis le père a pris l'habitude de brûler le fils. Il s'est remis avec la mère, après quoi il s'est bien lâché. On a des photos des brûlures. Il ciblait surtout le torse, le ventre. Il a fini par être arrêté. Il est toujours en prison. Il semblerait que la mère soit retombée dans la drogue et se soit tirée. Elle a fait une overdose dans un motel miteux. Après l'avoir retrouvée – déjà morte depuis quelques jours – et identifiée, les autorités ont cherché le gamin. Il avait disparu.

Elle s'interrompit pour consulter le message qu'elle venait de recevoir sur son communicateur.

— Whitney sera dispo dans cinq minutes.

Elle prit une profonde inspiration.

— Bon, dit-elle. Je gère la suite. Tu peux aller travailler dans ton labo.

— Il aura peut-être des questions à me poser concernant les mesures de sécurité mises en place à l'école.

— Exact.

— Mets-toi dos au tableau, Eve.

— Quoi ?

— Mets-toi dos au tableau, avec les jeunes filles derrière toi. Tiens-toi devant elles, dans le rôle de celle qui veut les protéger et les défendre.

17

Whitney, qui arborait généralement un costume sobre assorti d'une cravate classique, apparut dans la scène holographique vêtu d'un pantalon en toile et d'un polo bleu marine.

Eve en fut décontenancée un court instant. Il en profita pour prendre la parole :

— Vous êtes porteuse de bonnes nouvelles, lieutenant.

— Commandant. Par le biais d'un intermédiaire, Dorian Gregg a demandé la protection du NYPSD et nous a fourni un grand nombre d'informations vitales. Elle est actuellement en lieu sûr et sous la surveillance de deux agents triés sur le volet. L'inspecteur Yancy la rencontrera à 9 heures demain dans le but d'identifier la femme qui, selon nous, est derrière ce trafic d'enfants.

Eve resta debout tandis que Whitney s'asseyait.

— Nous avons installé Dorian Gregg à An Didean, précisa-t-elle.

Whitney haussa nettement les sourcils.

— L'école ? Pourquoi avoir choisi un lieu public qui accueille d'autres mineurs et un personnel civil considérable ?

— En tout premier lieu pour nous assurer de sa coopération, commandant. Ensuite pour lui permettre de se remettre physiquement et émotionnellement des traumatismes qu'elle a endurés au cours des derniers mois. J'assume l'entière responsabilité de cette mesure, et pour avoir donné ma parole, en tant que représentante du NYPSD, sur plusieurs points. C'était ma décision.

— Et vous n'avez pas jugé nécessaire de contacter vos supérieurs pour solliciter leur permission ?

— J'ai estimé – et ma conviction n'a pas bougé – que je devais conclure cet accord avec Dorian, sans quoi nous la perdrions. Nous avons besoin de gagner un tant soit peu sa confiance. Sa coopération était et reste essentielle pour identifier et localiser les responsables du meurtre de Mina Cabot ainsi que de l'enlèvement, de la séquestration et de la vente de plusieurs dizaines de mineures.

» Si vous le permettez, commandant, je voudrais vous détailler les événements qui ont conduit à cette situation.

— Ça me paraît souhaitable.

Elle le vit étrécir les yeux tandis qu'elle racontait la prise de contact avec Sebastian par le biais de Mavis et la rencontre peu orthodoxe qui en avait découlé.

Cela n'apaisa en rien les nœuds qui lui vrillaient l'estomac. Elle s'attendait à une batterie de questions pour préciser le moindre point de détail, et ce fut exactement ce à quoi Whitney la soumit.

— Vous croyez à ces trous de mémoire initiaux ?

— Oui, commandant.

Elle se revit errer dans les rues de Dallas, ensanglantée et mal en point, l'esprit vide.

Oui, elle y croyait.

— Et je crois aussi qu'elle s'est présentée à nous, à contrecœur, parce qu'elle se souvenait de Mina. Elle s'est rapidement attachée à Sebastian et lui a fait confiance parce qu'il l'a aidée, à l'inverse des autres adultes croisés dans sa vie. Que ce soient la police, les travailleurs sociaux ou toute autre autorité en devoir de le faire. S'il ne l'avait pas persuadée de me parler, nous n'aurions pas les informations qu'elle nous a fournies.

— Qui ne comprennent cependant pas l'emplacement de cette académie.

— Non, commandant. Mais nous disposons de beaucoup d'éléments utiles, des détails que nous n'aurions pas eus autrement, dont la confirmation de la situation de plusieurs des victimes sur ce tableau. Celles qu'elle a vues là-bas, dont une qui se serait suicidée. Nous savons que la femme connue sous le nom de Tantine a un associé, ou un soutien financier, peut-être un supérieur. Nous savons que le bâtiment où sont détenues les victimes comporte au moins sept étages. Nous avons une partie du badge que Gregg a utilisé pour accéder à l'ascenseur menant aux tunnels. L'existence même de ces tunnels facilite notre travail de localisation. Les vêtements qu'elle portait lorsqu'elle s'est échappée sont maintenant au laboratoire et pourraient fournir de nouveaux éléments de preuve.

— La fin justifie peut-être certains moyens, lieutenant. Cependant, en ne respectant pas la chaîne de commandement, en plaçant une mineure à la fois victime et témoin clé dans un lieu civil non autorisé, vous avez créé une situation compliquée.

— Effectivement, commandant. C'est ma responsabilité. J'ai pris ces décisions au regard des circonstances du moment et de l'état émotionnel de la mineure. Je me bats en son nom autant que pour Mina Cabot, monsieur. Et elle est venue à moi.

— Et vous, vous êtes au service du NYPSD, lui rappela-t-il. Bien que vous ayez donné votre parole à cette jeune fille et à son… « intermédiaire », dirons-nous, je n'ai pas donné la mienne. Nous disposons d'un réseau de logements sécurisés et de professionnels de la protection de l'enfance compétents.

Eve fit appel à toute sa volonté pour tenir ses émotions à l'écart et ne rien laisser transparaître dans sa voix.

— Comme Truman. Je suis tout à fait consciente qu'elle ne représente pas la majorité des professionnels des services sociaux, commandant. Mais Dorian Gregg n'a connu qu'elle en la matière. Si j'avais fait appel aux services sociaux, nous l'aurions perdue. Rochelle Pickering est également une professionnelle qualifiée, et le Dr Mira a prévu au moins une séance avec la jeune mineure.

» J'aurais pu ne pas lui laisser le choix, l'arrêter et l'installer dans un lieu autorisé avec les services sociaux et quelques flics. Peut-être lui aurions-nous même arraché ces informations, avec le temps. Mais je me refusais à lui faire plus de tort pour les obtenir.

» Elle a passé sa vie à être battue, maltraitée, négligée. Et durant ces derniers mois, elle a été soumise de force à des examens physiques, punie à l'aide de matraques électriques et contrainte à des actes sexuels avec d'autres filles piégées comme elle. Elle s'est fait une amie en la personne de Mina

Cabot et se reproche aujourd'hui la mort de cette amie. Elle a fait une chute, elle ne pouvait plus courir ; son amie a détalé pour faire diversion et la protéger et elle en est morte.

Eve sentit sa détermination vaciller et menacer de se briser. Mais non, pas question. Elle avait fait ce qu'il fallait, en tant que flic, en tant qu'être humain, et elle assumerait.

— Non, vraiment, commandant, je ne voulais pas en rajouter. J'ai donc agi d'une manière qui me paraissait juste en lui offrant le choix. Si je ne faisais pas ce qui s'impose pour secourir Dorian Gregg et toutes les filles sur ce tableau, je ne mériterais pas mon insigne. J'assume mes actes, commandant, et encore une fois, j'en prends l'entière responsabilité.

— Je me demande si elle sait à quel point vous la défendez.

— Peu importe. La protéger, arrêter l'assassin de Mina Cabot et démanteler l'organisation qui exploite, maltraite et vend des filles comme elle en tant qu'esclaves, c'est tout ce qui compte.

— Quand nous aurons terminé, j'aurai une discussion avec le Dr Mira. En attendant, il va me falloir tous les détails concernant les mesures de sécurité mises en place dans l'établissement que vous avez choisi. La chaîne de commandement ne s'arrête pas à moi, lieutenant.

— Je serai mieux placé pour vous renseigner à ce sujet, intervint Connors en s'avançant dans l'espace holographique. Je répondrai à toutes vos questions et je vous enverrai les plans et documents requis.

Eve demeura où elle était mais n'écouta la discussion technique que d'une oreille, plongée dans ses réflexions.

Si Whitney retirait Dorian d'An Didean, cela laisserait une marque. Sur la psyché de l'enfant ainsi que sur la sienne, admit Eve.

Parce qu'elle savait ce que c'était que d'être ballottée d'un endroit à un autre au nom du sacro-saint « bien-être de l'enfant ». Et, autant l'admettre aussi, c'était ce qui avait motivé certaines de ses décisions.

La situation la touchait de trop près et trop profondément, ça ne faisait pas de doute. Il ne lui restait plus qu'à attendre, à accepter les ordres et leurs conséquences, et à aller jusqu'au bout.

Si Whitney lui retirait l'affaire – et il serait dans son bon droit –, elle remettrait l'intégralité des données qu'elle possédait à quiconque prendrait sa place. Et aux fédéraux.

Ils démantèleraient ce trafic d'enfants, elle en était certaine. Mais Dorian Gregg ne ferait plus jamais confiance à un flic. Elle ne croirait plus que quiconque puisse lui accorder de l'importance. Et à la première occasion, elle s'enfuirait de nouveau.

Elle vivrait dans la rue et, un jour, inévitablement, elle vendrait ce corps que ces salauds avaient préparé, entraîné, maltraité.

Et, songea Eve, ce serait elle la responsable. Pour avoir outrepassé les limites.

— Cela fait beaucoup de mesures de sécurité de haut niveau pour une école, commenta Whitney.

— Les élèves, leurs parents ou tuteurs, le personnel, les intervenants extérieurs méritent tous d'évoluer dans un endroit sûr. Vous souhaiterez peut-être parler à Rochelle, qui pourra vous exposer les protocoles et précautions déployés au quotidien, ainsi que l'emploi du temps qu'elle a prévu pour Dorian.

— Et quand nous aurons bouclé cette affaire ?

— Dorian restera étudiante à An Didean aussi longtemps qu'elle le souhaitera. Rochelle va entamer les démarches auprès de l'administration pour lui obtenir un assistant social et la tutelle nécessaire. Cela fait partie des services que nous proposons.

Whitney ne dit rien pendant un moment.

— Je vais appeler le Dr Mira. Pendant ce temps, lieutenant, il vous reste une poignée d'heures avant de devoir faire intervenir les fédéraux. Je vous suggère de rédiger ce rapport avec soin et de faire tout votre possible pour localiser ce trou sordide et récupérer des données sur ce badge cassé. Trouvez-nous un nom. Un nom qui nous serve de pied dans la porte pour accéder au reste.

— Oui, commandant. Je vous présente mes excuses pour…

— Épargnons-nous ça, lança-t-il sèchement.

Puis son image disparut.

— Aïe, murmura Eve.

— Tu as très bien géré la situation, lui assura Connors.

— Vraiment ? Tu trouves que j'ai géré quelque chose, toi ?

À cet instant, les vannes d'Eve cédèrent. Elle s'assit par terre face au tableau, le front appuyé sur ses genoux, et commença à se balancer d'avant en arrière.

— Eve…

Connors s'installa à côté d'elle et l'entoura de ses bras.

— Tout va bien, dit-il. Je ne pense pas qu'il désapprouve la moindre de tes actions, il est seulement un peu agacé de ne pas avoir été mis au courant sur le moment.

— C'est pas ça... Ce n'est même pas qu'il ne m'ait pas retirée de l'enquête. C'est tout ça, toute cette affaire. Ces portes fermées à clé, l'enfermement dans l'obscurité, les raclées, les viols. Ce sentiment d'être prise au piège.

Il lui caressa le dos et les cheveux, tandis que Galahad accourait pour se frotter à elle.

— Elle est en sécurité maintenant, tout comme toi. Elles le seront toutes une fois que nous en aurons fini.

— Tu avais sans doute raison dès le départ. J'aurais dû passer la main.

— Je n'avais pas raison. Pas tort non plus. J'étais simplement inquiet. C'est exactement ce que je redoutais. Que tu t'investisses au-delà de tes limites, que les émotions te submergent et te fassent souffrir. Par contre, Eve chérie, je n'ai jamais eu peur que tu ne trouves pas le moyen de dépasser ça et de mettre un terme à cette ignominie.

Il lui redressa le menton et l'embrassa tandis qu'elle enroulait un bras autour du chat.

— Tu as fait ce qu'il fallait pour une ado assassinée, pour une jeune fille désespérée et effrayée, et pour toutes les autres. Tu as fait d'elles ton absolue priorité. Et, connaissant le commandant, il le sait.

» Tu es comme ça, dit-il en essuyant les larmes d'Eve. Et c'est comme ça que je t'aime.

— Quand je la regarde, quand je l'écoute, j'ai l'estomac qui se noue. J'ai besoin de la colère, de sentir la fureur m'envahir, mais je n'arrive pas à dépasser cette sensation glaçante.

— Tu y parviendras le moment venu. Personne ne t'arrive à la cheville quand il s'agit de faire le flic énervé.

Dans un rire mêlé de larmes, elle serra le chat dans ses bras et s'appuya contre Connors.

— Il faut que j'aie les idées claires. Je sais que c'est une nécessité pour bien faire mon travail. Avoir les idées claires pour rédiger un rapport clair.

— Et c'est ce que tu vas faire. Ils ne t'auront pas. Tu ne les laisseras pas faire. Et moi non plus, assura-t-il avant de l'embrasser de nouveau. Et Galahad non plus.

Il gratifia le chat d'une longue caresse

Il avait terriblement envie de la soulever de terre, de lui faire boire un calmant et de la mettre au lit. Mais il savait ce dont elle avait le plus besoin.

— Mettez-vous au travail, lieutenant, dit-il en effleurant ses lèvres du bout des siennes. Je vais au labo analyser le fragment de badge. Laissons-nous une heure, après quoi tu mangeras. C'est non négociable.

— Je dois localiser l'Académie.

— On se concentrera là-dessus après le repas. Je suis aussi impliqué que toi. Ce garçon, Greffier ? Le voir, c'était comme retrouver des fragments de mon passé.

— Y compris son faux permis de mendicité ?

— Alors disons que même à son âge, j'aurais produit une meilleure contrefaçon mais... j'allais dire qu'il a encore le temps d'apprendre.

Eve l'étreignit en riant.

— On va plutôt l'orienter dans une autre direction, reprit-il. Oh, et je dois trouver un avocat à Dorian pour qu'elle puisse – je cite – coller un procès au cul de Truman. Content que tu lui aies soufflé cette proposition.

— C'est une bonne idée. Et ce n'est pas une question d'argent.

— Elle verra que le système n'est pas toujours défaillant et que ceux qui abusent de leur autorité peuvent être punis. Dans l'immédiat... (Il se leva et attira Eve à lui.)... mettons-nous au boulot car j'ai une grosse envie de ces fameux spaghettis aux boulettes de viande.

Le chat toujours dans les bras, Eve se blottit une dernière fois contre lui.

— Merci, dit-elle. Merci de ne pas me ménager plus que nécessaire.

— Je connais bien mon flic préféré.

Connors ressortit. Eve resta assise quelques instants de plus à dorloter le chat.

Plus stable. Elle se sentait beaucoup plus stable.

Elle déposa un baiser sur la tête de Galahad et le porta jusqu'à son fauteuil.

— Merci. Je vais mieux, et j'ai du travail.

Et non, ils ne l'auraient pas, pensa-t-elle en retournant vers son centre de contrôle. C'était elle qui les aurait.

Pendant qu'Eve rédigeait son rapport, Jonah K. Devereaux examinait sa nouvelle acquisition.

La femelle qu'il avait décidé d'appeler Luna avait une peau couleur de nuit magnifique et des yeux d'un vert presque sauvage. Elle se tenait droite, nue à l'exception de son collier, tandis qu'il l'étudiait. Il approuva les pommettes saillantes, aussi aiguisées que des rasoirs, et les lèvres pleines, audacieusement maquillées de rouge. Les boucles noires et lustrées de la jeune femme, méchées de ce même rouge flamboyant, lui retombaient sur les épaules.

Ils lui avaient refait les seins, mais tout en finesse. Il n'aimait pas les retouches excessives. De longues jambes, une bonne musculature, mince mais pas maigre.

« Dentition », ordonna-t-il.

Elle écarta ses lèvres pleines pour qu'il puisse lui examiner les dents. Blanches et parfaites.

Il tourna autour d'elle sans trouver aucun défaut et décida qu'Iris avait de nouveau fait des miracles.

La jeune femme était une vraie perle.

Luna – oui, ce nom lui plaisait – venait de Tunisie. Elle avait été enlevée à l'âge de quatorze ans et expédiée, avec d'autres filles acquises au même moment, à New York pour sa formation. La comptabilité méticuleuse d'Iris indiquait avec précision les dépenses effectuées pour elle – soins dentaires, implants mammaires, et ainsi de suite – et ce que l'investissement avait rapporté en photos, vidéos et mise à disposition pour des tiers.

Tout cela s'était avéré suffisamment lucratif pour qu'elle soit gardée sur place plutôt que vendue. À vingt ans, elle était désormais parfaitement mûre pour être mise à son service. Il préférait les esclaves expérimentées, qu'il n'était que rarement nécessaire de punir.

— Tu es Luna. Moi, qui suis-je ?

— Vous êtes mon maître.

Il sourit, heureux de capter une pointe d'accent musical dans son anglais précis.

— Pourquoi es-tu ici ?

— Pour vous servir en toutes choses, selon votre bon plaisir.

— Si tu me sers bien, je te traiterai bien. Je n'ai aucune envie de gâcher ta beauté. Ceci est ma chambre. Tu n'y entreras que sur ma demande. Tu porteras ce que je te donnerai à porter, tu mangeras ce que je te donnerai à manger. Il se peut qu'à l'occasion, je te partage avec d'autres.

Il s'était remis à lui tourner autour, sans voir la lueur de désespoir qui s'était allumée dans le regard de la jeune femme.

— Si tu me déplais, je te punirai. Et si tu me mets en colère, je pourrais bien te tuer. Tu es ma chose, je disposerai de toi à ma guise. Si je n'ai plus de désir pour toi, tu resteras dans ta suite. Tu n'en sortiras pas tant que je n'estimerai pas que tu mérites ce privilège.

» Est-ce bien compris ?

— Je comprends, Maître. Je suis votre propriété et je suis reconnaissante d'avoir la chance de vous servir.

— Bien. Allonge-toi sur le lit. Je vais te baiser. J'apprécie qu'on fasse preuve d'enthousiasme.

Il se servit d'elle puis avala une pilule pour retrouver assez de vigueur pour la prendre une deuxième fois. Il aimait la sentir sous lui, entendre ses gémissements et ses halètements.

Satisfait, il lui ordonna de s'agenouiller pour tester ses compétences orales. Et tandis qu'elle s'exécutait – avec talent –, il décida d'envoyer à Iris un bouquet de fleurs accompagné d'un joli colifichet.

— Tu feras l'affaire, Luna. Pour l'instant en tout cas.

Il lui pinça la poitrine d'une manière qu'il considérait comme affectueuse avant d'appeler l'une de ses domestiques par l'intercom.

Celle-ci, blonde, vêtue d'une combinaison et d'un collier rouges, se présenta promptement.

— Conduis Luna à ses quartiers. Elle peut prendre un repas. Une salade, du flétan grillé, du riz brun et des asperges.

— Je m'en occupe tout de suite, Maître.

— Douche-toi soigneusement, ordonna-t-il à Luna. Sers-toi des lotions que je t'ai fournies. Et réponds rapidement lorsque je te convoquerai de nouveau.

— Bien sûr, Maître. Et merci.

Il leur fit signe de disposer sans remarquer la larme qui coulait sur la joue de sa dernière acquisition, laquelle gardait la tête baissée.

Satisfait, il prit lui-même une douche. Il se fit beau, bichonna sa peau et scruta son visage et son corps dans les miroirs muraux. Il ne repéra aucun défaut.

Il s'habilla d'un pantalon d'intérieur et d'une chemise en soie ample, puis sortit de la chambre pour se rendre dans son bureau privé. Il y ouvrit son coffre-fort et examina d'autres biens.

De l'argent liquide, bien sûr. Il n'en avait jamais assez. Et ces bijoux scintillants qu'il aimait posséder et, lorsque l'occasion l'exigeait, distribuer en guise de souvenirs lors de ses fêtes.

Il choisit un bracelet tout en rubis de feu et diamants de glace. Il commanderait des roses – rouges et blanches – et y ajouterait le bracelet.

Il referma le coffre, se servit un brandy bien mérité, puis s'assit à son imposant bureau.

— Contacte Iris sur son communicateur personnel, ordonna-t-il.

Il plissa le front à la troisième sonnerie.

Puis le visage d'Iris apparut à l'écran.

— Jonah, quel plaisir d'avoir de tes nouvelles.

— Je m'apprêtais à raccrocher.

— Oh, je suis vraiment désolée. J'ai dû m'isoler avant de te répondre. Nos hommes sur le terrain étaient en train de me faire leur rapport.

— Et ?

— Aucun signe de cette petite ingrate. C'est rageant quand je pense au potentiel qu'elle avait, au gaspillage de temps et d'efforts que ça représente pour nous. Mais je me suis faite à l'idée que c'était mieux ainsi. Il s'agissait clairement d'une fautrice de troubles. Un produit défectueux, purement et simplement.

Elle lui adressa un sourire tendre.

— J'espère qu'à l'inverse tu n'as rien trouvé de défectueux ni d'insatisfaisant dans le produit que j'ai choisi pour toi.

— Au contraire, je t'appelais afin de te féliciter pour ton goût toujours aussi sûr et exquis. Elle correspond tout à fait à ce que j'avais en tête, et elle s'est très bien comportée. Je l'ai appelée Luna.

— Quel nom charmant. Beau geste de ta part.

— Je vais t'adresser un petit cadeau de remerciement.

— Oh, allons, ce n'est pas nécessaire, répondit-elle avec un petit rire. Pendant que je te tiens, je voulais te dire que les préparatifs et le marketing préliminaire de la vente aux enchères se déroulent exceptionnellement bien. Je m'attends à ce que nous fassions des bénéfices record durant l'événement. De quoi envisager plus sérieusement l'ouverture d'une académie en Angleterre.

— Les grands esprits se rencontrent. J'ai en vue un manoir situé dans le Lake District. Cela nécessiterait des travaux, bien sûr, et un investissement considérable, mais si on ne s'agrandit pas, on stagne.

— Je suis on ne peut plus d'accord.

— Nous regarderons ça de plus près après les enchères. En attendant, il faudra veiller à réapprovisionner notre stock.

— Pas d'inquiétude. Nous accueillons une nouvelle recrue ce soir. Son arrivée est imminente. Pour la gamme Charmante. L'offre et la demande, Jonah, comme toujours.

— Nous avons la belle vie, n'est-ce pas, Iris ?

— On ne saurait rêver mieux. Profite bien de ta soirée… et de Luna.

— Oh, j'y compte bien. Bonne nuit.

Il se radossa à son fauteuil, verre à la main, et fit doucement tournoyer son brandy pendant qu'il réfléchissait au monde parfait qu'il s'était créé.

Ses parents, bien évidemment, auraient été consternés. Mais leur vision du monde était si étroite, si guindée. Ils n'avaient jamais connu le plaisir de prendre tout ce qu'ils voulaient, de faire ce qui leur chantait, d'assouvir leurs moindres caprices. Après quoi ils étaient morts.

Il secoua la tête, reprit une gorgée de brandy.

Ils étaient décédés sans avoir jamais mis un pied hors de leur petit monde corseté, en laissant à leur unique enfant – lui – l'intégralité de leur fortune, les propriétés, les entreprises, le pouvoir.

Il avait fait ce qu'il voulait de tout cela, et le résultat était là. Il avait tellement plus qu'eux.

Dans son monde à lui, un univers où tout était possible, il était un dieu.

Il leva son verre pour porter un toast à sa propre gloire. Dans son monde, il régnait et personne ne pourrait l'arrêter.

Eve était toujours occupée à mettre à jour son tableau quand Connors réapparut.

— Tu as trouvé quelque chose ? lui demanda-t-elle.

— On en parlera pendant le dîner, répondit-il en se dirigeant vers la cuisine.

Une ruse pour l'inciter à manger, comprit-elle.

Mais comme ils s'étaient plus ou moins mis d'accord là-dessus, elle abandonna le tableau en le voyant revenir avec deux assiettes sous cloche et une corbeille de pain posée en équilibre sur l'une d'elles.

— J'ai envisagé diverses façons de te persuader de prendre un relaxant, dit Connors.

Il déposa les assiettes sur la table, près des portes-fenêtres ouvertes du balcon, avant de revenir vers le casier à vin dissimulé derrière un panneau.

— Je te propose de zapper le débat habituel et de faire un compromis en t'offrant un demi-verre de vin.

— Je vais bien.

— Tant mieux.

Il sélectionna une bouteille.

— Faisons en sorte que ça continue. Un bon plat, un peu de vin.

Il ouvrit la bouteille et l'apporta à table, en même temps que deux verres.

Eve se revit effondrée par terre, en sanglots. Si elle était incapable de reconnaître qu'elle venait de traverser un moment difficile, elle finirait forcément par en revivre d'autres.

Elle se dirigea donc vers la table, s'assit, puis regarda l'assiette dont Connors avait retiré le couvercle.

— Malin de ta part d'opter pour l'une de mes faiblesses.

Le temps de saisir une fourchette, elle comprit.

— C'est Summerset qui a préparé le repas. J'avais vraiment l'air si mal en point que ça ?

— Si tu ne peux pas tomber le masque de la femme flic stoïque dans ta propre maison, alors où ?

— Ça s'est vraiment vu.

Autant l'accepter ; elle n'avait pas d'autre choix. Elle enroula des pâtes autour de la fourchette.

— Ça va mieux. Assez pour travailler, précisa-t-elle avant de commencer à manger. Vas-y, raconte ce que tu as trouvé.

— Le fragment de badge ne nous éclaire pas beaucoup. Il s'agit d'un modèle de haute sécurité, le genre de badge qu'on emploie dans les prisons ou les établissements très sensibles. Bien au-dessus du modèle standard qu'on emploierait par exemple dans un hôtel, une résidence ou un immeuble de bureaux.

Eve planta sa fourchette dans une grosse boulette de viande.

— Il s'agit bien d'une prison, dit-elle.

— Nous sommes d'accord. Nous disposons d'environ vingt pour cent du badge, le coin inférieur droit. Les données sont sécurisées et chiffrées sur plusieurs couches.

— Tu ne peux rien tirer de ce fragment ?

Il la regarda d'un œil impassible tout en enroulant des pâtes autour de sa fourchette.

— Je peux te dire, pour commencer, que ce type de badge n'a pu être programmé et développé que dans une poignée d'endroits, si l'on s'en tient aux États-Unis. La plupart de ces entreprises étant des sous-traitants du gouvernement, leur implication me semble peu probable.

— Ce n'est pas exclu, estima Eve, mais moins probable qu'une entreprise privée, certes.

— En l'occurrence, Connors Industries compte parmi ces entreprises privées. J'ai donc lancé une recherche parmi nos clients.

— Quel genre de clients ?

— Demande la femme flic.

Il rompit un petit pain et lui en tendit la moitié.

— Institutions financières, laboratoires privés, stations balnéaires huppées, individus soucieux de leur sécurité et autres boîtes aux poches bien garnies. Et non, nous ne menons pas d'enquête préalable pour ce type de produits. Pourquoi le ferions-nous ? C'est ce que je vais faire à présent, cela dit, et ça prendra un peu de temps.

— D'accord. C'est tout ce que tu nous as obtenu à partir du fragment ?

Nouveau regard impassible.

— J'ai récupéré une partie des codes, que je fais actuellement analyser par une série de programmes de décodage automatique. Une fois que j'aurai vu jusqu'où ça nous mène, je me pencherai sur la question.

— Tu devrais être capable de savoir si ça vient de chez vous, non ?

Il reprit son verre de vin et savoura une longue et lente gorgée.

— Eve, nous fabriquons des millions de cartes de ce type, nous les concevons, nous les codons, nous les personnalisons, après quoi chaque client peut ajouter sa propre couche de programmation, puis les données relatives à l'individu qui détiendra le badge.

» Les plus petites entreprises nous demandent parfois d'effectuer cette dernière étape, en incluant une pièce d'identité avec photo. Cependant, il faut penser au roulement du personnel. Quand quelqu'un démissionne, est licencié ou simplement endommage ou perd son badge. La plupart des entreprises qui souhaitent ce niveau de sécurité gardent donc la possibilité d'effacer les données précédentes et de reprogrammer les badges, comme le font les hôtels utilisant du matériel moins sécurisé.

— Donc c'est non.

— Si j'avais la partie supérieure du badge, j'y trouverais notre code signature. Mais je ne l'ai pas et je dois faire avec.

— Je ne te fais pas de reproches. C'est simplement que je ne comprends pas ces trucs-là.

— Ton passe-partout, par exemple. S'il était volé, perdu, endommagé, quelle serait la procédure ?

— Il faut le signaler au plus tôt. Et, euh, ils le désactivent et t'en fournissent un nouveau après avoir rempli une tonne de paperasse.

— Exactement. Avec ce type de technologie, le badge est automatiquement désactivé s'il est endommagé. Il ne fait aucun doute que lorsqu'ils ont découvert qu'il avait été volé, ils l'ont désactivé. En revanche, le fait qu'il ait été cassé ensuite peut nous être utile. Ils n'ont manifestement pas eu le temps ou la présence d'esprit d'en effacer le contenu – un processus beaucoup plus simple tant qu'on a l'objet sous la main – avant qu'il soit endommagé. Maintenant, ce n'est plus possible.

— Ils ne peuvent pas effacer les données ?

— Je pense que la jeune fille a fait une méchante chute, parce qu'en principe ce type de badge n'est pas fragile. Mais une fois cassé, c'est fini. Il ne peut plus être utilisé, et les données qu'il contient indiquent simplement le nom du détenteur et son niveau d'habilitation, la société ou l'individu qui possède ou gère le bâtiment où il est utilisé, le programmeur, le fabricant.

— Quelqu'un ne pourrait-il pas accéder aux données – comme ce que je te demande de faire là – puis falsifier un badge pour entrer en zone sécurisée ?

Il sourit et but une autre gorgée de vin.

— Ça me rappelle une opération autour d'un Van Gogh absolument exquis. Mais… inutile d'entrer dans les détails. Disons que j'ai eu des semaines pour l'organisation et les préparatifs et que l'exécution devait être très rapide. C'était il y a des années, Eve chérie. Et aujourd'hui, nous avons mis en place des protections contre ce genre de méfaits, de même sans doute que la plupart des autres fabricants.

— Mais tu pourrais contourner ce type de limitations.

Il retourna à son assiette de pâtes.

— Oui, si j'avais le temps nécessaire, et une femme moins stricte. Mais pour en revenir à la situation présente : nous avons ce que nous avons, et nous ferons au mieux avec.

— Ce que tu as découvert jusqu'à présent confirme des éléments dont nous étions convaincus ou que nous soupçonnions. L'Académie a les poches pleines. Elle est gérée comme une prison et elle a probablement plusieurs niveaux de sécurité. Une opération sophistiquée, c'est ce que Mira évoquait dès le début. D'après les déclarations de Dorian, elle a subtilisé le badge d'une surveillante. Quelqu'un qui avait accès aux ascenseurs – ou du moins à celui de son étage – et était autorisé à descendre jusqu'aux tunnels.

— Et il est peu probable que ce soit le cas de tout le monde. Les prestataires alimentaires, par exemple, l'équipe de nettoyage ou le personnel administratif, ce genre de choses. Le terme de surveillante n'est qu'une autre façon de désigner un membre du personnel de sécurité dans le cas présent.

— On est d'accord. Ils utilisent un crématorium. Ils se servent des tunnels pour sortir les corps et les transporter au crématorium. Celui qui le gère fait partie de l'opération, ou en tout cas quelqu'un qui y travaille est en lien avec eux en échange d'une commission ou autre. Ce qui nous fournit un nouvel angle d'attaque.

— Et sans doute des centaines d'entreprises de pompes funèbres sur lesquelles faire des recherches, ajouta Connors. Que regarderais-tu en priorité ?

— Premièrement, des pompes funèbres new-yorkaises qui fourniraient ce service et qui compteraient dans leurs effectifs quelqu'un ayant un passé criminel. Particulièrement des condamnations dans le cas de crimes contre des jeunes filles mineures, mais pas uniquement.

— Pourquoi pas uniquement ?

— L'Académie pourrait tenir ce ou ces individus par le chantage ou se les être mis dans la poche avec des pots-de-vin. Ça pourrait être quelqu'un qui cherche à cacher qu'il a été condamné, voire qu'il a purgé une peine. Après quoi on regardera si certains ont un train de vie supérieur à ce que permet leur profession, ou si l'entreprise elle-même est plus florissante qu'elle ne devrait l'être.

» Je n'aurai pas le temps de creuser toutes ces pistes, mais je déléguerai.

— Je pourrais peut-être trouver le temps de t'y aider.

— Si tu peux te libérer, je préférerais que tu m'aides à restreindre la liste des sites potentiels de l'Académie. Au passage, le choix de ce nom est insultant en lui-même.

Eve la dure à cuire était de retour, pensa-t-il. Elle reprenait du poil de la bête.

— Très juste, lieutenant, dit-il. À mon avis, ils n'imaginent pas à quel point leurs exactions ont alimenté votre colère.

— Je ne peux pas me laisser influencer par la colère, répondit-elle en enroulant des spaghettis autour d'une demi-boulette de viande. Ou peut-être un peu, concéda-t-elle. Comme carburant pour le reste. Un peu plus qu'un peu, mais sans sortir du cadre officiel de l'enquête en cours.

Elle reprit son repas.

— Mon espoir, c'est que cette colère intérieure me motive d'autant plus à faire avaler leurs dents à cette Tantine et son associé. Je n'ai pas de scrupules à l'imaginer. On peut toujours rêver. Mais d'abord, je dois les arrêter et monter un dossier qui donne au procureur de quoi les flanquer en taule pour le restant de leurs misérables jours.

» Ce serait un chouette bonus, ajouta-t-elle avec un petit haussement d'épaules.

Oui, constata Connors avec un grand sourire, la dure à cuire était de retour.

18

Eve se chargea de la vaisselle pendant que Connors retournait à son labo informatique.

Elle réfléchit à la possibilité que son entreprise touche-à-tout ait pu produire le badge magnétique ayant permis à Dorian et Mina de s'évader de l'Académie.

Les coïncidences avaient le don de la perturber mais, réflexion faite, elle décida qu'il ne fallait rien voir de plus ici. Connors Industries fabriquait tellement de trucs qu'il aurait été plus étonnant que l'entreprise n'ait pas fait partie des producteurs potentiels.

Rassérénée, elle se rassit à son centre de contrôle et se programma un café.

Il y avait tellement de tunnels en ville, songea-t-elle. Utilisés, abandonnés, peuplés de squatteurs et autres clodos. Sans oublier les souterrains et leurs lieux de débauche. Sex-shops et sex-clubs, le genre d'établissements qu'on ne trouvait pas dans les rues. Au milieu des drogués, des voleurs, des violeurs et de ceux qui pensaient qu'errer parmi eux était synonyme d'aventure.

L'Académie avait-elle un lien avec tout ça ? Cela pourrait s'avérer pratique, lucratif, une autre sorte de terrain d'entraînement.

Mais cette hypothèse entrait en contradiction avec la sophistication et ajoutait un élément de risque, à la fois en termes de sécurité et d'anonymat. Des recruteurs rôdaient potentiellement dans ces endroits, guettant les jeunes filles mineures en quête de frissons ou les gamines des rues qui s'imaginaient pouvoir trouver du travail.

Eve n'écarterait pas cette possibilité, mais sans la placer en tête de liste. Elle mit de côté les tunnels du métro et ceux connus pour abriter une large communauté de drogués et de sans-abri, les laissés-pour-compte de la société.

Les tunnels de service correspondaient à ce qu'elle cherchait. Les suspects pouvaient avoir fermé, voire dissimulé, les accès à l'Académie pour mieux les utiliser une fois vides. Ce qui n'était pas difficile à savoir. Elle était convaincue que les tunnels étaient surveillés. Le contraire constituerait une trop grosse faille de sécurité.

Une piste valide à explorer. Mais elle commencerait par les sites abandonnés ou hors d'usage.

Au terme d'une longue heure riche en frustration, elle quitta son siège, se resservit un café et se mit à arpenter la pièce.

— Donne-moi quelque chose, dit-elle à Connors en le voyant revenir. Parce que là, je m'éparpille. Il y a trop de possibilités.

— Je peux te fournir un nom partiel. Et quelques données qui pourraient aider à le compléter.

Il s'approcha du terminal d'Eve et pressa quelques touches pour afficher les données à l'écran.

— « iamson », lut Eve. « veau 5 ». Là, « 4e » suivi de « ment 206 ». D'accord. Je devine qu'il s'agit du niveau 5, le niveau d'habilitation de la surveillante. Une adresse. Cela pourrait être la 4e Rue, la 14e, la 24e, et ainsi de suite. « iamson », ça sonne effectivement comme un nom de famille.

— D'après l'angle de la cassure sur le badge, ce serait la fin du patronyme.

— Oui, ça se tient. Et ensuite, une date ? Ça pourrait être une date, zéro-cinq-sept. Une année ? 2057. Donc pas une année de naissance. Une date d'embauche ?

— Une conclusion possible parmi d'autres, répondit Connors. Ou il peut s'agir d'un numéro de série, d'un identifiant qui lui a été attribué, voire d'une section d'un code plus long. J'aimerais pouvoir t'en dire plus, mais c'est tout ce qu'il y a.

— C'est mieux que rien. Nous savons aussi précisément où Dorian s'est cachée après s'être échappée. Elle affirme avoir marché longtemps, mais il y a fort à parier que c'est surtout son ressenti. Elle était mal en point, blessée, hébétée, en état de choc.

Eve ordonna l'affichage de la carte à l'écran.

— Pour l'instant, je vais me concentrer sur tout ce qui se trouve au sud de Houston Street. Admettons que tu bosses pour cette organisation depuis quatre ans, que tu aies une habilitation de sécurité de niveau intermédiaire, que tu travailles volontairement pour des gens qui font du profit en enlevant, maltraitant et revendant des enfants. Tu es chargée de les garder enfermés pendant la nuit. À mon avis, tu dois gagner assez pour pouvoir te payer un appartement correct et raisonnablement proche de ton travail.

— Tu penches pour la 14e Rue.

— Je vais commencer par là, confirma Eve. Ça nous fait encore beaucoup de résidences possibles, mais il s'agit d'un appartement, très probablement au deuxième étage, vu la mention 206. Nous savons que c'est une femme, donc…

— On va rechercher une femme qui vit dans un appartement portant ce numéro sur la 14e Rue et dont le nom de famille se termine par « iamson ».

— On aura peut-être un coup de chance. Ou peut-être pas, mais…

— Laisse-moi voir ça.

Il l'écarta gentiment pour s'installer sur le siège, face au centre de contrôle.

Eve s'estimait capable de le faire. Mais elle devait admettre qu'il irait plus vite.

Après quoi ils mèneraient les recherches plus au nord, puis vers le sud, jusqu'à Brooklyn. Peut-être cette fichue surveillante avait-elle préféré mettre un peu de distance entre la maison et le travail.

Peut-être aussi que ce zéro-cinq-sept n'était pas une date mais une partie de son identifiant, de son numéro de communicateur ou…

— Marlene Williamson.

— Tu plaisantes ? Si vite ?

— Âge : quarante-trois ans, célibataire, pas d'enfants, pas de mariage enregistré, pas de conjoint connu. Domiciliée au 526 de la 14e Rue Ouest, appartement 206. Employée aux Productions Red Swan en tant qu'agent de sécurité nocturne depuis avril 2057.

— Trouve-moi des infos sur Red Swan.

— Ça arrive sur l'écran.

Un logo en forme de cygne rouge[1] s'afficha.

— « Vidéographie mobile », c'est quoi ce truc ?

— Une entreprise sans bureaux ni adresse fixe. Astucieux. Je peux creuser.

— Oui, et on le fera, mais on sait tous les deux que c'est du bidon, une façade. Peut-être qu'ils ont déposé les bons dossiers et essaimé assez de données pour que ça passe, mais c'est du vent. Allons-y. Tu prends le volant.

— Si c'est à l'appartement de Williamson que nous nous rendons, elle doit être au travail, non ?

— Oui. J'appellerai Reo sur la route pour obtenir un mandat de perquisition et un mandat d'arrêt afin qu'on l'embarque à son retour chez elle. Tu conduis, je m'occupe du reste. Je mets McNab et Peabody sur son soi-disant employeur, ajouta-t-elle en se dirigeant vers la porte.

Elle lui jeta un coup d'œil en sortant son communicateur.

— Les cygnes ne sont pas rouges, si ? demanda-t-elle.

— Pas sur cette planète.

— Du bidon, marmonna-t-elle encore.

Elle appela l'un des deux agents chargés de la sécurité de Dorian.

— Je dois parler à la petite, dit-elle, doigt levé pour couper court aux éventuelles protestations de Connors.

— Elle est dans sa chambre, lieutenant. Vous voulez que je la réveille ?

— Oui, tout de suite.

---

1. *Red swan* signifie « cygne rouge » en anglais. *(N.d.T.)*

— Un instant, lieutenant.

— Si elle identifie Williamson, je n'aurai pas à faire tout un numéro à Reo pour obtenir mes mandats, expliqua-t-elle. Parce qu'elle-même n'aura pas à le faire devant un juge.

Elle grimpa dans la voiture qui émergeait du garage en pilote automatique sur ordre de Connors. Au même moment, Dorian apparut à l'image.

— Qu'est-ce qu'il y a ?

— Je vais t'envoyer une photo. Dis-moi si tu reconnais cette personne et si oui, où et quand tu l'as vue.

Tandis que Connors roulait vers le portail, Eve transféra la photo d'identité.

— Oh, waouh ! Dingue. C'est la surveillante. La meuf à qui j'ai piqué le badge.

— Tu en es certaine ?

— Bien sûr que oui ! Comme si j'allais pas reconnaître la sale conne qui me balançait des claques et des coups de matraque électrique ? J'ai pas encore vu votre dessinateur. Comment vous avez eu sa photo ?

— En faisant mon travail. L'inspecteur Yancy passera te voir dans la matinée, comme prévu. Tiens-toi prête, sauf avis contraire de ma part. Maintenant, retourne te coucher.

— Mais comment…

— Tu veux que la sale conne paie pour ce qu'elle a fait ?

— Carrément !

— Alors retourne au lit et laisse-moi faire. Repasse-moi mon collègue.

— Lieutenant ?

— Gardez l'œil ouvert. Je vous mettrai au courant s'il y a du nouveau dans la soirée.

— Je serai prêt, lieutenant.

— Eh bien, je connais quelqu'un qui ne va pas beaucoup dormir cette nuit, commenta Connors. Et, ajouta-t-il en voyant une grimace féroce se dessiner sur le visage Eve, tu avais absolument raison. La confirmation par un témoin oculaire va faciliter l'obtention du mandat d'arrêt.

— Williamson a peut-être chez elle de quoi identifier le site de l'Académie. Dans le cas contraire, je placerai des flics en planque devant chez elle jusqu'à son retour. Puis je la prendrai entre quatre yeux en salle d'interrogatoire. Et elle craquera.

— Je n'en doute pas.

Eve appela Reo pendant que Connors mettait le cap sur le centre-ville.

La substitut du procureur apparut à l'écran, ses boucles blondes rassemblées en chignon. Elle portait ce qui devait être une robe de chambre décorée d'oiseaux tropicaux virevoltant sur un fond rouge vif.

— Vous savez quoi ? lança Reo. J'étais en train de passer ma première soirée de repos à la maison, un moment tranquille rien que pour moi. Un bain moussant avec du vin et des bougies, un soin du visage à domicile puis, pour couronner le tout, une bonne comédie romantique, blottie sur le canapé. Mais vous vous apprêtez à me gâcher ce moment, j'imagine ?

— Il me faut des mandats.

— Ça alors ! Qui l'eût cru ? Sur l'affaire Cabot-Gregg, le trafic d'enfants ?

— Une dénommée Marlene Williamson. Gregg l'a identifiée comme étant la surveillante de nuit de l'étage où elle était détenue, celle qui l'a physiquement agressée et maltraitée. Gregg a volé le badge de sécurité de Williamson. C'est comme ça que Cabot et elle ont pu s'enfuir. Nous en avons récupéré un morceau cassé dans la poche du vêtement que Gregg portait lorsqu'elle s'est échappée et en avons extrait suffisamment de données pour confirmer qu'il s'agit bien de celui de Williamson.

— Et Dorian Gregg l'a formellement reconnue ?

— Affirmatif. Je lui ai montré la photo d'identité de Williamson, je lui ai demandé si elle l'avait déjà vue et Gregg l'a immédiatement identifiée comme étant la surveillante, sans la moindre hésitation. Il va me falloir un mandat de perquisition pour fouiller son domicile et un autre pour l'arrêter.

— Envoyez-moi les données la concernant, je vous obtiendrai ce dont vous avez besoin. Appréhendez-moi cette grande malade, Dallas. Elle et les autres.

— C'est l'idée. Faites vite.

Elle coupa court à la conversation pour joindre Peabody et la mettre au courant.

— Nous sommes en route, répondit son équipière. Je pourrai vous aider pour la perquisition, et McNab assistera Connors côté informatique. C'est la percée dont nous avions besoin, Dallas.

— Absolument. À tout à l'heure.

Eve raccrocha.

— Il va falloir trouver un endroit où se garer en attendant l'obtention des mandats.

— Il me semble qu'il y a un parking souterrain.

— Qu'est-ce qui te fait penser ça ?

— Sauf erreur, c'est l'un de mes immeubles.

— Me voilà choquée et stupéfaite.

« Mais ça pourrait s'avérer bien pratique », admit intérieurement Eve.

— Je serais incapable de garder en tête l'adresse de toutes mes propriétés, mais je suis raisonnablement sûr que celle-ci est à moi car nous avons récemment modernisé le centre de remise en forme pour les locataires.

— Un logement haut de gamme, comme je le pensais.

— Je te laisse juger par toi-même, répondit-il en désignant du menton la petite tour d'acier et de verre avant de s'enfoncer dans le parking.

Une lumière s'alluma puis se mit à clignoter sur le portail, qui s'ouvrit.

— Comment sait-il que tu as le droit d'entrer ?

— Tous nos véhicules sont équipés d'un capteur qui se charge de nous identifier.

Il se gara sur l'une des places vides.

— On peut monter directement à son étage ou jusqu'au hall d'entrée. Tu voudras sans doute parler au gardien de nuit.

— Effectivement.

— Et tu auras besoin d'un kit de terrain.

— Tout aussi exact.

Il sortit le kit du coffre puis verrouilla les portes de la voiture. Leurs pas résonnèrent à travers le garage comme ils se dirigeaient vers les ascenseurs.

— Est-ce qu'on ne finit pas par être blasé ? De se dire : « Tiens, c'est chez moi ici. »

— Absolument pas.

Il la poussa gentiment dans la cabine. Eve examina le panneau tandis qu'il appuyait sur le bouton du rez-de-chaussée. Trois parkings en sous-sol, salle de sport et – waouh – piscine intérieure, hall d'entrée au rez-de-chaussée, commerces au-dessus, puis les étages numérotés de un à douze, surmontés d'un toit-terrasse.

— Combien de locataires ?

— Je ne pourrais pas te dire ça de tête mais s'il te faut l'info, je peux l'obtenir.

— Non, je suis juste curieuse.

Eve émergea dans le hall.

L'endroit était calme, constata-t-elle, l'air frais et subtilement parfumé. Le sol noir brillant rehaussé de discrètes paillettes d'or ajoutait une touche de style qui, à ses yeux, s'accordait bien avec les toiles ultramodernes tout en taches et tourbillons colorés, les éclairages métalliques torsadés noir et or accrochés au plafond et les fleurs bizarres plantées dans des tubes de verre.

Le gardien de nuit quitta son tabouret derrière l'élégant comptoir en forme de U pour les rejoindre. Il portait un costume noir avec une cravate dorée et ses cheveux d'un noir d'encre étaient coupés à la dernière mode.

— Madame, euh, lieutenant. Je suis Rohan, le responsable de nuit. Comment puis-je vous aider ?

— Marlene Williamson.

— Il me semble qu'elle n'est pas chez elle. Elle travaille de nuit et je la vois rarement. Elle et moi avons le même genre d'horaires.

— Savez-vous à quelle heure elle est partie ce soir et à quel moment elle revient habituellement ?

— Elle n'est pas passée ici depuis mon arrivée à 21 heures. Mais comme je vous le disais, je la vois rarement. Il me semble qu'elle rentre la plupart du temps vers 5 h 30 ou 6 heures du matin. Je pars généralement entre 5 heures et 5 h 30, mais il m'est arrivé de la croiser au petit matin.

« Oui, bien pratique pour elle », songea Eve.

Elle avait hâte de recevoir les mandats.

— C'était le cas ce matin ?

— Non, je suis certain de ne pas avoir vu Mme Williamson ces derniers jours, mais ça n'a rien d'inhabituel.

— Vous pourriez peut-être consulter les vidéos de surveillance, proposa Eve avant que son mini-ordinateur bipe. Oubliez ça... Je dispose à présent d'un mandat pour entrer dans le logement de Williamson.

— Compris. Je reste à votre disposition si vous rencontrez des difficultés ou si je peux vous aider d'une quelconque façon.

— Très bien. Deux agents de police vont bientôt arriver. Faites-les monter. Si Williamson devait revenir pendant que nous sommes là-haut, ne faites rien et ne dites rien, prévenez-nous simplement.

Eve commença à chercher une carte de visite, mais Connors sortit l'une des siennes.

— Bien entendu, assura Rohan. Faites-moi savoir si je peux vous être utile en quoi que ce soit.

Eve et Connors marchèrent jusqu'aux ascenseurs, dorés et tachetés de noir.

— Où l'as-tu déniché ?

— Je n'en suis pas sûr mais je tâcherai de le découvrir. Il ne s'est pas démonté une seule seconde. Une qualité que j'admire.

— Si elle suit son planning habituel, nous avons plusieurs heures devant nous avant qu'elle revienne, dit Eve en se balançant légèrement d'avant en arrière. Largement le temps de fouiller son domicile.

Si on trouve quelque chose, on montera une opération pour faire un raid sur l'Académie et en extraire ces gamines. Et je posterai des collègues ici au cas où elle réussirait à s'esquiver.

— Ce serait le scénario idéal, hein ?

— Comme tu dis. Comment se fait-il que les choses se passent si rarement de cette façon ?

Eve émergea de l'ascenseur au deuxième étage. Le sol était recouvert d'une moquette gris pâle, les murs argentés ornés d'autres œuvres d'art audacieuses. Eve nota que l'ensemble était bien éclairé et chaque porte noire dotée d'un solide dispositif de sécurité.

Elle s'arrêta face à l'appartement 206.

— Début de l'enregistrement. Dallas, lieutenant Eve, et le consultant civil Connors, également propriétaire de cet immeuble. Nous avons un mandat pour pénétrer dans cet appartement, mener une fouille et saisir toute preuve relative à l'enquête sur l'enlèvement et le meurtre de la mineure Mina Cabot, l'enlèvement de la mineure Dorian Gregg, et la suspicion de trafic d'enfants par l'occupante Marlene Williamson, en association avec d'autres individus.

— Très formel, murmura Connors.

— Je tiens à respecter la procédure à la lettre ici.

Elle actionna la sonnette et attendit.

— L'occupante ne répond pas et nous estimons qu'elle exerce actuellement à l'endroit encore inconnu où sont détenues les jeunes mineures. Je vais entrer à l'aide de mon passe-partout.

Connors posa une main sur la sienne.

— Avant cela, pourquoi ne pas me laisser désactiver d'éventuels systèmes d'alarme ? Il est possible que l'occupante en ait un relié à son communicateur.

— D'accord, vas-y.

Pendant qu'il travaillait, elle scruta le couloir. Un calme digne d'une église. Même si elle n'allait pas à l'église. Quoi qu'il en soit, si quiconque regardait la télévision, faisait l'amour bruyamment ou tabassait quelqu'un derrière ces portes noires, l'insonorisation s'avérait exceptionnelle.

— C'est bon, lui dit Connors. Alarmes et serrures désactivées.

— Parfait.

Elle frappa d'abord plusieurs fois du poing sur le panneau.

— Marlene Williamson, c'est la police. Nous sommes autorisés à entrer.

Elle dégaina son arme et entra, genoux fléchis et épaules inclinées vers l'avant.

Elle capta d'abord l'odeur. Un parfum de mort, mais ni humaine ni animale.

— Lumières, ordonna-t-elle avant de balayer le grand salon avec le canon de son arme.

Du mobilier tout en formes épurées et couleurs douces. L'endroit semblait en ordre. La salle à manger était meublée d'une table et de chaises d'un blanc brillant. La mort qu'elle avait perçue était celle d'un bouquet de fleurs affaissé sur les bords d'un vase transparent rempli d'une eau trouble. Des pétales flétris s'éparpillaient sur la table.

— On vérifie toutes les pièces, mais elle n'est pas là. Ça fait plusieurs jours qu'elle n'est pas venue. Isole-toi les mains et les pieds et occupe-toi de la cuisine pour voir quand elle s'est servie de son autochef pour la dernière fois.

Arme à la main, Eve explora un couloir, une pièce convertie en bureau, une petite salle de bains attenante. Puis la chambre principale, plus grande et plus ostentatoire, avec d'autres fleurs mortes sur une commode recouverte d'une fine couche de poussière.

Quoique fait avec une précision militaire, le lit était décoré d'un couvre-lit orné de froufrous et de petits coussins. Dans la salle de bains principale, une fleur unique émergeait, flétrie, au sommet d'un vase élancé.

— Aucune chance, marmonna Eve. Aucune chance que toutes ces fleurs soient mortes aujourd'hui. Une personnalité organisée, dit-elle lorsque Connors la rejoignit. Le salon présente une apparence classique, voire dépouillée. Ici, dans son espace personnel, elle se fait plus facilement plaisir, avec des oreillers moelleux, des rideaux froufroutants.

Elle ouvrit le dressing.

— Même chose ici, constata-t-elle. Coupes droites, beaucoup de noir et de gris d'un côté. Ses tenues de travail. Et de l'autre, des vêtements plus frivoles, pour s'amuser.

— La dernière utilisation de l'autochef remonte au soir où les filles se sont échappées, lui apprit Connors. À 19 heures pile ou presque, un dîner à base de filet de bœuf – du vrai – accompagné de pommes de terre et d'aubergines rôties. Avec un thé glacé.

— Ça explique les fleurs mortes et la poussière.

— J'ai fait une recherche rapide, poursuivit-il pendant qu'Eve s'isolait les mains avec la bombe de Seal-It du kit. Les matins précédents, elle se préparait une omelette ou un œuf à la coque, avec un fruit et un toast au blé complet. À 7 heures du matin pile ou presque, là aussi. Puis, à 14 heures précises, une salade. À 19 h 30, le soir qui nous intéresse, elle a actionné le lave-vaisselle. En plus de ses couverts, j'y ai trouvé un verre de vin. Il y a une belle bouteille de pinot gris, ouverte, dans le réfrigérateur, et une très bonne sélection de vins dans un porte-bouteilles.

— Ça rapporte de tourmenter des enfants, conclut Eve. Soit ils l'ont transférée sur un autre site après l'évasion, soit ils l'ont tuée. Je penche plutôt pour la deuxième option. Non seulement les filles ont trompé sa vigilance mais c'est son badge qui leur a permis de sortir. Ça vaut bien une mise à pied.

— Voire d'être expédiée six pieds sous terre, ajouta Connors.

— Elle pourrait néanmoins avoir des choses à nous apprendre. Commençons par le bureau.

Puisqu'elle avait prévu de laisser l'électronique à Connors et à McNab quand l'inspecteur les rejoindrait, elle se dirigea vers le placard.

— Fermé à clé. C'est bon signe, dit-elle en roulant les épaules. C'est qu'on a des trucs à cacher.

— Tu veux que je te l'ouvre ?

— Je m'en charge. Passe-moi tes outils de crochetage, dit-elle après avoir désactivé l'enregistreur.

— Qu'est-ce qui te fait croire que j'en ai sur moi ?

— Parce que c'est toujours le cas. Passe-les-moi.

Il sortit une petite boîte qu'il lui tendit.

Eve remit l'enregistreur en marche et s'attaqua à la serrure.

Elle ne travaillait évidemment pas aussi vite que Connors, mais tenait malgré tout à pratiquer.

— Protégé par un mot de passe et un système anti-intrusion, constata Connors, qui pianotait sur l'ordinateur de bureau. Tu as vu juste : elle a des secrets à protéger.

— Et les gens qui l'ont transférée ailleurs ou éliminée n'y ont pas pensé. Pas encore, en tout cas. Il y a la grosse vente aux enchères qui arrive, les conséquences de l'évasion à gérer, Dorian à retrouver. Ils sont bien occupés. Williamson n'était que l'un des nombreux rouages de leur système.

— Ça ne fait pas très longtemps, souligna Connors tout en s'attaquant aux protections de la machine. Je dirais qu'ils n'ont pas spécialement peur que quelqu'un s'aperçoive qu'elle n'est pas rentrée. Ils ne craignent pas non plus que la police l'identifie, surtout s'ils ont récupéré le reste du badge cassé.

— Logique.

Eve s'agaça de sentir un léger filet de transpiration couler le long de son échine. Mais elle continua à triturer la serrure.

— Elle vit seule et travaille de nuit. On vérifiera si elle avait parfois des visiteurs en journée ou durant ses jours de repos. On ira parler aux voisins, mais… C'est bon !

— Bravo.

— Te fiche pas de moi, champion.

Elle ouvrit l'armoire.

— Du matériel de bureau standard et, ouh, un coffre-fort. Faudra que je me penche là-dessus. Plus quelques boîtes de disques.

Elle les sortit, les posa sur le plan de travail et fit défiler les disques entre ses doigts.

— Bon sang, Connors, ils sont étiquetés. Ce sont les « recrues », avec un numéro pour chacune d'elles. Ça va de… soixante-cinq à deux cent cinquante-trois. Elle tenait des dossiers sur elles, ses propres dossiers sur les filles.

On sonna à la porte.

— Ne bouge pas, dit-elle. Je m'en occupe.

Elle alla ouvrir et Connors l'entendit donner des ordres.

— McNab, vérifiez la sécurité, voyez si quelqu'un est entré ici depuis la nuit de l'évasion. Peabody, commencez à frapper aux portes de cet étage pour établir quand Williamson a été vue pour la dernière fois. Elle n'est pas revenue ici depuis cette fameuse nuit.

— Compris.

— McNab, quand vous aurez terminé, assistez Connors. Peabody, contactez Rohan à la réception. Je veux les vidéos de surveillance et le détail des entrées et sorties des visiteurs. Je veux savoir si quelqu'un est passé voir Williamson au cours… disons des trois dernières semaines, pour commencer. Je veux les images pour le hall, ce couloir, les ascenseurs et le garage durant les cinq derniers jours.

— Elle est en fuite ou elle est morte ? s'interrogea Peabody.

— Je pense qu'elle est morte, mais elle a aussi pu se carapater. Elle a un coffre-fort dans son bureau. Nous verrons ce qu'il contient, s'il contient quelque chose. Allez-y.

Elle retourna d'un pas rapide auprès de Connors.

— Tu en es où ? demanda-t-elle.

— J'ai presque fini. Soit elle avait de vraies compétences informatiques, soit elle a embauché quelqu'un qui connaissait son métier. C'est du super boulot. Encore quelques minutes…

En attendant, Eve sélectionna un disque qu'elle inséra dans son propre mini-ordinateur.

— Je crois bien qu'elle maîtrisait le sujet. Les disques sont chiffrés. On fera sauter le chiffrement mais ça prendra plus de temps. Je vais faire intervenir Feeney.

Connors releva la tête.

— Eve, il est près de minuit.

— Il est flic.

Elle sortit son communicateur et se dirigea vers la chambre principale pour poursuivre sa perquisition tout en passant l'appel.

Dans le tiroir à sous-vêtements, elle trouva un vieux communicateur – manifestement conservé pour servir de communicateur de remplacement en cas d'urgence –, une tablette et deux mille dollars en billets enroulés sur eux-mêmes.

— Comme si les voleurs ne regardaient jamais là-dedans.

Williamson possédait des sous-vêtements coquins, mais les seuls jouets sexuels sur lesquels Eve mit la main indiquaient un usage en solo. Pas de partenaire régulier, conclut-elle.

Tissus doux et soyeux pour les sous-vêtements et les tenues de nuit, bijoux simples et passe-partout, chaussures pratiques pour le côté professionnel et escarpins sexy pour les sorties.

— Mais tu ne faisais pas beaucoup la fête, hein, Marlene ? Tout cela me fait plutôt penser à une vie fantasmée un peu tordue. Tu avais peut-être droit à de bons congés payés. Là, tu pouvais faire la fiesta, te lâcher complètement, mais pas ici.

» Qu'est-ce que vous avez appris ? demanda-t-elle à Peabody sans se retourner.

— Personne ne la connaissait vraiment, à cet étage en tout cas. Sa voisine d'en face m'a dit deux, trois trucs. Elle sait que Williamson travaille de nuit, surtout parce qu'elle la voit arriver certains matins en se rendant à la salle de sport. La voisine télétravaille de chez elle trois jours par semaine, alors elle la croise de temps en temps l'après-midi. En allant faire des courses, ce genre de choses. La plupart du temps, elles se contentent de se saluer d'un signe de tête.

Peabody consulta ses notes.

— Elle ne se rappelle pas avoir vu quelqu'un lui rendre visite. Et comme elle n'avait pas l'impression que Williamson avait envie d'avoir un lien amical avec ses voisins, elle n'a jamais fait d'effort particulier pour bavarder avec elle.

» Un type, plus loin dans le couloir, a déclaré qu'il prenait parfois l'ascenseur avec elle quand il sortait retrouver des amis alors qu'elle partait bosser. Lorsqu'il a posé la question, elle lui a expliqué qu'elle travaillait de nuit, mais d'après lui tout chez elle montrait qu'elle n'avait pas envie de parler.

— D'accord. Récupérez-nous les vidéos. Je vais voir où ils en sont au niveau informatique. Feeney est en route.

Retournant au bureau, elle trouva McNab face à l'ordinateur et Connors accroupi dans le dressing, devant la porte du coffre-fort ouverte.

— On a forcé les protections, lui indiqua McNab. Je m'attaque aux fichiers. Cette femme est une grande paranoïaque, Dallas. Tout est chiffré à mort.

— Feeney arrive.

— Ça ne peut pas faire de mal, mais l'accès est déjà ouvert et Connors a eu raison du coffre en cinq secondes.

Eve s'accroupit à côté de Connors, qui sortait des bijoux de leurs écrins.

— Ce sont sûrement des pièces authentiques, avança-t-elle.

— Je pense que oui. Simples et élégants, avec de bonnes montures et de bonnes pierres.

Il avait ouvert les boîtes, révélant colliers, bracelets, boucles d'oreilles et bagues.

— Une jolie petite collection, constata-t-il.

— Tu l'estimes à combien ?

— À vue de nez ? Environ deux cent mille dollars. Ils doivent être assurés, ça nous donnera leur valeur exacte. Et regarde ici.

Il sortit une autre boîte et souleva le couvercle.

— Une magnifique collection de billets verts.

— Elle avait environ deux mille dollars dans son tiroir à sous-vêtements. Là, c'est autre chose.

— À peu près… un demi-million. Malin de sa part de ne pas tout mettre à la banque, sans doute. Il est probable qu'elle soit payée plus qu'elle ne devrait l'être. Et plutôt que de risquer d'attirer l'attention, ils doivent régler au moins une partie en liquide. C'est plus facile à blanchir de cette façon, pour eux comme pour elle.

— Impossible qu'elle se soit enfuie. On ne se barre pas en laissant autant d'argent derrière soi. Elle aurait au minimum pris le fric. Et je vois qu'il y a un passeport, plus un communicateur de secours. Une forme d'assurance. En cas de coup dur, elle aurait emporté les bijoux, l'argent, le passeport et le communicateur. Elle n'a pas eu la possibilité de prendre la fuite.

Elle s'accroupit.

— Il n'y a rien, ni ici ni dans sa chambre, qui puisse nous mener à l'Académie. Il faut qu'on accède à ses disques et dossiers personnels.

— Je ne suis pas loin d'y arriver, indiqua McNab.

Eve se releva.

— On emporte tout ça au Central. Vous aurez plus d'outils, et ça ira plus vite. Appelez Feeney et dites-lui de nous retrouver là-bas plutôt qu'ici. Je ferai quand même surveiller les lieux au cas où je me serais trompée et qu'elle se serait simplement planquée quelques jours.

Elle regarda autour d'elle.

— Allez-y. Peabody et moi allons refaire un tour complet, examiner les vidéos de surveillance, puis nous vous rejoindrons. Connors, tu n'es pas obligé de…

— Allons, pas de ça, l'interrompit-il.

— Pardon, c'est un automatisme, répondit Eve avec un haussement d'épaules.

Elle s'éloigna pour organiser la surveillance de l'appartement. Mais elle était convaincue que son intuition était juste : Marlene Williamson était partie pour un ultime voyage au sein des tunnels. Et elle ne reviendrait jamais.

19

Assistée de Peabody, Eve passa en revue tous les tiroirs, placards, armoires et cagibis de l'appartement de Williamson. Sans rien trouver qui puisse les mener à l'Académie ou à ses dirigeants.

Dans le centre de sécurité, elles étudièrent les vidéos et confirmèrent le départ de Williamson à 20 heures la nuit du meurtre de Mina Cabot.

Aucune trace de son retour, sur aucune caméra.

Le registre des visiteurs des trente derniers jours ne faisait état d'aucun passage chez Williamson.

« Une impasse, conclut Eve. À tous points de vue. »

— Café, ordonna-t-elle dès qu'elles furent dans sa voiture.

— Oh oui, s'il vous plaît.

Avec un soupir qui venait droit du cœur, Peabody leur programma deux tasses.

— La probabilité qu'elle soit vivante et en planque quelque part me semble nulle. Mais l'éliminer parce qu'elle s'est fait voler son badge, ça paraît extrême, non ?

— De même que d'enlever des enfants et de les vendre à des pervers.

— C'est sûr.

Peabody but une gorgée de café, bâilla, puis but de nouveau.

— Mais ça – pour eux – c'est juste du business.

— Et faire le ménage derrière eux aussi. En prenant des mesures disciplinaires contre un employé ou en le renvoyant, il pourrait mal le prendre et décider de conclure un accord avec les flics. Pourquoi courir un tel risque ?

— « Les morts ne parlent pas », cita Peabody.

— Bien sûr que si. Vivante ou morte, Williamson nous en dit beaucoup. Et elle nous livrera encore plus d'infos dès que les geeks auront trouvé la clé du code. Oh, c'était un dicton, c'est ça ?

— Oui, c'est…

— Ce genre d'expression fait partie des raisons qui poussent les gens à faire des choix stupides. « Bon, maintenant qu'il est mort, tout est réglé. » Erreur. On en sait quelque chose, à la Criminelle. Par ailleurs, vous savez pourquoi ces salopards n'ont pas pensé à nettoyer son appartement ? Elle n'était rien pour eux. Rien qu'un numéro. La surveillante de nuit Williamson, numéro d'employé bla-bla. Jetable. Elle leur a coûté des millions, et il n'y a que le profit qui compte à leurs yeux.

Elle s'engagea dans le garage du Central.

— Elle y a travaillé un paquet d'années, ajouta Peabody. J'imagine qu'elle était du genre bon soldat qui abat son boulot sans faire de vagues. Qui aurait cru qu'elle tiendrait à jour des dossiers sur ses… recrues, si l'on peut dire ?

— Ses prisonnières, corrigea Eve alors qu'elles se dirigeaient vers l'ascenseur. D'après ses données, elle a été gardienne de prison à Attica pendant dix ans avant de plonger là-dedans.

Elles entrèrent dans la cabine et Eve appuya sur le bouton menant à l'étage de la DDE.

— Je parie que c'est là qu'ils recrutent, continua-t-elle. Prisons et centres de détention pour mineurs. Avec des recherches approfondies, une évaluation psychologique, parce qu'il leur faut des individus qui n'auront aucun scrupule face à ce trafic. Et ils leur offrent un gros salaire, quelques avantages bien juteux… et l'occasion de violenter des enfants à coups de matraque électrique.

— Vous avez raison pour l'évaluation psychologique. Ils veulent s'assurer d'embaucher des sadiques et des sociopathes.

— Peut-être – c'est même très probable – qu'ils les surveillent de près pendant les premiers mois, voire la première année. Puis ils font des contrôles aléatoires. Il faut veiller à éviter les toxicomanes, les personnes ayant un conjoint ou des liens familiaux étroits. Mais quelqu'un comme Williamson, sans relations proches, organisée, routinière, ponctuelle, cupide juste ce qu'il faut ? J'imagine qu'elle passait pour une employée modèle jusqu'à ce qu'elle se plante.

— Je pourrais lancer une recherche pour trouver des personnes ayant ce type d'expérience professionnelle qui auraient rejoint Red Swan.

— Faites-le, dit Eve en sortant de l'ascenseur. Sur les cinq dernières années. Il nous suffirait d'en trouver une, bon sang. Une seule qui soit impliquée et encore en vie.

Elle se dirigea directement vers le laboratoire et, à travers les parois vitrées, observa l'équipe de la DDE au travail. Feeney avec sa chemise d'un beige industriel et sa cravate marronnasse et de traviole. McNab qui se dandinait dans un baggy rouge assorti d'un tee-shirt aux couleurs atomiques. Et Connors, chemise gris pâle aux manches retroussées jusqu'aux coudes mais encore impeccablement repassée et cheveux attachés en queue-de-cheval.

Elle constata qu'ils avaient enrôlé Callendar, qui complétait l'équipe avec son pantalon ample à rayures bleues et vertes, son débardeur d'un jaune solaire, et ses cheveux désormais teints en noir mais dont les touffes et les épis se terminaient en pointes multicolores façon arc-en-ciel.

Quand Eve poussa la porte du laboratoire, le niveau sonore passa du calme d'une bibliothèque au vacarme d'une boîte de nuit.

Sans vriller tout à fait les tympans, la musique faisait vibrer le sol.

Des bribes de conversation – incompréhensibles, de toute façon – lui parvinrent comme les spécialistes échangeaient entre eux dans leur sabir. Les machines bipaient, bourdonnaient et cliquetaient.

Des arômes de café et de sucre flottaient dans l'air autour des tasses, des tubes de soda et d'une boîte de donuts pas tout à fait ratiboisée.

— Bon sang, vous arrivez à réfléchir avec ce boucan ? s'étonna Eve.

Callendar lui lança un coup d'œil par-dessus son épaule.

— Oh, oh, maman est rentrée. Coupe la musique, ordonna-t-elle à l'ordinateur. En fait, ça peut même améliorer la concentration, assura-t-elle quand la chanson se tut. Un peu comme un pic de glycémie.

— Elle est là en renfort, indiqua Feeney sans cesser de pianoter. Y a beaucoup de données à déchiffrer et on veut que ça aille vite.

— Vous avez bien raison. Qu'est-ce que vous avez trouvé ?

— Williamson avait bien fait les choses, annonça Connors.

Comme souvent lorsqu'il se plongeait dans le travail, son accent irlandais était nettement plus audible.

— Bon sang de bois, encore une protection de plus. Je m'en occupe. Vous voyez ça, Ian ? Elle a ajouté un double check entre un roll-down et un pas de deux.

— L'abus total. Besoin d'aide ?

— Non, je l'ai. Ah, le roll-down est du pipeau, il s'appuie sur un triple oblique et une esperluette inversée. Plutôt malin, mais pas difficile à… Voilà. C'est réglé.

— Quoi donc ? demanda Eve, dont le cerveau était pris dans une spirale digne de la chemise de McNab. Vous allez me dire ce que vous avez trouvé, à la fin ?

— Je me suis chargé des dossiers sur les filles, plus précisément jusqu'à deux ans et demi en arrière. Elle a changé de méthode de chiffrement, donc Callendar s'occupe des deux années encore avant. Feeney et McNab sont sur ses dossiers personnels.

— Montre-moi. Fais voir à quoi ça ressemble.

Connors afficha la première notice à l'écran.

— Je connais ce visage, dit Eve. Elle est sur mon tableau. Montre… Non, envoie tout ce que tu as sur le terminal de la salle de réunion

— Laquelle ?

— La numéro un. Peabody ?

— Je vous suis.

— Il me faut une adresse ! lança Eve avant de ressortir. Je veux savoir où se trouve l'Académie. Lancez la recherche dont vous parliez, ajouta-t-elle à l'intention de Peabody. Commencez tout de suite. Il suffit qu'on trouve un seul employé.

— Je peux utiliser l'ordinateur de McNab ici. Il est beaucoup plus puissant que ceux que nous avons à la Criminelle. Je vous transférerai les résultats en salle de réunion.

— Entendu.

Eve descendit seule, au pas de charge, par l'escalier roulant. Une fois en salle de réunion, elle fit un bref détour par l'autochef, les yeux rivés sur le tableau. Une tasse de son café personnel à la main, elle identifia la jeune fille vue dans le labo.

— Jaci Collinsworth, douze ans, disparue à Detroit.

Ordonnant l'affichage à l'écran des données envoyées par Connors, elle retrouva le même visage, les mêmes informations. Puis beaucoup d'autres.

Williamson avait consigné la date à laquelle la jeune fille avait été « admise » et rédigé un rapport sommaire sur son état physique et sur ce qu'elle appelait les « réparations ». Soins dentaires, soins de la peau et des cheveux, exercices physiques et nutrition.

Selon elle, Jaci était une enfant difficile, trop gâtée, provocatrice, avec de faibles compétences linguistiques et une tendance à jurer. Physiquement agressive, elle nécessitait l'emploi de mesures disciplinaires et des modifications biochimiques.

Étaient également consignés les dates et horaires des mesures disciplinaires, avec le détail de la méthode employée, ainsi que les dates, horaires et dosages des différents traitements.

Une amélioration de l'attitude et du comportement était rapportée après sept semaines.

Williamson avait jaugé – selon des critères personnels, supposa Eve – le développement des compétences de la recrue. Celle-ci avait besoin d'un cocktail chimique faiblement dosé au quotidien pour atteindre son plein potentiel. Elle était notée huit sur dix.

La surveillante estimait sa valeur à la vente à six millions, avec un bonus de six cents dollars pour elle-même en tant que surveillante et éducatrice. Un chiffre décevant, à en croire ses notes.

Eve poursuivit sa lecture, fille après fille, dont trois présentes sur son tableau.

Et Mina Cabot.

— Tu as appris vite, hein ? marmonna Eve en lisant les commentaires de Williamson. À jouer le jeu tout en cherchant un moyen de t'en sortir. Tu es passée de « gâtée et rétive », selon cette garce, à « coopérative, docile et désireuse d'apprendre ». Note finale de dix sur dix, et une valeur estimée entre douze et quinze millions. Donc jusqu'à mille cinq cents dollars de prime pour ta surveillante de nuit, qui te considère comme un succès.

Elle lut, fit les cent pas, relut, refit les cent pas.

Le suicide évoqué par Dorian avait bien eu lieu, confirmé par les notes de Williamson. Il avait coûté mille dollars à la surveillante. Déduits de son salaire. Un échec.

— Elle leur mettait des notes, dit Eve sans se retourner en entendant Peabody entrer. Sur une échelle de un à dix. Elle n'aimait vraiment pas Dorian. Elle relate plus de vingt occasions où elle l'a corrigée à coups de matraque électrique. À la fin, elle considérait que les punitions avaient fait leur œuvre et lui avait attribué un neuf sur dix, avec une valeur à la vente potentielle de douze millions, car certains acheteurs apprécient un soupçon d'effronterie.

» De l'effronterie, répéta Eve. Williamson y aurait gagné un bonus de mille deux cents dollars. Ils déduisent aussi mille dollars pour chaque fille qui meurt. Malin de leur part. Si ça marche, vous recevez une part du gâteau. En cas d'échec, c'est de votre poche.

— Vous, ça va ?

— Au top. Je n'ai parcouru ses dossiers que sur les six derniers mois et déjà ajouté trois victimes que nous ne connaissions pas. Des plus jeunes. Entre six et dix ans.

— Je crois que j'en ai deux.

— Deux quoi ?

Le fil de ses pensées ayant été rompu, Eve se retourna et remit de l'ordre dans ses idées.

— Les résultats de votre recherche ?

— Oui, je l'ai passée en mode automatique parce que je voulais vous les donner rapidement. Je vous les affiche ?

— Oui, allez-y.

— La première s'appelle Maxine Pryor, une femme militaire qui a quitté l'armée après une radiation déshonorante il y a seize ans. Elle a travaillé comme gardienne dans la prison d'Atlanta entre 2056 et 2058. Avec plusieurs manquements inscrits à son dossier sur place. Elle a enchaîné avec un emploi d'agent de sécurité pour Red Swan. Soi-disant à Atlanta, mais l'adresse de son domicile est fausse, alors j'ai creusé un peu plus et j'ai trouvé une adresse correspondante ici, à Chelsea. Enregistrée sous le nom de L. M. Pryor. Elle a changé de couleur de cheveux et fait un peu de chirurgie esthétique mais tout correspond. Mariée une fois, divorcée depuis quinze ans. Pas de descendance.

— Pas mal. Et l'autre ?

— Un certain Cecil B. Doggett. Il était flic à Baltimore, renvoyé après douze ans de service pour usage excessif de la force, extorsion et finalement agression contre l'un de ses supérieurs. Il a enchaîné avec un emploi de gardien de prison dans un établissement de sécurité minimale au fin fond du Maryland. Et depuis cinq ans, il est employé par Red Swan en tant que responsable du recrutement.

— C'est comme ça qu'ils appellent les rabatteurs dans la bonne société ? Son adresse ?

— Dans le Maryland, près de Baltimore. Il a une camionnette noire immatriculée à son nom, pas de conjoint, pas d'enfants. J'ai creusé davantage. Il possède une très belle maison, un bateau et une voiture de sport Panther ZX décapotable. Le mec mène grand train par rapport à ce qu'il déclare comme revenus annuels.

— Je me demande quel genre de bonus les rabatteurs touchent sur les ventes… Bien joué, Peabody. Allons réveiller cette Maxine Pryor.

— Sans mandat ?

— Le premier appel qu'elle passera sera destiné à ses supérieurs et à leurs avocats. À nous de la convaincre que c'est une erreur. On s'appuiera sur Marlene Williamson. Ceux qui causent des problèmes ne font pas long feu chez ces gens-là. Ensuite…

Elle se tut en voyant McNab débouler d'un pas pressé, le visage rouge d'avoir couru mais l'air ravi.

— J'ai réussi ! Vous auriez dû voir toutes ces couches de protection. Obsessionnelle, la dame, avec un million de fichiers distincts.

— L'adresse, McNab.

Il la lui dicta et Eve afficha le plan de la ville à l'écran.

— Elle faisait partie de ma liste, constata-t-elle. C'est quoi comme endroit ?

McNab lui répondit avant qu'elle le demande à l'ordinateur :

— Un centre de livraison et un entrepôt pour Livraison Assurée. Une boîte qui existe depuis des lustres. Au moins quatre-vingt-dix ou cent ans, je dirais. Elle livre dans le monde entier mais son siège social est à New York, depuis toujours.

— Qui est propriétaire du bâtiment ?

— Le même type qui possède l'entreprise en totalité, répondit McNab. Connors le connaît un peu. Ils arrivent, mais le capitaine m'a dit de foncer, alors me voilà.

Il s'interrompit le temps de prendre plusieurs profondes inspirations.

— Jonah K. Devereaux, dit-il. A hérité de ses parents après que leur navette privée s'est écrasée dans la mer du Japon alors qu'il avait une vingtaine d'années. Il a touché le pactole.

— C'était déjà une industrie de plusieurs milliards de dollars, ajouta Connors en franchissant le seuil de la salle de réunion. Sous sa direction, l'entreprise a continué à fonctionner sans heurts, bien qu'il n'ait procédé à aucune expansion au cours des dix dernières années. Son domicile new-yorkais est la demeure familiale de Long Island, et je crois qu'il possède une villa dans le sud de la France et une autre aux Caïmans. Je n'ai pas encore vérifié, mais il est possible qu'il en ait d'autres.

— Tu connais ce type ?

— De très loin. La fondation que ses parents ont créée lorsqu'il était encore enfant fait des dons généreux à certaines organisations que je soutiens également. Je l'ai parfois croisé lors d'événements caritatifs, mais pas ces dernières années, si je me souviens bien. La rumeur veut qu'il préfère passer son temps dans l'une de ses propriétés. Il n'a jamais été marié, mais on sait qu'il apprécie la compagnie des femmes, généralement des professionnelles. Et plus jeunes que lui. Pas des mineures, précisa-t-il rapidement. Je n'ai jamais rien entendu à ce sujet, sans quoi je te l'aurais déjà dit.

— C'est quoi « plus jeune » pour lui ?

— La vingtaine ou la trentaine. Lui a la soixantaine, peut-être qu'il approche des soixante-dix ans. Ça n'aurait rien d'inhabituel.

— Je vais avoir besoin d'en savoir plus sur lui, sur l'entreprise, sur Red Swan.

— Nous sommes là pour ça, lui assura Feeney. Callendar est à l'étage et s'occupe de Red Swan. On n'a pas besoin de machines de pointe pour se pencher sur Devereaux ou Livraison Assurée. On pensait se poser dans votre salle commune.

— Allez-y. Il me faudra tout ce que vous pourrez trouver concernant ce bâtiment. Chaque mètre carré compte.

— Bien sûr. Donne-nous encore une heure. Et beaucoup de café, ajouta Feeney en se frottant les yeux.

Eve regarda l'heure. Elle ne s'était pas rendu compte qu'il était déjà plus de 4 heures du matin.

— Tu es sûr du temps que ça va prendre ?

— Une heure, confirma Feeney. Voire moins.

— Prenez ce qu'il vous faut, utilisez tout ce dont vous avez besoin. Peabody, continuez. Voyons combien de personnes vous pouvez relier à Red Swan, et ajoutez le service de livraison à la recherche. Il aura besoin de complices en son sein, même s'il s'en sert comme d'une façade légitime.

Une fois seule dans la pièce, elle reporta son attention sur le tableau. Elle reviendrait sur ces visages. Mieux, elle les sortirait de là, toutes celles qu'elle pourrait.

Pour ce faire, elle avait besoin de plus que des données. Elle avait besoin de flics.

Elle dégaina son communicateur pour passer une série d'appels.

Elle rameuta d'abord son équipe, y compris l'agent Carmichael ; elle appela Reo, Willowby, puis Lowenbaum du SWAT. Malgré une certaine réticence, elle réveilla son commandant et, compte tenu de la proximité de l'immeuble avec le fleuve, fit une demande de soutien aérien et maritime.

Puis elle se rassit et lança ses propres recherches sur Devereaux à partir de l'ordinateur de la salle de réunion. La DDE lui fournirait ce dont elle avait besoin, mais elle repensait à la manie qu'avaient les hommes riches, très riches, de se retrouver dans la rubrique people avec une belle femme – ou un bel homme – à leur bras.

Elle se mit en quête des photos et des noms des femmes qui l'avaient escorté. Devereaux avait une associée. Mais elle n'avait ni la vingtaine ni la trentaine, d'après Dorian. Elle était plus âgée.

Peut-être aimait-il joindre l'utile à l'agréable, ou l'avait-il fait à un moment donné. Il avait bien dû la rencontrer quelque part, établir une relation, cimenter une confiance mutuelle.

Ses yeux la piquaient, la suppliaient de faire une pause, ne serait-ce que quelques minutes. Elle avait l'impression que des câbles électriques tout emmêlés faisaient des nœuds sous sa nuque.

Elle n'allait pas tarder à devoir prendre un excitant pour tenir, elle le savait. Elle détestait ces trucs.

Elle parcourut les photos et les brèves qui présentaient Devereaux en smoking à côté de charmantes créatures dans des robes glamours.

Blondes, brunes, rousses, pulpeuses ou filiformes, elles avaient toutes en commun d'être jeunes et éblouissantes.

Mais rien ni personne qui fasse tilt parmi les mondaines, les héritières, les stars ou les mannequins célèbres.

Sa vue se brouillait. Elle se frotta les yeux et envisagea de reprendre du café.

« Je perds mon temps », songea-t-elle.

Et, sa concentration faiblissant, elle faillit rater la photo.

Le cliché datait de plus de vingt-cinq ans et illustrait un reportage sur une ancienne édition du Met Gala. Un Devereaux à la crinière blonde et fournie tenait par la taille une femme sculpturale vêtue d'une robe rouge moulante dont le décolleté mettait en valeur une poitrine impressionnante et une parure de diamants et de rubis qui l'était tout autant. Sa chevelure d'un blond pâle, presque argentée, lui descendait jusqu'aux épaules, maintenue derrière une oreille par une épingle sertie de rubis.

Une épingle en forme de cygne.

Iris Beaty, lut Eve, *affiche son passé de maquerelle notoire au sein de Red Swan avec une barrette en diamants et rubis. Va-t-elle côtoyer d'anciens clients venus profiter de la somptuosité du Met Gala ? Plus discrète que jamais, Mme Beaty ne donnera pas de noms, même maintenant que les travailleurs du sexe sont autorisés et légaux.*

— Iris Beaty. Affiche-moi sa pièce d'identité et les données officielles la concernant, ordonna Eve à l'ordinateur.

En étudiant son visage, plus âgé mais toujours très beau, et son regard glacial, Eve reconnut une prédatrice. Elle se redressa, se passa une main dans les cheveux et se mit à marcher de long en large en lisant le reste des informations à l'écran.

— Bon sang. Je te tiens.

Elle continua sa lecture malgré les bruits de pas dans le couloir.

— Red Swan ! lança triomphalement Callendar.

— Iris Beaty.

Haletante, Callendar contempla le portrait sur le moniteur.

— Eh ben ! On sous-estimait franchement vos compétences informatiques.

— Des compétences de flic, plutôt. J'ai trouvé une photo d'elle avec Devereaux, et elle avait un bijou en forme de cygne rouge dans les cheveux.

— Gonflé de sa part.

— Comment l'avez-vous identifiée ?

— Vous allez pas me croire : elle a carrément écrit un bouquin, *L'Envol du Cygne Rouge*. Le titre est apparu dans l'une de mes recherches. Red Swan était un service d'escort de luxe dans les années 2020. Elle a passé des années à fournir cavalier et cavalière pour plusieurs milliers de dollars la soirée à celles et ceux qui pouvaient se le permettre. D'après le résumé que j'ai lu, le livre est plein de ragots, mais elle reste évasive sur qui s'est payé qui, et ainsi de suite. Elle l'a écrit après la légalisation du travail du sexe.

» Et j'ai pu établir le lien entre Devereaux et elle. Ce sont de vieux amis, peut-être même plus. Et il l'a aidée à financer son entreprise de CL légaux.

— L'entreprise existe toujours ?

— Non. Beaty l'a revendue et a pris sa retraite.

— Je crois sans mal à la revente. Une activité légale, réglementée, contrôlée, avec paperasserie, droits de licence et taxes. Ça réduit les bénéfices. Et je parie que certains de ses anciens clients ont payé cher pour qu'elle reste – quel mot avez-vous employé ? – évasive. Elle n'a pas pris sa retraite, par contre. Seulement changé de direction.

— Pigé. Vous voyez l'adresse figurant dans son dossier ? Une ferme en France où elle se serait retirée ? C'est du bidon. Et ses données financières, d'après ce que j'ai pu voir, me semblent douteuses.

— Douteuses comment ?

— Elle devrait avoir plus de moyens que ça. Surtout, pas de transactions par carte, *nada*. Que du liquide. Et ce qui sort rentre aussi sec. Presque au dollar – ou à l'euro – près.

— Ça nous fait une autre piste à remonter. Elle est à New York, et à la tête d'une plus grosse fortune. Bien plus grosse. Nous creuserons et nous trouverons. Mais trouvons-la d'abord, elle.

Consultant de nouveau sa montre, elle constata que l'heure de Feeney était écoulée.

— Lancez l'identification faciale, voulez-vous ? On tombera peut-être sur une nouvelle identité. Attendez, dit-elle alors que Callendar s'approchait de l'ordinateur. Essayez Swan, ce serait symbolique pour elle. Commencez par Iris Swan et cherchez aussi en France.

Tandis que Callendar se mettait au travail, Eve se tourna vers Peabody, debout sur le seuil.

— Les autres sont en train de terminer, lui dit son équipière. J'ai identifié cinq individus supplémentaires, avec plus de quatre-vingt-dix pour cent de probabilité.

— Mettez-les au tableau.

— Ex-flics, ex-militaires, au moins pour ces cinq-là, ajouta Peabody en commençant à épingler les portraits. D'après ce que j'ai vu, ils recrutent les anciens flics comme rabatteurs et les militaires comme gardes et agents de sécurité. Jusqu'à présent, en tout cas. On a deux femmes et un homme gardes, je pense, une femme et un homme rabatteurs.

» En ce qui concerne mes recherches autour de Red Swan, j'ai trouvé une société de conseil mobile, visiblement une petite boîte. J'en ai repéré deux autres : une compagnie de danse dans le Wisconsin, qui a l'air réglo. Et une structure appelée Cygne Rouge en Provence, en France.

— En France, répéta Eve.

— Oui, ils font, euh, de la vidéographie.

— C'est eux.

— Ah bon ? s'étonna Peabody.

— Autre chose ?

— Un ancien service d'escort, il y a bien longtemps. Qui a cessé son activité depuis près de dix ans.

— Ça dépend de votre définition de la cessation d'activité. C'est cette femme qui était à sa tête, déclara Eve en ordonnant l'affichage de la photo d'Iris Beaty à l'écran.

— Ce serait… ?

— Je parie que c'est Tantine. Iris Beaty.

— Alias Iris Swan, annonça Callendar. Sous son identité française.

— Et regardez ses coordonnées, nota Eve. C'est la même adresse que la fausse entreprise de vidéographie.

— On va aller en France ? s'enthousiasma Peabody.

Sans lui prêter attention, Eve examina les portraits que Callendar avait affichés côte à côte à l'écran.

— Elle a changé de coupe de cheveux et opté pour la version Swan, plus bruns, plus longs. Mais pas grand-chose d'autre. Son visage lui plaît trop pour ça. Vaniteuse. Et elle n'est pas en France. Elle est ici, à New York.

« Je sais qui tu es, maintenant », songea Eve.

— Prévoyons d'informer les autorités sur place, ajouta-t-elle. Elles voudront sans doute aller voir ce qui se trame à cette adresse. Quand on veut faire passer des filles en Europe, disposer d'un pied-à-terre là-bas est idéal. Et elle doit se rendre sur place à intervalles réguliers pour s'assurer que tout se passe comme prévu. Mais elle vit à New York. Le cœur de leur activité est ici.

» Il va me falloir toutes les données sur ce fichu bâtiment. Peabody, transmettez-moi tout ce qu'ils ont déjà trouvé. Briefing complet dans quatre-vingt-dix minutes.

— Pour qui ?

— Tout le monde. Au boulot.

Eve pivota de nouveau vers le tableau.

— Oui, je pense que c'est elle. Callendar, attaquons-nous à l'aspect financier. En commençant par Maxine Pryor. Guettez tout ce qui pourrait sembler louche, un compte secondaire ou tout autre…

Elle s'interrompit en entendant des gens arriver.

— Attendez avant de commencer.

Elle s'apprêtait à se plaindre quand ils débarquèrent en groupe mais capta l'éclat particulier dans le regard de Feeney.

— Moi d'abord, dit-elle puisque Beaty était déjà à l'écran. Iris Beaty, ancienne travailleuse du sexe, ancienne propriétaire de Red Swan, un service d'escort qui n'existe plus, et ancienne compagne de Jonah Devereaux. Vous pouvez l'appeler Tantine.

— Beau boulot, Callendar.

Celle-ci haussa les épaules à l'adresse de Feeney.

— Dallas et moi l'avons visiblement trouvée en même temps. Cheminements différents mais même résultat.

— Elle dispose également de faux papiers, d'une fausse identité, sous le nom d'Iris Swan, et d'une adresse à chacun de ses deux noms en France, une fausse et une autre associée à une soi-disant entreprise de vidéographie.

— Encore une façade, assura Feeney en se programmant un café sur l'autochef.

— Il y a de fortes chances que ce soit le cas. Sans doute un autre site d'exploitation ou bien un espace de transit pour les filles. Entre-temps, Peabody a identifié à New York sept employés de Red Swan, qui prétend être une société de conseil mobile. Sans adresse physique.

— Pratique.

— À votre tour.

— Devereaux a un sacré paquet de fric, d'actions, d'investissements, indiqua en préambule Feeney. Livraison Assurée est une société privée, il en est l'unique propriétaire et il s'en met plein les poches. On pourrait penser qu'il n'a pas besoin des deux comptes fantômes que nous avons trouvés. Il a fallu creuser profond, d'ailleurs, ajouta-t-il. Le gars est loin d'être un imbécile, alors ça a pris du temps. Et… je vous laisse la parole, dit-il à Connors.

Celui-ci avait trouvé le temps de se changer, constata Eve. Sa chemise et son pantalon de costume avaient laissé place à un tee-shirt noir et un jean.

— Il est signataire de ce qui semble être un compte d'entreprise en Suisse – il a opté pour quelque chose de classique – au nom de Cygne Rouge, LLC.

— Soit la traduction française de Red Swan.

— Exactement. Il en a un deuxième sur Nevis sous le nom de RS Productions, LLC. Les deux cumulent actuellement plus de deux cents millions et Iris Swan y a été ajoutée comme signataire.

— Vous l'aviez trouvée, vous aussi, fit observer Eve.

— Jamais deux sans trois. Comme l'argent entre et sort, poursuivit Connors, il s'agit clairement de comptes établis pour couvrir les dépenses de fonctionnement de leur entreprise et réinjecter une partie des bénéfices.

— De quoi les incriminer ensemble dans l'affaire de manière très nette. L'immeuble, maintenant. Il me faut le détail des lieux.

— Copie envoyée sur ton terminal.

Connors s'approcha, passa un bras devant Callendar et pianota pour faire apparaître à l'écran une série de plans détaillés.

— Ce sont les plans officiels. Comme vous le voyez, il y a le hall d'entrée au rez-de-chaussée, où les clients apportent leurs colis à expédier. Des bureaux administratifs. Une zone de stockage pour les emballages, les cartons, les caisses. Un garage souterrain destiné aux camions, camionnettes et autres véhicules. Ici, la zone d'expédition et le quai de chargement. D'autres bureaux aux étages supérieurs, des espaces de stockage supplémentaires, une salle de réunion, un vestiaire et une salle de repos pour les employés.

— Ça ne colle pas, dit Eve en secouant la tête. Ça fait trop d'espace pour des bureaux, et ce n'est clairement pas pensé pour détenir des personnes enlevées.

— Je suis d'accord. Il y a beaucoup trop d'espace gaspillé, désigné ici comme des « extensions et projets à venir ». Compte tenu de l'usage réel qui est fait de l'endroit, et des énormes sommes d'argent en jeu, je me suis dit que les travaux nécessaires à l'exploitation des étages supérieurs, tout sauf la façade – dans les deux sens du terme – avaient pu être réalisés en douce, sans permis.

— Ça ne va pas m'aider à planifier une opération.

— Non. Par contre, ceci, oui.

Il fit apparaître d'autres plans à l'écran. L'agencement de l'espace présenté rappela brièvement à Eve ses années dans des établissements publics.

— Comment as-tu obtenu ça ? Je ne peux pas… Nous ne pouvons pas utiliser de données obtenues en piratant les fichiers de Devereaux. Rien de ce que nous en ferions ne tiendrait devant un juge.

— Est-ce que j'ai l'air d'être sorti de l'œuf ? lui demanda Feeney, doigt pointé sur son propre visage. N'oublie pas qui t'a formée, ma fille. On a fait les déductions qu'il y avait à faire. Et Connors, lui, en a conclu qu'il devait y avoir des plans imprimés quelque part. Même quand on fait les choses en douce il faut des plans. Connors a creusé un peu – sans rien faire d'illégal – et a retrouvé l'architecte auquel Devereaux aime faire appel.

Il leva un doigt avant qu'Eve puisse reprendre la parole.

— J'ai appelé le procureur – autant viser direct le sommet – et j'ai sollicité une faveur qu'il me devait. On se connaît depuis un bail. Ça n'a pas été simple – raison pour laquelle on a un peu tardé – mais on a obtenu un mandat pour une perquisition électronique des fichiers et nous y voilà. On a fait ça bien. Un avocat de la défense pourra toujours essayer de se plaindre, mais c'est légal.

— D'accord. D'accord. Les plans ont dix ans. Cette histoire dure depuis un bon moment.

— Le bâtiment était à l'origine un entrepôt avec des bureaux aux niveaux inférieurs, lui indiqua Connors. J'ai aussi ces plans-là, mais en gros ils ont gardé la même surface de base, reconfigurée selon leurs besoins. Il y a les pièces où ils enferment les filles, quatre étages de ces petites chambres avec salle d'eau et un espace détente, vraisemblablement pour le personnel. Ces espaces plus vastes pourraient être des zones de formation, des salles de classe. Il y a un unique ascenseur par étage. Pas de fenêtres. Des escaliers avec des portes renforcées et des alarmes.

— Là, c'est le rez-de-chaussée, dit Eve en prenant le relais. Le hall de livraison avec zones de stockage et de travail, accès au quai de chargement et au garage. Un centre de sécurité. À l'étage au-dessus, studios, douches, cuisines, un autre centre de sécurité, des salles de classe. Un grand bureau là au bout, avec une salle de bains et un ascenseur. Le bureau de Beaty, je parie. Au sous-sol, c'est l'infirmerie, la chambre pour les malades, les réserves de produits d'entretien et les vestiaires des employés.

» Dernier étage, poursuivit-elle. Là, ils ont des fenêtres. Sans doute protégées par des panneaux occultants, mais des fenêtres malgré tout. Un grand espace. Salon et salle à manger, salle d'eau, grande cuisine, grande chambre et salle de bains, bureau privé, salle de sport, salle de loisirs. C'est là qu'elle vit. Tantine s'est offert un beau penthouse.

Eve glissa ses mains dans ses poches. Toute la fatigue accumulée s'était envolée.

— Les tunnels. Les deux séries de plans indiquent des tunnels sous l'immeuble, d'anciens tunnels, qui devaient être comblés selon les plans officiels. Mais ils ne l'ont pas fait. Où mènent-ils ?

— Nous avons trouvé et pourrons te le montrer. Mais… McNab. C'est votre trouvaille.

— On peut penser que s'ils sortent des corps par là, l'idée est de se rapprocher de l'endroit où ils s'en débarrassent, dit McNab.

Il tendit la main pour toucher celle de Peabody avant de reprendre :

— Ça me rend malade de penser qu'ils font ça à des enfants... En prenant le tunnel vers l'est au sortir de l'ascenseur puis au sud à l'embranchement suivant, on se retrouve sous les locaux de Repose en paix, funérarium et crématorium.

— Bon travail. Bravo à tous, dit Eve en repoussant de nouveau ses cheveux en arrière. Il va me falloir un max d'infos sur ce funérarium.

— Je les ai ici, assura McNab.

— Ajoutez-les au reste.

Eve se mit à aller et venir devant l'écran, les yeux rivés sur les plans. Elle finit par voir comment s'y prendre. Ce ne serait ni simple ni rapide, mais l'opération prit forme dans son esprit.

— Bien. J'ai appelé mes inspecteurs, Willowby, quelques agents en uniforme, Lowenbaum du SWAT, le commandant et Reo. Je vais aussi faire venir Mira. J'ai une idée de comment ça pourrait marcher, alors discutons-en et tâchons de régler les éventuels pépins avant que tout le monde débarque.

20

Les éventuels pépins étaient nombreux. Un bâtiment de cette taille, construit au-dessus de tunnels, était forcément protégé par des mesures de sécurité et un nombre inconnu d'individus hostiles. Plus important encore, la présence d'un nombre également inconnu de civils mineurs.

Et puis il y avait la question du timing, la coordination avec les autorités en France, la présence ou non de Devereaux à Long Island, la localisation des rabatteurs.

Au fur et à mesure qu'ils travaillaient, la fatigue revint.

— Toute personne dans cette pièce qui souhaite participer à l'opération, y compris moi, va prendre un stimulant officiellement approuvé. La plupart d'entre nous sont debout depuis vingt-quatre heures au moins.

— Je déteste ces trucs, maugréa Feeney.

— Et moi donc. Je dirais bien à tout le monde de faire une heure de pause mais nous n'avons pas ce temps, d'où les stimulants. Arrêtez-vous dix minutes si vous le souhaitez. Allez marcher, prenez l'air, comme vous voudrez. Peabody, prélevez-nous six stimulants et inscrivez le nom de chaque bénéficiaire.

Willowby était arrivée pendant qu'elle parlait.

— Vous vous êtes levée tôt, commenta Eve.

— Comme ça l'avenir m'appartient. J'ai de nouvelles infos sur la vente aux enchères, je me suis dit que j'allais vous les transmettre en personne puisque vous m'aviez convoquée de toute façon.

— Vous avez dormi ?

— Deux, trois heures. Ça bouge du côté des enchères.

— Sept stimulants, Peabody. Le briefing commencera dans dix minutes, vous pourrez nous livrer vos nouvelles données à ce moment-là.

Willowby parcourut écran et tableau du regard.

— On dirait que vous aussi, vous avez du neuf.

— On les a localisés. On passe à l'action ce matin.

— Sans déconner ?

Mains jointes, Willowby se concentra sur l'écran.

— C'est là ? C'est… Attendez, c'est le point de dépôt de Livraison Assurée que j'utilise. Merde, j'y suis allée des dizaines de fois. Là, j'ai les nerfs ! Je peux participer ?

— Je vous ai fait venir pour ça.

— Quand je pense que j'ai fait la queue à leur guichet pendant que des filles… Ça me fout en rogne ! Les enfoirés.

— On va les sortir de là. Donnez-moi dix minutes, Willowby.

— Oui, bien sûr. Je vais aller marcher un peu pour me calmer.

Une fois Willowby sortie, Eve et Connors se retrouvèrent seuls. Elle se tourna vers lui.

— Je ne veux pas que tu t'inquiètes pour moi. Concernant mon état mental et émotionnel, je veux dire. Je gère et je vais continuer à gérer.

— Jusqu'à quand ?

— Jusqu'à ce que ce soit réglé. Je dois te dire que, même si je sais que ça ne devrait pas être le cas, mon état mental et émotionnel requiert d'aller au bout. Et aussi qu'on n'en serait pas là, en mesure de faire tout ça, sans toi. Je n'y serais jamais arrivée sans toi. Je ne parle pas que de l'aspect informatique mais aussi de savoir que tu serais là si je vacillais. Donc je te promets que je ne vais pas vaciller. Il va falloir que chacun de nous soit à la hauteur de la situation, à chaque étape, face à toutes les éventualités, toutes les inconnues. Et il y en a beaucoup trop. À nous d'être au top, sans quoi ça ne marchera pas.

Il sortit les mains de ses poches – où il avait refermé ses doigts autour du vieux bouton gris d'Eve – pour la prendre par les épaules.

— Je vois que tu tiens le coup. Si j'avais des inquiétudes à ce sujet, tu les as dissipées il y a une heure. Mais tu n'en es pas moins complètement crevée.

— D'où le stimulant. Pourquoi on dit « d'où », d'ailleurs ?

Il se contenta de l'attirer contre lui, sa joue appuyée sur le sommet de sa tête.

— Promets-moi une chose. Une fois que ce sera fait, si tu ressens le besoin de te laisser aller, de craquer, ne te retiens pas.

— Une fois que ce sera fait. Ton rôle dans tout ça te va ?

— Oui. Je suis avec vous, lieutenant. Avant, pendant et après.

— Je vais dire que je t'aime, puis il faudra que tu relâches ton étreinte.

— Je vais dire que je t'aime aussi.

Il lui releva le menton et l'embrassa.

— Et je relâche mon étreinte. Temporairement, dit-il.

— Prévoyons, quand ce sera fait, de dormir beaucoup, puis de boire beaucoup de vin, puis de faire beaucoup l'amour.

— Sexe, repos, vin et encore un peu de sexe.

— Joli programme. Allons-y, dit-elle en reculant pour se tourner vers l'écran. Ça va marcher.

— Je le crois aussi. Je t'ai fait livrer une tenue de rechange. Elle est dans ton casier. Tu te sentiras mieux si tu t'accordes dix minutes rien que pour toi.

— Sans doute. Me doucher, me changer et prendre le stimulant. D'accord, merci. On dirait que de ton côté tu as déjà fait les deux premiers.

— Effectivement, et je te confirme que tu te sentiras mieux après.

— Je reviens dans dix minutes, dit-elle en filant vers les vestiaires.

Une fois sous le mince filet d'eau à peine chaude, elle se dit que si cela lui faisait l'effet d'une douche grand luxe, c'était qu'elle en avait vraiment besoin.

À voir la tenue que Connors avait sélectionnée pour elle – un chemisier et un pantalon noirs, des bottes neuves et une fine veste noire avec doublure magique –, il avait compris l'état d'esprit sans concession qu'elle voulait adopter.

Moins de dix minutes plus tard, elle était de retour en salle de réunion.

Elle capta les délicieux effluves avant même d'entrer : bacon, café, sucre.

Et, d'après les éclats de voix ragaillardies, les flics revenus avant elle s'étaient déjà jetés dessus.

« Encore un exemple de la méthode Connors », songea-t-elle en entrant.

Assiettes chauffantes et plateaux sous cloche avaient été disposés sur la table de conférence. Un coup d'œil à la montagne d'œufs brouillés lui apprit qu'il ne s'était pas contenté des faux œufs de la cantine du Central.

Bacon, saucisses, bagels et… bon sang, les fameux roulés à la cannelle de chez Jacko's.

Elle regarda l'équipe de la DDE, de même que Peabody, Willowby, Baxter et Trueheart, garnir généreusement leurs assiettes.

Avant qu'elle puisse dire un mot, Jenkinson et Reineke arrivèrent en trombe derrière elle.

— Voilà ce que j'appelle un briefing ! s'exclama Jenkinson en fondant sur les pâtisseries.

Difficile de lui en vouloir.

Sourire aux lèvres, Connors lui apporta l'un des délicieux roulés.

— Je vais me retrouver avec une équipe d'intervention en plein pic de glycémie.

— Dis plutôt qu'ils auront fait le plein d'énergie, rétorqua Connors. Pense à manger des œufs.

Eve mordit dans le roulé à la cannelle. Cela aurait été du gâchis de ne pas le faire.

Les autres arrivèrent progressivement. Eve fit signe à Lowenbaum et aux deux flics qui l'accompagnaient de venir se servir. Une invitation dont Santiago, Carmichael et les agents en uniforme n'eurent pas besoin.

Puis Mira entra, accompagnée de Jamie Lingstrom, le filleul de Feeney, jeune étudiant et stagiaire au Central durant l'été. Eve se contenta de pointer sur lui un index interrogateur.

— Le capitaine m'a demandé de m'occuper de l'écran pour le briefing, expliqua le jeune homme.

— Et j'y ai vu une autre possibilité, précisa Mira avec une tape affectueuse sur le bras de Jamie. Il est plus proche que nous de l'âge des victimes que vous allez secourir et pourrait être en mesure d'aider à les rassurer et à maintenir le calme.

— Tu pourras travailler ici, dans la camionnette de la DDE et avec le Dr Mira. Mais pas de participation directe à l'opération. Pas cette fois, dit-elle en voyant qu'il s'apprêtait à protester. Mais ta présence va libérer McNab, ce qui nous sera utile. C'est déjà très bien.

— D'accord, lieutenant.

— Mange. On attend encore le commandant, puis on s'y met.

« Et ce n'est pas une fête », grommela-t-elle intérieurement quand Jamie lança un « Waouh ! » enthousiaste devant les pâtisseries. Mira lui posa à son tour une main sur le bras.

— Ces filles se sentiront désorientées, effrayées, perdues, dit-elle. Nous ne pouvons pas savoir à quel point certaines auront été endoctrinées, jusqu'où va leur traumatisme. Avoir Jamie sous la main – de même que Willowby, qui paraît plus jeune qu'elle ne l'est – pourrait s'avérer précieux. Les sortir de là ne sera que le début.

— Je sais.

— Je n'en doute pas. Vous avez tous fait du bon travail ici, et c'est quand le vôtre se terminera que le mien commencera vraiment. J'ai réquisitionné deux autres thérapeutes de confiance pour m'aider.

— D'accord. Je vous laisse juge. Vous devriez manger quelque chose avant que les charognards lèchent les plats.

— Vous aussi.

Alors qu'Eve stationnait près de la porte, impatiente de commencer, Peabody lui apporta une assiette avec une portion d'œufs brouillés et deux tranches de bacon. Plus le stimulant.

— Ce n'est pas une bonne idée de le prendre à jeun.

— C'est vrai.

Eve ne pensait pas en avoir besoin à présent qu'elle était requinquée. Mais elle s'était incluse dans l'ordre qu'elle avait donné.

Elle prit deux bouchées d'œufs – clairement meilleurs que ceux de la cantine – puis avala la capsule de stimulant avec le café que son équipière lui tendait.

— Ils ont déjà compris l'essentiel, lui assura Peabody. Feeney montre les bases à Jamie pour qu'il puisse gérer l'écran. Et Willowby a fait rougir Trueheart. Deux fois.

— Bon sang…

— Non, je pense que c'est une bonne chose. Elle participe à l'opération. Et son rôle est important. C'est bien de créer des liens. On a apporté plus de chaises. Je ne sais pas si ça suffira.

— Ça ira. Tout le monde ne voudra pas s'asseoir.

Enfin, elle aperçut Whitney qui s'approchait à grands pas. Accompagné de la silhouette mince et longiligne du chef Tibble.

Par automatisme, elle se mit au garde-à-vous.

— Chef. Commandant.

— Lieutenant.

Tibble balaya la pièce du regard.

— Un buffet pour le petit-déjeuner. Excellente idée, ajouta-t-il alors qu'Eve se préparait déjà à des remontrances. J'ai passé les deux dernières heures en holobriefing avec les Français. Et le commandant a fait de même sur le front intérieur concernant les rabatteurs présumés. Je ne dirais pas non à un roulé à la cannelle avec un peu de café. Et vous, Jack ?

— Tant que ma femme n'en entend jamais parler. Nous allons nous asseoir, lieutenant. Commencez quand vous serez prête.

Elle était plus que prête, mais elle patienta deux minutes de plus, le temps que les gradés s'installent, avant de se positionner au centre de la pièce.

— Rapprochez-vous, debout ou assis, comme vous voudrez. Jamie, à l'écran.

Crissements de semelles et raclements de chaises s'ensuivirent. Connors s'était posté au fond de la salle, comme elle s'y attendait. Lowenbaum se tenait à ses côtés. Une poignée d'autres faisaient de même, mugs de café à la main.

— Je ne vais pas m'attarder sur le contexte. Certains d'entre vous participent à cette enquête depuis le début. Je fais confiance aux autres pour avoir su garder les oreilles et les yeux grands ouverts. Sinon vous ne seriez pas flics.

» Nous allons commencer par Mina Cabot. Jamie…

Elle résuma les bases de l'affaire et dut bien admettre que, malgré l'absence de préparation, Jamie parvint à la suivre.

Elle répondit aux questions qu'on lui posa, ajouta des détails quand c'était utile et décrivit le fonctionnement du trafic d'enfants tel qu'elle l'avait compris.

— Nous avons identifié des jeunes filles mineures enlevées à New York, dans le New Jersey, en Pennsylvanie, dans le Michigan, dans le Maryland et en Virginie, énuméra-t-elle tandis que Jamie affichait les portraits correspondants.

» Notre enquête indique qu'elles sont sélectionnées et kidnappées par des rabatteurs payés par la société écran Red Swan. L'inspecteur Peabody a dressé une liste prioritaire de suspects. Inspecteur.

— Cecil Doggett, annonça Peabody en se levant.

— Cet enfoiré…

Eve pivota vers l'agent Carmichael. Elle le connaissait depuis des années, mais elle ne l'avait jamais entendu s'exprimer sur ce ton et n'avait jamais lu une telle colère dans son regard.

— Pardon, lieutenant, se reprit-il immédiatement.

— Vous connaissez l'enfoiré en question ? rétorqua Eve.

— Je… Disons qu'on a eu une confrontation par le passé.

— C'est-à-dire ?

— Il était flic, lieutenant. À Baltimore.

— Exact.

— C'était il y a longtemps. J'avais douze ans. Mes parents nous ont emmenés, ma petite sœur, mon petit frère et moi, pour rendre visite à ma grand-mère à Baltimore. Côté maternel. Ma mère, ma tante et ma grand-mère étaient allées faire du shopping et assister à une fête en l'honneur de la grossesse d'une de leurs amies. Mon père nous a donc emmenés manger une glace ce soir-là, et sur le chemin du retour, on s'est fait arrêter.

— Contrôle routier ?

— Non, lieutenant, mais c'est l'excuse que cet individu a utilisée. Il s'est approché de la vitre de mon père, lui a pointé son arme sous le nez et lui a ordonné de sortir de la voiture. Ma sœur criait, le bébé pleurait, et je l'ai vu traîner mon père hors de la voiture, le plaquer contre le capot si fort qu'il en a eu la lèvre fendue et le nez en sang.

— Doggett était-il accompagné d'un coéquipier ou d'un policier en formation ?

— Non, lieutenant. Il a affirmé que notre voiture était un véhicule volé. Mon père nous a dit de ne pas bouger, de rester dans la voiture. Il a assuré à Doggett qu'elle était à lui, qu'il avait la carte grise dans la boîte à gants et son permis de conduire dans son portefeuille. Il l'a supplié de ne pas faire de mal à ses enfants. À ce moment, Doggett s'est incliné vers lui. Je ne sais pas ce qu'il a dit à l'oreille de mon père, mais j'ai vu la peur dans ses yeux. Il avait peur pour nous.

Le silence dans la salle était tel qu'Eve pouvait entendre la respiration de Carmichael.

— Des passants ont commencé à se rassembler, à crier, à filmer. Doggett a menotté papa, l'a plaqué face contre terre et s'est penché à l'intérieur de la voiture. J'ai cru qu'il allait me tirer dessus, mais il m'a regardé fixement tout en sortant la carte grise. Il a pris son temps pour la vérifier en la comparant au permis de conduire.

L'agent Carmichael se racla la gorge.

— Je suis convaincu, depuis toujours, que si des gens n'avaient pas observé et enregistré la scène, il aurait fait bien pire. Mais il a retiré les menottes à mon père en lui disant qu'il avait de la chance pour cette fois-ci. Puis il est retourné à son véhicule et a redémarré. Le visage de mon père saignait à l'endroit où Doggett l'avait cogné contre le capot. Ses mains tremblaient. Des passants se sont approchés en lui demandant s'il allait bien, s'ils pouvaient l'aider. Il a répondu qu'il voulait juste ramener ses bébés à la maison. Je reconnais le visage à l'écran et je reconnais ce nom. Je ne l'ai jamais oublié.

— Votre père a-t-il signalé l'incident ?

— Je ne sais pas, mais quelqu'un qui avait enregistré la scène l'a mise en ligne, et le lendemain, des flics sont venus chez ma grand-mère pour prendre la déposition de mon père ainsi que la mienne et celle de ma sœur. Le bébé était trop jeune pour ça. J'ai appris plus tard, en me renseignant, qu'il avait été suspendu et que ce n'était pas la première fois qu'il faisait ce genre de choses. Donc je connais bien ce visage.

— Il aurait dû être limogé et inculpé. C'est une honte pour toute la police qu'il y ait échappé. La justice va parfois beaucoup trop lentement, et il arrive que le système ne soit pas à la hauteur. Pas cette fois, agent Carmichael. Cette fois, on va envoyer Doggett là où est sa place.

— J'espère bien. Merci, lieutenant.

— Reprenez, Peabody.

— Angela Delinski, dit celle-ci.

Des rabatteurs, elle passa ensuite aux gardes présumés. Après quoi Eve prit le relais pour leur parler d'Iris Beaty/Swan et de Jonah Devereaux.

— Voici donc les suspects connus et leur rôle dans l'affaire. Nous visons plusieurs sites, et tous seront couverts soit par le NYPSD, soit par les autorités compétentes. Notre cible principale est le bâtiment où sont détenues les jeunes kidnappées. Viennent ensuite les domiciles des suspects new-yorkais, les pompes funèbres et la propriété de Devereaux à Long Island. Affiche-nous les plans de l'objectif principal, Jamie.

» Le bâtiment compte sept étages, y compris le sous-sol, avec un accès à des tunnels. Lieutenant Lowenbaum, je vous laisse le soin de positionner au mieux vos hommes, mais il faudra que toutes les sorties soient couvertes, y compris celles des tunnels extérieurs.

— On s'en occupe, répondit-il.

— Les membres de la DDE seront nos yeux et nos oreilles sur place. Ils couperont les communications et immobiliseront les ascenseurs, y compris l'ascenseur privé menant au dernier étage, occupé par Beaty. Nous disposerons également d'un soutien fluvial et aérien.

— Je vais t'interrompre un instant dit Feeney en se levant. Nous avons bidouillé un petit quelque chose qui sera plus lisible que les plans. C'est un peu bricolé, mais…

Il sortit une télécommande qu'il pointa vers le centre de la pièce. Un hologramme du site s'y déploya.

— Je peux le faire pivoter. Ce sera juste un peu saccadé.

— Joli.

Eve fit le tour de l'immeuble holographique puis recula jusqu'à l'endroit correspondant au fleuve Hudson et hocha la tête.

— Plus lisible, effectivement. D'accord, voici comment nous allons nous y prendre pour l'investir. La priorité va au sauvetage des mineures kidnappées.

Elle passa en revue chaque étape, chaque mouvement, sans hésiter à s'adapter quand quelqu'un proposait une autre idée qui semblait plus solide. Elle demanda à Feeney de détailler l'opération du côté de la DDE, puis à Whitney et Tibble d'exposer le déroulement prévu sur les sites en dehors de New York.

Elle passa ensuite aux autres lieux new-yorkais et y affecta des équipes.

— Nous aurons des moyens de transport pour les kidnappées, supervisés par le Dr Mira. Une salle a été réservée pour les accueillir en attendant de prendre leurs dépositions. Willowby et la brigade des Mœurs s'en chargeront, épaulées par le Dr Mira et les autres thérapeutes. Une fois identifiées, évaluées et interrogées, celles qui ont une famille ou des tuteurs légaux pourront leur être confiées. Les autres passeront par les services de protection de l'enfance.

Elle balaya la salle du regard, persuadée d'avoir choisi les meilleurs, les plus brillants et les plus dévoués des flics qu'elle connaissait.

— Gilets pare-balles pour tout le monde. Équipes d'assaut, bélier. Équipe des tunnels, vision nocturne, masques, bouteilles d'oxygène. Équipes de sauvetage, recomptez les têtes une fois le premier décompte fait, et guidez-les toutes vers les véhicules. Des questions ?

Pas de questions. Chacun d'entre eux savait désormais ce qu'il avait à faire.

— Équipez-vous. Transports au niveau 1 du parking pour toutes les équipes sur tous les sites. On décolle dans vingt minutes.

Elle se dirigea vers l'agent Carmichael.

— Quand l'opération sera terminée et que nous aurons tout nettoyé, je ferai transférer Doggett jusqu'ici. Mais ça pourrait prendre un peu de temps. Si vous voulez un congé de quelques jours pour vous rendre à Baltimore, je vous l'accorderai.

— Merci, lieutenant. Je n'ai pas besoin de le voir. Ce qu'on fait là est suffisant. Et c'est grâce à cet enfoiré si je suis devenu flic.

— Non, c'est grâce à vous. Il vous a peut-être poussé dans cette direction mais c'est parce que c'est ce que vous êtes. Quelqu'un d'autre – et il aurait été difficile de lui en vouloir – aurait pu se dire : « Tous des pourris ». Depuis que je vous connais, vous faites chaque jour honneur à votre uniforme. Il nous faut plus de gens comme vous, Carmichael.

— Merci. Ça me touche.

Une fois Carmichael parti, Lowenbaum vint parler à Eve.

— Si vous pouviez m'accorder cinq minutes pour passer en revue notre placement sur l'ensemble des sites.

Elle finalisa le plan avec lui avant de se tourner vers son commandant et le chef Tibble.

— Vous souhaitez observer le déroulement de l'opération sur le site principal ?

— Nous serons ici pour suivre le transfert des bourreaux et des victimes, lui répondit Whitney. Et nous assurerons la coordination avec les sites extérieurs et leurs actions. Vous restez à la tête de l'opération, lieutenant.

— Bien, commandant. Je voulais aussi vous informer que l'inspecteur Yancy rencontre Dorian Gregg ce matin pour établir des portraits-robots avec elle. J'aimerais qu'il l'amène ici une fois que nous aurons appréhendé Beaty. Je voudrais qu'elle confirme son identité, de même que celle de toute personne qu'elle reconnaîtra.

— Mira a donné son feu vert ?

— Absolument. Elle estime que ce sera bénéfique à la jeune mineure. Et d'après Reo, ce sera utile pour le futur procès.

— Nous l'installerons en salle d'observation le moment venu, avec quelqu'un du service de protection de l'enfance.

— Très bien, commandant.

— Sortez ces jeunes filles de là, lieutenant, lui dit Tibble. Et assurons-nous d'épingler tous les salopards qui ont profité d'elles.

— C'est l'idée.

En sortant, elle croisa la route de sa coéquipière, qui lui tendit un gilet et son oreillette.

— Je suis parée à deux cents pour cent, dit Peabody.

Eve l'étudia attentivement sur le trajet vers les ascenseurs.

— Vous avez pris combien de stimulants ?

— Un seul. Il ne m'en faut pas plus pour avoir envie de les écrabouiller. Et de les entendre implorer pitié quand je le ferai.

— Pas très digne d'une partisane du Free Age.

— J'allumerai quelques bougies et je méditerai pour rééquilibrer les choses un peu plus tard, ricana Peabody. Mais là, je vais les écrabouiller !

— Vous faites vraiment ça ? Allumer ces bougies et tout ?

— Vous devriez essayer, ça vous ferait pas de mal ! Désolée..., se reprit Peabody avec un regard effaré. Je suis complètement à bloc.

— On va mettre ça sur le compte de la situation.

— À bloc, répéta Peabody. J'ai la rage. Mais une rage froide. Glaciale, même. Donc pas d'inquiétude : je saurai gérer. Et pour info, oui, j'allume des bougies et tout. Ça compense tout ce que nous voyons et faisons dans ce métier. C'est ça et nos folles parties de jambes en l'air avec McNab qui me permettent de rester équilibrée.

Peabody sourit en voyant la paupière d'Eve tressauter nerveusement.

— Je me suis dit que c'était le bon moment pour caser ce genre d'allusion en toute impunité.

— Ce n'est jamais le bon moment. Mais comme j'ai besoin de vous à votre maximum, j'attendrai un peu avant de vous botter les fesses.

— J'ai hâte.

Quand Eve s'extirpa de l'ascenseur qui se remplissait trop à son goût, Peabody trottina derrière elle. Une fois sur l'escalier roulant, Eve sortit son communicateur.

— Moi aussi, j'ai des trucs à équilibrer, dit-elle avant d'appeler Nadine.

— Dallas...

— Ne dites rien et écoutez-moi. Voici ce qui est possible et ce qui ne l'est pas. Je vais vous donner une adresse. Rendez-vous sur place avec une caméra. Pas de diffusion en direct, précisa-t-elle. Pas. De. Direct. Restez de l'autre côté de la rue. Ne traversez pas pour entrer sur le site. N'essayez pas de parler à qui que ce soit. Ne diffusez aucune image avant d'avoir mon feu vert. Si vous suivez à la lettre toutes ces instructions, je vous fournirai les autorisations pour venir ensuite au Central et mener un petit nombre d'interviews choisies.

— Vous les avez trouvées. Vous allez passer à l'action.

— Je vous ai dit tout ce que j'avais à vous dire pour l'instant.

Ève marqua un temps d'arrêt avant d'ajouter :

— Vous nous avez aidés à trouver une victime, et elle est en sécurité. Vous méritez cette info.

Elle lui dicta l'adresse puis raccrocha et s'engagea dans l'escalier menant au parking souterrain.

— C'est mieux que des bougies, assura-t-elle avec un hochement de tête satisfait.

— Bien vu, commenta Peabody. Et malin.

— C'est ce qu'il me semble. À nous de l'être aussi maintenant.

Elle enfila son gilet dans les derniers mètres avant de rejoindre le reste de l'équipe.

— Vérifiez les communications, ordonna-t-elle en insérant son oreillette. À nous de jouer. On fait tomber ces salopards et on ramène ces filles saines et sauves.

Elle monta à l'arrière du fourgon qu'elle avait choisi et s'assura que le reste de l'équipe suivait. Peabody, Connors, McNab, Feeney et Jamie, puis les agents Shelby, Dubock et Marshall.

— On est bons. Allons-y.

L'équipe de Carmichael et Santiago partait vers le crématorium, plusieurs unités se rendaient aux domiciles des suspects. Jenkinson, Reineke et leurs hommes s'occuperaient des tunnels.

Elle fit un point avec Whitney sur la situation des autres sites puis s'assura auprès des responsables que le soutien fluvial et aérien était en place.

— On approche de la cible, lui annonça Feeney.

Rien qu'une journée ordinaire pour la plupart des gens, songea Eve. Une matinée moite dans la jungle urbaine, avec ses embouteillages, ses dirigeables publicitaires qui beuglaient, ses habitants qui se payaient un café au coin de la rue avant de se rendre au boulot, ses touristes aux yeux pleins d'étoiles qui se ruaient déjà sur les premiers vendeurs de casquettes, de tee-shirts et de contrefaçons de sacs de marque.

Une matinée bruyante, impatiente, trépidante, pleine de vie.

Sauf qu'à l'intérieur d'un certain immeuble – celui qu'elle avait à présent en visuel à l'écran – la vie rimait avec peur et violence, brutalité et cupidité.

Il était temps que ça cesse.

— Décompte, demanda Eve.

— Scan en cours.

Conformément aux instructions qu'il avait reçues, Jamie commença par les tunnels.

— J'en ai deux. Dans un véhicule, étant donné la vitesse à laquelle ils se déplacent et leur position.

Il lui indiqua leurs coordonnées et leur direction, qu'elle transmit à la patrouille de rue.

— Appréhendez-les, empêchez toute communication, fouillez et confisquez le véhicule.

— Au niveau du sous-sol, poursuivit Jamie, quatre individus, trois debout, le quatrième allongé sur le dos, jambes surélevées. C'est l'infirmerie. L'un quitte la zone. Il monte par l'ascenseur. Il vient de dépasser le rez-de-chaussée. Cinq sources de chaleur en façade du rez-de-chaussée, trois debout, deux assises. J'en vois quatre autres à l'arrière du même étage.

À l'aide des plans en surimpression à l'écran, Eve identifia le comptoir d'accueil, les bureaux administratifs, le quai d'expédition et – tandis que Jamie poursuivait son balayage vers le haut – la cuisine, la salle à manger du premier étage, de possibles chambres à coucher, le studio.

Elle fit le compte dans sa tête au fur et à mesure qu'il lui livrait les données.

— Ça nous fait cent soixante-douze sources de chaleur. Impossible de savoir combien d'entre elles sont des prisonnières. Callendar, vous me recevez ?

— Affirmatif, répondit-elle dans l'oreillette d'Eve.

— À vous de jouer.

— Bien reçu.

Sur l'écran d'à côté, Eve regarda Callendar remonter tranquillement la rue, un colis sous le bras. Lorsqu'elle entra dans le bâtiment, Eve tourna son attention vers son empreinte thermique visible sur le premier écran.

Elle s'avança jusqu'au comptoir. Elle était simplement venue envoyer un paquet. Un paquet que les employés scanneraient, comme le voulait la procédure.

Quelques secondes plus tard, Eve entendit de nouveau la voix de Callendar, non seulement dans l'oreillette mais aussi via l'audio du moniteur.

— La journée s'annonce chaude.

— Reçu cinq sur cinq, répondit Eve tandis que le guichetier échangeait quelques banalités avec Callendar. Antibrouilleur activé.

— Merci, lança joyeusement Callendar, dont la silhouette repartit vers la sortie. Bonne journée.

— Activation des micros du colis.

— Activation en cours. Deux femmes à l'accueil, un homme qui fait des allers-retours vers l'arrière-salle.

— Connors ?

— Oui, tout se passe comme prévu ici. J'aurai neutralisé leurs communications dans environ deux minutes, ainsi que les caméras en façade et à l'arrière. McNab travaille sur un petit bonus.

— Quel genre de bonus ?

— Je pense pouvoir pirater leur système de caméras. Uniquement les caméras, précisa McNab. Je devrais être en mesure de retransmettre les images. Je peux pas terminer avant que les communications soient coupées, sinon ça va se voir. Mais j'y suis presque.

— Vous pouvez agir tous les deux en même temps ?

— En principe.

— Feeney, si ça marche, je veux que Jamie et toi nous fassiez remonter le plus de visuels possible, en priorité sur les enfants. Leur nombre, où elles se trouvent, leur proximité avec les suspects.

— On est sur le coup.

— C'est bon pour moi, indiqua Connors. C'est quand vous voulez.

— Au commandement du Central et à toutes les équipes, interruption des communications de l'objectif dans cinq... (Elle pointa un doigt vers Connors.)... quatre, trois, deux, un...

— C'est fait.

— Piratage terminé. À vous de jouer, capitaine.

— C'est parti. À toutes les équipes, sur tous les sites : on y va.

21

Eve bondit hors de la camionnette avec Peabody, McNab, et les agents en uniforme derrière elle.

— État des lieux, ordonna-t-elle dans son micro comme ils se dirigeaient vers l'entrée du bâtiment.

— L'équipe de Baxter se déplace à l'arrière du bâtiment, lui dit Connors. Les tunnels côté fleuve sont barrés. L'équipe de Jenkinson avance à l'intérieur. Aucune autre activité que la vôtre dans les tunnels pour l'instant.

— Vous avez vingt-deux enfants au premier étage, Dallas, ajouta Jamie. Deux dans le studio, sur un lit. Trois de ces enfoirés sont avec elles. Les autres sont assis dans une sorte de salle de classe, avec deux adultes à l'intérieur et deux autres dans le couloir.

— Continuez à me tenir informée. On va entrer.

Quelques passants se dispersèrent en la voyant dégainer son arme. Eve franchit la porte sans leur prêter attention.

— NYPSD ! Les mains en l'air, tout le monde ! Je n'hésiterai pas à tirer, annonça-t-elle à l'homme qui faisait mine de glisser une main dans sa poche.

Elle entendit du tumulte à l'arrière, suivi de pas précipités comme des agents supplémentaires accouraient.

— On menotte, on évacue et on sécurise, ordonna-t-elle. On monte ! ajouta-t-elle en se précipitant vers l'escalier.

— Connors travaille à désactiver les verrous automatiques intérieurs, dit McNab derrière elle. Il n'y a pas de système centralisé, mais…

Elle jeta un coup d'œil rapide à la porte qui barrait l'accès à l'escalier et recula.

— Enfoncez-moi ça.

Dubock s'avança avec le bélier. Il lui fallut deux grands coups pour ouvrir la voie à Eve.

— On se déploie ! ordonna-t-elle avant de décocher une décharge paralysante à un homme en costard qui se ruait vers elle, arme à la main.

Les policiers se dispersèrent dans les directions assignées. Vers la cuisine, les salles de classe, l'étage du dessus. Au milieu des cris, des cavalcades, du bourdonnement des armes qui tiraient, les rapports en provenance des autres sites s'égrenaient dans l'oreillette.

Shelby à ses côtés, Eve se fraya un chemin vers le studio. Des hurlements retentirent derrière elle et elle entendit un bruit sourd suivi d'une explosion de verre dans la cuisine. Puis le claquement sec des matraques électriques et le bourdonnement des pistolets paralysants.

Elle enfonça la porte du studio, dotée d'une serrure ordinaire, d'un grand coup de pied sauté.

Son regard s'arrêta sur les deux mineures dans le lit, face à deux hommes et une femme adultes.

— Le premier qui bouge s'en prend une. Emmenez les filles, Shelby.

— Nous sommes de la police, indiqua l'agent en s'approchant du lit. Ça va aller.

— À genoux, tout de suite ! gronda Eve. Les mains sur la tête.

La femme qui tenait une matraque électrique la brandit en direction d'Eve. Puis elle frémit de tout son corps et chuta, atteinte au ventre par une décharge paralysante.

Le vidéaste se saisit du trépied de la caméra comme d'une arme improvisée tandis que l'autre homme chargeait. Eve s'accroupit pour éviter l'attaque et fit feu. Alors que la caméra volait à travers la pièce et que le vidéaste s'écroulait, elle se redressa pour lancer un coup de pied au deuxième agresseur. Mais l'individu s'effondra avant qu'elle ait pu frapper.

Elle tourna la tête vers Shelby, qui venait de tirer.

— Merci. Bons réflexes. Sécurisation nécessaire au studio du premier étage, ordonna-t-elle. Deux mineures, trois suspects. Les suspects ont été neutralisés. Restez avec les filles, officier, jusqu'à ce que les secours les prennent en charge.

— Lieutenant…

— Ne les laissez pas seules, intima Eve comme les deux adolescentes s'agrippaient l'une à l'autre en pleurant. On nettoie cet étage, puis on monte.

Elle ressortit en courant et balaya les alentours de son arme en s'efforçant de séparer les voix dans l'oreillette – tunnels sécurisés, niveau principal sécurisé, l'équipe de Willowby en pleine action au deuxième étage, l'équipe de Baxter qui arrivait en renfort – des sons qui l'entouraient.

Cris et gémissements d'enfants, aboiements autoritaires de flics.

Elle retrouva Peabody avec deux suspects à terre et menottés et l'agent Marshall qui tâchait de rassurer plusieurs jeunes filles en panique. Elle lut la douleur sur les traits de Peabody.

— Ils vous ont touchée ?

— Matraque électrique. Elle m'a juste effleurée. Ça fait un mal de chien mais je vais bien.

— Écoutez-moi ! cria Eve.

La plupart des gémissements et protestations se calmèrent.

— Nous sommes de la police, reprit-elle. Nous sommes les gentils. Vous êtes en sécurité maintenant, et on va vous sortir de là.

— Les secours sont en route, lieutenant, lui annonça Marshall.

— Restez ici jusqu'à ce qu'ils arrivent. Shelby a deux autres filles dans le studio, avec trois suspects neutralisés. Peabody, avec moi. On sécurise le reste de l'étage.

— Partez pas ! Nous laissez pas ! s'écria l'une des enfants. J'veux voir ma maman !

— On ne part pas, lui dit Peabody de sa voix la plus apaisante. Personne ne te fera plus de mal, et on va te ramener chez ta maman.

« Et puis merde », pensa Eve.

— Restez là. Restez avec Marshall jusqu'à ce que les secours les sortent de là.

— Dallas…

— Restez.

Elle poursuivit son exploration de l'étage. Des chambres vides, à peine plus que des cellules. Plusieurs espaces de stockage fermés à clé contenant matraques classiques et électriques, colliers, pistolets paralysants.

« Sacré arsenal pour mettre au pas un groupe d'enfants. »

Elle se retrouva bientôt face à une double porte, verrouillée elle aussi. Forte probabilité, se rappela-t-elle, pour qu'il s'agisse du bureau de Tantine.

— Connors, tu me reçois ?

— Cinq sur cinq.

— Je suis à la porte du bureau de Beaty. Tu pourrais m'en déverrouiller l'accès ? Je n'ai pas de bélier sous la main et elle est fermée à clé comme celle de l'escalier.

— Plus maintenant.

— Oh, d'accord. Merci.

Elle poussa le panneau et balaya la pièce du canon de son arme.

« Luxe et confort », estima-t-elle.

Bureau élégant, console de communication haut de gamme, mobilier confortable et toilettes privatives, se remémora-t-elle d'après les plans.

Une fois la double porte refermée, on n'entendait plus la confusion qui régnait à l'étage.

— DDE, lecture thermique de la pièce où je me trouve.

— Il n'y a que vous, lieutenant.

— Et au dernier étage ?

— Un unique individu.

— Te voilà, murmura Eve.

— Ici Willowby, au deuxième. L'étage est sécurisé. J'ai un agent blessé, vingt-six filles et treize salopards. L'équipe de Baxter nous a prêté main-forte et passe maintenant à l'étage au-dessus pour assister le groupe de McNab.

— Premier étage dégagé et sécurisé. Je monte. Jamie, garde l'œil sur cette source de chaleur. Si elle se déplace, préviens-moi.

À son arrivée au deuxième, elle croisa l'équipe des secours qui escortait les jeunes filles vers l'extérieur. Certaines sanglotaient, d'autres avaient le regard vitreux.

— Dallas, lui dit Willowby en s'essuyant le front du dos de la main. Permission de faire intervenir deux autres collègues de ma brigade ? On a beaucoup de victimes à prendre en charge.

— Accordée. L'agent blessé ?

— Elle a reçu un coup de matraque dans le bras. Ça a l'air d'être une fracture. L'équipe médicale est en chemin.

— Je poursuis l'ascension.

Elle leva un doigt en l'air tandis que Jenkinson lui parlait dans l'oreillette.

— Reçu. Veillez à ce que l'équipe médicale la prenne en charge et que les suspects soient escortés à l'extérieur, dit-elle ensuite à Willowby. On a le médecin, une autre soi-disant soignante et une ado inconsciente attachée sur cette fichue table. Elle est arrivée ce matin par le véhicule qu'on a vu ressortir des tunnels.

— On les a arrêtés ?

— Oui. Je poursuis l'ascension, répéta-t-elle.

À l'étage suivant, elle neutralisa une femme en fuite d'un coup de poing au visage. Et faillit recommencer avec la suivante avant de s'apercevoir que celle qui la chargeait avait à peine plus d'une dizaine d'années.

— Hé, hé ! dit-elle en bloquant son attaque maladroite. Je suis de la police. Je suis venue pour te sortir de là.

— Aux chiottes la police !

Eve esquiva un coup de pied, pivota sur elle-même pour contourner la jeune fille et l'enserrer de ses bras.

— Arrête. Arrête ça !

— J'vais te buter !

— Calme-toi ! Bon sang, Trueheart, dit-elle en le voyant arriver vers elle au pas de course, la bouche en sang.

— Désolé, lieutenant. Certaines enfants ont pris la fuite. Elles ont peur.

— Je comprends, mais… Du calme, j'ai dit ! s'emporta Eve comme la gamine ruait pour essayer de frapper Trueheart. On est du NYPSD et on va te sortir d'ici. Toi et toutes les filles ici que ces salauds ont enlevées et malmenées. On est là pour vous aider. Si je te lâche et que tu t'enfuis, tu devras te débrouiller toute seule.

— J'ai passé ma vie à me débrouiller toute seule !

— Là, tu vas me faire pleurer.

Eve poussa presque un soupir de soulagement quand l'équipe des secours apparut au sommet des marches.

— Tu peux descendre avec eux et nous aider à foutre en prison ceux qui t'ont fait ça, à toi et à toutes les autres. Ou tu peux te carapater en les laissant libres de continuer.

— Je les emmerde, je t'emmerde, j'vous emmerde tous !

— D'accord, dit Eve en desserrant son étreinte. Tu peux partir.

L'adolescente se retourna pour la fusiller du regard.

— Lottie, dit Eve. Lottie Crug.

— Comment vous savez ça ? Et pas question que je me barre sans Carrie !

— Qui est Carrie ?

Une lueur furieuse s'alluma dans le regard de la jeune fille.

— Recrue 282, gronda-t-elle. Ils l'ont forcée à descendre faire des vidéos, ces sales pervers, ils...

— Décris-la-moi.

— C'est une Blanche avec de longs cheveux blonds et...

— Des yeux bleus, environ quarante-cinq kilos. Carrie Wheeler, comprit Eve.

Un autre visage sur son tableau.

— On l'a secourue, ainsi que la fille avec qui elle était. Les trois individus qui les retenaient ont été arrêtés.

— Qu'est-ce qui me dit que c'est pas des bobards ?

— Tout le monde ne ment pas, assura Trueheart.

— Vous venez de quelle planète ? répliqua l'adolescente avec un reniflement moqueur.

Eve avisa Baxter et deux agents qui remontaient le couloir avec un groupe de filles.

— Appelez le Dr Mira, dit-elle à l'équipe des secours. Demandez-lui de localiser Carrie, pour que Lottie ici présente sache qu'on dit vrai.

— Si vous mentez, je vous retrouverai et vous me le paierez.

— J'en tremble. L'étage est sécurisé ? demanda Eve à Baxter.

— Affirmatif.

— Je monte.

Elle lâcha la jeune fille.

— Pas de bêtise, lui dit-elle. Baxter, Trueheart, avec moi.

Elle s'engagea dans l'escalier.

— Jamie, quelle est la situation au dernier étage ?

— Elle commence à bouger. Je pense qu'elle prenait son petit-déjeuner, ou quelque chose comme ça.

— J'y vais. Aidez les collègues à sécuriser les étages suivants, dit-elle à Baxter. Je me charge du sommet.

— Vous voulez des renforts ? s'enquit Baxter.

— Je pense pouvoir m'en sortir en un contre un.

Elle grimpa rapidement les marches en direction du dernier étage.

Cinquante-huit filles secourues à ce stade, lui fit-on savoir dans l'oreillette. Douze autres en cours d'évacuation. Quatre-vingt-six suspects appréhendés.

— Connors, si tu veux bien me faire un petit tour de magie sur sa porte ? Jamie, où est-elle ?

— Dans la salle de bains. Je... euh, je crois qu'elle, enfin, qu'elle vient de se soulager, quoi. Là, on dirait qu'elle se lave les mains.

— Dommage. J'aurais bien aimé qu'elle se pisse dessus quand je l'interpellerai. Je suis à la porte.

— Il y a une alarme, l'avertit Connors. Ne bouge pas, je te désactive ça.

— Allez, allez..., murmura Eve en sautillant sur place.

— Elle est dans la chambre, Dallas, l'informa Jamie.

— Et la porte est déverrouillée. Fais attention à mon flic préféré.

— Comme toujours.

Eve entra au moment où Beaty émergeait de sa chambre.

— Bonjour, Tantine. Mains en l'air, tournez-vous face au mur. Et merde ! s'exclama-t-elle en voyant Beaty reculer d'un bond et claquer la porte.

Eve entendit le claquement sec de la serrure.

— Oui, comme si ça changeait quelque chose, lâcha-t-elle.

Elle s'avança et enfonça la porte d'un grand coup de botte avant de s'écarter en pivotant sur elle-même. Sans surprise, une décharge paralysante alla frapper le mur derrière elle.

— C'est un cliché, mais je me dois de préciser que vous êtes cernée. Vous n'irez nulle part. Le plus simple reste encore de sortir les mains en l'air.

— Venez me chercher !

— Dallas, ici Lowenbaum. Nous avons désactivé les panneaux occultants et on a la suspecte du dernier étage dans le viseur. Vous voulez qu'on la neutralise ?

— Et me gâcher le plaisir ? Pour l'instant, attendez.

Eve plongea dans la chambre et, tandis qu'une rafale lui passait au-dessus de la tête, décocha plusieurs décharges.

Elle fut récompensée par un hoquet de douleur. Beaty était tombée à genoux, le bras droit pris de secousses à l'endroit où le tir l'avait effleurée. Son pistolet paralysant gisait sur le sol.

— Allez-y, tentez le coup, s'amusa Eve. La prochaine décharge ne visera pas le bras.

— Je sais qui vous êtes. Sale garce !

— Ah oui ? Moi aussi, je sais qui vous êtes. Approchez encore un peu la main de votre arme et on vous sortira d'ici sur une civière. C'est fini pour vous, pigé ? Les filles sont libérées, votre équipe de dépravés est en garde à vue. Maintenant, à plat ventre, les mains dans le dos.

— Je ne reçois d'ordres de personne. C'est moi qui les donne !

Sur ces mots, Beaty se redressa d'un bond et chargea. Eve n'eut qu'une fraction de seconde pour se décider. Mais elle n'en eut pas besoin, son choix était fait : elle abaissa l'arme dans sa main droite pour laisser parler la gauche. Direct au visage.

— Pour Mina Cabot.

La tête de Beaty partit violemment en arrière, le regard voilé par le choc. Puis elle grogna, tendit une main vers l'arme d'Eve et tenta un crochet de l'autre.

Eve bloqua l'essentiel de l'attaque – elle sentit deux phalanges la toucher au menton – et écrasa sa chaussure coquée sur l'escarpin de créateur de Beaty.

— Ça, c'est de la part de Dorian Gregg. Et ça ? Pour toutes les autres, termina Eve avec un uppercut qui fit rouler les yeux de Beaty dans leurs orbites.

Elle posa un pied sur le pistolet tombé à terre et inspira profondément en examinant la femme étendue devant elle.

— Suspecte neutralisée.

Du mouvement sur le seuil lui fit redresser le canon de son arme... qu'elle abaissa avec un soupir désapprobateur en découvrant qu'il s'agissait de Connors.

— T'as failli te prendre une décharge, champion.

— J'ai confiance en tes réflexes. On n'avait pas besoin de moi dans le van, alors j'ai pensé venir voir où tu en étais, répondit-il.

Il porta la main à son menton.

— Elle a réussi à te mettre un coup, on dirait.

— Je le lui ai rendu au centuple.

— Je vois ça. Les autres équipes sont mobilisées ailleurs. L'un des gardes a réussi à atteindre une armurerie avant qu'elle soit sécurisée.

Il leva la main dans un geste rassurant.

— Tout est sous contrôle, assura-t-il. Sinon je ne serais pas monté jusqu'ici.

— Des blessés ?

— Je ne saurais pas te le dire, mais d'après Peabody, les dégâts sont mineurs de votre côté. Mira a déjà validé l'état de santé d'une vingtaine de filles pour qu'elles puissent être emmenées au Central. Feeney se penche sur les appareils récupérés sur le site. Quand veux-tu qu'on y aille ?

Eve s'accroupit et menotta les mains de Beaty dans son dos.

— Maintenant, c'est bon. En tout cas dès que j'aurai la confirmation de toutes les équipes, et que quelqu'un sera venu chercher Beaty. Voilà Peabody.

Eve se retourna pour accueillir son équipière qui accourait.

— Tout va bien, annonça-t-elle malgré un coquard. Les dernières filles sont sorties. Les suspects ont tous été arrêtés. Ceux qui ne sont pas déjà en route vers le Central sont sous bonne garde et en attente de transfert.

— Bien. Vous avez reçu un coup de poing à l'œil ?

— Un coup de coude, en fait. Jenkinson a encaissé une double décharge à la poitrine. Même avec le gilet, il s'est retrouvé les quatre fers en l'air. Il est furax. Mais on leur a rendu la monnaie de leur pièce.

— Ils l'avaient mérité. Commencez à boucler les suspects appréhendés et faites monter deux agents pour la sortir d'ici. Des costauds, ce n'est pas un poids plume.

— Vous y allez ? Vous êtes sûre que vous ne voulez pas que je vienne avec vous ?

— J'ai besoin de vous au Central. Équipe de Long Island, dit-elle dans son micro. On passe à l'action dans… cinq minutes, dit-elle en voyant Connors lever cinq doigts.

Elle désigna le pistolet paralysant au sol.

— Ajoutez cette arme aux pièces à conviction, Peabody. Bon travail. N'oubliez pas de mettre une poche de glace sur cet œil.

— Vous avez un bleu à la mâchoire, lui rappela Peabody.

— Ça fait partie du métier, grommela Eve en se frottant le menton.

Arrivée sur le toit, Eve contempla le jet-copter qui les attendait et prit son courage à deux mains. Elle détestait cette partie du plan mais le temps pressait. Elle grimpa dans l'appareil et attacha sa ceinture de sécurité, vite imitée par Feeney, McNab, Lowenbaum et deux de ses hommes, plus deux agents en uniforme.

Connors s'installa au poste de pilotage tandis qu'Eve sortait son communicateur et informait ses collègues de Long Island chargés de surveiller la propriété qu'ils se mettaient en route.

Que de moyens humains déployés pour arrêter un seul pervers d'âge mûr, songea-t-elle dans une tentative pour penser à tout sauf au rugissement des moteurs de cette fichue machine volante. Mais ils ignoraient à quel type de résistance ils allaient avoir affaire.

Le jet-copter décolla du toit pour s'élancer au-dessus de la ville comme une balle de fusil. Eve s'efforça de respirer à fond et se tourna vers Feeney.

— Tu es sûr que tu vas pouvoir le faire à partir des airs ?

— On m'a passé quelques jouets supplémentaires, répondit-il.

Il coula un regard vers Connors mais n'entra pas dans les détails.

— Une fois suffisamment proches, on brouillera leurs alarmes, leurs caméras et leurs communications.

— Ça va forcément se remarquer.

— C'est sûr. Donc tu devras agir vite.

— Nous nous chargerons de neutraliser toutes les cibles à l'extérieur, déclara Lowenbaum lorsqu'elle pivota vers lui. C'est notre spécialité, Dallas.

En théorie, se dit-elle, tout ce qu'elle, les agents en uniforme et McNab – en admettant que Feeney n'ait pas besoin de lui – avaient à faire était d'entrer, de maîtriser les gardes postés dans la maison, de trouver Devereaux et de l'arrêter.

Restait la possibilité, qui lui semblait même probable, qu'il y ait des civils innocents à l'intérieur avec lui.

La traite d'êtres humains n'était peut-être qu'un simple commerce à ses yeux, mais ne voudrait-il pas en profiter lui aussi ?

— En approche, Feeney.

— Nous sommes prêts.

Eve inspira profondément avant de regarder par la fenêtre. Elle découvrit la propriété cernée de hauts murs blancs, les pelouses vertes, les jardins agencés avec une précision toute militaire, les eaux bleues étincelantes d'une piscine, et la maison aux murs de verre qui la jouxtait.

Elle aperçut le terrain de golf à neuf trous, plus vert que vert, un petit verger, une guérite à l'entrée, deux autres dépendances et même une fichue aire d'atterrissage pour jet-copter.

Puis la demeure elle-même, aussi blanche que les murs qui la séparaient du reste du monde.

Des terrasses en pierre s'ouvraient aux deux étages, reliées entre elles et au sol par un grand escalier de pierre agrémenté de somptueuses urnes de fleurs et autres arbres nains.

Les grandes fenêtres scintillaient comme autant de diamants.

— Je passe en mode silencieux, indiqua Connors.

Eve résista à une intense envie de fermer les yeux.

Le vrombissement des moteurs s'interrompit – comment aurait-elle pu deviner à quel point il lui manquerait ? – et, alors qu'elle se préparait au crash, le jet-copter glissa, comme Connors l'avait promis, au-dessus de l'eau bleue miroitante et du green verdoyant.

— À vous de jouer, Feeney.

— C'est parti. Brouillage lancé... Alarmes désactivées.

— Atterrissage dans dix secondes.

— Caméras neutralisées.

— Cinq secondes.

— Communications coupées. Cette bécane est géniale ! s'enthousiasma Feeney.

Ils ne se posèrent pas sur l'aire d'atterrissage avec la légèreté d'une plume... mais le choc fut beaucoup moins rude qu'Eve ne le redoutait.

Elle bondit au-dehors sans prendre le temps de remercier le ciel.

— Ouvrez le portail, que les renforts locaux puissent nous rejoindre.

— Un vol de première classe, commenta Lowenbaum en sautant à terre.

Puis lui et ses hommes se déployèrent d'une manière toute professionnelle.

Outre l'atterrissage brutal, Eve s'était imaginé devoir faire face à une opposition immédiate. Elle parcourut pourtant près de la moitié du chemin avant de voir un seul individu à l'air contrarié émerger de l'une des dépendances. Il mit un instant à la repérer et eut à peine le temps de dégainer avant de s'effondrer sous l'effet d'une décharge paralysante.

— McNab, détection des sources de chaleur à l'intérieur. Combien et où ?

— Deux dans la cuisine, deux dans la petite salle à manger – dont une assise –, une dans le hall d'entrée, tout cela au rez-de-chaussée. Deux de plus au premier étage, aucune au second. Le capitaine prend le relais, j'arrive.

Eve marqua une pause, revint sur ses pas et, avec le plan de la maison en tête, se dirigea vers ce qui devait être la fenêtre de la plus petite des deux salles à manger.

— Le suspect prend son petit-déjeuner, constata-t-elle. Il y a une femme debout à côté de lui. Elle porte un collier et pas grand-chose d'autre. McNab, rejoignez le premier étage par l'escalier extérieur et sécurisez-le avec nos deux agents.

Elle releva la tête vers Connors, qui l'avait rejointe.

— On s'occupe de l'entrée et de la salle à manger. Lowenbaum ?

— Deux individus seulement, tous deux dans la guérite. Neutralisés.

— Prenez la cuisine. Personne n'entre avant mon feu vert.

— Bien reçu.

— Il y a une porte latérale, là-bas, dit-elle en la désignant du doigt. Feeney peut l'ouvrir à distance ? Je voudrais m'occuper de Devereaux avant qu'ils arrêtent les autres.

— C'est plus simple si je le fais manuellement.

— Alors on fait ça.

À l'intérieur, Devereaux, qui dégustait un steak accompagné d'œufs et de vrai café, sourit à Luna.

— Tu t'es très bien débrouillée hier soir. Tellement bien que ça m'a donné envie d'une bonne viande rouge bien saignante.

— Merci, Maître.

— J'ai le sentiment que tu vas me procurer plusieurs années de plaisir avant que je te revende.

Il fit courir une main à l'intérieur de sa cuisse.

— Tu m'as mis d'humeur festive. Je vais organiser une petite fête ce soir avec quelques amis intimes. Je ne doute pas qu'ils t'apprécieront autant que moi.

Il pianota quelques instants sur son entrejambe.

— L'idée te plaît, Luna ? Ça t'excite ?

Elle garda les yeux fixés droit devant elle tandis qu'il la caressait.

— Ce qui vous plaît me plaît, dit-elle.

— Un peu d'enthousiasme, répliqua sèchement Devereaux.

Elle baissa les yeux, croisa son regard, sourit et se déhancha de manière suggestive.

— C'est mieux. Ce soir, il me plaira de te disposer nue sur cette table, en guise de délicieux plat de résistance. Et je prendrai plaisir à te baiser devant mes invités, puis à les regarder t'utiliser, te malmener, faire de toi ce qu'ils voudront.

Il lui pinça la cuisse, assez fort pour laisser une marque, avant de reprendre son repas.

— Oh, sans excès, assura-t-il. Juste ce qu'il faut. Tu seras une exquise offrande dont ils pourront se délecter. Un dans la chatte, un dans le cul, un dans la bouche. Je veux voir tout ton potentiel pendant que tu nous divertiras, mes invités et moi.

— Mon potentiel.

— C'est ça. Il est temps que je reprenne mes petites fêtes mensuelles. Et tu en seras la star.

Voyant qu'elle ne répondait pas, le visage de Devereaux se durcit.

— J'attends de la gratitude de ta part pour ce privilège que je t'offre de devenir ma pièce maîtresse.

— De la gratitude, répéta-t-elle.

— Exactement, pour cela comme pour ceci.

Il découpa un petit morceau de steak qu'il jeta au sol.

— Mange. Mets-toi à quatre pattes et mange pour te rappeler ce que tu es. Ma chienne.

Luna baissa le menton sur sa poitrine. Une chienne. Elle avait eu un chien autrefois, qu'elle adorait. Elle avait été une petite fille, autrefois. Et elle avait été libre.

Son cœur se serra sous l'effet d'un immense chagrin.

Devereaux rit en la voyant faire mine de se mettre à quatre pattes.

— Bon toutou.

Puis elle saisit le couteau sur la table et le lui planta dans la gorge alors même que son collier lui infligeait une atroce douleur. Elle hurla, comme un défi à la douleur, un défi à ces années de terreur et d'humiliation. Et elle le poignarda de nouveau.

— Fonce, Dallas ! s'écria Feeney. Salle à manger, deux sources de chaleur dont une qui s'affaiblit. La troisième source à l'entrée court dans cette direction.

— On entre ! ordonna Eve avant de surgir par la porte dont Connors avait neutralisé les serrures.

Les cris provenaient du fond d'un vaste hall d'entrée au carrelage couleur de sable doré et aux plafonds vertigineux. Eve s'élança, balayant les lieux du regard, et traversa plusieurs pièces cossues et baignées de soleil.

Les cris cessèrent.

Comme Eve continuait sa progression, elle entendit une voix de femme qui parlait d'un ton doux, suppliant.

Elle pivota sur la gauche et franchit la porte de la salle à manger qui sentait le café et le sang.

L'homme qui avait été Jonah Devereaux était affalé sur une chaise à haut dossier, le regard fixe et la bouche ouverte dans une expression de stupeur, tandis que le sang s'écoulait à gros bouillons de blessures à la gorge, à la poitrine et aux épaules. Une femme vêtue d'un string et d'un soutien-gorge blancs, d'une fine nuisette transparente et d'un épais collier noir se dressait au-dessus de lui.

Elle était éclaboussée de sang et tenait un couteau dégoulinant d'hémoglobine.

En voyant Eve, elle montra les dents et brandit le couteau comme pour frapper de nouveau.

— Laissez tomber votre arme. Nous sommes de la police.

Eve n'avait pas crié. Elle garda les yeux fixés sur ceux de la jeune femme.

— Nous sommes là pour vous aider, ajouta-t-elle.

— Ne lui faites pas de mal. Je vous en prie, ne lui faites pas de mal !

Eve leva fermement la main en direction d'une deuxième femme vêtue d'une combinaison moulante noire et d'un ras-du-cou.

— Restez où vous êtes. Nous n'allons faire de mal à personne.

— S'il vous plaît, vous ne comprenez pas...

— Connors.

Celui-ci s'approcha de la deuxième femme.

— Nous comprenons très bien, assura-t-il.

— Posez le couteau, répéta Eve, et éloignez-vous de lui.

— Je l'ai tué.

Son propre regard avait-il ressemblé à ça, se demanda Eve, lorsqu'elle s'était tenue accroupie devant le corps sans vie de Richard Troy, serrant entre ses doigts la lame ensanglantée avec laquelle elle l'avait poignardé à d'innombrables reprises ?

— Posez le couteau, répéta-t-elle. Nous allons vous enlever ce collier.

Elle-même baissa son arme.

— Personne ne vous fera de mal. Reculez ! ordonna-t-elle à l'un des agents en uniforme qui venait d'apparaître dans l'embrasure d'une autre porte. Que tout le monde reste à l'écart.

— J'y retournerai pas. Pas question ! affirma la jeune femme en retournant le couteau contre sa propre gorge. Je préfère encore mourir.

— Arrêtez. Regardez-moi. Donnez-moi votre nom. Comment vous vous appelez ?

— Ils m'ont pris mon nom quand ils m'ont enlevée.

— Reprenez-le-leur. C'est quoi votre nom ?

— Je… je m'appelle Amara, souffla-t-elle, les larmes aux yeux. J'étais… Je suis Amara Gharbi.

— Si vous faites usage de ce couteau contre vous-même, Amara, ils auront gagné. Ils vous ont enlevée à votre maison, à votre famille. Vous avez une famille, Amara ?

— Oui, avant. Mais…

— Nous allons vous aider à rentrer chez vous, auprès des vôtres.

— Je l'ai tué. Je lui ai donné la mort.

— Ils vous ont volé votre vie, dit Eve en s'avançant prudemment. Laissez-nous vous aider à la récupérer, Amara.

— Il voulait… Il m'a qu'il allait organiser une fête et que ses invités feraient ce qu'ils voudraient de moi.

— Une initiation, indiqua l'autre femme.

Elle se tenait debout, frissonnante et en larmes, tandis que Connors désactivait son collier.

— Il m'a fait subir la même chose à mon arrivée, ajouta-t-elle. Je suis heureuse qu'il soit mort. Tellement soulagée. J'aurais voulu avoir le courage de le faire moi-même.

— C'est fini maintenant. Cette épreuve-là est maintenant derrière vous, corrigea Eve, consciente que ce n'était jamais vraiment terminé. Vous l'avez arrêté, donc cette partie est finie. Donnez-moi le couteau, Amara, et laissez-nous vous aider à surmonter le reste. Faites-moi confiance. S'il vous plaît.

Elle avança sa main gauche et la referma sur celle d'Amara, sur le manche du couteau. Elle aurait pu le lui arracher et utiliser son arme pour paralyser Amara. Mais elle voulait que la jeune femme fasse ce choix d'elle-même.

— C'est terminé pour lui, murmura-t-elle. Il ne vous fera plus de mal, ni à vous ni à toutes les autres. Vous êtes en sécurité maintenant, Amara. Laissez-moi récupérer le couteau. Donnez-le-moi, qu'on puisse vous ramener auprès de votre famille.

Quand Amara lâcha la lame, Eve fit un signe de tête à l'agent et lui tendit l'arme.

— On va vous retirer ce collier. Venez par ici.

— Il disait… Il m'a dit que j'étais sa chienne. Et il a ri, ça le faisait rire. Je l'ai tué. Je l'ai tué. J'ai pris le couteau… Et la douleur, la douleur. Mais je m'en fichais.

— Je sais.

Mais Amara secoua la tête.

— Non, non, non. Vous ne pouvez pas savoir.

Tandis qu'Amara pleurait, Eve rengaina son arme et l'entoura de ses bras.

— Oh si, murmura-t-elle. Je sais.

22

Eve fit transporter Amara et les domestiques captives jusqu'au Central, sous supervision médicale. De même que les trois gardes arrêtés par l'équipe de Lowenbaum, dans un second véhicule.

— Je dois procéder au premier examen du corps sur la scène de crime. Que l'équipe de la DDE se penche sur les équipements électroniques et les fasse transférer au labo.

Feeney lança un coup d'œil autour de lui.

— Vous avez vu la taille de la baraque ? Il va nous falloir un plus gros bateau[1].

Du fait de la prédilection de Connors pour les vieux classiques du cinéma, Eve saisit la référence et faillit en rire.

— Pas faux. Priorité absolue aux données concernant les ventes aux enchères. Plus nous en saurons, plus le coup de filet sera large.

— On se met au boulot. Je vais voir si les collègues du coin peuvent nous aider.

---

1. Référence au film *Les Dents de la mer,* de Steven Spielberg (1975). *(N.d.T.)*

Feeney baissa les yeux sur Devereaux.

— J'aurais préféré le voir pourrir en prison pendant quelques décennies, dit-il. Mais faut avouer que justice est faite, et même bien faite. Tu veux un coup de main de la Criminelle locale ?

— Non, c'est bon. Ils pourront venir récupérer le corps quand j'aurai terminé. Après quoi je retournerai au Central.

— La journée a été longue, encore une fois. Mais ça en valait la peine.

Elle acquiesça et, son kit de terrain à la main, s'agenouilla auprès de la dépouille. L'espace d'un instant, le visage de son père se superposa à celui de Devereaux.

Puis la vision s'estompa et elle se mit au travail.

Une fois sa tâche terminée et les dispositions nécessaires prises, elle sortit de la salle à manger et s'accorda une minute pour souffler.

En termes de taille et d'envergure, le domaine semblait rivaliser avec le château de Connors. Mais Devereaux n'avait semblait-il pas opté pour du mobilier ancien ou ce qu'elle aurait considéré comme une atmosphère douillette et confortable. Tout ici était neuf, dur, clinquant.

Son argent – ou celui de ses ancêtres – ne l'avait pas satisfait. Posséder une entreprise prospère et respectée et des biens de valeur ne lui avait pas suffi. Il avait eu besoin de posséder des personnes.

Des femmes et des filles.

Connors vint la rejoindre. Il lui prit le visage à deux mains et l'embrassa en douceur.

— Ça va, lui assura-t-elle.

— Je vois ça. Je n'ai pas eu le temps de te dire à quel point ta façon de traiter Amara en dit long sur toi. Une décharge paralysante aurait été beaucoup plus simple et rapide.

— Elle en a déjà suffisamment bavé.

— Elle ne t'oubliera pas. Et j'ai le plaisir de t'annoncer que nous avons trouvé une véritable mine d'informations sur la vente aux enchères.

— Là aussi, c'est lui qui tirait les ficelles, devina Eve. Il a probablement mis en place une entité distincte – une société écran ou je ne sais pas comment tu appelleras ça – pour séparer les activités, mais c'est lui qui était derrière.

— Tu comprends vite. Mais je vois à ton regard que tu t'en doutais déjà un peu, non ? demanda-t-il en penchant la tête.

— Le pouvoir. Tout se résume à une question de pouvoir. Le sien. Je serais curieuse de savoir si Beaty était partie prenante. Je pense que non, parce qu'un tel partage du pouvoir irait trop loin pour quelqu'un comme lui. Mais j'en aurai confirmation, dans un cas comme dans l'autre.

— Avec les données qu'on a trouvées, tu auras les dates de chaque transaction via les ventes aux enchères précédentes et Red Swan. Les acheteurs, les victimes, le prix payé. Tous les détails.

Saisie d'un mélange de satisfaction et de soulagement, Eve se passa plusieurs fois les mains sur le visage en arpentant le fastueux hall d'entrée.

— Est-ce qu'on peut encore intervenir dans la vente aux enchères en cours ? Certains acheteurs sont peut-être des nouveaux venus, mais cela ne veut pas dire qu'on ne leur fera pas regretter d'avoir tenté d'acheter des êtres humains.

— Bien sûr qu'on peut. Feeney et McNab sont déjà en train d'envoyer les données utiles au Central.

— Bien. Bien. On va tout transmettre aux fédéraux. Je demanderai à Teasdale de faire de Willowby son agent de liaison avec le NYPSD. Elle l'a mérité.

— Très bonne idée, lieutenant. On n'a pas spécialement besoin de moi pour l'instant, donc dès que tu seras prête, je suis à toi.

— Je suis prête là, maintenant, répondit Eve.

Plus que prête, admit-elle intérieurement, à s'extraire de cet endroit qui l'agressait.

— Toi, par contre, il faudrait que tu te changes pour aller travailler, fit-elle remarquer.

— Je dois effectivement passer au bureau un moment, mais pas besoin de me changer. C'est moi le patron, après tout. Je t'ai fait porter une tenue de rechange, par contre.

— Pourquoi ?

— Amara était encore couverte de sang frais quand tu l'as prise dans tes bras.

— Oh.

Baissant les yeux, Eve laissa échapper un soupir en voyant l'hémoglobine qui maculait sa veste et son chemisier.

— Tu sais quoi ? Laissons ça comme ça. Qu'ils voient le sang quand je les cuisinerai en salle d'interrogatoire.

Elle contacta Peabody pour faire le point sur la situation, puis Yancy pour organiser le déplacement de Dorian jusqu'au Central.

— Il dit qu'elle a parfaitement décrit Beaty, raconta Eve en s'attachant pour le vol de retour. Mais on va quand même ajouter les photos d'identité pour voir si Dorian ou certaines autres filles peuvent identifier d'autres suspects.

Elle se cala dans son siège et ferma les yeux quelques instants.

— Nous ne découvrirons peut-être pas qui a planté Mina Cabot avec ce pieu, l'individu précisément responsable du crime.

— Ils le sont tous, non ?

— C'est ainsi que je vois les choses. Et je m'attends à ce que les tribunaux aussi. Mais…

Il tendit la main pour masser doucement la sienne.

— Ce que cette jeune fille courageuse a commencé, tu le mèneras à son terme. Les responsables vont payer, Eve, et justice sera faite. Assez pour aider la famille à faire son deuil.

Eve se représenta la mère, le père, le frère, blottis les uns contre les autres au milieu d'un lac de larmes.

— Ils ne s'en remettront jamais.

— Je ne pense pas que ce soit possible, mais ce que vous avez fait les aidera à surmonter cette épreuve. Et en cet instant même, il y a forcément quelque part une jeune fille qui aurait été prise pour cible, ce soir, demain, la semaine prochaine. Maintenant, elle vivra le reste de sa vie sans jamais le savoir. Elle ne saura jamais qu'elle doit la vie à Mina et Dorian, à toi et à toutes celles et ceux qui se sont battus pour elle. Et c'est important, si tu veux mon avis, qu'elle n'ait pas à le savoir.

Elle leva vers lui un regard empreint d'amour.

— Elle deviendra peut-être une vraie garce en grandissant.

Il lui rendit un regard tout aussi amoureux.

— Ou peut-être qu'elle fera un sacré bon flic.

— Une chance sur deux, commenta Eve après une seconde de réflexion.

Quand ils atterrirent au Central – ô joie, ô soulagement –, Connors attendit qu'Eve soit descendue du jet-copter avant de redécoller en direction de son bureau dans Midtown.

Le reste du trajet jusqu'à la Criminelle se fit dans l'effervescence policière propre à ce genre d'opération majeure. Eve ne rêvait que de cinq minutes de calme seule avec un café. Elle se serait même contentée de deux minutes si elle avait pu avoir un café géant.

Mais elle se retrouva directement face à Reo.

— Vous voilà de retour. Bien. Jenkinson et Reineke cuisinent un suspect en salle d'interrogatoire A. Carmichael et Santiago sont dans la B. Peabody est avec Willowby, qui partage son temps entre les suspects et les victimes en salle de réunion numéro trois. J'ai...

— Vous me direz tout ça en salle de réunion, répondit Eve. Celle où j'ai installé le tableau.

« Adieu les deux minutes de pause à mon bureau. »

— J'en ai déjà une qui est prête à dénoncer les autres, poursuivit Reo. Apparemment, elle était amie avec Marlene Williamson et comptait s'enfuir après avoir appris sa disparition. Elle a accepté de témoigner et nous en a déjà beaucoup dit.

— Qu'est-ce que vous lui avez proposé ?

— Vingt ans de réclusion ici sur terre. Mais sans possibilité de remise de peine.

Reo leva une main pour couper court aux éventuelles protestations d'Eve.

— Elle nous a déjà livré une tonne d'infos sur Beaty et une foule d'autres suspects. Dont quelques-uns que nous n'avons pas encore arrêtés… mais qui ne devraient plus tarder à être appréhendés.

Une fois en salle de réunion, Eve alla immédiatement se chercher un café.

— Je viens de finaliser l'accord, ajouta Reo. C'est du pain béni pour nous, Dallas. Un paquet de ces suspects sont du genre coriace et on n'en tirera pas beaucoup d'aveux. La déposition de cette femme nous fournira une montagne d'arguments pour les procès à venir.

— Je compte bien obtenir les aveux d'Iris Beaty.

— Vous devrez passer par son avocat. Elle a apparemment sorti la grosse artillerie.

— C'est qui ?

— Sampson Merit, un ponte avec des bureaux à East Washington, New York et New Los Angeles.

— C'est une cliente prioritaire pour lui ?

— Je dirais que oui, puisqu'il est déjà en train de s'entretenir avec elle.

— Il y a moyen de geler les finances de Beaty ?

— Il faudrait analyser et mettre à part ce qu'elle a gagné légalement avant l'Académie, puis…

Eve chassa l'idée d'un geste de la main et sortit sa radio.

— Callendar, je ne sais pas ce que vous êtes en train de faire mais laissez tomber et penchez-vous tout de suite sur un certain Sampson Merit, avocat à New York, East Washington et New Los Angeles. Faites le plus vite possible et creusez en profondeur. Je veux savoir quels liens il entretient avec

Iris Beaty et l'Académie. Trouvez-moi des éléments compromettants. Car il est compromis, ça ne fait pas de doute.

— Je sors ma meilleure pelle, lui répondit Callendar.

Eve rangea sa radio.

— J'ai entendu beaucoup de choses à propos de Merit, Dallas, dit Reo. Mais jamais rien de ce genre.

Eve secoua la tête.

— Il a accouru dès qu'elle l'a appelé. Elle sait des choses à son sujet.

Eve désigna du doigt les victimes sur le tableau.

— C'est moche, très moche, et ça va l'être encore plus quand les médias s'en empareront. Un avocat de ce calibre n'a pas besoin d'argent, il n'aura aucune envie de risquer sa réputation de cette façon. Peut-être que c'est le genre d'ordure qui pense que ça va lui rapporter gros et lui permettre de passer dans les médias. Mais il est tout aussi probable que ce soit l'inverse. Vous n'avez jamais entendu de rumeurs de ce genre à son sujet ? Combien vous pariez qu'on va nous sortir la même chose à propos de tous les enfoirés super friqués qui s'achetaient des enfants en ligne ?

— Très juste.

— Vous me faites un petit point ?

— Doggett, l'ancien flic de Baltimore, a été arrêté. Il est en cours de transfert jusqu'ici. Maxine Pryor aussi a été appréhendée et est actuellement en cours d'interrogatoire. Elle a opté pour un avocat moins célèbre mais elle a de la ressource...

Eve écouta attentivement Reo tout en faisant les cent pas.

— Laissez Beaty mijoter un peu plus longtemps. Cuisinons d'abord les autres. Dorian Gregg est en chemin. Beaucoup de victimes seront susceptibles d'identifier Beaty mais je veux que Dorian soit la première. Mira décidera si certaines autres sont prêtes à faire de même. Elle est en salle trois ?

— La dernière fois que je l'ai vue, oui. Je devrais y retourner, battre le fer tant qu'il est chaud. Mon boss et deux autres substituts du procureur sont là pour observer et négocier les accords.

Eve se dirigea vers l'autre salle de réunion et ouvrit doucement la porte. Elle aperçut une centaine de filles, certaines serrées les unes contre les autres, d'autres assises et silencieuses. Elle reconnut de nombreux visages présents sur son tableau.

Elle fit signe à Mira.

— Navrée de vous interrompre, dit-elle à la psychologue.

— Pas du tout. Nous avons bien avancé : on prend leurs noms, on les évalue, on a même déjà pu contacter certains parents et tuteurs. La plus longue détention dont nous ayons connaissance à ce stade remonte à deux ans. L'enlèvement le plus récent, lui, date d'hier.

— La jeune fille que nous avons sauvée à l'infirmerie ?

— Oui. Elle a neuf ans, kidnappée dans la banlieue de Columbus, dans l'Ohio, alors qu'elle revenait de sa leçon de piano.

— Je voudrais organiser une séance d'identification avec Beaty et quelques autres. J'aurai besoin que vous me disiez lesquelles sont en état et en mesure d'identifier officiellement les suspects.

Eve aperçut la fille qui lui avait tenu tête à l'Académie, assise avec un bras passé autour des épaules d'une enfant plus jeune. Elle prit le parti de traverser la pièce pour s'accroupir devant elle.

— Tu te souviens de moi, Lottie ?

— Ouais.

— Bonjour, Carrie. Tu as besoin de quelque chose ?

— Je veux rentrer chez moi, souffla Carrie.

— On y travaille.

Eve reporta son regard sur Lottie.

— Tu veux leur faire payer pour ce qu'ils vous ont fait ?

— Carrément.

— Bien. J'enverrai quelqu'un te chercher tout à l'heure. Je voudrais que tu regardes quelques personnes. Elles ne pourront ni te voir ni t'entendre. Tu auras simplement à nous dire si tu reconnais quelqu'un.

— Je laisse pas Carrie toute seule.

— D'accord.

— Vous avez du sang sur votre veste, dit la jeune fille comme Eve se relevait. C'est du sang à eux ?

— Absolument.

— Tant mieux.

Eve retourna auprès de Mira.

— Celle-ci, lui dit-elle. Elle est solide. La petite qui l'accompagne, je ne sais pas.

— Carrie. On a prévenu ses parents. Ils sont en route.

— Vous ne l'auriez pas fait sans vous assurer qu'ils sont fiables.

— Tout indique que ce sont de bons parents. Ils ont deux autres enfants plus âgés.

— Veillez à ce qu'ils sachent que celle qui l'accompagne a refusé d'être évacuée sans Carrie. Qu'elle s'est battue pour elle. Dites-leur bien, si je n'ai pas l'occasion de leur parler en personne.

— Comptez sur moi.

— Je vous préviendrai quand on sera prêts pour la séance d'identification.

Alors qu'Eve s'apprêtait à entrer dans la salle d'observation, elle croisa son commandant qui en sortait.

— Allons dans votre bureau, dit-il en ouvrant la voie.

Une fois sur place, il désigna du doigt l'autochef.

— Je peux ?

— Absolument.

Elle leur programma du café.

— L'opération menée en France a permis de sauver quarante-deux victimes et d'arrêter huit suspects. L'un de nos collègues sur place est actuellement hospitalisé dans un état grave. Les autres blessés de part et d'autre n'ont que des égratignures.

Il but une gorgée de café avant de reprendre :

— Devereaux est mort.

— Oui, commandant. Il était mort à notre arrivée. Amara Gharbi, âgée de vingt ans, a été enlevée en Tunisie il y a près de huit ans. Elle était équipée d'un collier électrique, comme les autres victimes que nous avons secourues sur place. Gharbi était en grande détresse, elle craignait pour sa vie lorsqu'elle a pris le couteau sur la table. Elle…

— Vous n'avez pas à me convaincre, lieutenant.

— Nous avons les noms de toutes les victimes retrouvées sur la propriété de Devereaux. Aucune n'est mineure. Toutes déclarent avoir été enlevées à différents âges et formées soit à l'Académie à New

York, soit dans l'établissement en France avant d'être vendues et/ou louées. Devereaux les a toutes violées à leur arrivée au domaine, à de multiples reprises. Par ailleurs, il organisait fréquemment ce qu'il appelait des « fêtes », où ses invités pouvaient également les violer et abuser d'elles. À ce stade, toutes sauf Gharbi étaient exploitées en tant que domestiques. Ce qui, selon leurs déclarations, correspondait au fonctionnement habituel de Devereaux. Il avait récemment revendu une autre femme, remplacée par Gharbi.

— Je vois. Savons-nous ce qui lui est arrivé et où elle se trouve ?

— Pas encore. La DDE est en train d'examiner les dossiers saisis sur place.

— Très bien. Certains de ces suspects seront également inculpés au niveau fédéral. J'ai parlé à l'agent Teasdale. Elle voudrait s'entretenir avec vous lorsque vous serez prête.

— Je vous remercie pour la marge de manœuvre, commandant.

— Vous avez vous-même pris beaucoup de libertés, lui rappela-t-il. Mais vous avez vu juste.

— Merci, commandant.

Elle se tourna en entendant toquer au chambranle de la porte.

— Inspecteur Yancy, dit-elle. Où est Dorian ?

— Dans la salle commune, lieutenant, avec Ro et Mme Vera des services de protection de l'enfance. Elle a fait du super boulot. Si je peux vous montrer ça ?

Elle lui fit signe d'entrer et patienta tandis qu'il sortait et ouvrait son carnet de croquis.

— Elle a paru apprécier les portraits faits à la main, donc j'ai privilégié ça plutôt que la version informatique.

— C'est effectivement Iris Beaty. Très fidèle.

— J'en ai aussi réalisé un en pied.

Il tourna la page. Eve sentit son pouls s'accélérer. Elle avait hâte de se confronter à Beaty en salle d'interrogatoire.

— Vraiment très ressemblant, murmura-t-elle.

— Dorian est douée pour retenir les détails, répondit Yancy en repoussant sa tignasse de cheveux bouclés. J'ai dessiné trois suspects supplémentaires et je pense qu'elle pourrait nous en décrire d'autres. Mais on m'a dit qu'il était temps de vous l'amener.

— On organise une séance d'identification. Montrez-moi les autres… Voilà la surveillante de nuit, celle qui est morte. La médecin. Et je n'ai pas de nom pour celui-ci.

— Cyril Gum, indiqua Whitney. Santiago et Carmichael sont en train de l'interroger. Il ne dévie pas de son récit.

— On le fera passer devant Dorian et on verra ensuite s'il s'obstine à mentir. Beau boulot, Yancy. Faites des copies pour nos dossiers puis transmettez les originaux au bureau du procureur.

» Commandant, je souhaiterais voir les dépositions des suspects avant de m'attaquer à Beaty et son avocat. Reo m'indique que l'un d'entre eux s'est déjà mis à table.

— Quand vous serez prête, faites-le-moi savoir, Dallas. Et bon travail, comme d'habitude, inspecteur.

— Réalisez un autre portrait-robot auprès de Dorian, Yancy. Ça me donnera le temps dont j'ai besoin. Et je tiens à ce qu'elle reste occupée.

— Avec plaisir.

Une fois Yancy reparti, Eve s'assit et entama l'examen des dépositions des suspects.

Au bout d'une heure, elle releva la tête en entendant Peabody arriver.

— Je peux prendre un café ? demanda son équipière. S'il vous plaît ?

Eve lui désigna l'autochef d'un geste du pouce.

— Philamenia Horowitz, reprit Peabody en programmant sa boisson. Chargée de l'entretien et enseignante en travaux manuels. Elle encadrait les recrues sélectionnées comme esclaves domestiques. Depuis trois ans. Et vous savez quoi ? Vous savez quoi ? Elle-même a des filles, des ados. Mais apparemment pas de scrupules. Besoin de bosser, besoin d'argent, tout ça. Elle n'a jamais fait de mal à personne, elle leur apprenait des compétences utiles. Une bonne grosse geignarde.

— Vous en êtes où ?

Peabody but une longue gorgée de café.

— Elle a craqué comme une vieille coquille d'œuf. Et pour une fois, j'ai pu jouer le rôle du méchant flic. Willowby a l'air d'une gamine, alors c'est moi qui ai fait la dure à cuire. Elle nous a balancé Beaty, entre autres, et a essayé de prétendre qu'elle n'avait aucune idée de ce qui se passait réellement. Sauf qu'on a démonté toutes ses conneries. L'une des substituts du procureur, Carlyse, lui a proposé vingt ans ferme, à prendre ou à laisser. On verra si elle continue à croire qu'elle n'a rien fait de mal.

— Où est Willowby ?

— Montée voir Feeney, un truc à propos des enchères. Un changement par rapport à leur organisation. Elle n'a pas eu le temps de m'en dire plus. C'est quoi ce changement ?

— Le père Devereaux était derrière ces enchères. On ne sait pas si Beaty était au courant.

— Il faisait coup double.

— On peut dire ça comme ça. Il était en mesure d'acheter, de vendre, d'échanger, de collecter les frais de participation et le pourcentage sur les ventes, d'évaluer toutes les autres filles proposées. Et à mon avis, une âme entreprenante comme la sienne complétait sans doute ça par un peu de chantage rémunérateur ici et là.

— Coup quadruple, alors. Et la femme qui a poignardé Devereaux ?

— Je dois prendre de ses nouvelles, mais aucune charge n'a été retenue contre elle. Elle a de la famille en Tunisie, ses parents et deux frère et sœur. On va les contacter sous peu, si ce n'est pas déjà fait. Pour l'instant, nous devons laisser le gros des victimes à Mira, aux thérapeutes et à la brigade des Crimes sexuels. Et nous continuons à faire craquer nos têtes d'œuf.

— Je suis prête. Plus que prête, même ! ajouta Peabody en adoptant une posture de boxeuse. Par qui on commence ?

Après avoir regardé l'heure, Eve estima qu'elle ne pouvait plus attendre.

— J'organise une séance d'identification avec Beaty et quelques autres. Allez voir Mira. Elle devait me sélectionner quelques victimes capables d'y participer. Dorian est avec Yancy.

La lueur combative dans le regard de Peabody laissa place à quelque chose de plus doux et raisonné.

— Vous leur rendez leur capacité d'action. Celle dont ces salauds les avaient privées.

— L'identification formelle par un témoin oculaire reste l'objectif premier, mais ce sera un bonus. Je m'en occupe et je vais chercher Dorian. Retrouvez-moi sur place avec les autres.

Elle laissa à la substitut du procureur le soin de passer outre aux objections de l'avocat. Le délai ne la dérangeait pas, c'était l'occasion de voir Sampson Merit à l'œuvre. Elle commença par l'un des cas les plus difficiles, l'agent de sécurité Frank Bestor, une tête d'œuf qui n'avait pas encore laissé paraître la moindre fêlure.

Debout, bras croisés, Dorian regarda les hommes s'avancer un par un de l'autre côté de la vitre sans tain.

— Celui-là, le numéro trois, dit-elle sans hésiter. Je l'ai déjà vu.

— Vu où ?

— À votre avis ? À l'Académie. Des fois, il venait dans le studio pour mater. Il passait aussi voir Tantine dans son bureau, surtout la journée, mais… Vous pouvez lui faire dire un truc ?

— Que veux-tu qu'il dise ?

— Euh… « Dispersez-vous et retrouvez-moi ces petites connes. »

Eve s'avança vers l'interphone.

— Numéro trois, avancez-vous. Répétez la phrase suivante : « Dispersez-vous et retrouvez-moi ces petites connes. »

L'homme retroussa les lèvres mais répéta la phrase.

— C'est lui, c'est lui ! Il était dans les tunnels cette nuit-là. Et dehors, après, pendant qu'on se cachait. Il a dit ça avant que Mina s'enfuie. Elle s'est mise à courir parce qu'il a dit ça, et que moi je pouvais pas fuir.

— Numéro trois, reculez. Dorian, tu peux ressortir avec le Dr Mira.

— Pourquoi ?

— Parce qu'on fait venir d'autres témoins.

— Mais je vous dis que c'est lui ! Si vous me croyez pas…

— Je te crois sans hésitation. Mais pas de raison que tu sois la seule à participer. Plus vous serez nombreuses à l'identifier, plus il paiera cher.

Sur six témoins, Eve obtint cinq identifications positives. Elle remonta la chaîne des suspects : agents de sécurité, surveillantes, instructeurs, personnel médical, jusqu'à arriver à ce qu'elle considérait comme le gros lot.

Quand Beaty apparut au sein du groupe suivant, Dorian laissa échapper un hoquet.

— La numéro quatre ! La quatre, la quatre ! La numéro quatre. C'est Tantine. C'est elle. Je jure devant Dieu que c'est elle !

— D'accord. Respire à fond. Prends le temps de respirer.

— Faut qu'elle paie !

— Elle paiera. Regarde-la. C'est déjà le cas.

— C'est pas assez.

— Ça viendra. Tu m'as donné tout ce qu'il me faut pour ça. Et maintenant, je prends le relais. Il est temps pour toi de reprendre possession de ta vie, d'aller à l'école. Tu vas en faire quelque chose parce que ça aussi, c'est un moyen de la faire payer. Chaque acte intelligent que tu accompliras à partir de maintenant sera une punition pour elle.

— Comment ça ?

— Parce qu'elle voulait tout te prendre, et qu'au lieu de cela tu reprends tout. Elle voulait que tu ne sois plus rien et tu vas devenir quelqu'un.

Les larmes montèrent aux yeux rougis de Dorian.

— Mina est quand même morte.

— Je ne peux rien y changer. Mais tout ce que tu vas faire maintenant donnera un sens à la bravoure de Mina. Ne l'oublie pas. Vas-y. Rochelle t'attend.

Dorian jeta un dernier coup d'œil à Beaty.

— Va pourrir en enfer, dit-elle avant de sortir.

— Bien joué, Eve.

Eve secoua la tête à l'intention de Mira.

— Ce n'est pas encore terminé.

— Non, mais cette jeune fille blessée est déjà en train de guérir, et vous y êtes pour quelque chose.

— Je n'avais pas la moitié de son courage à cet âge.

— Sur ce point, je ne suis pas du tout d'accord.

Eve se contenta de respirer profondément à son tour avant de faire venir le témoin suivant.

Avec Iris Beaty, elle obtint un satisfaisant six sur six.

— On la tient et on ne lâchera rien, déclara Reo. Aucun accord possible pour elle, ajouta-t-elle avant qu'Eve puisse dire quoi que ce soit. Je vais adorer participer à son procès et je parierais tous les jours sur nous sur ce coup-là. Merit n'a aucune chance.

— Je la fais transférer en salle d'interrogatoire. Si j'étais vous, par contre, je ne parierais pas qu'elle ne craquera pas.

— Je ne parie jamais contre vous, Dallas.

— J'avais espéré secouer un peu son avocat, mais…

Eve s'interrompit en voyant Callendar débouler.

— Vous avez quelque chose pour moi ? demanda-t-elle.

— Il m'a fallu sortir la pelleteuse et, comme tout le monde était occupé par la vente aux enchères et les appareils du macchabée, j'ai appelé Connors pour qu'il me file un coup de main à distance.

— On pourra parler méthode plus tard. Quels résultats ?

— Sampson Merit est connu en ligne sous le pseudo de « papaprofond », du moins c'est le nom qu'il s'est choisi pour naviguer sur des sites pédopornographiques et s'inscrire à notre fameuse vente aux enchères. Il a participé aux précédentes – sous d'autres pseudos – sur les dix dernières années au moins.

» Et ce n'est pas tout : il possède une résidence privée à Long Island, non loin de celle de Devereaux, cachée derrière un autre nom et divers écrans de fumée. Ce n'est pas l'une des résidences qu'il partage avec sa femme, à qui il est marié depuis vingt-sept ans.

— « Papaprofond » ? répéta Eve.

— Ouais, ça fout la gerbe, grimaça Callendar. Mais au moins, on sait qu'il est impliqué. J'ai appelé Feeney en descendant et il cherche à découvrir si Merit a aidé Devereaux à mettre en place des trucs pas très légaux pour l'Académie ou les enchères.

— Ce serait suffisant pour l'arrêter ? demanda Eve à Reo.

— Laissez-moi y jeter un coup d'œil et en discuter avec le patron. Accordez-moi vingt minutes. Disons trente.

— Je vais les installer en salle d'interrogatoire, répondit Eve.

« Et aller parler à Teasdale », décida-t-elle.

— Ça vous laissera vos vingt minutes, voire trente, ajouta-t-elle.

— Envoyez-moi tout ce que vous avez trouvé, Callendar, dit Reo en repartant.

— Même chose pour moi, dit Eve. Et bon travail, inspecteur.

— Ça fait du bien. J'ai l'impression que ça va être une bonne journée.

— Continuons sur cette lancée.

Eve saisit sa radio.

— Peabody, montez-nous Beaty et son avocat en salle d'interrogatoire. Puis retrouvez-moi dans mon bureau, fissa.

Elle laissa à Reo ses vingt minutes, élabora une stratégie d'interrogatoire, puis entra dans la salle où Beaty, pas forcément à son avantage dans sa combinaison orange, conversait avec son éminent avocat.

— Début de l'enregistrement. Dallas, lieutenant Eve, et Peabody, inspecteur Delia, interrogent Beaty, Iris, alias Swan, Iris, et son avocat, Merit, Sampson, à propos de...

Elle laissa échapper un soupir avant d'égrener la liste des multiples chefs d'accusation.

— Vous avez largement assez traîné les pieds dans cette affaire ! lança Merit en guise de préambule. J'ai déjà soumis plusieurs requêtes pour...

— Je me fiche de vos requêtes. Votre cliente a été arrêtée sur le site où cent trente-six mineures étaient détenues contre leur volonté, avec une montagne de preuves de maltraitance physique, mentale et émotionnelle. Les éléments pointent clairement vers des crimes de trafic d'enfants, d'enlèvement et de meurtre. Je ne vous apprends rien, maître.

— Ma cliente rejette catégoriquement ces accusations, et a choisi d'exercer son droit de garder le silence.

— Votre cliente a été formellement identifiée par six témoins comme étant la femme, connue sous le nom de Tantine, qui dirigeait l'organisation responsable de ces enlèvements, détention forcée, torture, abus sexuels et traite d'êtres humains.

Merit esquissa un mince sourire.

— Des témoins qui, je le suppose, sont mineurs et qui, comme vous le soulignez vous-même, ont subi des violences psychologiques. Je doute fort que leurs témoignages sous influence tiennent la route devant un tribunal.

Eve sortit un dessin de son dossier.

— Vous savez qui vous a décrite à notre dessinateur ? Dorian Gregg. Elle ne cesse de vous battre à votre propre jeu, Iris.

Elle étala plusieurs autres portraits sur la table.

— Et elle a également décrit tous ceux-là. Les surveillantes, y compris celle que vous avez tuée, les instructeurs, les agents de sécurité. L'opération policière dûment mandatée d'aujourd'hui m'aura même permis de prendre en flagrant délit des complices qui filmaient deux des prisonnières mineures au lit. Je sais bien qu'elle vous tient par les couilles, Merit, mais vous avez forcément conscience que votre cliente est fichue.

— Je ne vois absolument pas ce que vous voulez dire.

Le coup sec frappé à la porte fit sourire Eve.

— Je parie que ceci va tout expliquer.

Elle se leva et ouvrit la porte à Reo et deux agents en uniforme.

— Votre mandat, lieutenant, en vue de l'arrestation de Sampson Merit pour trafic d'enfants, abus sexuels sur enfants, fraude, complicité d'enlèvement de mineurs, détention forcée de mineurs.

L'avocat se leva d'un bond.

— Qu'est-ce que c'est que cette mascarade ?

— C'est la vérité nue, *papaprofond*. Officiers, merci de procéder à la mise sous écrou de cet étron humain.

— C'est un scandale !

— Non, c'est vous le scandale. Et je parie que lorsque nous trouverons la personne que vous séquestrez pour combler vos envies perverses dans votre cachette de Long Island, elle le confirmera. Dégagez-moi ce type de ma salle d'interrogatoire.

Tandis que les agents emmenaient sans ménagement Merit, Reo entra et s'assit à la table.

— Reo, Cher, du bureau du procureur, se joint à l'interrogatoire, précisa Eve. Mince, Iris, on dirait que vous avez perdu votre avocat. Et bonne chance pour en engager un autre à présent que nous avons réussi à geler la majeure partie de vos comptes bancaires. Cependant, vous avez droit à un avocat, et nous vous en fournirons un si vous le souhaitez. À vous de nous le dire.

— Allez au diable !

— Non, merci. J'aime avoir un peu d'espace pour bouger et vous et vos sous-fifres prenez déjà toute la place disponible chez lui. On vous tient, dit Eve en se penchant vers elle. La main dans le sac. Nous avons les récits et les identifications formelles de témoins oculaires. Tous ne sont pas mineurs.

Plusieurs de vos employés se sont déjà retournés contre vous. Et ce n'est pas fini. Nous disposons aussi de vos propres dossiers. Méticuleusement tenus, d'ailleurs. Et de vos propres vidéos de surveillance. Nous tenons vos rabatteurs, et ceux qui n'ont pas encore été appréhendés le seront sous peu. Oh, et nous avons démantelé votre succursale en Provence. Aux dernières nouvelles, beaucoup sont prêts à passer à table si ça leur permet de charger votre barque plutôt que la leur.

Eve laissa échapper un soupir de satisfaction.

— Maintenant que nous tenons votre avocat, je veux bien manger mon chapeau s'il ne se précipite pas pour conclure un marché avec le procureur. D'où ça vient cette expression ? demanda-t-elle à Peabody. Il y a vraiment des gens qui mangent leur chapeau ? Faudra qu'on en reparle...

Elle reporta son attention sur Beaty avec un haussement d'épaules.

— Vous avez de la bouteille, Iris. Encore une expression bizarre, mais je ne doute pas qu'elle s'applique plutôt deux fois qu'une dans votre cas. Vous devez donc savoir admettre que vous êtes grillée quand c'est le cas.

— Nous pourrions passer un accord, répliqua Beaty.

— Un accord ? On vous tient, Iris. Pourquoi est-ce qu'on négocierait avec vous ?

— Je vous dirai qui a tout financé, qui est derrière tout cela. En échange de l'immunité sur tous les chefs d'accusation, je vous livrerai l'individu à la tête de l'opération ainsi que chaque acheteur et vendeur de ma connaissance, et j'en connais beaucoup. En commençant, hypothétiquement, par Sampson Merit.

— Merit est déjà cuit. Et il ne sera jamais question de vous offrir l'immunité, lui rétorqua Reo. Revoyez vos ambitions à la baisse.

— Pourquoi devrais-je vous fournir quoi que ce soit, dans ce cas ?

— Peut-être la perspective de purger plusieurs peines de prison à vie, sans possibilité de libération conditionnelle, dans un établissement hors-planète vous ferait-elle changer d'avis ?

— Cinq ans dans une prison terrestre, proposa Beaty en croisant les mains sur la table en vraie femme de tête. Vous ne seriez pas ici si vous ne souhaitiez pas négocier.

— Là, ce n'est pas un marché, c'est un cadeau. Je ne vous connais pas assez pour vous faire de cadeau. Vingt ans.

Reo leva un doigt avant qu'Eve puisse intervenir.

— Sur Terre si – et seulement si – vos informations permettent d'identifier, d'arrêter et de poursuivre les personnes que vous nous livrerez. C'est tout ce que j'ai été autorisée à vous offrir par le bureau du procureur de New York. À prendre ou à laisser.

— Mettez-le par écrit.

Reo se leva pour sortir et Eve s'empressa de la suivre à l'extérieur.

— Euh, Dallas et Reo quittent l'interrogatoire. Voulez-vous quelque chose à boire pendant que nous les attendons, madame Beaty ? demanda Peabody.

Beaty lui décocha un regard plein de suffisance.

— J'aurais volontiers dégusté un martini sec. Mais une eau gazeuse fera l'affaire.

— Peabody s'absente. Interrogatoire suspendu, dit Peabody.

Une fois dans le couloir, elle abandonna son expression docile pour danser joyeusement jusqu'au distributeur de boissons.

Lorsqu'elles revinrent et relancèrent l'enregistrement, Beaty lut attentivement l'accord avant de le signer.

— Les noms, réclama sèchement Eve. De la base jusqu'au sommet.

— Wade C. Younkin, finance internationale, nombreuses résidences à travers le pays. Alice Ann Dobbs, dans le transport maritime, héritière de cinquième génération.

La liste était longue et, même si certains individus apparaissaient déjà dans le premier rapport que Feeney avait fourni à Eve, elle laissa la suspecte tous les citer pour l'enregistrement officiel.

Elle profita d'une pause de Beaty pour la pousser dans une autre direction.

— Qui a assassiné Mina Cabot ?

— Bien que je tienne la surveillante Williamson et l'infirmière Parks pour responsables de la perte d'une recrue dans laquelle nous avions beaucoup investi, celle-ci a été tuée lors d'une altercation avec Devin Kunes, notre responsable de la sécurité de nuit. La jeune fille a provoqué sa propre mort en se précipitant littéralement sur ce morceau de bois quand Kunes le lui a arraché des mains. Elle avait précédemment blessé trois personnes avec.

« Bravo, Mina », songea Eve.

— Parlez-nous de la tête pensante.

— Jonah K. Devereaux, propriétaire de Livraison Assurée. Il est au sommet de l'échelle. C'est grâce à son argent que l'Académie a été fondée, ainsi que sa version européenne, plus modeste. C'était son idée, et une idée brillante. Un centre de formation autonome pour éduquer, instruire, améliorer les jeunes sélectionnées pour servir leurs supérieurs. Il apprécie le contrôle, bien sûr, et les avantages qu'il y a à posséder quelques esclaves. Des adultes, dans son cas, car il ne s'intéresse pas aux plus jeunes. Mais les revenus obtenus se sont avérés très gratifiants.

— On parle ici des revenus issus de la traite d'êtres humains, du proxénétisme et de la pornographie.

— Bien sûr. Un produit de qualité supérieure permet de réaliser de beaux bénéfices. Et nous façonnions des produits d'excellente qualité.

— Devereaux et vous.

— Il avait les fonds, j'avais l'expérience et l'expertise.

— Décrivez-nous ça plus précisément, Iris.

Elle obtempéra, expliquant le fonctionnement de toute l'opération. Enlèvements, transport, formation, punitions, récompenses, sécurité. Dans les moindres détails, tous soigneusement enregistrés.

— Devereaux, Devereaux, ça me dit quelque chose…

Eve se leva, sourcils froncés, pour faire les cent pas. Puis s'arrêta. Elle sourit.

— Ah oui, c'est le pervers sadique et friqué que j'ai envoyé à la morgue ce matin. Il est mort.

— Mort ? C'est impossible.

— Au contraire. L'une des femmes dont il abusait a décidé qu'elle ne voulait plus être esclave. Qu'elle n'avait aucune envie d'être violée par une bande de malades lors d'une « fête ». Devereaux a eu droit à une porte de sortie facile. Ce ne sera pas votre cas.

Beaty pinça les lèvres pour les empêcher de trembler.

— Je ne vous crois pas. J'ai personnellement sélectionné chacune des domestiques et concubines destinées à Jonah.

— Voir, c'est croire, répliqua Eve en lui présentant une photo de la scène de crime. Je suis intarissable en expressions idiotes aujourd'hui.

Beaty demeura figée quelques instants, contemplant le cadavre ensanglanté de son associé de longue date.

— Jonah Devereaux était un visionnaire et un ami.

— Que vous étiez prête à nous donner en échange d'une réduction de peine.

— Il comprenait la nécessité de se protéger avant tout, souffla Beaty avant de repousser la photo du bout des doigts. Vous me croyez incapable de tenir vingt ans ?

— Oh, je pense que vous pourrez tirer ces vingt années de prison… même si je doute que ça en reste là. Mais je peux me tromper, dit Eve en se levant pour ouvrir la porte. Agent spécial Teasdale, c'est à vous.

» Eux, c'est le FBI, expliqua Eve à Beaty. Les chefs d'accusation au niveau fédéral sont aussi graves que nombreux. Tous ces enlèvements qui franchissent les frontières entre États, plus le transport de personnes mineures à travers le pays, sans parler de l'international.

— Nous avons un accord enregistré, et par écrit !

Reo se leva à son tour.

— Cet accord tient, assura-t-elle. Pour New York. Les charges fédérales ? Ce n'est pas de notre ressort.

— Oh, une dernière chose avant de passer la main, dit Eve en s'arrêtant sur le seuil. Votre ami le visionnaire ? Il était derrière la grande vente aux enchères sur le point de commencer. Une source de revenus supplémentaire pour lui : il allait encaisser les frais facturés à l'Académie.

— Vous mentez !

— Hé, il est mort. Pourquoi je me donnerais cette peine ? Elle est tout à vous, agent spécial Teasdale.

— Merci, lieutenant. C'est toujours un plaisir.

— De même. Dallas, Reo et Peabody quittent l'interrogatoire. Fin de l'enregistrement.

Eve demeura sur place le temps de voir deux autres agents empoigner Beaty pendant que Teasdale égrenait les chefs d'accusation.

— J'adore quand un plan se déroule sans accroc, déclara Eve en roulant les épaules. Et encore plus quand les suspects ne voient rien venir. Allez me chercher le dénommé Kunes, Peabody, et brisons-le comme une coquille d'œuf. Au nom de Mina.

— C'est parti.

— C'était du bon travail, Dallas. Nous avons toutes fait du bon boulot.

— Ce n'est pas encore fini, mais oui, on a bien travaillé. Elle pensait s'en tirer à bon compte. Ne faire que vingt ans, probablement en gérant quelques affaires à partir de la prison. Ces filles n'étaient rien pour elle, Reo. Rien d'autre que des sources de profit. Mais elle avait des sentiments pour Devereaux, ça se voyait. Elle était prête à nous le livrer en échange de l'immunité, mais elle ressentait quelque chose pour lui. De l'amitié, de l'admiration.

— Plus que pour les clients qu'elle a dénoncés. Et qu'on va commencer à faire tomber comme autant de quilles de bowling. Mon activité préférée.

— Le bowling ?

— Non, faire tomber les suspects. Faites-moi signe si vous avez besoin de moi pour Kunes. Je dois apporter ça à mon boss. Je vous offre un verre plus tard ?

— Dimanche soir, chez nous, barbecue.

— Ah oui ? J'y serai.

« Qu'est-ce qui m'a pris de dire ça ? » s'interrogea Eve sur le chemin de son bureau.

Arrivée sur place, elle se programma un café avant de s'attaquer au meurtrier de Mina Cabot.

Épilogue

Eve se sentait parfois euphorique au moment de franchir le portail de sa maison. D'autres fois, elle était épuisée. Ce soir, elle ressentait un étrange mélange des deux.

Elle se gara, sortit de la voiture et demeura un moment à contempler les arbres, l'herbe et les fleurs dans la douce lumière de ce soir d'été. Elle avait besoin de retrouver son petit monde en cet instant, et tout ce qui l'attendait à l'intérieur de la maison.

Puis elle entra et tomba sur Summerset.

Bon, peut-être pas tout.

« Suis pas d'humeur à échanger des piques », estima-t-elle en se dirigeant directement vers l'escalier, le chat sur ses talons.

— Lieutenant.

— Pas aujourd'hui, Satan.

— Lieutenant..., répéta-t-il.

Eve se retourna, agacée.

— Quoi ?

L'expression de Summerset la troubla.

— Connors, dit-elle. Connors va bien ?

— Oui, il est à l'étage. Et il va bien. J'ai vu le reportage de Nadine.

— Bon sang…

Le coup de frayeur avait failli lui faire prendre dix ans d'un coup.

— Bon. Tant mieux.

— Lieutenant, dit-il une troisième fois. Toutes ces jeunes filles, ici même à New York. Sans que personne soit au courant.

— Certains l'étaient et ils vont passer un long moment derrière les barreaux. Écoutez…

— J'ai eu une fille.

L'agacement d'Eve disparut. C'était ce qu'elle avait lu sur son visage, comprit-elle. Une forme de chagrin.

— Je sais.

— Elle était innocente, et elle était aimée, comme ces jeunes filles.

Eve faillit lui répondre que toutes n'avaient pas été aimées mais s'abstint.

— Ils l'ont violentée, ils l'ont violée et ils l'ont tuée, reprit-il. Mon enfant. Je pense que ça ne serait pas arrivé s'il y avait eu un flic comme vous, là-bas, à l'époque. Mais ce n'était pas le cas. Pas à ce moment-là. Au nom de toutes les familles qui ont retrouvé leurs filles, je vous dis merci.

— Je n'ai pas fait ça toute seule. Il faut…

— C'est vous qui menez la danse, dit-il en l'interrompant. Vous qui donnez le ton. Vous devriez aller vous reposer.

— C'est prévu.

Elle commença à gravir les marches, puis s'arrêta.

— L'individu à la tête de ce trafic était l'héritier d'une fortune qu'il a exploitée pour causer beaucoup de souffrance. Je ne vais pas m'étendre sur la façon dont Connors a posé les fondations de sa propre fortune, mais je sais ce qu'il en fait. Le foyer, l'école, et tout le reste. Là aussi, c'est lui qui donne le ton. Et c'est grâce à vous qu'il a pu le faire.

Elle reprit sa montée, précédée par Galahad. Elle se rendit d'abord dans la chambre et, pour la première fois depuis ce qui lui semblait être des jours, retira son arme.

Elle passerait voir Connors puis irait prendre une douche. Mon Dieu, une vraie douche. Après quoi…

Il entra.

— J'ai vu le reportage de Nadine. Très complet.

— Oui, je lui ai tout dit une fois que Feeney m'a annoncé qu'ils avaient déchiffré les données des enchères. Les forces de l'ordre sont en train d'arrêter des pervers et de sauver des filles et des femmes à travers tout le pays. On ne les aura pas tous, on ne les attrape jamais tous, mais… Tu te souviens de la gamine qui m'a tenu tête pendant la descente ?

— Oui, bien sûr.

— Lottie Crug. Elle était sur mon tableau. Elle n'a pas voulu lâcher la petite Carrie jusqu'à l'arrivée de ses parents. Et là, c'est eux qui n'ont pas voulu lâcher Lottie. Ils ont obtenu une garde d'urgence et ont prévu de demander la garde permanente. Il reste encore des gens bien.

— Quelques-uns, convint Connors en traversant la pièce pour l'entourer de ses bras.

— Merci d'avoir filé un coup de main à Callendar, et sur la vente aux enchères ensuite. Ça a dû te faire perdre encore plus de temps au travail.

— J'avais de la marge. Et dans l'immédiat, tout ce que je veux, c'est passer du temps avec toi.

— Ça tombe bien, c'est exactement ce qu'il me faut. L'affaire a commencé avec Mina Cabot, et je l'ai conclue avec l'homme qui l'a tuée. Il a craqué comme une coquille d'œuf sous la pression. Une image qui est revenue plusieurs fois aujourd'hui. J'en avais besoin. J'ai bien conscience que c'était personnel. Toute cette histoire m'a touchée personnellement, en fait. Mais c'est réglé.

Elle s'agrippa à lui. Il était tout ce dont elle avait besoin à présent.

— J'avais prévu de prendre une douche, souffla-t-elle. Et si on allait la prendre ensemble ?

— Pour ça, j'ai toujours le temps.

Il lui prit les deux mains et les porta à ses lèvres.

— Oh, encore une chose, dit Eve.

Elle garda ses mains dans les siennes tout en marchant à reculons vers la salle de bains.

— J'ai invité à peu près tout le monde à la soirée barbecue dont tu parlais. Pour dimanche. Ce dimanche.

Il s'arrêta, l'air interrogateur.

— Tu as reçu un coup sur la tête après mon départ du Central ?

— Je me suis demandé la même chose. Mais je crois que je me suis prise au jeu. J'ai invité du monde. Beaucoup de monde. Et tu sais quoi ? En rentrant à la maison, j'ai eu une conversation avec Summerset. Carrément. Une *conversation*.

— Là, il va falloir que je te déshabille et t'examine de manière approfondie pour m'assurer que tu es bien Eve Dallas et non un clone.

— Bonne idée. Tiens-moi au courant du résultat.

Il ne fallut pas longtemps à Connors, vraiment pas longtemps, pour confirmer qu'il avait affaire à la seule, la vraie, l'unique Eve Dallas.

DE LA MÊME AUTRICE AUX ÉDITIONS J'AI LU

Les illusionnistes
Un secret trop précieux
Ennemies
L'impossible mensonge
Meurtres au Montana
Question de choix
La rivale
Ce soir et à jamais
Comme une ombre dans la nuit
La villa
Par une nuit sans mémoire
La fortune des Sullivan
Bayou
Un dangereux secret
Les diamants du passé
Les lumières du Nord
Coup de cœur
Douce revanche
Les feux de la vengeance
Le refuge de l'ange
Si tu m'abandonnes
La maison aux souvenirs
Les collines de la chance
Si je te retrouvais
Un cœur en flammes
Une femme dans la tourmente
Maléfice
L'ultime refuge
Et vos péchés seront pardonnés
Une femme sous la menace
Le cercle brisé
L'emprise du vice
Un cœur naufragé
Le collectionneur
Le menteur
Obsession
Un cœur à l'abri
Enchantements
Fêlures
La cachette
Héritage

LIEUTENANT EVE DALLAS

1 *Lieutenant Eve Dallas*
2 *Crimes pour l'exemple*
3 *Au bénéfice du crime*
4 *Crimes en cascade*
5 *Cérémonie du crime*
6 *Au cœur du crime*
7 *Les bijoux du crime*
8 *Conspiration du crime*
9 *Candidat au crime*
10 *Témoin du crime*
11 *La loi du crime*
12 *Au nom du crime*
13 *Fascination du crime*
14 *Réunion du crime*
15 *Pureté du crime*
16 *Portrait du crime*
17 *Imitation du crime*
18 *Division du crime*
19 *Visions du crime*
20 *Sauvée du crime*
21 *Aux sources du crime*
22 *Souvenir du crime*
23 *Naissance du crime*
24 *Candeur du crime*
25 *L'art du crime*
26 *Scandale du crime*
27 *L'autel du crime*
28 *Promesses du crime*
29 *Filiation du crime*
30 *Fantaisie du crime*
31 *Addiction au crime*
32 *Perfidie du crime*
33 *Crimes de New York à Dallas*
34 *Célébrité du crime*

35 *Démence du crime*
36 *Préméditation du crime*
37 *Insolence du crime*
38 *De crime en crime*
39 *Crime en fête*
40 *Obsession du crime*
41 *Pour l'amour du crime*
42 *Confusion du crime*
43 *Crimes sous silence*
44 *Les noces du crime*
45 *Révélations du crime*
46 *Le crime est une oeuvre*
47 *Crime et complot*
48 *Les dessous du crime*
49 *Crimes pour vendetta*
50 *Crime en lettres d'or*
51 *Dans l'ombre du crime*
52 *Crime et cabale*
53 *Les reliques du crime*
54 *Les cicatrices du crime*

Crimes par trois
Crimes sans fin
Crimes et chaos

Crime de minuit (numérique)
Interlude du crime (numérique)
Hanté par le crime (numérique)
L'éternité du crime (numérique)
Crime rituel (numérique)
Mémoire du crime (numérique)
L'ombre du crime (numérique)
Dans l'enfer du crime (numérique)
Crimes pour vengeance (numérique)

LES TROIS SŒURS
Maggie la rebelle
Douce Brianna
Shannon apprivoisée

TROIS RÊVES
Orgueilleuse Margo
Kate l'indomptable
La blessure de Laura

LES FRÈRES QUINN
Dans l'océan de tes yeux
Sables mouvants
À l'abri des tempêtes
Les rivages de l'amour

MAGIE IRLANDAISE
Les joyaux du soleil
Les larmes de la lune
Le cœur de la mer

L'ÎLE DES TROIS SŒURS
Nell
Ripley
Mia

LES TROIS CLÉS
La quête de Malory
La quête de Dana
La quête de Zoé

LE SECRET DES FLEURS
Le dahlia bleu
La rose noire
Le lys pourpre

LE CERCLE BLANC
La croix de Morrigan
La danse des dieux
La vallée du silence

LE CYCLE DES SEPT
Le serment
Le rituel
La Pierre Païenne

QUATRE SAISONS DE FIANÇAILLES
Rêves en blanc
Rêves en bleu
Rêves en rose
Rêves dorés

L'HÔTEL DES SOUVENIRS
Un parfum de chèvrefeuille
Comme par magie
Sous le charme

LES HÉRITIERS DE SORCHA
À l'aube du grand amour
À l'heure où les cœurs s'éveillent
Au crépuscule des amants

LES ÉTOILES DE LA FORTUNE
Sasha
Annika
Riley

ABÎMES ET TÉNÈBRES
L'éclipse
La prophétie
L'élue

EN GRAND FORMAT

SONGES D'IRLANDE
Révélations
Trahisons
Résolutions

INTÉGRALES

Affaires de cœurs
Le secret des fleurs
Les étoiles de la fortune
Les trois clés
Les héritiers de Sorcha

14024

Composition
FACOMPO

Achevé d'imprimer en Espagne
par BLACKPRINT
le 14 janvier 2024

Dépôt légal : février 2024
EAN 9782290392553
OTP L21EPLN003533-598796

ÉDITIONS J'AI LU
82, rue Saint-Lazare, 75009 Paris

Diffusion France et étranger : Flammarion